mtb

Zum Buch:

Howard schwärmt schon lange heimlich für die starke, schöne Elsa, die für eine TV-Sendung Häuser renoviert. Eine kindische Verliebtheit, wo er doch weiß, dass sie immer unerreichbar für ihn sein wird. Aber auf einmal steht sie für eine neue Folge ihrer Sendung vor ihm! Die Anziehung zwischen ihnen ist sogar noch stärker, als Howard für möglich gehalten hätte, aber Elsa geht plötzlich auf Distanz. Dabei hat er ihr noch nicht einmal verraten, dass er ein Wer-Bär ist … Hat ihr Rückzug etwas mit ihrem Geburtsmal zu tun, das immer dann brennt, wenn er sie berührt?

„Wieder einmal erschafft Kerrelyn Sparks lebendige Charaktere, mit denen man atemlos mitfiebert bis zum ersehnten Happy End."

Guilty Pleasures Book Reviews

Zur Autorin:

Kerrelyn Sparks unterrichtete Französisch und Geschichte an der High School, bis im Jahr 2002 ein Traum für sie in Erfüllung ging: Ihr erstes Buch wurde veröffentlicht. Mit ihrem Ehemann und ihren drei Kindern lebt die mehrfach preisgekrönte Bestsellerautorin im Großraum Houston, Texas, wo es sehr zur Enttäuschung ihrer Tochter keine Vampire gibt.

Lieferbare Titel:

Liebe auf den zweiten Biss
Vampire mögen's heiß
Vamps and the City

Umwelthinweis:
Dieses Buch wurde auf chlor- und säurefreiem Papier gedruckt.

Kerrelyn Sparks

Fluch und Vorurteil

Roman

Aus dem Amerikanischen von
Justine Kapeller

mtb

MIRA® TASCHENBUCH
Band 65119
1. Auflage: Juli 2016

MIRA® TASCHENBÜCHER
erscheinen in der HarperCollins Germany GmbH,
Valentinskamp 24, 20354 Hamburg
Geschäftsführer: Thomas Beckmann

Deutsche Erstveröffentlichung

Titel der nordamerikanischen Originalausgabe:
Wild About You

erschienen bei: Avon Books, New York

Published by arrangement with
Avon Books, an imprint of HarperCollins Publishers, LLC.

Konzeption/Reihengestaltung: fredebold&partner GmbH, Köln
Umschlaggestaltung: pecher und soiron, Köln
Redaktion: Laura Oehlke
Titelabbildung: Thinkstock / Getty Images, München:
Danilo Andjus; Anmfoto
Autorenfoto: Jennifer Berry / Studio 16
Satz: GGP Media GmbH, Pößneck
Druck und Bindearbeiten: GGP Media GmbH, Pößneck
Printed in Germany
Dieses Buch wurde auf FSC®-zertifiziertem Papier gedruckt.
ISBN 978-3-95649-579-3

www.harpercollins.de

An die besten Schreibpartner, die eine Autorin sich wünschen kann – MJ, Sandy und Vicky.
Seit mittlerweile dreizehn Büchern haltet ihr mir den Rücken frei und helft mir, mein Bestes zu geben.
Vielen Dank für eure Freundschaft, Geduld und Loyalität.

DANKSAGUNG

Ich muss gestehen – manche Bücher sind einfacher zu schreiben als andere, und Howards Buch war wie ein Ringkampf mit einem Bären. Jenen, die mir geholfen haben, meine Reise in die Kultur der Wer-Bären zu überleben, schulde ich großen Dank. Zuerst meinen Schreibpartnern: MJ Selle, Sandy Weider und Vicky Yelton. Besonderer Dank gilt Sandys Ehemann, Paul, dem der Name für die Serie – Love at Stake – eingefallen ist, und der meiner Tochter viele Stunden Nachhilfe in Chemie gegeben hat.

Danke auch an Jimmy Franklyn, guter Freund und Super-Makler, der uns geholfen hat, umzuziehen und ein Haus zu verkaufen, während Howards Buch geschrieben und verlegt wurde. Jimmy, ich hoffe, es freut dich, einen jungen Wer-Bären nach dir benannt zu wissen.

Wie immer schulde ich meinem Ehemann großen Dank, der mich immer bestärkt und unterstützt, und der mir die besten Grilled Cheese Sandwiches macht, wenn ich mich wieder in der Deadline-Hölle befinde. Danke auch an meinen Sohn, Jonathan, der meine Druckfahnen mit Adleraugen durchsieht und noch in letzter Minute Tippfehler entdeckt.

So viele bei HarperCollins arbeiten unermüdlich, um meine Bücher zu einem Erfolg zu machen. Meiner Lektorin, Erika Tsang, und ihrer Assistentin, Chelsey: danke für eure Geduld und eure weisen Ratschläge. An Pam und Jessie und das Publicity Department: danke, dass ihr so fantastische Events und Lesereisen organisiert. An Tom und das Art Department: danke für die wunderschönen Cover! Und dann sind da noch all die anderen im Vertrieb und Marketing – vielen Dank an Euch alle!

Und schließlich meinen tief empfundenen Dank an all meine Leser auf der ganzen Welt. Ohne euch wären meine untoten Freunde schon vor Jahren gestorben. Vielen Dank für eure Unterstützung!

1. KAPITEL

Im trüben Licht des wolkenverhangenen Mondes warf Shanna Draganesti einen verzweifelten Blick auf die Blumenbeete, um die sie sich früher mit so viel Sorgfalt gekümmert hatte. Sie erstickten unter Unkraut, seit sie gestorben war.

Um ehrlich zu sein, hatte das Gärtnern in den letzten drei Monaten weit unten auf ihrer Prioritätenliste gestanden. Sie hatte viel größere Sorgen gehabt – zum Beispiel, sich an eine Ernährung zu gewöhnen, die nur aus Blut bestand, obwohl sie vor sechs Jahren allein bei seinem Anblick schon in Ohnmacht gefallen wäre, und sich an ihre übersinnlichen Gaben zu gewöhnen, mit denen es ihr viel zu leicht fiel, die Gedanken anderer Leute zu hören, ob sie es wollte oder nicht.

Quasi über Nacht hatte man von ihr erwartet, alle Fähigkeiten eines Vampirs zu beherrschen. Freies Schweben? Es war beängstigend, hinunterzublicken und nichts unter den eigenen Füßen sehen zu können. Ohne sich an irgendetwas festhalten zu können, kippte sie immer wieder um. *Notiz an mich selbst: Nie wieder einen Rock bei den Schwebe-Übungen anziehen.*

Und Teleportation? Sie hatte schreckliche Angst, halb in einem Baum oder Felsen steckend wieder aufzutauchen. Und warum zum Teufel konnte sie sich nicht zehn Pfund leichter wieder auftauchen lassen? Ihr wissenschaftliches Genie von einem Ehemann konnte ihr diese Frage nicht beantworten. Roman hatte nur gelacht, weil er glaubte, sie würde scherzen.

Dann waren da noch die Fangzähne. Die neigten dazu, zu den unpassendsten Gelegenheiten hervorzuschießen. Zum Glück konnte sie ihre gruseligen neuen Eckzähne nicht im Spiegel sehen. Leider konnte sie sich selbst auch nicht mehr sehen. Fast hätte sie ihre dreijährige Tochter auf den Boden fallen lassen, als sie Sofia zum ersten Mal von einer unsichtbaren Mutter gehalten im Spiegel schweben gesehen hatte.

Und das war das Schwerste am Vampirdasein. Sie war nicht

mehr dieselbe Mutter wie vorher. Jedes aufgeschlagene Knie und jede seelische Verletzung, die ihre Kinder sich im Tageslicht zuzogen, wurden von jemand anderem weggeküsst. Denn während des Tages war sie tot.

Sie hatte nie wirklich nachvollziehen können, was die anderen Vampire jeden Tag bei Sonnenaufgang durchmachten. Der Todesschlaf war ganz einfach, man lag bloß da wie ein Klotz, aber erst einmal an diesen Punkt zu kommen, war extrem nervenaufreibend. Sie musste sterben. Jedes Mal, wenn die Sonne wieder über den Horizont schien, empfand sie einen stechenden Schmerz und einen Augenblick der Panik. Roman versicherte ihr, dass es mit der Zeit leichter werden würde, wenn sie gelernt hatte, sich zu entspannen. Aber wie sollte sie ruhig bleiben, wenn sie im Begriff war, zu sterben? Was, wenn sie nie wieder aufwachte? Was, wenn sie ihre Kinder oder ihren Mann nie wiedersah?

Es gab kein tröstliches Licht in der Ferne, das ihr ein glückliches Leben nach dem Tod versprach. Stattdessen war da nur ein schwarzes Loch voller nichts. Laut Roman war es für Vampire immer so. Als ehemaliger mittelalterlicher Mönch hatte er die Dunkelheit als ein weiteres Zeichen dafür interpretiert, dass er verdammt und seine Seele für immer verloren war.

Mittlerweile glaubte er etwas anderes. Als er sich in sie verliebt hatte, war das für ihn wie ein Segen des Himmels gewesen und ein Zeichen dafür, dass er nicht vollkommen von Gott verlassen war. Und dann hatte Father Andrew – möge er in Frieden ruhen – den Rest der Vampire davon überzeugt, dass ihr Schöpfer sie nicht zurückgewiesen hatte. Alles unter dem Himmelszelt hatte eine Bestimmung, behauptete Father Andrew, und dazu gehörten auch die guten Vampire. Sie hatten als Einzige die nötigen Fähigkeiten, um die bösen Vampire und Gestaltwandler zu vernichten. Die guten Vampire schützten die Unschuldigen. In der modernen Welt dienten sie also einem wichtigen Zweck.

Notiz an mich selbst: Rufe dir jede Nacht in Erinnerung, dass du eine von den Guten bist. Damit dürfte sich das synthetische Blut leichter schlucken lassen.

„Komm schon, Mom!“ Constantine rannte vor ihr her und sprang die Stufen der Verandatreppe herauf.

Sofia, die sich nicht von ihrem älteren Bruder übertrumpfen lassen wollte, kletterte ihm sofort hinterher.

„Ich muss nicht warten, bis Mom die Tür aufschließt“, prahlte Tino. „Ich könnte mich reinteleportieren.“

Sofia sah ihn finster an und drehte sich dann zu Shanna um. „Mom, er gibt schon wieder an.“

Sie warf Tino einen eindringlichen Blick zu. Wie oft hatte sie ihn schon ermahnt, auf die Gefühle seiner kleinen Schwester Rücksicht zu nehmen! Bisher hatte Sofia noch keine Begabung zum Teleportieren gezeigt, und sie wurde mit der Zeit immer empfindlicher deswegen.

„Ist schon gut.“ Shannas Mutter, Darlene, nahm Sofia in den Arm. „Jeder hat seine eigenen besonderen Talente.“

Sofia nickte und schenkte ihrer Großmutter ein süßes Lächeln. „Ich kann Dinge hören, die Tino nicht hört.“

„Mom, sie gibt schon wieder an“, sagte Tino mit hoher Stimme, um seine Schwester nachzuäffen.

Prustend trug Shanna die leeren Koffer ihrer Kinder die Stufen zur Haustür hinauf. Trotz des frischen Umbruchs in ihrem Privatleben verhielten ihre Kinder sich weiterhin normal. Genau wie das Unkraut schienen sie in jeder Umgebung gedeihen zu können.

„Schöne Veranda.“ Darlene sah sich um. „Es müsste nur mal jemand fegen. Und ihr müsst euch um den Vorgarten kümmern, bevor ihr ein ‚Zu Verkaufen‘-Schild aufstellt.“

„Ich weiß.“ Shanna stellte die kleinen Koffer ab, damit sie die Tür aufschließen konnte. Ihre Mutter sah ihr Zuhause in White Plains, New York, gerade zum ersten Mal. Und vielleicht auch zum letzten Mal.

Seit Shannas Verwandlung hatten sie alle gemeinsam in der Dragon Nest Academy gelebt, der Schule, die sie für besondere Kinder gegründet hatte. Meistens handelte es sich dabei um Gestaltwandler oder Hybride, so wie Tino und Sofia. Roman hatte gemeint, dass sie besser schlafen könnte, wenn sie wüsste, dass ihre Kinder tagsüber gut beaufsichtigt wurden.

Insgeheim machte er sich Sorgen, dass sie nicht glücklich war und sich nicht an ihr neues Leben gewöhnen konnte. Und tief in seinem Inneren fürchtete er, dass sie ihm vorwarf, sie verwandelt und von ihren Kindern getrennt zu haben. Er sprach es niemals aus, aber sie konnte es in seinen Gedanken lesen. Und sie spürte es jedes Mal, wenn sie sich liebten. In seinen Küssen war eine Verzweiflung, in seinen Berührungen eine besondere Zärtlichkeit, als hoffte er, mit der reinen Kraft seiner Leidenschaft ihre Ängste auszulöschen und ihre Trauer zu heilen.

Sie blinzelte einige Tränen fort, als sie die Haustür öffnete. Armer Roman. Sie sollte ihm versichern, dass es ihr gut ging, auch wenn das gelogen war.

Sie rollte die zwei Koffer in den Eingangsbereich, der bereits hell erleuchtet war. Das Licht auf der Veranda und ein paar Lampen im Haus gingen dank einer Zeitschaltuhr jeden Abend an, damit das Haus bewohnt wirkte. „Hereinspaziert."

„Du meine Güte, Shanna!" Darlene sah sich mit strahlenden Augen um. „Was für ein schönes Zuhause."

Shanna lächelte traurig. „Danke." Sie hatte es drei Monate herausgezögert, das Unabwendbare zu akzeptieren. Sie mussten umziehen. Egal, wie sehr sie dieses Haus liebte, es funktionierte nicht mehr. Nicht, seit Roman und sie beide den ganzen Tag über tot waren.

Gott sei Dank war ihre Mutter wieder in ihr Leben getreten. Erst vor Kurzem war es Darlene gelungen, sich aus der grausamen Gedankenkontrolle zu lösen, unter die sie ihr Mann, Sean Whelan, gestellt hatte. Sie verbrachte jetzt alle ihre Zeit mit ihren

Kindern und Enkelkindern, um zu versuchen, die verlorene Zeit aufzuholen.

„Komm mit, Grandma!“ Sofia kletterte die Treppe hinauf. „Ich will dir mein Zimmer zeigen.“

„Vergiss ihren Koffer nicht.“ Shanna reichte ihrer Mutter den pink-grünen Tinkerbell-Koffer. „Sie kann so viel Spielzeug mitnehmen, wie hier hineinpasst.“

„Ich will meine Ponys mitnehmen!“, rief Sofia, schon halb die Treppe hoch.

„Und im Wandschrank steht noch ein Koffer“, sagte Shanna. „Sie braucht noch mehr zum Anziehen.“

„Kein Problem.“ Darlene fing an, die Treppe zu erklimmen. „Ich kümmere mich darum.“

Shanna reichte ihrem Sohn seinen orangefarbenen Koffer mit dem Knicks-Logo. „Bitte sehr.“

Constantin betrachtete sie schweigend, ehe er reagierte. „Müssen wir wirklich umziehen?“

Sie nickte. „So ist es am besten. In der Schule sind mehr Leute, die tagsüber auf euch aufpassen können.“

„Ich brauche keinen Babysitter.“

Shanna seufzte. Sofia war begeistert von ihrem Umzug, weil es in der Schule jetzt Pferde für Reitstunden gab. Aber Tino ließ sich nicht so einfach überzeugen. „Es sind andere Kinder da, mit denen du spielen kannst, zum Beispiel Coco und Bethany.“

Er rümpfte die Nase. „Das sind Mädchen. Die wollen nur doofe Sachen spielen.“

Sie zerzauste ihm die blonden Locken auf seinem Kopf. „Mädchen sind jetzt also doof?“

„Ja. Sie wollen sich immer nur verkleiden und so tun, als wären sie Filmstars. Ich will Basketball spielen oder Backgammon oder Schiffe versenken.“

„Wo hast du das denn gelernt?“ Sie wusste, dass ihr Sohn mit seinem Dad Basketball spielte, aber mit Brettspielen hatte sie ihn noch nie gesehen.

„Howard hat es mir beigebracht."
„Oh. Wie lieb von ihm." Howard Barr war seit vielen Jahren tagsüber der Leibwächter ihrer Familie. Seine Fähigkeit, sich in einen Bären zu verwandeln, machte ihn zum wilden Beschützer, aber er hatte eine so sanftmütige Natur, dass Shanna ihn immer mehr für einen Honigbären anstatt einen Grizzly gehalten hatte.

„Howard spielt gern", fuhr Tino fort. „Die Leute denken immer, er wäre langsam, weil er so groß ist und so viele Donuts isst, aber er ist echt schnell."

„Da bin ich mir sicher."

„Er ist auch klug." Tino kniff konzentriert die Augen zusammen. „Er sagt, Gewinnen ist eine Kombination aus Talent, Timing und … Stragetie."

„Strategie?"

„Genau. Howard ist echt gut mit Strategie. Wann kommt er wieder? Er ist schon ewig weg!"

Sie erinnerte sich, dass er Ende Mai nach Alaska gegangen war. Jetzt war es Ende Juni. „Er ist erst etwa einen Monat weg."

„Ja! Das ist doch fast ewig!"

Für einen Fünfjährigen war es das wahrscheinlich. „Ich rufe deinen Onkel Angus an und frage ihn, aber erst einmal möchte ich, dass du alles zusammenpackst, was du in die Schule mitnehmen möchtest."

„Okay." Statt zur Treppe zu gehen, stellte er sich direkt unter den Absatz zum ersten Stock.

„Tino, warte …" Sie war zu langsam. Er schwebte bereits aus ihrer Reichweite. „Sei vorsichtig."

Er spähte mit einem etwas frustrierten Lächeln zu ihr hinunter, wie er es immer tat, wenn er fand, dass sie es mit ihrem Beschützerinstinkt übertrieb. „Komm schon, Mom. Ich kann doch nicht fallen." Er erreichte die Galerie im oberen Stockwerk und warf seinen leeren Koffer auf den Treppenabsatz.

Sie knirschte mit den Zähnen, als er ein Bein über die Balustrade schwang und sich rittlings auf das Geländer setzte. Jetzt könnte er auf jeden Fall abstürzen, wenn er das Gleichgewicht verlor. Sie spannte sich an, bereit zu schweben, um ihn aufzufangen, aber er landete sicher auf beiden Füßen im obersten Stockwerk.

Sie stieß den Atem aus, den sie angehalten hatte. „Alles in Ordnung?"

„Es geht mir gut. Mach dir nicht so viele Sorgen." Er rollte den Koffer in Richtung seines Zimmers.

Mach dir nicht so viele Sorgen? Sie war eine Mutter. Wie sollte sie sich keine Sorgen machen?

Seine Worte hallten in ihrem Kopf wider, während sie ins Wohnzimmer ging. Sie hatte Angst, dass er etwas wirklich Gefährliches versuchen würde. Zum Beispiel, sich in ein fahrendes Auto zu teleportieren. Oder an die Spitze eines Mobilfunkmastes zu schweben.

Sie hatte gehört, wie er Angus MacKay gefragt hatte, wie hoch ein Vampir schweben konnte. Und er bettelte Angus und die anderen Männer bei MacKay Security and Investigation immer darum an, ihm von den gefährlichen Abenteuern zu erzählen, die sie im Lauf der Jahrhunderte überlebt hatten.

Im Wohnzimmer legte sie ihre Handtasche auf der Lehne eines Polstersessels ab und nahm ihr Handy heraus. Sie wollte Angus nach Howard fragen und ihn daran erinnern, dass die Männer aufpassen mussten, was sie einem leicht zu beeindruckenden fünfjährigen Jungen erzählten.

Ihr Blick wanderte zur Lücke zwischen dem Sofa und dem Couchtisch, wo Tino seine ersten Schritte gemacht hatte. Warum hatte er es so eilig mit dem Großwerden? Wenn er tagsüber etwas Gefährliches versuchen sollte, wäre sie nicht da, um ihn aufzuhalten. Wie sollte sie mit sich selbst leben, wenn ihren Kindern etwas geschah, während sie nicht in der Lage war, sie zu beschützen?

Die Lösung war offensichtlich. Howard musste zurückkommen. Er konnte ihre Kinder besser als jeder andere beschützen.

Tino würde es nicht wagen, nicht zu gehorchen, wenn ein Kodiak-Wer-Bär ihm etwas verbot.

Etwas beschämt musste sie feststellen, dass sie in letzter Zeit zu sehr auf ihre eigenen Probleme fixiert gewesen war. Sie hätte merken müssen, dass mit Howard etwas nicht stimmte. Es sah ihm nicht ähnlich, so lange fortzubleiben. In den sechs Jahren, die sie ihn kannte, hatte er sich höchstens ein oder zwei Tage im Monat freigenommen, um sich in seiner Blockhütte in den Adirondack Mountains zu verwandeln. Hatte er irgendwelche persönlichen Probleme? War er wieder krank?

Sie erinnerte sich daran, wie er ausgesehen hatte, als sie sich das erste Mal begegnet waren – ein Mann mittleren Alters mit dünner werdendem Haar und einer gebrochenen Nase. Er hatte oft gelächelt und einen ansteckenden Humor gehabt. Sie hätte nie erwartet, dass er krank war.

Roman hatte ihr erklärt, dass Howard direkt nach der High School von seinem Wer-Bären-Klan aus Alaska verbannt worden war. Er hatte dank eines Football-Stipendiums vier Jahre an der University of Alabama studiert und dann drei weitere Jahre als Linebacker bei den Chicago Bears gespielt. Von seiner Art getrennt gab es keinen sicheren Ort, an dem er sich verwandeln konnte.

Als er sich in Tuscaloosa zum ersten Mal verwandelt hatte, hatte sich die Neuigkeit, dass sich ein Grizzly in der Gegend herumtrieb, schnell verbreitet, weshalb er eine schreckliche Nacht lang Kugeln hatte ausweichen müssen. Danach hatte er sich kaum noch getraut, eine Verwandlung zu riskieren. Er war sogar gezwungen gewesen, in Nächten, in denen sein Körper sich verzweifelt verwandeln wollte, Football zu spielen. Es hatte ihn unglaublich viel Kontrolle und Kraft gekostet, seine wahre Natur zu unterdrücken, aber es war ihm gelungen, weil er wusste, dass er seinen Job verlieren und seine Spezies in Gefahr bringen würde, sollte die Wahrheit ans Licht kommen.

Seine Weigerung, sich zu verwandeln, hatte in seinem Körper

ein chemisches Ungleichgewicht ausgelöst, mit dem er sich langsam selbst vergiftete. Er fing an zu altern. Die Haare fielen ihm aus. Die Verletzungen, die er sich auf dem Footballfeld zuzog, heilten nicht mehr.

Nur ein Zufall hatte Howard das Leben gerettet. Gregori hatte Roman und Laszlo zu einem Play-off-Spiel im alten Stadion der Giants geschleppt, wo ihnen der angeschlagene Gestaltwandler auf dem Feld aufgefallen war. Trotz seiner Schmerzen war es Howard gelungen, den Quarterback der anderen Mannschaft dreimal umzunieten. Beeindruckt hatten sie ihn danach aufgesucht und ihn überzeugt, dass er sterben würde, wenn er so weitermachte wie bisher.

Erleichtert, einen Job gefunden zu haben, bei dem er seine wahre Identität nicht länger verbergen musste, hatte Howard bei MacKay Security and Investigations angefangen. Er hatte sich eine Blockhütte in den Adirondacks gebaut, wo er sich verwandeln konnte, und langsam waren seine Knochen verheilt, sein Haar zurückgekommen, und ebenso sein jüngeres, lebhafteres Aussehen, das Gestaltwandlern normalerweise ein paar Jahrhunderte lang vergönnt war. Nur nach Alaska, von wo man ihn verbannt hatte, war er nie zurückgekehrt. Bis jetzt.

Shanna fragte sich, was sich verändert hatte. Sie stützte sich auf der Sessellehne ab, während sie durch das Telefonbuch in ihrem Handy scrollte, um Angus anzurufen.

„Hast du schon angerufen?“

Fast hätte sie das Telefon fallen gelassen. Ihr Sohn war plötzlich neben dem Couchtisch aufgetaucht. „Tino, du hast mich erschreckt. Ich dachte, du bist oben am Packen.“

„War ich auch.“ Er kletterte auf den Sessel und kniete sich so hin, dass er sie ansehen konnte. „Hast du Onkel Angus angerufen? Kommt Howard wieder? Wohnt er dann bei uns in der Schule?“

„Ich denke schon.“

„Warum packen wir dann nicht ein paar Sachen für ihn?“, fragte Tino. „Wir könnten ein Zimmer für ihn fertig machen.“

Shanna sah zu dem Flur, der zu Howards Zimmern führte. Da sie und Roman eine große fensterlose Suite im Keller bewohnten, hatten sie Howard das Schlafzimmer und das Arbeitszimmer im Erdgeschoss überlassen. Als Wer-Bär brauchte Howard starke Wurzeln, und diesen Teil des Hauses konnte er als seinen privaten Bereich betrachten. Sie war ein paarmal in seinem Büro gewesen, hatte sich aber noch kein einziges Mal in sein Schlafzimmer vorgewagt.

Shanna schüttelte den Kopf. „Es würde ihm nicht gefallen, wenn wir in seinem Zimmer herumwühlen. Außerdem ist er jetzt bereits seit über einem Monat weg. Er wird sicher jede Menge Sachen dabeihaben."

„Aber seine Spiele hat er nicht." Tino hüpfte auf dem Sessel auf und ab. „Ohne seine Spiele können wir doch nicht spielen."

Shanna biss sich auf die Unterlippe. Es würde Howard vielleicht nichts ausmachen, wenn sie in sein Zimmer ging und ein paar Spiele mitnahm.

„Und außerdem braucht er seine geheimen DVDs."

Sie drehte sich zu Tino um. „Seine was?"

„Seine DVDs. Er hat sie in einem Karton unter seinem Bett versteckt. Die guckt er, wenn er nicht arbeitet."

„Sie scheinen nicht so geheim zu sein, wenn du weißt, wo sie sind."

Tino zuckte mit den Schultern. „Ich nenne sie nur geheim, weil er sie mich nicht gucken lässt. Er sagt, die sind was für ältere Leute."

Nur für Erwachsene? Shanna musste schlucken. Gab es eine Seite an Howard, die bisher niemand kannte? Nein, das konnte sie nicht glauben. Der liebe Howard, immer mit einem Lächeln im Gesicht und einem Donut in der Hand? Er konnte doch nicht … „Hat er sonst noch etwas über diese DVDs gesagt?"

Tino neigte den Kopf zur Seite und dachte nach. „Es geht um ein Mädchen und zwei Jungs. Die Jungs heißen Big Al und der Hammer …"

„Okay." Shanna versuchte, sich ihr Entsetzen nicht anmerken zu lassen. Lieber Gott, sie hatte Howard ihre Kinder anvertraut. Privatsphäre hin oder her. Als verantwortungsbewusster Elternteil musste sie dem nachgehen. „Ich … glaube, ich kann in seinem Zimmer schon nach ein paar Spielen schauen."

„Cool! Kann ich mitkommen?"

„Nein!" Sanfter fuhr sie fort: „Warum hilfst du nicht Grandma dabei, die Koffer von deiner Schwester runterzubringen?"

Tino runzelte die Stirn. „Na gut. Aber denk auch an das Schachset. Howard hat versprochen, dass er es mir beibringt."

„Mache ich." Sie wartete, bis ihr Sohn sich ins obere Stockwerk teleportiert hatte, und eilte dann den Flur entlang.

Sie spähte in das Arbeitszimmer, das Howard als Hauptquartier für seine Überwachung benutzte. Eine Wand war von Monitoren bedeckt. Auf ein paar Bildschirmen sah man normalerweise die Umgebung ihres Hauses in White Plains, während andere mit den Überwachungskameras in Romans Stadthaus in der Upper East Side verbunden waren. Jetzt waren alle Monitore schwarz, weil in beiden Häusern niemand mehr wohnte.

Sie ließ den Blick durch den Raum schweifen. Ein Aktenschrank, auf dem ein paar Trophäen und Preise standen, die Howard während seiner Footballer-Karriere gewonnen hatte, ein schlichter Holzstuhl, auf dem Boden ein Paar Hanteln. Beide über zwanzig Kilo. Du liebe Zeit. Howard wäre ein beachtlicher Gegner, sollte sich ihm jemals jemand in den Weg stellen. Gut, dass er von Natur aus so gutmütig und freundlich war. Oder war er das doch nicht? Wie gut kannte sie ihn wirklich? Sie betrachtete die Handschellen auf seinem Schreibtisch.

Howard liebt Spiele. Tinos Worte drängten sich mit einer neuen und verstörenden Bedeutung wieder in ihre Gedanken. Nein, das war ganz einfach zu erklären. Howard war ihr Leibwächter. Er brauchte Handschellen aus Silber, um die bösen Vampire davon abzuhalten, sich davonzuteleportieren. Aber was war mit den DVDs nur für Erwachsene unter seinem Bett?

Die Tür zu seinem Schlafzimmer war verschlossen, aber das war mit ihrer neu gewonnen Vampirkraft kein Problem. *Notiz an mich selbst: Zersplitterten Türrahmen und kaputten Knauf reparieren, ehe das Haus auf den Markt kommt.*

Sie schaltete das Licht an, als sie das Schlafzimmer betrat, und blieb dann überrascht stehen. So hatte Howard sein Zimmer eingerichtet? Sie war schon mehrmals in seiner Jagdhütte gewesen, als Connor in gefährlichen Zeiten die Familie Draganesti dort versteckt gehalten hatte. Darin sah es genau so aus, wie man es von einem Wer-Bären aus Alaska erwartete. Viel Holz, Leder, Indianerdecken in den Farben von Erde und Himmel und ein paar Tierschädel an den Wänden.

Dieses Schlafzimmer hatte nichts Rustikales an sich. Schlicht, elegant und modern, wie es war, schien es gar nicht zu Howard zu passen. Hatte er eine geheime Seite an sich, von der niemand etwas wusste?

Das übergroße Doppelbett war mit einer schwarz-weiß gestreiften Tagesdecke zugedeckt, auf der leuchtend rote Kissen lagen. Die Nachtschränke bestanden aus Chrom und Glas. Gegenüber vom Bett stand auf einer schwarz glänzenden Kommode ein riesiger Breitbildfernseher. In der Ecke befand sich ein Liegesessel aus schwarzem Leder neben einem Buchregal aus Glas und Chrom. Sie entdeckte die Spiele, die Tino wollte, auf dem untersten Regalbrett.

Aber was war mit den geheimen DVDs? Als sie sich dem Bett näherte, wurde sie auf das außergewöhnliche Kopfende aufmerksam. Kacheln aus Zinn?

Mit den Fingern fuhr sie über den geprägten Zinn. Wie interessant. Die Kacheln waren auf einer Sperrholzplatte befestigt, die das Kopfende bildete. Hatte Howard das selbst gemacht? Anscheinend gab es vieles, was sie über ihn nicht wusste. Mit einem unbehaglichen Gefühl kniete sie sich hin und spähte unter das Bett.

Sie zog den schwarzen Karton hervor, den sie dort entdeckte, atmete tief durch und öffnete ihn.

Selbst gebrannte DVDs. Sie durchwühlte den ganzen Stapel und las die Label, die Howard selbst beschriftet und auf die Hüllen geklebt hatte. *Elsa in London. Elsa in Amsterdam. Elsa in Berlin.* Diese Elsa kam ja ganz schön herum. *Elsa in Pittsburgh. Elsa in Cincinnati.* War das wie bei *Debbie Does Dallas*?

Shanna schob die erste DVD in den DVD-Player und schaltete dann den Ton am Fernseher aus, falls sie auf eine Szene mit lautem Stöhnen stoßen sollte.

Eine Collage alter Herrenhäuser flimmerte über den Bildschirm, und dann tauchte der Titel der Show auf. *International Home Wreckers.* Eine Landkarte Großbritanniens und der Union Jack zogen vorüber und anschließend das Foto eines gut angezogenen Mannes. Alastair Whitfield, auch bekannt als Big Al. Danach waren der Umriss von Deutschland und seine Flagge zu sehen, gefolgt von einem weiteren Foto. Oskar Mannheim, auch genannt The Hammer. Und schließlich Landkarte und Flagge von Schweden, gefolgt von dem Bild einer hübschen blonden Frau, bekleidet mit abgeschnittenen Jeans und einem karierten Hemd, das sie unter den Brüsten zusammengebunden hatte. Dazu trug sie Arbeiterstiefel und einen Werkzeuggürtel um die Hüften. Elsa Bjornberg, auch bekannt als Amazon Ellie. Es folgte eine Werbung für den Sender HGRS, Home and Garden Renovation Station. Der Heimwerkerkanal.

„Du liebe Zeit“, hauchte Shanna. „Ich liebe diesen Sender.“ Sie blickte über die Schulter zurück auf das verzinnte Kopfende des Betts. Stand Howard etwa auf Innenarchitektur?

Die Show begann damit, dass die beiden männlichen Stars ein viktorianisches Stadthaus in London entkernten, das schon ganz verfallen war. Alastair, gekleidet in einen teuren Designeranzug, wählte gerade eine neue Tapete für das Wohnzimmer aus. Oskar, in Jeans und T-Shirt, riss einen schrecklichen orangefarbenen Flokatiteppich heraus und legte darunter das Holzparkett frei.

„Es ist unglaublich wichtig, das wahre Erbe eines solchen Hauses zu bewahren“, erklärte Alastair in einem klaren britischen Akzent. „Aber zur gleichen Zeit müssen wir auch auf die Wünsche der Familie eingehen, die dieses Haus ihr Zuhause nennen wird. Sie hätten es gern moderner und offener. Also haben wir uns einverstanden erklärt, einen Teil der Mauer einzureißen, die diesen Raum vom Zimmer dahinter trennt. Glücklicherweise haben wir genau die richtige Person dafür. Elsa!"

Shanna atmete scharf ein, als Elsa Bjornberg in den Raum geschritten kam. Lieber Gott, sie musste ja über einen Meter achtzig groß sein. Entweder das, oder ihre Filmpartner waren etwas klein geraten. Sie trug einen weißen Overall mit Farbflecken und ein kurzärmeliges T-Shirt, ebenfalls weiß, das gut mit ihrer goldgebräunten Haut kontrastierte. Ihr langes blondes Haar hatte sie zu einem Pferdeschwanz zusammengebunden, und der obere Teil von ihrem Gesicht war unter einer riesigen Sicherheitsbrille verborgen. In ihren Händen, die in Arbeitshandschuhen steckten, hielt sie einen großen Vorschlaghammer.

Sie verschwendete keine Zeit, sondern holte einfach aus und schlug mit dem Hammer mitten durch die Wand.

Shanna sah staunend zu. Kein Wunder, dass man sie Amazon Ellie nannte. Sie war eine große Frau. Schwere Knochen, trainierte Muskeln und ein breites Lächeln, das sie der Kamera präsentierte, als sich der letzte Rest Wand in Staub verwandelte.

Shanna wendete sich wieder dem schwarzen Karton zu und studierte den Inhalt noch einmal eingehend. Sie fand eine Fernsehzeitschrift, in der stand, dass die Sendung nachmittags kam. Das erklärte, warum sie sie noch nie gesehen hatte. Aber warum machte Howard so ein Geheimnis aus seinem Interesse an Häuserrenovierungen?

Unter den DVDs entdeckte sie einen Artikel aus einer Zeitschrift, zu dem ein Interview mit Oskar, Elsa und Alastair gehörte. Und darunter entdeckte sie einen Stapel Fotos, die aussahen, als hätte man sie aus dem Internet ausgedruckt. Auf jedem war Elsa abgebildet. Elsa in ihren abgeschnittenen Jeans, die ihre langen gebräunten Beine betonten. Elsa in einem Abendkleid, das ihre üppigen Kurven betonte. Eine Nahaufnahme von Elsas Gesicht und ihren hübschen grünen Augen.

„Ach du meine Güte“, flüsterte Shanna. Deswegen sah Howard sich die Sendung an. Er war verknallt in Amazon Ellie.

Sie sah gerade rechtzeitig zum Fernseher hoch, um zu sehen, wie Elsa ein Waschbecken aus der Wand riss. „Wow.“

Mit klopfendem Herzen stand Shanna auf. Howard hatte die perfekte Frau für einen Wer-Bären wie sich gefunden!

Sie schaltete den Fernseher aus und legte die DVD mit zitternden Fingern zurück in den schwarzen Karton. Die perfekte Frau für Howard! Sie musste dafür sorgen, dass er sie kennenlernte. Aber er sah sich die Sendung nur heimlich an. Wenn das so weiterging, würde er seine Traumfrau nie kennenlernen. Er brauchte Hilfe.

Ihr Herz machte einen Sprung. Das alte Gutshaus! Erst letzte Nacht hatten sie und Roman über die Möglichkeit gesprochen, dieses alte Haus zu ihrem neuen Zuhause zu machen. Es stand nur ein paar Meilen von der Schule entfernt und gehörte zum Anwesen, sodass es ohnehin schon in ihrem Besitz war. Leider befand es sich in einem traurigen Zustand. Ein Groschengrab hatte ihre Mutter es genannt.

Aber das machte es auch zum perfekten Projekt für *International Home Wreckers*! Genau auf die Renovierung von solchen historischen Juwelen hatten sie sich spezialisiert.

Sie schob den Karton zurück unters Bett und sprang auf. Sollte sie es wagen? Einen Wer-Bären verkuppeln? Ihr Herz raste, und zum ersten Mal seit drei Monaten erwischte sie sich dabei, wie sie grinste.

Sie schnappte sich die Spiele aus Howards Regal und eilte zurück ins Wohnzimmer. Innerhalb von Sekunden hatte sie Angus’ Nummer auf ihrem Handy gewählt.

„Hi, Angus. Kannst du Howard sofort zurückholen?“

„Ist irgendwas nicht in Ordnung?“, fragte er.

„Ich mache mir Sorgen, ob meine Kinder tagsüber noch sicher sind, besonders Tino. Ich habe Angst, dass er etwas Gefährliches ausprobiert, und Howard ist der Einzige, der ihn für mich beschützen kann. Ich brauche ihn hier.“

Angus schwieg einen Augenblick, ehe er antwortete. „Sein Urlaub ist seit über einer Woche vorbei. Es gab eine Mission, auf die ich ihn schicken wollte, aber er hat sich geweigert.“

„Was?“ Sie spannte sich an. „Er wird doch nicht kündigen, oder?“

„Das hat er nicht gesagt, aber dieser Mistkerl geht auch nicht ans Telefon. Ich habe Dougal und Phil losgeschickt, um ihn einzufangen.“

Shanna zuckte zusammen. „Er ist doch wohl nicht in Gefahr?“

„Das wissen wir nicht“, sagte Angus. „Deswegen suchen wir nach ihm. Ich hätte noch mehr von meinen Männern geschickt, aber wir haben gerade drei Missionen laufen. Uns fehlen einfach die Leute.“

„Verstehe.“ Sie atmete tief durch. Einen Babysitter für ihre Kinder zu finden wirkte wahrscheinlich belanglos im Vergleich zu den anderen Dingen, um die Angus sich kümmern musste. Aber deswegen machte sie sich nicht weniger Sorgen. „Wenn ihr Howard findet, kannst du ihm dann sagen, dass wir ihn brauchen? Tino fragt nach ihm.“

„Aye, wir sagen es ihm.“

„Danke.“ Shanna ließ ihr Handy zurück in ihre Handtasche gleiten.

Es sah Howard nicht ähnlich, mehr Urlaubstage zu nehmen, als ihm zustanden. Oder Anrufe von seinem Boss zu ignorieren. Angus hatte genervt geklungen, weil er sich gezwungen sah, ihn ausfindig zu machen.

Was in aller Welt hatte Howard vor?

2. KAPITEL

Howard spähte über den Rand der Klippe. Selbst im trüben Licht eines wolkenverhangenen Mondes konnte er mit seinem scharfen Blick die zerklüfteten Felsen ausmachen, auf denen man vor all den Jahren Carly gefunden hatte, ihr Körper zerschmettert, ihr langes braunes Haar von Blut verklebt. Seine erste große Liebe, das Mädchen, das er einmal heiraten wollte. Ermordet in der Nacht ihres Abschlussballs.

Sein Blick richtete sich auf die kleine Ansammlung von Lichtern, die die kleine Stadt Port Mishenka an der Ostküste der alaskischen Halbinsel markierte. Zwanzig Jahre waren vergangen, seit er zum letzten Mal hier gewesen war, aber viel hatte sich nicht verändert. Die auffälligsten Lichter gehörten immer noch zum Footballfeld der High School. Dort war er früher einmal ein Held gewesen, aber jetzt würde ihn keiner der Einwohner mehr willkommen heißen. Nicht, solange sie ihn für Carlys Mörder hielten. Ihre Familie behauptete immer noch, er hätte sie zusammen mit ein paar Jungen von den Klippen geworfen.

Es war unmöglich, alle Anschuldigungen von sich zu weisen. Er hatte wirklich drei Jungen von den Klippen geworfen. Werwölfe. Bis vor drei Monaten hatte er sie alle für tot gehalten. Jetzt kannte er die Wahrheit. Der Schlimmste der drei hatte überlebt.

Er konnte es Carlys Familie nicht vorwerfen, dass sie sich gegen ihn gewendet hatten. Ihr Tod hatte ihnen das Herz gebrochen. So war es ihm selbst jahrelang ergangen. Er lebte mit einem gebrochenen Herzen und Schuldgefühlen, weil in den Behauptungen der Familie ein Funken Wahrheit steckte. Ihre Tochter war wegen ihm ums Leben gekommen. Sie war zur unschuldigen Schachfigur in Rhett Bleddyns Racheplänen geworden.

Es hatte ihm wenig Trost gespendet, zu glauben, Rhett umgebracht zu haben. Das Dreckschwein hatte den perfekten Weg gefunden, ihn zu quälen, indem er dafür gesorgt hatte, dass er sich für Carlys Tod verantwortlich fühlte.

Jetzt allerdings war die Wahrheit ans Licht gekommen. Rhett Bleddyn war noch am Leben.

Und das Spiel hatte von Neuem begonnen. Leider hatte Rhett den Heimvorteil. Vor Kurzem zum Rudelführer von ganz Alaska erklärt, hatte er Hunderte von Werwölfen in seinem Team. Howard konnte sich nur an wenige Wer-Bären aus seiner schwindenden Inselgemeinschaft wenden. Was ihm an Unterstützung fehlte, musste er durch überlegenes Timing und Strategie ausgleichen.

Und was Timing anging, wurde es langsam Zeit, dass die zwei Männer, die gerade den Berg hochkletterten, endlich bei ihm ankamen. Der Geruch nach Werwolf stieg zu ihm hinauf, und Howard schloss instinktiv seine Faust um den aus Holz geschnitzten Wanderstock, den er sich von seinem Großvater ausgeliehen hatte. Der Stock war dick genug, um ihn als Waffe zu benutzen, und über einen Meter neunzig lang, sodass er direkt auf Höhe seiner Augen endete.

Er lockerte seinen Griff. Dieser Werwolf war einer der wenigen Lykaner, die er als Freund bezeichnete. Werwölfe gingen immer davon aus, dass sie den empfindlichsten Geruchssinn hatten, aber in diesem Punkt waren die Wer-Bären ihnen voraus. Er konnte Phils Duft aus zwei Meilen Entfernung erkennen. Nicht, dass Phil normalerweise anders riechen würde als andere Werwölfe. Der Einfluss seiner Frau, Vanda, war es, der ihn einzigartig machte. Sie sorgte dafür, dass er irgendein besonderes Shampoo benutzte.

Offensichtlich hatte Phil die Witterung von Howard aufgenommen und spürte ihm nach. Was dem Werwolf nicht klar sein dürfte, war, dass Howard in dieser Nacht gefunden werden wollte. Das gehörte alles zu seiner Strategie.

Phils Begleiter ließ sich etwas schwerer ausmachen. Das Fehlen eines starken Geruchs ließ auf einen Vampir schließen. Der Geruch nach feuchtem Schaf deutete auf einen Kilt tragenden Schotten hin, der in einen Regenschauer geraten war. Aber welcher schottische Vampir genau? War Angus so sauer, dass er persönlich gekommen war?

Sie bewegten sich leise den Bergpfad hinauf, so als glaubten sie, sich an einen Wer-Bären heranschleichen zu können. Der Gedanke brachte Howard zum Lächeln. Das leise Rascheln von einem Kilt und das Knirschen von Phils Stiefeln waren unverwechselbar.

Er entschied, dass es nicht Angus sein konnte. Phil hatte die Führung übernommen, und das hätte er kaum getan, wenn der Boss bei ihm gewesen wäre. Ian oder Robby? Oder vielleicht war es Connor, der nach langen Flitterwochen endlich wieder zur Arbeit gekommen war.

Howards Lächeln verblasste. All die anderen Männer heirateten und bekamen Kinder. Für ihn war diese Art häuslicher Glückseligkeit unwahrscheinlich. Es gab zwar einige weibliche Wer-Bären auf der Insel, aber die waren entweder vergeben oder mit ihm verwandt.

Sein Blick wanderte zurück zu den Felsen, auf denen Carly vor zwanzig Jahren gestorben war. Sie hatte ihm vollkommen vertraut, auch nachdem er ihr gestanden hatte, dass er ein Wer-Bär war. Seit ihr hatte er keine sterbliche Frau mehr kennengelernt, der er sein Geheimnis hätte anvertrauen können.

Es hatte eine Zeit gegeben, in der die Schuldgefühle und der Schmerz über Carlys Tod ihn fast zerstört hätten. Während des College und seine ganze Footballkarriere über hatte er zugelassen, dass er litt, um sich selbst zu bestrafen. Doch als die Jahre verstrichen, hatte die Last seiner Schuld sich langsam verändert. Statt sich schuldig zu fühlen, weil er vergessen wollte, fühlte er sich jetzt schuldig, weil er sich kaum noch an ihr Gesicht erinnern konnte. Wie grausam das Leben war, dass sie den Preis für Rhett Bleddyns Wut hatte zahlen müssen.

Der Tod war noch viel zu gut für Rhett. Howard wollte sehen, wie das kranke Schwein litt. Er musste behutsam und im Geheimen vorgehen, um seine Leute zu beschützen, war aber überzeugt, es mit der richtigen Strategie schaffen zu können. Und wenn er Rache für Carly genommen hatte, konnte er vielleicht endlich seine Schuld ablegen. Er war lange genug verbannt gewesen.

Eine kühle Brise wehte von der Mishenka-Bucht hinauf, und er schloss die Augen, um sich ganz auf den Duft konzentrieren zu können – eine herrliche Mischung aus salzigem Meer und grünem Wald. *Zuhause.* Er atmete tief durch, um den tröstlichen Duft in seine Seele sickern zu lassen, und ein neues Gesicht tauchte in seinen Gedanken auf. Elsa. Wunderschöne Elsa. Jeden Tag drang sie mehr und mehr in seine Gedanken ein. Leider bewies das nur, dass es egal war, wie sehr er versuchte, ein kluger Stratege zu sein, er blieb ein Dummkopf.

Elsa Bjornberg war eine Berühmtheit, eine atemberaubende, herzzerreißende Schönheit, die für ihre Karriere um die ganze Welt reiste. Warum sollte sie irgendeinen Typen von einer gottverlassenen Insel in Mishenka Bay, Alaska, kennenlernen wollen? Besonders einen Typen, der zu groß geraten war und sich ab und zu in einen echten Bären verwandelte. Die grausame Wahrheit war, dass sie sich nie begegnen würden. Er wusste schon seit Monaten, dass seine Besessenheit von ihr lächerlich war. Armselig. Kindisch. Es war peinlich, also hielt er sie geheim.

Und trotzdem fühlte er sich immer wenn er sie im Fernsehen sah zu ihr hingezogen. Nicht nur leicht angetan, sondern auf irgendeine Weise unwiederbringlich mit ihr verbunden. Es ergab keinen Sinn, aber das zu wissen, ließ das seltsame Gefühl auch nicht verschwinden.

Das leise Rascheln von Schritten hinter ihm ließ ihn erstarren. So ein Mist, er hatte sich ablenken lassen. Er verbarg seinen Schrecken, indem er den Stock in die Luft schwang und ihn sich über die Schultern legte, wo er ihn mit beiden Händen festhielt.

Ihnen den Rücken zugekehrt, lauschte er aufmerksam, während er zum Mond hinaufblickte, eine matte Silberscheibe, von Wolken verhüllt. In der morgigen Nacht war Vollmond. Wenn alles nach Plan verlief, sollte ihm ein Touchdown gelingen. „Hallo, Phil."

Seinen Worten folgte ein Augenblick des Schweigens und dann ein Rauschen, als Phil Jones vernehmlich ausatmete. „Woher wusstest du, dass ich es bin? In Alaska wimmelt es von Werwölfen."

„Die benutzen aber alle nicht so ein schickes Mädchen-Shampoo." Howard lächelte, als er zur Antwort ein leises Knurren hörte.

Ein leises mechanisches Klicken kam von dem Vampir hinter ihm. Konnte es Dougal Kincaid sein? Der Vampir hatte vor ein paar Jahren seine rechte Hand in einem Gefecht verloren, und vor Kurzem hatte Roman ihm eine mechanische angefertigt.

„Dougal?" Howard drehte sich um und lächelte breiter, als er sah, dass er richtiggelegen hatte. „Schön, euch wiederzusehen. Ihr seid gestern Abend angekommen?"

Der Schotte legte den Kopf schräg und betrachtete ihn. „Hat dir das jemand erzählt?"

„Nein. Gestern Abend hat es geregnet, und dein Kilt riecht noch nach nassem Schaf."

Dougals Mund verzog sich amüsiert. „Dich erwartet Ärger mit Angus, das ist dir hoffentlich klar."

„Nicht genug Ärger, wenn er nur euch beide geschickt hat."

„Glaub mir, er ist stinksauer", knurrte Phil und strich sich dann die langen, zerzausten Haare über die Schultern. „Es ist günstiger, dasselbe Shampoo wie meine Frau zu benutzen."

„Ich verstehe." Howard lächelte ihn mitfühlend an. „Ich werde es nicht mehr erwähnen, wenn du deswegen so … empfindlich bist."

Phil kniff die Augen zusammen.

Dougal lachte auf. „Wir haben den Befehl, dich sofort zu Romatech zurückzubringen."

Howard nickte, immer noch lächelnd. „Viel Glück damit."

Phil schnaubte. „Was zur Hölle hast du vor, Howard?"

„Ich dachte schon, ihr fragt nie. Ich brauche mehr Spieler in meinem Team.“

„Team?“, fragte Dougal. „Wird hier gespielt?“

„Ja. Man nennt es Rache. Es wird einfacher, Punkte zu erzielen, wenn ich ein paar weitere Hände zur Verfügung habe.“ Howard warf einen kurzen Blick auf die künstliche rechte Hand des Vampirs. „Nichts für ungut.“

„Schon gut.“ Dougal wackelte mit den Fingern an seiner mechanischen Hand. „Du wärest überrascht, was ich alles kann.“

„Spar dir das für die Ladys.“ Howard deutete auf Phil. „Bist du dabei?“

„Wenn du an Rhett Bleddyn Rache nehmen willst, dann bin ich dabei. Angus kann warten.“

Dougal schnaufte. „Jetzt sind es schon zwei, die sich seinen Befehlen widersetzen. Angus wird verdammt sauer sein.“

„Vielleicht auch nicht“, wandte Phil ein. „Er weiß, was für ein Arschloch Rhett ist. Der Typ hat versucht, meine Schwester zu zwingen, ihn zu heiraten. Er wollte meine gesamte Familie umbringen und all unser Land und unsere Anhänger an sich reißen. Er ist ein machthungriges, skrupelloses Dreckschwein.“

Dougal nickte und sah Howard an. „Ich verstehe, warum Phil Rache nehmen will, aber was hast du gegen ihn?“

Howard schwieg, schwang dann den Stock von seinen Schultern und steckte ihn mit einem Ende in den Dreck zu seinen Füßen. „Ich habe meine Gründe. Bist du dabei?“

Dougals Hand gab ein Klicken von sich, als er sie zur Faust ballte und dann wieder ausstreckte. „Was hat dein Spiel für einen Zweck? Willst du Bleddyn umbringen?“

„Sehe ich wie ein Mörder aus?“ Howard runzelte die Stirn, als die anderen beiden nur einen langen Blick austauschten. „Okay. Ihr habt schon gesehen, wie ich jemanden umgebracht habe. Aber nur in der Schlacht.“

„Du bist heftig“, murmelte Phil. „Du kannst mit einem einzigen Ausholen jemandem den Kopf abreißen.“

„Dann bin ich eben effizient", knurrte Howard, lächelte dann aber. „Es hat sich noch nie vorher jemand über meine Effizienz beschwert."

Phil stieß ein Lachen aus. „Wir freuen uns nur, dass du auf unserer Seite bist."

Howards Mundwinkel zuckten. „Bist du dir da sicher?"

Phil erstarrte. „Du riesiger Trottel, warum fährst du nicht einfach …"

„Das reicht." Dougal hob eine Hand und warf Howard einen genervten Blick zu. „Ich muss mehr wissen, ehe ich mich entscheide. Willst du Rhett in einen Kampf locken?"

„Nein." Howard deutete mit seinem Stab auf ein paar Lichter, die weit entfernt in der Mishenka Bay funkelten. „Seht ihr die Inselgruppe da draußen? Die nennt man Bear Claw Islands, Bärenklau-Inseln, weil es eine große runde gibt und vier schmale, die sich nördlich davon erstrecken."

Dougal stellte sich näher an den Rand der Klippe. „Dort bist du aufgewachsen?"

„Ja. Auf der großen runden, die man The Paw nennt."

„Wir haben in deinem Lebenslauf gesehen, dass du dort unten zur High School gegangen bist." Phil deutete auf die Stadt unter ihnen und kicherte. „Ein Wer-Bär, der Football für die Port Mishenka Marmots spielt? Das muss dir doch peinlich gewesen sein."

Howard zog eine Augenbraue nach oben. „Ich habe auf dem Feld so einigen den Hintern versohlt. Möchtest du, dass ich es dir zeige?"

„Das reicht, ihr beiden." Dougal deutete auf die Bear Claw Islands. „Lebt deine Familie immer noch dort?"

„Ja. Auf dieser Inselgruppe und auf Kodiak Island weiter im Norden leben die meisten Wer-Bären. Wir sind nur noch ungefähr hundert."

„Mist." Phil betrachtete die Inseln mit gerunzelter Stirn. „Ihr seid vom Aussterben bedroht."

Howard seufzte. „Es gab eine Zeit, vor einigen Hundert Jahren, als Wer-Bären ein blühendes Volk waren und das ganze Festland bewohnten. Es gab über tausend von uns. Aber dann sind die Siedler gekommen, die Goldsucher, und die Werwölfe sind hergezogen und wollten das Land für sich. Die Alpha-Wölfe haben einfach jeden gebissen, der auf Gold gestoßen ist, um alle zu ihren Anhängern zu machen."

„Und damit gehörte ihnen das Gold", murmelte Phil.

Howard nickte. „Die Werwölfe haben schnell Reichtum und Ländereien angehäuft. Wenn jemand etwas besaß, was sie wollten, haben sie ihn einfach gebissen, damit er ihnen untergeben wurde."

„Und die Wer-Bären haben niemanden gebissen?", fragte Dougal.

„Normalerweise nicht. Es liegt nicht in unserer Natur, Rudel zu bilden. Besonders bei den männlichen Bären. Wir sind Einzelgänger. Leider hat sich das bisher immer zu unserem Nachteil ausgewirkt. Wir waren weit verteilt, jeder männliche Bär hat ein riesiges Territorium für sich beansprucht, und das hat uns angreifbar gemacht. Ein einzelner Wer-Bär kann es vielleicht mit einer kleinen Gruppe Werwölfe aufnehmen, aber sie haben angefangen, uns in Rudeln von dreißig oder vierzig anzugreifen."

Dougal fluchte leise. „Dagegen ist man hilflos."

„Ja. Irgendwann sind die meisten Bären auf diese Inseln gezogen, um die Jüngsten zu beschützen. Um sich ihren Lebensunterhalt zu verdienen, haben viele Männer mit dem Fischen angefangen, aber immer wenn bei Sturm ein Boot gekentert ist, haben wir fünf oder sechs von ihnen verloren. Und da wir ohnehin schon so wenige waren, waren solche Verluste niederschmetternd."

Phil zuckte zusammen. „Und die Werwölfe wissen, auf welchen Inseln dein Volk wohnt?"

„Ja. Rhett hat über fünfhundert Anhänger, wir können es uns also nicht leisten, ihn in eine Schlacht zu verwickeln." Howard knirschte mit den Zähnen. „Ich will nur mit ihm spielen, bis er sich wünscht, er wäre tot."

„Was hat er dir getan?", fragte Dougal.

Howard rammte seinen Stab in den Boden. Auf keinen Fall würde er den Verlust seiner großen Liebe mit den beiden besprechen. „Er verdient noch viel Schlimmeres als das, was ich geplant habe. Spielt ihr mit?"

Dougal sah ihn entschuldigend an. „Ich bin dir vielleicht keine große Hilfe. Wenn ich mehr als ein paar Stunden pro Nacht wach bin, ist das schon Glück. Hier scheint die verfluchte Sonne die ganze Zeit."

Howard lächelte. „Das könntest du als Ausrede benutzen, um keine Rückmeldung zu geben. Dann schickt Angus vielleicht noch mehr Leute her."

Dougal neigte den Kopf zur Seite und kniff die Augen zusammen. „Hast du deswegen aufgehört, unsere Anrufe zu beantworten? Damit er gezwungen ist, uns zu schicken?"

Phil schnaubte. „Du Idiot, wir haben uns ehrlich Sorgen um dich gemacht. Warum hast du nicht einfach um Hilfe gebeten?"

„Wenn ich gefragt hätte, hätte Angus Nein sagen können." Howard stützte sich auf seinen Stab. „Besteht die Möglichkeit, mehr Leute herzuholen?"

Dougal sah ihn verärgert an. „Angus werden vor Wut die Ohren rauchen."

„Dann sollte er selbst herkommen und helfen", schlug Howard vor.

„Er ist gerade damit beschäftigt, drei weitere Missionen zu koordinieren", grollte Phil. „Es ist viel passiert, seit du Urlaub genommen hast."

Howard runzelte die Stirn. Seit ihrem Gefecht mit Rhett in Montana schien sich alles beruhigt zu haben. „Was ist los?"

„Wir versuchen noch immer, Russell zu finden", fing Phil an. „J. L. und Rajiv sind in China, um Jagd auf ihn zu machen."

„Das ist gut.“ Howard hatte sich oft gefragt, wie es Russell wohl gehen mochte. Der ehemalige Marine und frisch verwandelte Vampir hatte sich nach ihrer letzten Mission in China unerlaubt von der Truppe entfernt. Als Russells Schöpfer fühlte Angus sich wahrscheinlich verantwortlich für ihn. Alle nahmen an, dass Russell auf der Jagd nach Meister Han war, dem bösen Vampir, der ihn vierzig Jahre lang in einem Vampirkoma hatte liegen lassen.

„Angus hat ein paar Leute geschickt, um Zoltan zu helfen, sie ausfindig zu machen.“

„Verstehe.“ Howard wusste, dass Zoltan als Zirkelmeister von Osteuropa die Aufgabe zukam, die Sterblichen in seinem Zuständigkeitsbereich zu beschützen. Diesen Job konnte er nicht immer allein erledigen, deswegen bat er Angus oft um Hilfe.

„Und dann haben wir noch ein dringendes Gesuch von Präsident Tucker erhalten“, murmelte Phil. „Und wenn die Regierung um Hilfe bittet, müssen wir Folge leisten.“

Howard nickte. Jetzt, wo der Präsident von Vampiren und Gestaltwandlern wusste, war es wahrscheinlich, dass in Zukunft viele solcher Gesuche von ihm und der CIA eingehen würden. „Worum geht es dieses Mal?“

„Sieben amerikanische Touristen sind von einem Drogenkartell in Mexiko als Geiseln genommen worden“, erklärte Phil. „Der Präsident hat uns gebeten, sie ausfindig zu machen und in Sicherheit zu teleportieren. Das lässt sich nur problemlos bewerkstelligen, wenn wir für jede Geisel einen Vampir haben. Also sieben weitere Vampire. Carlos ist als Tagwache und Übersetzer mit dabei.“

„Jetzt weißt du, warum Angus von deinen Sperenzien nicht begeistert ist“, sagte Dougal. „Er hat zu wenige Leute. Mich musste er von meinem Posten in Texas abberufen.“

„Verstehe.“ Howard hatte auf ein größeres Team gehofft, aber er konnte es auch mit nur zwei weiteren Leuten schaffen. „Wenn ihr beide mitmacht, sind wir zu sechst. Wir drei. Ein Journalist und guter Freund, Harry Yutu, aus Anchorage. Und zwei junge Wer-Bären von der Insel, meine Cousins, die Zwillinge Jimmy und Jesse."

„Wie lautet der Plan?", fragte Phil.

„Wir nennen ihn Operation ‚Drei kleine Schweinchen'", antwortete Howard. „Wir wollen drei von Rhetts Häusern angreifen. Angefangen haben wir mit einer von seinen Fischerhütten. Wir haben erst alles rausgeschafft und auf unseren Trucks verladen, und dann haben wir gehustet und geprustet und sein Haus umgeblasen. Das war nicht schwer, weil es kaum mehr als ein Bretterverschlag war."

„Das war euer Haus aus Stroh?", riet Dougal.

Howard nickte. „Ein paar hungrige Bärenjunge auf The Paw freuen sich über die Vorräte, und eine alte Frau hat einen neuen Holzofen bekommen, den sie brauchte. Mein Großvater freut sich zudem sehr über die neue Angelrute."

Phil verschränkte die Arme. „Ihr habt wahrscheinlich eine Duftspur hinterlassen. Rhett wird wissen, dass ihr es gewesen seid."

„Meine Cousins haben ein paar tote Hirsche und Eichhörnchen dort liegen lassen. Der Ort wird zum Magnet für hungrige Tiere werden. Wenn Rhett es entdeckt, sind dort schon jede Menge neue Gerüche." Howard atmete tief durch, ehe er fortfuhr. „Letzte Woche haben wir uns an das Haus aus Holz gemacht, Rhetts Ferienhaus an der Küste der Kenai-Halbinsel. Wir haben es wieder ausgeräumt, um seine Sachen unter den bedürftigen Wer-Bären zu verteilen, dann haben wir uns mit Äxten an die Pfähle gemacht und dabei zugesehen, wie das Haus das Ufer hinabgerutscht und an den Felsen zerschellt ist. Der größte Teil ist aufs Meer hinausgetrieben."

„Gefällt mir", sagte Phil grinsend. „Und das Haus aus Stein?"

„Ist tatsächlich aus Holz und Stein. Eine von Rhetts Hauptresidenzen." Howard sah in den Himmel hinauf. „Wir schlagen morgen Nacht zu, wenn Vollmond ist und Rhett und seine Kumpane zu ihrer monatlichen Jagd aufbrechen."

„Er wird ein paar Wachen abgestellt haben", warnte Phil.

„Deswegen wollte ich mehr Männer. Wenn sie uns dabei entdecken, wie wir in sein Haus eindringen, könnte es Ärger geben. Ich hatte gehofft, ein paar Vampire für unser Team zu bekommen, damit wir eure Gedankenkontrolle benutzen oder wenigstens wegteleportieren können, wenn es sein muss. Wir könnten eure Hilfe wirklich gebrauchen." Howard streckte die Hand aus, die Handfläche nach unten. „Was sagt ihr? Seid ihr dabei?"

Phil grinste ihn wölfisch an. „Ja, ich bin dabei." Er legte seine Hand auf Howards.

Dougal schnaubte und legte dann seine mechanische Hand auf ihre beiden. „Aye, ich bin auch dabei."

3. KAPITEL

In der darauffolgenden Nacht fuhr Howard in einem schwarzen SUV zu Rhetts Haus. Die letzten paar Meilen fuhr er vorsichtig, nachdem er die Scheinwerfer ausgeschaltet hatte. Als er eine enge Kurve vor sich entdeckte, fuhr er an den Straßenrand und blieb stehen. Ein schneller Blick in den Rückspiegel versicherte ihm, dass man ihnen nicht gefolgt war. Auf dem Rücksitz schnarchten seine siebzehnjährigen Cousins, Jimmy und Jessie. Auch Phil döste neben ihm auf dem Beifahrersitz.

Es war eine lange Fahrt von Paw Island gewesen. Sie waren früh am Morgen aufgebrochen, während Dougal sicher im dunklen Keller im Haus von Howards Großvater in seinem Todesschlaf lag. Nach einer kurzen Überfahrt mit der Fähre nach Port Mishenka hatten sie die größere Fähre nach Anchorage genommen. In einem Diner dort hatten sie sich mit seinem alten Kumpel von der High School, Harry Yutu, getroffen, der Reporter für eine beliebte Lokalzeitung war, die *Northern Lights Sound Bites*. Seine Cousins und Phil hatten ein Dutzend Hamburger verputzt, während Howard und Harry die Feinheiten des Spiels besprachen, das sie Vergeltung nannten. Sie konnten es sich nicht leisten, dass Rhett erfuhr, wer mit ihm spielte, deswegen hatte Harry dafür gesorgt, dass sie anonym einen SUV von einem Wagenverleih mieten konnten, der ihm noch einen Gefallen schuldete.

Nachdem sie Harry bei der Redaktion seiner Zeitung abgesetzt hatten, war Howard weiter gen Norden nach Fairbanks gefahren. Jetzt war es kurz nach elf Uhr nachts. Der Vollmond war aufgegangen, aber die Sonne weilte noch über dem Horizont. Er schaltete den Motor aus.

Phil wachte mit einem Ruck auf und sah sich schnell um. „Sind wir da?"

Howard deutete auf die zweispurige Straße, die sich nach rechts wand und dann aus dem Sichtfeld verschwand. „Rhetts

Anwesen liegt eine Meile entfernt. Ich habe es vor etwa einer Woche ausgekundschaftet. Er hatte einen Wächter im Pförtnerhaus und vier weitere, die das Haus von außen absicherten. Alles Sterbliche, also werden sie wohl heute Nacht arbeiten, während die Werwölfe gezwungen sind, sich zu verwandeln."

Phil nickte. „Die werden sich im Wald rumtreiben und jagen. Außer es sind Alphas, so wie ich, aber ich glaube kaum, dass Rhett einem von seinen Anhängern gestatten würde, so viel Macht zu erlangen."

„Ich hoffe, sie bleiben auch in den Wäldern. Wir stecken tief in der Patsche, wenn sie uns entdecken sollten." Das war der Hauptgrund, warum Howard mehr Vampire in seinem Team gewollt hatte. Wenn man sie angriff, hätten die Vampire sie in Sicherheit teleportieren können. Ohne diesen Fluchtplan für Notfälle mussten sie sich darauf verlassen, dass der Plan reibungslos verlief.

Phil sah ihn neugierig an. „Du und deine Cousins, ihr müsst euch heute Nacht nicht verwandeln?"

„Andere Spezies, andere Regeln." Howard schob die Wagenschlüssel in seine Jackentasche. „Um fit zu bleiben, müssen wir uns mindestens einmal im Monat verwandeln, aber das hat nichts mit dem Mond zu tun. Wir können uns verwandeln, wann wir wollen."

„Oh." Phil schwieg einen Augenblick, während er die Wälder mit den Augen absuchte. „Ich wusste, dass du dich verwandeln kannst, wann du willst, aber ich dachte, du wärest ein Alpha."

„So etwas gibt es bei uns nicht. Oder man könnte wohl auch sagen, dass wir alle Alphas sind." Howard warf dem Werwolf einen amüsierten Blick zu. „Das macht uns wohl überlegen ..."

„Ha. Wir sind nicht diejenigen, die vom Aussterben bedr..." Phil unterbrach sich. „Tut mir leid." Stirnrunzelnd drehte er sich zu Howard um. „Wenn Rhett es so wie mein Vater hält, dann hat er eine Menge Rudelmitglieder zu seiner monatlichen Jagd eingeladen. Wenn die einen Wer-Bären wittern, machen sie Jagd auf dich und deine Cousins."

„Machst du dir Sorgen um die drei kleinen Bären? Wie lieb von dir."

„Könntest du bitte ernst sein? Da draußen könnten Hunderte Werwölfe lauern."

„Ich weiß. Darauf sind wir vorbereitet." Howard sah auf die Uhr. Es war Viertel nach elf. „Nachdem die Sonne untergegangen ist, können wir Dougal anrufen und loslegen. Wir müssen noch etwa zehn Minuten warten."

„Okay." Phil lehnte sich in den Beifahrersitz zurück. „Und was hat dein Freund Harry mit dem Plan zu tun? Er ist auch ein Wer-Bär, oder?"

„Ja. Harry Yutu. Sein Name ist das Eskimo-Wort für ‚The Claw'." Howard lächelte bei der Erinnerung an ihre Freundschaft, die in ihrer Schulzeit begonnen hatte. „Er hat mich nie vergessen lassen, dass er größer ist als ich. Er verwandelt sich in einen Eisbären."

Phil hob erstaunt die Augenbrauen. „Soll das ein Witz sein?"

„Von denen wusstest du noch nichts, was?" Howard lächelte breiter. „Sein Dad und meiner waren die besten Freunde. Ihnen gehörte ein Holzhandel, weiter nördlich den Yukon hinauf."

„Waren?"

Howard nickte, und sein Lächeln verblasste. „Sie sind bei einem Brand ums Leben gekommen, als ich vier Jahre alt war. Harry war, glaube ich, drei."

„Das tut mir leid."

Howard winkte ab. „Ist schon gut. Unsere Mütter haben uns auf die Bear Claw Islands gebracht, und dort sind wir aufgewachsen. Mein Großvater war immer mehr wie ein Vater für mich."

„Hatte er dich im Griff?"

„Kaum. Obwohl er stark wie ein Bär war." Howard lächelte, als Phil über sein Wortspiel stöhnte, und streckte dann die Hand nach hinten aus, um seine Cousins wachzurütteln. „Aufwachen, Jungs."

Jimmy wachte ruckartig auf und sah aus dem Fenster. „Sind wir schon da? Ist es Zeit, Geheimagent zu spielen?"

Jesse streckte sich. „Das wird so cool."

„Auf jeden Fall", stimmte Jimmy zu.

Jesse lächelte Howard an. „Wir sind so froh, dass du nach Hause gekommen bist. Der Sommer war so was von öde, bis du aufgetaucht bist."

„Der Sommer?", schnaubte Jimmy verächtlich. „Wie wäre es mit unserem ganzen Leben?" Er sah Phil an. „Wir sind geboren worden, nachdem man Howard verbannt hatte."

„Ja. Bis vor einem Monat kannten wir ihn nicht einmal", erklärte Jesse. „Aber wir sind mit Geschichten über ihn groß geworden. Er ist eine Legende, weißt du. Er hat Rhett und zwei weitere Werwölfe von einer Klippe geworfen."

Phil sah Howard an. „Bist du deswegen verbannt worden? Weil du Werwölfe umgebracht hast?"

Jesse zuckte zusammen. „Nichts für ungut, Wolfsmensch. Hätte wohl lieber nicht davon anfangen sollen."

„Allerdings." Howard funkelte seinen Cousin wütend an.

„War das dieselbe Klippe, auf der wir uns gestern Nacht begegnet sind?", fragte Phil. „Hast du deswegen geglaubt, du hättest Rhett umgebracht?"

Howard zuckte mit den Schultern. „Er hat mich schief angeguckt."

„Echt?" Jesse kratzte sich am Kopf. „Ich dachte, er hätte dein Mädchen umge…"

„Das reicht", unterbrach Howard ihn. „Hört zu, ihr beiden. Ihr müsst heute Nacht gut aufpassen. Eure Mom zieht mir das Fell über die Ohren, wenn euch irgendetwas zustößt."

„Das Fell", wiederholte Jimmy kichernd.

„Zieht eure Tarnung an", fuhr Howard fort. „Und Handschuhe. Hinterlasst keine Fingerabdrücke."

Jesse salutierte. „Aye, aye, Captain!“

Jimmy stieß ihm den Ellenbogen in die Rippen. „Los, Bro, stinken wir uns ein.“

Sie wendeten sich dem Heck des SUV zu und knieten sich auf den Rücksitz, um den Deckel von einer Plastikkiste zu nehmen, die sie im Kofferraum verstaut hatten.

„Stinken?“ Phil drehte sich um, um ihnen zuzusehen.

„Unsere neuen Mäntel“, erklärte Howard. „Wir haben sie dreifach in Plastik gewickelt und in die Kiste da gesteckt, um das Aroma frisch zu halten.“

„Ich hatte mich schon gewundert, warum ihr die Kiste mitschleppt …“ Phil erstarrte, als Jimmy die Frischhaltefolie vom ersten Mantel riss und ein starker Geruch sich ausbreitete. „Wölfe?“ Er biss die Zähne zusammen. „Tote Wölfe?“

„Tut mir echt leid, Wolfsmensch.“ Jimmy schüttelte einen riesigen, mit Wolfsfellen bedeckten Mantel aus. „Wir müssen uns anpassen.“ Er reichte Howard den Mantel. „Das ist deiner.“

Phil sah ihn düster an. „Ihr habt Wölfe umgebracht?“

Howard zuckte mit den Schultern. „Wir müssen unseren Duft überdecken. Entweder so, oder du pisst uns von oben bis unten an.“

„Das ließe sich arrangieren“, murmelte Phil.

Jesse prustete. „Klar, als würden wir da mitmachen.“ Er nahm die Plastikverpackung von einem weiteren Mantel. „Keine Sorge, Wolfsmensch. Bei der Produktion dieses Films sind keine Werwölfe zu Schaden gekommen.“

„Ihr habt Wölfe umgebracht“, knurrte Phil.

„Nur ein paar.“ Jimmy packte den letzten Mantel aus und zog ihn an. „Tun wir euch damit nicht irgendwie einen Gefallen? Ich meine, müsst ihr nicht mit den echten Wölfen konkurrieren, wenn es ums Jagen geht?“

Phil stöhnte auf. „Einige Werwölfe mögen das so sehen, aber ich habe sie immer für edle Kreaturen gehalten.“

„Naja, und jetzt sind sie so edel, uns vor deinen Werwolf-Kumpeln zu beschützen." Jimmy zog ein Paar Lederhandschuhe an.

Phil sah zum Wald hin. „Das sind nicht meine Kumpel."

„Wow, du bist echt wie so ein Filmheld." Jesse hob eine Hand, während er es sich weiter ausmalte. „Der einsame Wolf."

Phil schnaubte.

„Bist du wirklich mit einem Vampir verheiratet?", fragte Jimmy. „Ich habe gehört, sie wäre echt heiß."

Phil warf Howard einen verärgerten Blick zu.

„Sie wollten wissen, warum du nach Mädchen-Shampoo riechst." Grinsend ignorierte Howard den wütenden Blick von Phil und stieg aus dem SUV.

Während er sich den stinkenden Wolfsfellmantel anzog, wanderten seine Gedanken wieder zu Elsa. Ihr schönes Gesicht hatte sich auf der langen Fahrt oft vor sein inneres Auge geschoben. Ihr wildes blondes Haar, ihre funkelnden grünen Augen, ihr strahlendes Lächeln, das sein Herz immer zum Rasen brachte. Er wusste genau, wie sie aussah, aber er wurde immer neugieriger auf ihren Geruch. Als Wer-Bär war Duft wichtig für ihn, und es störte ihn, dass er von einem so wichtigen Teil von ihr keine Ahnung hatte. Und auch wenn er Phil aufzog, musste er doch zugeben, dass er neidisch auf ihn war. Er würde sich darum reißen, das gleiche Shampoo wie Elsa benutzen zu dürfen.

Er schüttelte den Kopf. Was für ein unmöglicher Traum. Er schob alle Gedanken an Elsa zur Seite und rief Dougal auf seinem Satellitentelefon an.

Ein paar Sekunden später tauchte Dougal neben ihm auf, ganz in Schwarz gekleidet mit Hosen, Rollkragenpullover und Trenchcoat. Sein Claymore, ein schottisches Zweihandschwert, hatte er sich in einer schwarzen Lederhülle auf den Rücken gebunden.

„Wow, Alter." Jimmy kletterte gefolgt von seinem Bruder aus dem SUV. „Was ist mit deinem Rock passiert?"

„Genau, du machst hier voll einen auf Matrix", fügte Jesse hinzu.

Dougal wedelte mit seiner mechanischen Hand vor seinem Gesicht und verzog das Gesicht angesichts des starken Geruchs ihrer Wolfsmäntel. „Das hier ist eine verdeckte Operation", flüsterte er. „Wir sollten so wenig wie möglich reden."

„Wirklich?" Jesse spähte um den Vampir herum. „Hey. Hast du dein riesiges Schwert dabei?"

Jimmy nickte. „Das Schwert ist echt der Hammer."

Jesse grinste. „Aber so was von."

Howard sah sie tadelnd an. „Welchen Teil von wenig reden habt ihr nicht verstanden?"

„Hä?" Jesse sah ihn ausdruckslos an.

„Bro." Jimmy gab ihm einen Stoß. „Die wollen, dass wir die Klappe halten."

„Oh. Richtig. Verdeckte Mission." Jesse nickte und flüsterte dann grinsend: „Das ist so cool!"

„Lasst uns drei Minuten Zeit und kommt dann zu uns zum Pförtnerhaus", sagte Howard leise. „Verstanden?"

„Aye, Captain." Jesse sah auf seine Armbanduhr. „Drei Minuten, auf mein Zeichen. Fünf, vier, drei …"

„Warum zählst du?", flüsterte Jimmy.

„So machen die es in den Filmen immer", antwortete Jesse. „Mist, jetzt muss ich von vorne anfangen."

Phil stöhnte. „Mit den beiden willst du mich allein lassen?"

Howard grinste und bedeutete Dougal dann, ihm zu folgen. „Gehen wir." Sie bewegten sich rasch durch den Wald, dicht an der Straße entlang, bis sie das Pförtnerhaus sehen konnten.

„Ich locke den Wächter heraus", flüsterte Howard. „Du weißt, was du zu tun hast?"

„Aye." Dougal zog sich einen Lederhandschuh über die linke Hand.

Howard trat auf die Straße, und einige Sekunden später kam der Wächter heraus. Ein großer Sterblicher in einer Kaki-Uniform.

„Sofort stehen bleiben.“ Der Mann legte die Hand auf seine Waffe.

Dougal teleportierte sich hinter ihn, und seine Augen fingen an zu glühen, als er seine Vampirkraft voll aufdrehte. Das Gesicht des Wächters wurde ausdruckslos, seine Augenlider schlossen sich, und dann sackte er zu Boden. Dougal hob ihn hoch und trug ihn ins Pförtnerhaus, während Howard auf ihn zujoggte.

Drinnen betrachtete Howard die beiden Überwachungsmonitore. Es schien nur zwei Kameras zu geben, eine für die Vorderseite des Hauses und eine für hinten. Rhett machte sich wahrscheinlich keine großen Sorgen um seine Sicherheit. Seine Familie hatte in den letzten fünfzig Jahren viel Macht angehäuft, und sie waren für ihre Gnadenlosigkeit bekannt. Wer sollte Rhett in die Quere kommen, solange fünfhundert Anhänger unter seinem Befehl standen?

Der Bildschirm, auf dem die riesige Wiese hinter dem Haus zu sehen war, zeigte Rhett und ein paar Kumpane, die gerade dabei waren, sich auszuziehen und zu verwandeln. Vorne standen zwei Wachen vor Doppeltüren aus Bleiglas.

Dougal setzte den Wächter auf einen Stuhl. „Er wird sich an nichts erinnern und etwa zehn Minuten lang schlafen. Ist das lange genug?“

„Ja.“ Howard zog sich Latexhandschuhe an und betrachtete Dougals mechanische Hand. „Keine Fingerabdrücke?“

„Nee.“ Dougal sah seine rechte Hand zerknirscht an. „Auch kein Gefühl, aber es ist immer noch besser, als einen Haken zu tragen wie so ein blöder Pirat.“

Howard lächelte und machte sich an die Arbeit. Er zeichnete die Wachen vor der Tür dreißig Sekunden lang auf und programmierte die Aufnahme dann, sich die nächsten zehn Minuten lang zu wiederholen. Wenn also jemand die Überwachungsaufnahme überprüfen würde, würde niemals auffallen, dass er und sein Team ins Haus eingebrochen waren.

In der Zwischenzeit hatten alle Werwölfe auf dem Hinterhof ihre Verwandlung beendet und sich in den Wald davongestohlen. Als er und Dougal das Pförtnerhaus verließen, kamen Phil und die Jungen gerade aus dem Wald und schlossen sich ihnen an.

„Gehen wir." Howard bedeutete ihnen, ihm die lange gewundene Auffahrt hinaufzufolgen. „Haltet euch von der Rückseite des Hauses fern. Da ist noch eine Überwachungskamera, die funktioniert, und eine Menge Werwölfe treiben sich im Wald herum."

Sobald das Haus in Sichtweite kam, teleportierte Dougal sich zu den Wachen, und sie fielen leblos zu Boden.

„Wow", flüsterte Jimmy. „Was war das?"

„So eine Art Vampir-Voodoo?", fragte Jesse.

„Gedankenkontrolle", antwortete Howard. „Die Wachen werden sich an nichts erinnern. Ihr zwei bewacht den Eingang. Ich bin gleich wieder da."

Er lief auf die Haustür zu und betrat das weitläufige Haus aus Stein und Holz. Ein kurzer Blick zurück versicherte ihm, dass Phil die Situation unter Kontrolle hatte. Gott sei Dank waren er und Dougal mitgekommen. Seine Cousins waren begeistert und meinten es gut, aber sie hatten keinerlei Erfahrung mit dieser Art von Arbeit.

Er und Dougal brauchten weniger als eine Minute, um Rhetts Arbeitszimmer zu finden. Howard zog einen USB-Stick aus der Tasche und steckte ihn in Rhetts Computer.

Dougal stand an der Tür des Arbeitszimmers Wache. „Ich kann keinen weiteren Herzschlag ausmachen. Das Haus ist leer." Er trat langsam heran. „Was machst du da?"

„Dateien runterladen. Bank-Accounts, Passwörter, alles, was es gibt. Ich habe dieses Programm extra auf Schnelligkeit entwickelt. Es dürfte nicht länger als vier Minuten dauern."

„Beeindruckend."

Howard nickte, nahm dabei den Blick aber nicht vom Bildschirm. „Ich habe am College nicht nur Football gespielt. Mein Hauptfach war Informatik."

„Oh, das wusste ich gar nicht."

Howard warf dem Vampir einen amüsierten Blick zu. „Was glaubst du, warum die Computer von MacKay S and I und Romatech so sicher sind? Das mache ich tagsüber, während ihr schlaft." Er grinste. „Und du dachtest, ich esse nur Donuts."

Dougal musste lachen. „Aye." Er sah sich im Zimmer um und deutete dann zusammenzuckend auf den steinernen Kamin. „Hoffentlich nicht jemand, den du kennst."

Howard richtete seine zusammengekniffenen Augen auf den weißen Bärenfellteppich, der auf dem polierten Parkettboden lag. Ein Eisbär. Er knirschte mit den Zähnen.

„Das ist aber kein Wer-Bär, oder?", fragte Dougal. „Ich dachte immer, Gestaltwandler nehmen wieder Menschengestalt an, wenn sie sterben."

„Das stimmt." Howard seufzte. „Ich wünschte, wir könnten den Bären mitnehmen, aber wir müssen alles genau so hinterlassen, wie wir es vorgefunden haben."

„Du willst das Haus gar nicht ausrauben und zerstören wie die anderen? Wir könnten ein Feuer legen."

„Ein alter Freund von mir, sein Name war Smokey, hat mir beigebracht, dass man im Wald nie Feuer machen darf."

Dougal schnaubte. „Für dich ist das Ganze nur ein Spiel."

Howard schüttelte den Kopf. „Wenn es um Strategie geht, bin ich immer ernst. Wir dürfen niemanden merken lassen, dass wir hier gewesen sind. Wenn sie uns erwischen, sind wir weit in der Unterzahl. Und alles muss so bleiben wie vorher, denn wenn Rhett vermutet, dass jemand hier war, könnte er seine Passwörter ändern und seine Konten sichern." Er blickte zurück zum Computer, um zu sehen, wie sein Programm vorankam. Fast fertig.

„Ist es das wert?", fragte Dougal. „Dein Rachespiel zu veranstalten, obwohl er nicht erfahren darf, dass du es bist, der mit ihm spielt?"

Howard richtete sich langsam auf. „Mir bleibt keine andere Wahl. Ich muss meine Familie und meine Freunde beschützen."

Dougal trat näher an ihn heran. „Aber wenn du die Wahl hättest …"

„Hab ich aber nicht." Er zog den USB-Stick heraus. „Wir sind hier fertig. Lass uns verschwinden."

Dougal folgte ihm. „Wenn dir die Wahl bliebe, würde das Spiel anders aussehen?"

„Es würde kein Spiel geben." Howard sah sich nach ihm um. „Ich würde ihn einfach umbringen."

4. KAPITEL

Am folgenden Nachmittag kamen Howard und sein Team am Haus seines Großvaters auf Paw Island an. Seine Cousins schickte er nach Hause, zwei Häuser die Straße hinunter, damit ihre Eltern wussten, dass es den Jungen gut ging. Ein kurzer Blick in den Keller versicherte ihm, dass Dougal sich in der Nacht sicher zurückteleportiert hatte und jetzt im Todesschlaf lag.

Phil machte es sich im Wohnzimmer mit Howards Großvater, Walter, bequem, und sie fanden ein Baseballspiel im Fernsehen, das sie sich ansahen. Howard begrüßte seine Mutter, die in der Küche beschäftigt war, und eilte dann den schmalen Flur entlang zu seinem alten Schlafzimmer.

Während sein Laptop hochfuhr, sah er sich um. Auf dem Doppelbett lag noch immer die NFL-Tagesdecke in Rot, Weiß und Blau, und am kleinen Fenster hingen passende Vorhänge, auch wenn sie so verblichen waren, dass man die Namen der einzelnen Footballteams kaum noch lesen konnte. Seine alten Pokale standen nach wie vor auf der Kommode.

Er seufzte, als er sich daran erinnerte, wie sehr seine Mutter geweint hatte, als er aufs College gegangen war. Er hatte über die Jahre immer den Kontakt mit ihr gehalten, und sie hatte immer so getan, als würde er bald nach Hause kommen, um sie zu besuchen. Er hatte sie nicht daran erinnert, dass er nie wieder zurückkehren durfte. Er wusste, wenn er seine Verbannung erwähnte, brach sie nur in Tränen aus.

Er fuhr sich mit der Hand durch die Haare. Seine Mutter hatte wegen ihm zu sehr leiden müssen. Sie tat so, als wäre jetzt, wo er wieder zu Hause war, alles rosig, aber wenn er sich in seinem alten Zimmer umsah, erschauderte er bei dem Gedanken, dass seine Mutter dort seit zwanzig Jahren nichts verändert hatte. Die arme Frau hatte erst ihren Mann verloren, und dann, ein paar Jahre später, als Howard achtzehn war, auch ihn.

Nachdem er Rhett Bleddyn von der Klippe geschleudert hatte, hatte Rhetts Vater gedroht, die Wer-Bär-Gemeinde auszulöschen, falls Howard nicht bestraft würde. Also hatte der Ältestenrat, zu dem auch sein Großvater gehörte, ihn auf Lebenszeit verbannt. Allerdings fühlte Howard sich nicht mehr an diesen alten Erlass gebunden, da es ihm offensichtlich nicht gelungen war, Rhett wirklich umzubringen. Rhetts Vater war vor einem Jahr gestorben, und Rhett war aus seinem Versteck gekrochen, um neuer Rudelführer zu werden. Was Howard anging, bedeutete das, dass er nach Hause kommen konnte, wann er wollte. Und er würde dafür sorgen, dass Rhett endlich für seine Verbrechen bezahlte.

Er setzte sich an den kleinen Schreibtisch, an dem er früher seine Hausaufgaben erledigt hatte, und lud den Inhalt des USB-Sticks auf seinen Laptop. Es war ihm gelungen, eine Tonne Informationen zu stehlen. Bankkonten, Finanzen, Akten über jeden von Rhetts Anhängern. Genau wie Howard vermutet hatte, besaß Rhett eine Menge politische Macht. Ein alaskischer Senator und mehrere Kongressabgeordnete waren in Wirklichkeit Werwölfe und hatten der Familie Bleddyn ihre Treue geschworen. Rhett kontrollierte außerdem mehrere lykanische Politiker auf staatlicher und lokaler Ebene.

Rhetts Finanzen waren ein verworrenes Netz aus Unternehmen und Organisationen in der ganzen Welt. Er war über zweihundert Millionen Dollar schwer und besaß Konten nicht nur in Alaska, sondern auch in Kanada, New York, der Schweiz, Hongkong, Australien und Singapur. Das Wirrwarr erschien Howard Absicht zu sein, damit Geld bewegt werden und sogar versteckt werden konnte, ohne dass Rhetts Geschäftspartner und Teilhaber wussten, was er wirklich vorhatte.

Wäre Howard in eines von Rhetts vielen Büros in Alaska eingebrochen, wären die Unterlagen in diesem Betrieb ohne Zweifel sauber erschienen. Aber er hatte Rhetts privaten Computer gehackt in der Hoffnung, dass es sich auszahlte. Und das tat es.

Nachdem er eine Stunde herumgekramt hatte, entdeckte er Rhetts schmutziges kleines Geheimnis.

Rhett hatte ein verstecktes Bankkonto auf den Cayman Islands unter dem Namen einer erfundenen Firma. Und dort zahlte er sich selbst ein Gehalt von fünf Millionen Dollar im Jahr. Auf dem Konto waren mittlerweile fünfzig Millionen; er hinterzog also seit zehn Jahren Gelder aus seinen anderen Geschäften.

Fünfzig Millionen. Howard lächelte. Wenn er etwas von dem Geld auf dem geheimen Konto ausgab, was konnte Rhett dagegen tun? Eine polizeiliche Untersuchung würde ergeben, dass die Firma nur erfunden war, und er hätte riesigen Ärger am Hals. Er wäre in seiner eigenen Schlinge gefangen.

„Danke für das Spielgeld, Rhett."

Howard stellte eine Liste aller Kandidaten zusammen, die gegen Rhetts politische Marionetten antraten, und tätigte dann mithilfe einer nicht nachvollziehbaren IP-Adresse großzügige Spenden an ihre Kampagnen. Er musste lachen, als er sich vorstellte, wie Rhetts Marionetten reagieren würden, wenn sie entdeckten, dass ihr Meister auf einmal die Gegenseite unterstützte.

Sein Freund Harry hatte Rhetts Aktivitäten unter die Lupe genommen und dabei herausgefunden, dass dieses Schwein verschuldete Kleinstädte terrorisierte, indem er versuchte, sie zu kaufen, um sie in reine Werwolf-Gemeinden umzuwandeln. Die Sterblichen stellte er vor eine grausame Wahl: Sie konnten ihr Land verlassen oder waren gezwungen, sich in Werwölfe verwandeln zu lassen. Howard spendete zehn Millionen an diese Städte, damit sie sich wehren konnten.

„Was noch?", murmelte er vor sich hin und trommelte dabei mit den Fingern auf dem Schreibtisch. Der Bärenfellteppich kam ihm in den Sinn, und er lächelte.

„Das wird ein teurer Vorleger, Rhett." Er spendete fünf Millionen an eine Gesellschaft zur Erhaltung der Eisbären.

Als er fertig war, hatte er über die Hälfte des Vermögens auf dem geheimen Konto ausgegeben. Howard lehnte sich zurück und starrte auf den Bildschirm. Er musste die ganze Sache verworrener machen und seine Spuren verwischen.

„Wie wäre es mit einem Hütchenspiel, Rhett?" Die nächste halbe Stunde verbrachte er damit, Geld von einem Konto auf ein anderes zu überweisen, von einem Land ins nächste. Was vorher ein verwickeltes Netz gewesen war, glich jetzt einem absoluten Totalschaden. Rhett würde Monate brauchen, um herauszufinden, was wirklich geschehen war.

Zum Abschluss leitete Howard noch Belastungsmaterial an Harry weiter, damit der Reporter es über die nächsten Tage der *Northern Lights Sound Bites* zuspielen konnte. Harry war als Journalist begabt genug, um auch für eine größere Zeitung arbeiten zu können, aber es machte ihm Spaß, für ein Lokalblatt zu schreiben, wo er über Rhett und seine Kumpane herziehen konnte, ohne Angst davor haben zu müssen, dass man ihn verklagte oder wegen Verletzung der Journalisten-Ethik anzeigte. Niemand stellte seine Behauptung, dass es Werwölfe wirklich gab, infrage, solange in der gleichen Zeitung auch Artikel über Bigfoot und Entführungen durch Außerirdische erschienen.

Howard lächelte in sich hinein und schlenderte ins Wohnzimmer. Sein Großvater, Walter, ruhte sich in seinem abgenutzten Liegesessel aus, halb schlafend, aber die Fernbedienung noch immer in der Hand, während Phil es sich auf der Couch daneben bequem gemacht hatte. Eine Kühlbox mit Bierflaschen stand auf dem Boden neben ihnen.

Phil setzte sich auf. „Bist du fertig?"

Howard nickte. „Ich habe gerade fünfunddreißig Millionen Dollar ausgegeben."

„*Was?*" Walter wachte blinzelnd auf und stellte seinen Sessel mit einem Ruck in die aufrechte Position. „Wo zum Henker hast du so viel Geld her?"

„Das war ein Geschenk von Rhett Bleddyn."

Walter schnaufte und schaltete den Fernseher aus. „Das Einzige, was der dir schenken würde, ist eine Kugel zwischen die Augen."

Howard lächelte breiter. „Das beruht auf Gegenseitigkeit."

„Du hast fünfunddreißig Millionen ausgegeben, die Rhett gehört haben?", fragte Phil.

Howard nickte und erklärte ihnen die Details.

Phil lachte. „Ich würde zu gerne sehen, wie seine politischen Marionetten reagieren. Das wird der reinste Hahnenkampf."

Walters Mundwinkel zuckten, aber er richtete einen finsteren Blick auf Howard. „Du solltest nicht stehlen, Junge. Ich habe dich besser erzogen."

Junge? Howard stöhnte innerlich. Sein Großvater und seine Mutter taten so, als wäre er noch immer achtzehn Jahre alt und nur zwanzig Tage weg gewesen statt zwanzig Jahre. Aber da ein Wer-Bär gut fünfhundert Jahre leben konnte, kamen den Älteren der Wer-Bär-Gemeinschaft zwanzig Jahre vielleicht wirklich nicht sehr lang vor. „Ich habe nur das Geld benutzt, das Rhett gestohlen hat. Er hat angefangen. Außerdem will ich, dass er leidet."

Walter nickte resigniert. „Das kann ich dir nicht vorwerfen. Der Bastard hat es verdient, zu leiden."

Phil beugte sich vor, die Ellenbogen auf die Knie gestützt. „Dann hat Rhett also deine Freundin umgebracht?"

„Das ist lange her", antwortete Howard rasch, ehe Phil weiter nachhaken konnte. „Gibst du mir ein Bier? Wir sollten feiern. Zwei von Rhetts Häusern sind zerstört, und jetzt haben wir auch seinen Finanzen und seiner politischen Macht spürbaren Schaden zugefügt."

„Gratuliere." Phil reichte ihm eine kalte Flasche. „Was kommt als Nächstes?"

Howard drehte den Verschluss ab. „Rhett will sich für die Wahl zum Gouverneur aufstellen lassen, also ruinieren wir seinen Ruf." Er nahm einen Schluck. „Das wird ehrlich gesagt nicht schwer. Wir erzählen einfach die Wahrheit über seine krummen Geschäfte. Ich habe Harry die Beweise per E-Mail geschickt, damit er sie anonym an die Zeitung weiterleiten kann."

Seufzend öffnete Walter eine weitere Flasche Bier. „Du spielst da ein ziemlich gefährliches Spiel."

„Wir verwischen unsere Spuren", versicherte Howard ihm. „Rhett wird nicht beweisen können, dass wir irgendetwas getan haben."

„Er braucht keine Beweise, Söhnchen. Seine Familie ist schon immer gnadenlos gewesen. Sie tun ständig Unschuldigen weh."

Howard blieb eine Sekunde lang das Herz stehen. Hatte er einen Fehler in seiner Strategie begangen? Er war davon ausgegangen, dass Rhett logisch reagieren würde und nach Beweisen suchte, ehe er zurückschlug. Was aber, wenn er einen Wutanfall bekam und die Wer-Bären-Gemeinschaft angriff? „Rhett hat so viele Feinde. Ich dachte, ihr seid sicher, solange er keine Beweise hat."

Walter sah ihn traurig an. „Er muss nur überlegen, wer ihn am meisten hasst, und schon weiß er, dass du es gewesen bist."

Howard schloss kurz die Augen. *Verdammt.* Er hatte sich so sehr von seinem Hunger nach Rache beherrschen lassen, dass er einfach davon ausgegangen war, sein Volk schon irgendwie beschützen zu können.

„Ihr glaubt, Rhett wird diese Inseln angreifen?", fragte Phil.

„Möglich wäre es." Howard ließ sich in den Sessel neben seinem Großvater fallen. „Tut mir leid, Grandpa."

Walter zuckte mit den Schultern. „Ich hatte darüber nachgedacht, dich aufzuhalten, aber ich habe es satt, mich nach diesen Bastarden zu richten." Er trank von seinem Bier. „Was soll's, Rhett kann ruhig kommen, wenn er möchte. Ich habe ein Gewehr hier, auf dem sein Name steht."

Howard runzelte die Stirn. „Die sind in der Überzahl."

„Lass die ruhig irgendwas versuchen", knurrte Walter. „Wir sind hier auf einer gottverdammten Insel. Wenn sie mit einem

Boot anlegen wollen, lassen wir sie noch im Wasser hochgehen."

Howard nickte. „Ihr seid in einer guten Defensivlage. Stellt um die ganze Insel herum Wachen auf, und sorgt dafür, dass niemand ohne eure Erlaubnis anlegt." Er seufzte bei dem Gedanken an all die unschuldigen Werwölfe in seiner Gemeinde. „Ich hätte das nicht tun dürfen."

Walter grunzte und nahm noch einen Schluck Bier. „Wir hätten das schon vor zwanzig Jahren tun sollen, als Rhetts Vater gedroht hat, uns auszulöschen."

„Was genau ist vor zwanzig Jahren passiert?", fragte Phil.

„Nichts", sagte Howard rasch.

„Nichts? Wir dachten, du hättest Rhett umgebracht." Walter wendete sich an Phil. „Ich konnte Rhetts Vater nur davon abhalten, uns anzugreifen, indem ich meinen eigenen Enkel verbannte." Er schüttelte stirnrunzelnd den Kopf. „Ich hätte mich damit nie einverstanden erklären dürfen. Es war nicht fair dir gegenüber."

„Du hast das Richtige getan." Howard tätschelte seinem Großvater den Arm. „Du musstest die ganze Gemeinde hier beschützen. Du durftest sie nicht wegen etwas, das ich getan hatte, in Gefahr bringen."

„Rhett hatte es verdient zu sterben", knurrte Walter. „Wenn ich mir überlege, was er diesem armen Mädchen angetan ..."

„Die Sache ist gegessen", unterbrach Howard ihn und ließ seinen Großvater damit wissen, dass er nicht über Carly sprechen wollte.

Walter trank sein Bier aus und stellte die leere Flasche dann heftig auf den Beistelltisch. „Das war nicht deine Schuld, Howard. Es ist dieser verdammte Fluch."

Howard stöhnte auf. Nicht schon wieder. Immer wenn sein Großvater zu viel getrunken hatte, fing er von so einem blöden Fluch an.

„Es gibt einen Fluch?", fragte Phil.

„Hör bloß auf", warnte Howard ihn, „das ist großer Mist."

„Das ist unsere Geschichte!" Walter sah ihn empört an. „Nennst du unsere Geschichte Mist?"

„Der Fluch ist Mist", murmelte Howard. „Bloß eine feige Ausrede, um sich aus der Verantwortung zu ziehen. Wenn die Werwölfe uns angreifen wegen des Spiels, das ich angefangen habe, übernehme ich dafür die volle Verantwortung."

Walter schüttelte den Kopf. „Unser Volk stirbt seit Generationen aus. Und wir streifen seit Jahrtausenden leidend über den Erdball. Alles wegen des Fluches."

„Das klingt interessant", sagte Phil.

„Oh, das ist es", stimmte Walter mit leuchtenden Augen zu. „Es beginnt mit der Legende unserer Entstehung. Gib mir noch ein Bier, und ich erzähle dir die ganze Geschichte."

Resigniert ließ Howard den Kopf in die Sessellehne sinken und starrte an die Decke. Er hatte diese Geschichte im letzten Monat vier Mal und in seiner Jugend ungefähr tausend Mal gehört. „Das ist nur ein blödes Märchen."

Walter schnaufte empört und öffnete noch eine Flasche Bier. „In unserer Legende geht es nicht um Märchengestalten. Wir stammen von wilden Kriegern ab."

„Na schön", knurrte Howard. „Aber tu uns den Gefallen und erzähl die verkürzte Version."

„Es gibt keine gekürzte Version …"

„Ach nein?", unterbrach Howard und setzte sich auf. „Wir hatten eine magische Hüterin, die uns mit irgendeinem Hokuspokus erschaffen hat, und dann hat die dumme Kuh uns hintergangen. Ende der Geschichte."

„Die Geschichte ist erst zu Ende, wenn wir die Hüterin finden und sie dazu bringen, den Fluch außer Kraft zu setzen", beharrte Walter.

„Ihr wurdet von einer Frau behütet?", fragte Phil.

Howard schnaubte. „Einer, die es nicht gibt."

„Es gab sie. Die Hüterinnen waren echt." Walter trank von

seinem Bier und wischte sich den Mund mit dem Ärmel seines Flanellhemds ab. „In Ordnung. Es waren einmal …“

„Sag ich doch, es ist ein Märchen“, murmelte Howard.

Walter warf ihm einen wütenden Blick zu. „Es waren einmal vor verdammt langer Zeit drei magische Schwestern. Hüterinnen haben wir sie genannt, weil sie unser Dorf in Norwegen beschützt haben. Die Älteste war die Hüterin des Meeres, weil sie mit den Kreaturen der See sprechen konnte. Die Mittlere war Hüterin des Waldes, und sie hat mit den Waldtieren gesprochen. Die Jüngste, die Hüterin des Himmels, konnte mit Vögeln reden.“

Phil nickte. „Cool.“

„Adler haben die jüngste Schwester gewarnt, wenn sich der Feind über die Berge näherte“, fuhr Walter fort. „Und dann haben die Raubvögel angegriffen und ihn in die Flucht geschlagen. Wenn der Feind sich über das Meer genähert hat, haben die Seehunde die älteste Schwester gewarnt. Dann hat sie die Wale gebeten, die Boote zum Kentern zu bringen. Über die Jahre ist das Dorf gut gediehen, die drei Schwestern haben Töchter bekommen, die ihre Fähigkeiten geerbt haben, und viele Generationen lang war alles gut.“

„Bis sie alle vor Langeweile gestorben sind“, grollte Howard.

„So geht die Geschichte nicht, das weißt du genau.“ Walter sah ihn finster an.

Howard stand auf und schlenderte zu seinem Schlafzimmer. „Ich gehe nachsehen, ob Harry meine E-Mail schon bekommen hat.“

„Dir entgeht der beste Teil“, rief Walter ihm nach.

Genervt schloss Howard seine Schlafzimmertür hinter sich. Das Letzte, was er hören wollte, war, wie irgendeine magische Hüterin des Waldes eine Bande Berserker erschaffen hatte. Er war sich nicht sicher, wie genau seine Vorfahren entstanden waren, aber es war vor über tausend Jahren geschehen, also machte es, wenn man ihn fragte, sowieso keinen Unterschied mehr. Er rief Harry an, und gemeinsam überlegten sie sich eine Strategie, um Rhetts Ruf zu ruinieren.

Dreißig Minuten später kehrte er ins Wohnzimmer zurück.

Phil sah mit einem schelmischen Funkeln in den Augen von der Couch hoch. „Du hast mir nie erzählt, dass du ein Berserker bist."

Howard sah ihn mit gehobener Augenbraue an. „Sehe ich vielleicht verrückt aus?" Als Phil grinste, murmelte er: „Sag lieber nichts."

Walter deutete auf den Werwolf. „Phil stimmt mir zu. Wenn wir unsere Hüterin finden, könnten wir versuchen, sie zu überreden, den Fluch zu lösen."

Howard schnaubte. „Es gibt keinen Fluch. Und es gibt keine Hüterin."

Walter sah ihn wütend an. „Wie kannst du deine eigene Geschichte verleugnen?"

„Ich verleugne nicht, ein Wer-Bär zu sein. Oder der Nachkomme eines Berserkers", entgegnete Howard. „Aber das mit dem Fluch ist doch Quatsch. Wir sind selbst verantwortlich für die Entscheidungen, die wir im Leben treffen. Und ich bezweifle stark, dass es die Hüterinnen je gegeben hat. Wenn wir je eine gehabt haben, dann hat sie uns hintergangen, also ist es doch gut, dass wir sie los sind."

„Es könnte da draußen immer noch Hüterinnen geben", beharrte Walter. „Es waren drei Schwestern, und sie hatten Töchter."

Phil nickte. „Das ist nur logisch. Wenn eure Familie überlebt hat, könnte ihre vielleicht auch überlebt haben."

Howard sah ihn fassungslos an. „Kaufst du ihm diesen Mist wirklich ab?"

Phil zuckte mit den Schultern. „Ich weiß, dass es bizarr klingt, aber meine Vorfahren haben auch eine merkwürdige Geschichte. Wir wurden vor Jahrhunderten von keltischen Magiern in Wales erschaffen. Wenn meine Geschichte wahr ist, warum sollte dann nicht auch in der deines Großvaters ein Funken Wahrheit stecken?"

„Ganz genau." Walter trank sein Bier aus und stellte es mit einem lauten Knall wieder ab. „Wir müssen nichts weiter tun, als unsere Hüterin zu finden."

Howard gab einen verächtlichen Laut von sich. „Na gut, ich stelle eine Anzeige bei Craigslist rein. Gesucht: alleinstehende Frau zum Hüten einer Bande Grizzly-Wer-Bären. Warnung: Vorgängerin beim Ausüben der Tätigkeit ermordet. Ja, das dürfte klappen."

Phil musste lachen. „Selbst wenn es eine Frau gäbe, die verrückt genug ist zu antworten, woher wüsstet ihr, dass sie die wahre Hüterin ist?"

Howard zuckte mit den Schultern. „Wer weiß? Das ist doch alles Quatsch."

„Man wüsste es einfach", sagte Walter leise.

„Wie?", hakte Howard nach.

Walter hielt einen Augenblick inne und dachte nach. „Ich bin mir nicht sicher. Aber irgendwie würde man es einfach wissen."

Howard sah ihn nachsichtig an. „Ich suche nicht nach einer ausgedachten Frau."

„Wie wäre es mit einer echten?", fragte seine Mutter vom Türrahmen her, und ihre Augen funkelten dabei belustigt. „Aber zuerst wird zu Abend gegessen."

Nach ihrem späten Abendessen ging Howard zurück in sein Zimmer, um nach seinen E-Mails zu sehen. Angus hatte eine Nachricht geschickt, in der er verlangte, dass er und Phil sofort nach New York zurückkehrten. Die Mission in Mexiko lief nicht gut, weshalb Angus und Emma selbst dorthin mussten, um zu helfen. Damit blieben keine Sicherheitsleute mehr für Romatech und die Schule. Howard und Phil sollten sich am nächsten Tag bis zehn Uhr bei der Schule einfinden.

Howard ging in seinem Zimmer auf und ab und überlegte sich, was seine Möglichkeiten waren. Die Jungs in Mexiko waren seine Freunde. Er konnte nicht hierbleiben, wenn es ihre Mission in Gefahr brachte. Außerdem empfand er einen starken Beschützerinstinkt für Tino und Sofia. Er konnte sie und die anderen Kinder nicht ohne Schutz in der Academy lassen. Und dann war da noch sein Rachespiel. Rhett würde bald Wind von der Sache bekommen, und es könnte von Vorteil sein, wenn er weit weg war, wenn das passierte. So würde Rhett vielleicht vermuten, dass einer seiner anderen Feinde verantwortlich war.

Einige Stunden später kam Dougal aus dem Keller, eine Flasche synthetisches Blut in der mechanischen Hand.

„Angus hat eine dringende Nachricht auf meiner Mailbox hinterlassen." Er sah Howard und Phil an. „Ich muss euch noch heute Nacht zurückteleportieren."

Howard nickte. Er hatte sich bereits von seiner Mutter und seinem Großvater verabschiedet. Solange er seinen Laptop dabeihatte, konnte er mit seinem Spiel gegen Rhett überall weitermachen.

„Ich verstehe." Er schwang seine gepackte Reisetasche über die Schulter. „Gehen wir."

5. KAPITEL

Düster und gruselig. Elsa Bjornberg betrachtete den Wald zu beiden Seiten der gewundenen zweispurigen Straße. In der letzten Stunde, die sie gefahren war, war der Wald immer dichter geworden. Düsterer. Gruseliger.

Ein Schauer lief ihr den Rücken hinab. „Dieses Haus liegt mitten im Nirgendwo."

Alastair antwortete nur mit einem leisen Schnarchen. Der Jetlag hatte ihn übermannt, und er war vor zwei Stunden eingeschlafen. Trotzdem war sie froh, dass er neben ihr auf dem Beifahrersitz saß und sie nicht allein sein musste. In einem düsteren, gruseligen Wald.

Zum hundertsten Mal sah sie auf das Navigationsgerät, das zu ihrem Mietwagen gehörte. Angeblich war sie auf dem richtigen Weg. Warum also fühlte sie sich so unwohl?

Ein weiterer Schauer fuhr ihr über den Rücken, und die feinen Haare in ihrem Nacken stellten sich auf. Sie stellte die Heizung an. Seit sie in den Wald hineingefahren waren, war sie immer nervöser geworden. Ihre Nerven kribbelten, als würde sie hinter jeder Biegung erwarten, dass ihr etwas zustieß.

Sie sah in den Rückspiegel und keuchte auf, als sie eine schattenhafte Gestalt die Straße überqueren sah. Ihr Herz machte einen Sprung und beruhigte sich erst wieder, als ihr klar wurde, dass es nur ein Hirsch gewesen war. Gott sei Dank war er hinter ihrem Wagen auf die Straße gesprungen, und nicht davor.

Die Hände fester um ihr Lenkrad geklammert sah sie noch einmal in den Rückspiegel. Was zum Teufel? Da stand eine ganze Wildherde auf der Straße. Und die Tiere sahen sie direkt an.

Das Herz schlug ihr bis zum Hals. Zu viel Koffein. Daran musste es liegen. Sie sah zu dem großen Becher Kaffee in ihrem Becherhalter. Den hatte sie hinuntergestürzt, um sicherzustellen, dass sie wach blieb.

Es war ein schrecklich langer Tag gewesen, angefangen mit ihrem Flug von London nach New York City, einer Zugfahrt nach White Plains, und dann noch der Trip im Mietwagen zu den Ausläufern der Adirondacks. Sie hätten eine Nacht in Albany übernachten sollen. Sie waren beide übermüdet, aber aus irgendeinem Grund hatte der Besitzer des Hauses darauf bestanden, dass sie sich um zehn Uhr abends trafen, also hatten sie sich beeilt, um den Termin einzuhalten.

Den ersten Teil der Fahrt über hatte sie gut überstanden. Sie liebte es, zu reisen und neue Orte zu entdecken, und das Hudson Valley war wirklich schön. Aber dann war die Sonne untergegangen, und sie waren von der Hauptstraße abgebogen in diesen dunklen Wald, der ihr endlos vorkam. Seit über einer Stunde war ihr kein anderes Auto mehr begegnet.

Die Straße wand sich hin und her zwischen den Ausläufern des Gebirges, wie ein dunkles Band, das sie gefesselt hatte und sie tiefer und tiefer in den Wald zog. Düster und gruselig, das auf jeden Fall, aber komischerweise verspürte sie mehr Aufregung als Angst. Sie fühlte sich … getrieben.

Sie fuhr einen steilen Hügel hinauf und erreichte die Spitze gerade, als der Vollmond hinter den Wolken hervortrat. Mondstrahlen schossen hervor und beleuchteten den Wald, der vor ihr lag, als hätte ein Maler die Baumspitzen in leuchtendes Silber getaucht. Ihr stockte der Atem, und sie nahm den Fuß vom Gas. Nur eine Sekunde lang fühlte es sich an, als würde die Zeit sich ausdehnen, so weit und uralt, wie der Wald es war.

Es war schön. Mehr als schön. Es war … *Zuhause*.

Sie schüttelte den Kopf. Es musste am Schlafentzug liegen, dass sie sich diese Dinge einbildete. Sie hatte noch nie in einem düsteren und gruseligen Wald gelebt. Sie war immer ein Stadtmädchen gewesen.

Auf dem Beifahrersitz fing Alastair an, sich zu regen. „Tut mir leid, Schätzchen. Ich wollte nicht so wegtreten.“ Er rieb sich mit der Hand das Gesicht. „Es ist verflixt warm hier drinnen.“

„Tut mir leid." Sie schaltete die Heizung aus. „Der Wald hat mir eine Gänsehaut bereitet."

Er spähte aus dem Seitenfenster. „Verdammt. Wo zur Hölle sind wir denn grad?"

Elsa musste lächeln. Immer wenn Alastair im Halbschlaf war, wurde sein Cockney-Akzent hörbar. Aber je wacher er wurde, desto mehr klang er wie Mr. Darcy. „Bald sollten wir in Cranville ankommen. Von da aus sind es nur noch zehn Meilen bis zum Haus."

„Ausgezeichnet." Alastair streckte sich. „Vielleicht gibt es in der Stadt ein Hotel."

„Weißt du, hier mitten im Nirgendwo könnte es ziemlich schwierig werden, Material zu bekommen."

„Das könnte kompliziert werden, zugegeben. Aber bisher haben wir alle unsere Sendungen in Großstadtregionen gedreht. Ich denke, es würde sich schicken, auch einmal andere Örtlichkeiten zu versuchen."

Elsas Mundwinkel zuckten. Er war jetzt im vollen Mr.-Darcy-Modus angekommen. Wahrscheinlich würde er in Cranville Halt machen wollen, um Tee und Gebäck zu sich zu nehmen. „Na, wenn es sich schickt, dann sollten wir es wohl machen."

Er schnaubte. „Freches Weib. Ah, da vorne sind Lichter."

Sie verlangsamte ihre Geschwindigkeit, als sie in die Stadt Cranville hineinfuhren. Die meisten Geschäfte hatten so spät am Abend bereits geschlossen.

„Aha!" Alastair sah aus seinem Fenster. „Ein Hotel. Irgendwie. Und mit freien Zimmern. Sieht etwas rustikal aus, aber ich habe schon Schlimmeres erlebt." Er drehte sich wieder nach vorne und blinzelte verwirrt. „Wo ist die Stadt hin?"

„Das war alles."

„Verflucht." Er räusperte sich. „Ich vermute, die Lage wird zu einer Herausforderung werden."

Sie nickte lächelnd. Herausforderungen war sie gewöhnt. Mit Alastair zu arbeiten war am Anfang auch eine Herausforderung gewesen. Er war schlank und zierlich und, um ganz ehrlich zu sein, viel hübscher als sie selbst. In der Kostümbildnerei und Garderobe liebte man ihn, weil er in Designer-Anzügen so modisch und elegant aussah. Bei ihr legten sie es darauf an, ihre Größe und ihre Figur zu betonen, normalerweise mit kurzen Shorts, die ihre langen Beine zeigten, und knappen T-Shirts, die ihre Brüste betonten, aber nie ärmellos waren, weil sie immer darauf achteten, das rote Geburtsmal auf ihrer Schulter zu verbergen.

Alastairs sandfarbenes Haar war immer perfekt geschnitten und gestylt, während ihr eigenes langes Haar so wild war, dass die Visagistin verzweifelt aufgegeben hatte und Elsa es seitdem einfach zu einem Pferdeschwanz zusammenband. Das Resultat sah so aus: Alistair wirkte, als würde er in einem Rolls Royce mit Chauffeur unterwegs sein, während sie aussah, als wäre sie in einem alten Pick-up-Truck vorgefahren.

Selbst Alastairs Bewegungen waren anmutig, während sie sich selbst riesig und schwerfällig vorkam. Mit ihren ein Meter achtundachtzig war sie fast acht Zentimeter größer als Alastair. Zehn Zentimeter größer als Oskar. Schon in der ersten Episode von *International Home Wreckers* hatten die Autoren ihr den Spitznamen Amazon Ellie verpasst.

Das hatte wehgetan. Aber sie hatte gelächelt und ihren Job gemacht. Wo sonst sollte sie schließlich einen besseren Job als diesen finden? Sie reiste um die ganze Welt und verwandelte verfallene alte Häuser in Meisterwerke – wie ein Traum, der wahr geworden war.

Die Produzenten der Show liebten die Ironie darin, dass der große, starke Typ in ihrer Show ein Mädchen war. Deswegen hatte man sie engagiert. Zum ersten Mal in ihrem Leben war ihre Größe zu ihrem Vorteil gewesen. Sie war ein glückliches Mädchen. Ein sehr großes und sehr glückliches Mädchen.

Sie seufzte. Würde in ihrem Leben je eine Zeit kommen, zu der sie sich nicht riesig vorkam? Sich nicht fühlte, als würde ihre ganze Identität von ihrer Größe bestimmt werden? Selbst ihre Fanpost kam von anderen großen Frauen, die sie lobten. Nicht für ihr Talent beim Heimwerken oder ihren Umgang mit Holz, sondern weil sie mutig genug war, zu ihrer Größe zu stehen. Als bliebe ihr etwas anderes übrig? Keine Diät auf der Welt konnte sie kleiner machen.

Nachdem sie weitere fünf Minuten gefahren war, wies das Navi sie an, links abzubiegen. Sie bog auf eine noch schmalere Straße ein. Der Wald schloss sich um sie, dichter als je zuvor. Noch düsterer. Noch gruseliger.

Drei Minuten später bog sie rechts auf eine Schotterstraße ein. Kleine Kiesel prasselten gegen die Unterseite des Wagens, und sie fuhr fast im Schritttempo weiter.

„Ich glaube, die Auffahrt werden wir teeren müssen." Alastair beugte sich vor, als sie um eine Kurve kamen, hinter der der Wald sich lichtete. „Da ist es!"

Elsa stockte der Atem. Es war größer, als sie erwartet hatte. Und sogar noch schöner als auf dem Foto, das die Besitzerin ihnen gemailt hatte. „Es ist herrlich."

Das zweigeschossige Gutshaus stand am Ende einer kreisförmigen Auffahrt. Um das Haus herum war der Wald gelichtet worden, aber der Garten war überwuchert und wild.

„Sieh dir die Kuppel auf dem Dach an." Alastair strahlte. „Ich liebe es! Erinnert mich an Monticello."

„Stimmt." Elsa nickte lächelnd. „Es ist sehr ... herrschaftlich. Und elegant." Sie hielt vor dem Haus an und deutete auf die Flutlichter an beiden Seiten. „Sie haben einen Generator. Das ist gut."

Alastair spähte aus seinem Fenster. „Backstein, Stil des kolonialen Föderalismus. Wir haben so gut wie jede Architekturrichtung abgedeckt bis auf diese."

„Und etwas Abwechslung würde sich für uns schicken", fügte sie in ironischem Tonfall hinzu.

„Haargenau. Wir brauchen etwas Neues." Er löste seinen

Gurt. „Ich kann es nicht abwarten, mir das Innere des Hauses anzusehen. Wann soll die Besitzerin hier sein?"

Elsa sah auf die Uhr, ehe sie den Motor ausstellte. „Wir haben noch zehn Minuten."

Er öffnete die Tür auf seiner Seite. „Ich muss einen Boxenstopp im Wald einlegen, wenn du verstehst, was ich meine, und dann sehe ich mich mal um." Er nahm sich eine Taschenlampe und stieg aus. Der Kies knirschte unter seinen Füßen. „Schick mir eine Nachricht, wenn die Besitzerin ankommt. Wie hieß sie noch mal?"

„Shanna Draganesti. Kommt es dir nicht merkwürdig vor, dass sie sich nachts mit uns treffen wollte?"

Alastair beugte sich vor, um Elsa anzusehen. „Ist mir egal, solange sie uns ihr Haus machen lässt. Ich liebe es hier!" Er schloss die Autotür, joggte zum Haus hinüber und verschwand um die Ecke.

Elsa betrachtete das Haus und bemerkte dabei besonders seine schlichte, aber elegante Symmetrie. Es war tatsächlich ein Juwel, ein verborgener Schatz hier mitten im Nirgendwo.

Sie atmete tief durch und ließ ihre müden Schultern kreisen. Was für ein endloser Tag. Und ein endloser Wald. Ihr Blick richtete sich auf die Bäume. Wer wollte so weit hier draußen leben? Waren die Besitzer Einzelgänger? Oder hatten sie etwas zu verbergen?

Eine Bewegung schreckte sie auf. Ein Hirsch war aus dem Wald gekommen und genoss das Gras des verwilderten Gartens. Ein weiterer Hirsch schloss sich ihm an. Dann noch einer. Und noch einer, bis es gut ein Dutzend waren.

Sie hoben alle zur gleichen Zeit den Kopf und sahen sie an.

„Herrje." Schaudernd richtete sie ihre Aufmerksamkeit wieder auf das Haus. Es war größer, als sie es von einem Gutshaus erwartet hatte. Ein Keller, zwei Stockwerke und ein Dachboden. Roter Backstein mit weißen Fensterläden. Vier weiße Säulen rahmten die halbrunde Veranda vor dem Eingang, und eine runde weiße Kuppel krönte das Dach. Die Flutlichter reichten nicht ganz bis zur Mitte des Hauses, sodass der Bereich um die Eingangstür im Schatten lag.

Selbst wenn das Innere wie ein Katastrophengebiet aussah, würden sie und die Jungs sich davon nicht abhalten lassen. Das Haus hatte ein wunderschönes Grundgerüst. Sobald es ausgebaut war, würde es einfach umwerfend sein.

Scheinwerfer leuchteten auf, als ein Wagen die runde Auffahrt heraufkam. Die Besitzerin war auf die Minute pünktlich.

Sie sah im Rückspiegel, wie der Wagen hinter ihr zum Halten kam. Im blendenden Licht der Scheinwerfer konnte sie nicht erkennen, wer hinter dem Steuer saß. Motor und Scheinwerfer wurden ausgeschaltet und die Tür auf der Fahrerseite ging auf.

Niemand stieg aus. Eine Bewegung in der Nähe lenkte sie ab. Die kleine Wildherde sprengte in den Wald zurück.

Als sie hörte, wie die Wagentür zuschlug, sah sie noch einmal in den Rückspiegel. Es war immer noch niemand zu sehen. Merkwürdig.

Sie griff nach ihrem Telefon, das sie auf dem Armaturenbrett abgelegt hatte. Alastair sollte schnell zu ihr zurückkommen.

Ein Klopfen an ihrem Fenster ließ sie zusammenzucken, und das Telefon fiel ihr in den Schoß.

„Tut mir leid!“ Eine blonde Frau stand vor ihrem Fenster. „Ich wollte Sie nicht erschrecken.“

Elsa stockte der Atem. Wo war diese Frau so schnell hergekommen?

„Ich bin Shanna Draganesti, aber bitte, nennen Sie mich Shanna.“ Sie strahlte. „Es freut mich so sehr, dass Sie hier sind. Ich bin ein großer Fan von Ihnen!“

„Danke.“ Elsa nahm ihre Handtasche vom Boden vor dem Rücksitz, steckte ihr Handy ein und öffnete dann langsam die Tür, während Shanna aus dem Weg ging. „Es freut mich sehr, Sie kennenzulernen. Ich bin Elsa.“

„Oh, ich weiß.“ Shanna riss die Augen auf, als Elsa aus dem

Wagen stieg. „Wow. Sie müssen über einen Meter achtzig groß sein."

Elsa knirschte mit den Zähnen und schloss die Tür hinter sich. *Ja, ich bin abnormal groß. Ich bin so groß, dass mir hier oben manchmal schwindelig wird.* „Ein Meter achtundachtzig."

Shannas Augen fingen an zu leuchten. „Sie sind perfekt!"

Hä? Das war nicht die normale Reaktion der Leute auf ihre Größe. Elsa legte sich die Handtasche über die Schulter. „Danke. Alastair ist übrigens auch hier. Er sieht sich gerade um. Er freut sich sehr darauf, Ihr Haus renovieren zu dürfen. Ich mich auch. Wir finden, es hat enormes Potenzial."

„Oh." Shannas Lächeln wurde angestrengt. „Das ist schön."

Noch so eine merkwürdige Reaktion. Normalerweise sprangen die Besitzer an dieser Stelle vor Freude in die Luft. Elsa deutete auf das Haus. „Können wir uns drinnen umsehen?"

„Natürlich." Shanna sah auf die Uhr und dann die Auffahrt hinab.

„Hallo", rief Alastair, als er auf sie zukam. „Sie müssen Mrs. Draganesti sein?"

Shanna wirbelte herum, um ihn zu begrüßen. „Du liebe Zeit. Big Al." Sie schüttelte ihm die Hand. „Ich bin ein großer Fan Ihrer Show. Bitte, nennen Sie mich Shanna."

„Freut mich sehr, Sie kennenzulernen, Shanna." Alastair schaltete seine Taschenlampe aus. „Ich bin gerade mit einer kurzen Außenbesichtigung fertig geworden, und ich muss sagen, ich bete Ihr Haus einfach an. Ich kann es gar nicht abwarten, mit der Arbeit daran anzufangen!"

Shanna schenkte ihm ein schmales Lächeln. „Sie ändern Ihre Meinung vielleicht noch, wenn wir erst drinnen gewesen sind." Sie kramte in ihrer Handtasche und zog ein altes Schlüsselbund heraus.

Alastair sah Elsa fragend an, die daraufhin mit den Schultern zuckte. Die Besitzerin schien auf einmal Bedenken zu haben, ob sie Arbeiten an ihrem Haus durchführen lassen wollte.

Shanna erklomm die Stufen zur Veranda vor dem Eingang. „Ich fürchte, drinnen ist es ein Desaster. Elektrizität und Wasserleitungen funktionieren nicht, und ich glaube, auf dem Dachboden hausen irgendwelche Vögel."

„Das sind ganz normale Probleme bei einem alten Haus", versicherte Elsa ihr. „Wir sind daran gewöhnt, die Kabel und Leitungen völlig neu zu verlegen."

„Und Oskar liebt es, Vögel einzufangen", fügte Alastair lächelnd hinzu.

„Verstehe." Shanna drehte den Schlüssel, und die Tür öffnete sich quietschend. „Ich habe ein paar Taschenlampen hier." Sie griff in einen Korb neben der Tür und reichte Elsa eine, dann nahm sie sich noch eine für sich selbst.

Alastair schaltete seine ein und keuchte auf. „Lieber Gott, Ellie, sieh dir die Treppe an! Sie ist ein Prachtstück."

„Wow." Sie trat vor und leuchtete mit der Taschenlampe den eleganten Schwung der Treppe hinauf.

„Sieh dir das an!" Alastair richtete seine Taschenlampe nach oben in die Kuppel. „Atemberaubend, einfach atemberaubend."

„Und das soll ein Gutshaus sein?" Elsa drehte sich zu Shanna um. „Hier in der Nähe muss sich ein spektakuläres Haupthaus befinden."

Shanna zuckte zusammen. „Ja, schon. Es befindet sich ein Herrenhaus etwa drei Meilen die Straße hinab. Aber das ist eine sehr private Schule, und ihre Existenz darf auf keinen Fall an die Öffentlichkeit geraten."

Diese Geheimnistuerei kam ihr merkwürdig vor. Elsa und Alastair sahen sich an. „Es gäbe keinen Grund, die Schule in unserer Sendung überhaupt zu erwähnen."

„Aber es wäre schon interessant, das Herrenhaus zu sehen", murmelte Alastair.

„Nein!" Shanna schüttelte den Kopf. „Niemand darf auch nur in seine Nähe. Es gibt dort … Problemkinder. Jugendliche Straftäter. Es wäre gefährlich für Sie, dorthin zu gehen."

Sehr merkwürdig. Elsa und Alastair tauschten erneut einen Blick.

„Wir kommen zurecht, Shanna“, versicherte er ihr. „Nachts können wir hier Wachen abstellen, die auf unser Material aufpassen. Das tun wir immer, wenn wir in Großstadtregionen zu tun haben.“

Shanna sah auf die Uhr und biss sich auf die Unterlippe. „Ich hoffe, Sie hatten keine Schwierigkeiten herzufinden. Wir leben hier so weit abseits. Ich fürchte, es könnte schrecklich schwierig für sie werden, Ihr Material herzuschaffen.“

War die Besitzerin nur nervös, oder versuchte sie, einen Rückzieher zu machen? Elsa atmete tief durch und lächelte. „Bitte machen Sie sich deswegen keine Sorgen. Wir glauben nicht, dass die Lage zum Problem werden wird. Für unsere Show ist das eine schöne Abwechslung.“

„Verstehe.“ Statt erleichtert auszusehen, wirkte die Besitzerin noch aufgewühlter.

„Ich habe das Gefühl, dass Sie Bedenken haben und sich die Sache noch einmal überlegen wollen“, sagte Elsa sanft. „Das kommt häufig vor, wenn den Leuten klar wird, dass ihr Haus tatsächlich in unserer Sendung gezeigt werden soll. Es gibt Bedenken über die Privatsphäre und den Kostenfaktor.“

Shanna seufzte. „Es gibt wirklich ein Problem. Ich habe nicht daran gedacht, als ich mich an Sie gewendet habe. Ich war einfach so aufgeregt bei dem Gedanken, dass Sie herkommen. Aber als ich darüber mit meinem Mann gesprochen habe, und mit seinen … Kollegen, haben sie mir einige ernsthafte Schwierigkeiten in Bezug auf die Sicherheit und Privatsphäre aufgezeigt, an die ich nicht gedacht hatte.“

„Wir würden unser Möglichstes tun, um auf Ihre Bedürfnisse einzugehen“, versicherte Elsa ihr.

„Das weiß ich zu schätzen“, sagte Shanna. „Mein Mann und ich arbeiten tagsüber sehr weit entfernt, und wir könnten nie irgendwelche Interviews für ihre Show geben. Unsere Namen müssten privat bleiben, und wir müssten uns durch jemand anderen repräsentieren lassen."

„Das haben wir alles schon gemacht", sagte Alastair. „Um ganz ehrlich zu sein, konzentrieren wir uns in unserer Sendung auf das Haus, nicht auf die Besitzer. Solange Ihr Vertreter sich tagsüber mit uns treffen kann, und es ihm nichts ausmacht, uns ab und zu ein Interview zu geben, wäre das kein Problem für uns."

„Naja, ich bin mir nicht sicher, ob er einverstanden sein wird." Shanna sah noch einmal auf die Uhr. „Er sollte eigentlich längst hier sein."

„Wenn er sich einverstanden erklärt, Sie zu vertreten, dürfen wir das Haus dann renovieren?", fragte Alastair. „Wir können die Kosten der Renovierung bis zu einem Betrag von fünfzigtausend Dollar übernehmen und gehen nicht darüber hinaus, ohne es vorher mit Ihnen zu besprechen."

„Und wir geben eine Garantie auf all unsere Arbeit", fügte Elsa hinzu. „Das müssen wir. Alles, was wir tun, wird in der Sendung genau dokumentiert."

„Und wir halten natürlich auch alles schriftlich fest", sagte Alastair. „Wir machen aus diesem Haus wieder das Meisterwerk, das es zu sein verdient hat."

Shanna seufzte tief. „Es ist so verlockend. Glauben Sie mir, ich will wirklich, dass Sie es machen. Überzeugen muss ich nur noch …" Sie riss die Augen auf. „Ich höre einen Wagen kommen."

Sie musste ein schrecklich gutes Gehör haben, denn Elsa hörte überhaupt nichts.

Shanna lächelte sie an. „Howard kommt. Er weiß nicht, dass Sie hier sind, es wird eine Überraschung für ihn. Er ist ein riesiger Fan von Ihnen!" Sie legte ihre Taschenlampe zurück in den Korb neben der Tür und eilte nach draußen.

Alastair stellte sich dicht neben Elsa. „Hast du auch ein komisches Gefühl bei dem Ganzen?"

Sie schnaubte. „Allerdings.“ Das hatte sie, seit sie den Wald betreten hatten.

„Die Besitzerin hat etwas Merkwürdiges an sich“, flüsterte Alastair. „Aber ich will das Haus wirklich unbedingt renovieren. Wenn der Vertreter vernünftig wirkt, sollten wir es übernehmen, finde ich.“

Elsa nickte. „Finde ich auch.“ Das Haus war sehr verlockend, aber das merkwürdige Gefühl war es auch. Es war, als hätte sie einen Blick auf ein Rätsel erhascht, das sie dringend lösen wollte.

Endlich hörte auch sie ein Motorengeräusch. „Gehen wir.“ Sie legte ihre Taschenlampe zurück in den Korb und spähte nach draußen.

Alastair schaltete seine Taschenlampe ebenfalls aus und stellte sich zu Elsa an die Eingangstür.

„Howard!“, rief Shanna. „Danke, dass du gekommen bist.“

„Gibt es ein Problem?“, antwortete eine männliche Stimme. „Toni hat gesagt, ich solle sofort herkommen.“

Elsa musste schlucken. Wer dieser Howard auch sein mochte, seine Stimme war ziemlich sexy. Tief und kräftig genug, um ihr Innerstes zum Beben zu bringen. Sie trat vorsichtig hinaus auf die dunkle Veranda.

Shanna trat vor, um den Neuankömmling zu begrüßen, der seinen SUV ein Stück die Auffahrt hinab in einem dunklen Bereich unter den Bäumen geparkt hatte. „Wir überlegen uns, dieses Haus renovieren zu lassen. Du glaubst nie, wer hier ist!“

Howard trat aus den Schatten, halb von einem der Flutlichter erleuchtet.

Elsa keuchte leise auf.

„Meine Güte“, flüsterte Alastair, „der Typ ist ja riesig.“

Elsa presste die Hand auf das hämmernde Herz in ihrer Brust. Er war groß, viel größer als sie. Und schwer, viel schwerer als sie. Solide wie ein Felsen, und doch bewegte er sich mit einer fast fließenden Anmut. Sie lehnte sich vor und wartete, bis er vollkommen ins Licht getreten war. Jede Sekunde konnte es so weit sein.

Jetzt.

Das Herz schlug ihr bis zum Hals. Er war so schön. Ein markantes Gesicht, schöne blaue Augen und dichtes braunes Haar. Sein schwarzes T-Shirt spannte sich über eine breite, muskulöse Brust, und die Ärmel schmiegten sich an einen Bizeps, der ihr das Wasser im Mund zusammenlaufen ließ.

Gänsehaut breitete sich kribbelnd über ihren Körper aus. War es das, was sie erwartet hatte, seit sie den Wald betreten hatte? Irgendwie hatte sie gewusst, dass hinter der nächsten Biegung etwas auf sie wartete. Etwas Großes.

Groß war er auf jeden Fall. Und er hatte eine große Wirkung auf sie. Sie fühlte sich atemlos, ihr wurden die Knie weich, und alles war irgendwie verschwommen, wie im Traum.

Er blieb plötzlich stehen, nachdem Shanna ihm etwas zugeflüstert hatte. „*Was?*“

„Es stimmt“, sagte Shanna. „Sie ist hier.“

Er riss die Augen auf und drehte sich zum Haus um. Als er sie auf der dunklen Veranda entdeckte, blieb ihm buchstäblich der Mund offen stehen. Ihr Herz machte einen Sprung.

Er schloss die Augen, und seine Brust weitete sich, als er tief einatmete. Versuchte er, sie zu riechen? Als er die Augen wieder öffnete, schienen sie noch blauer zu leuchten. Er sah sie an, und sein herrlicher Mund verzog sich langsam zu einem Lächeln.

Alastair gluckste. „Ich glaube, dem wird es nichts ausmachen, mit dir zu arbeiten.“

Ihr würde das auch überhaupt nichts ausmachen. Sie trat aus den Schatten hinaus ins Licht.

Howard sprintete auf sie zu und kam rutschend im Kies vor der Veranda zum Stehen. Er starrte sie einfach nur voller Faszination an.

„Elsa“, flüsterte er.

Seine Stimme durchfuhr sie wie ein köstliches Schaudern. „Hi“, hauchte sie.

Er starrte sie immer noch an. „Hi.“

„Wie geht es Ihnen?“ Alastair trat vor und streckte seine Hand aus. „Ich bin Alastair Whitfield.“

„Howard Barr.“ Er sah kurz zu Alastair hinüber und konzentrierte sich dann wieder auf Elsa, sodass er vergaß, ihm die Hand zu schütteln. „Du bist es wirklich.“

„Ja.“ Sie leckte sich die Lippen und fühlte sich auf einmal nervös wie ein Schulmädchen.

Sein Blick richtete sich auf ihre Lippen und dann wieder auf ihre Augen. „Weißt du eigentlich, wie schön du bist?“

Sie schmolz dahin.

„Schade, dass gerade keine Kamera mitläuft“, murmelte Alastair.

„Ich wusste es“, flüsterte Shanna, und in ihren Augen glänzten Tränen.

„Dann haben wir einen Deal?“, fragte Alastair. „Wir können das Haus renovieren?“

„Vielleicht“, antwortete Shanna. „Wenn ich meinen Mann davon überzeugen kann. Und wenn Howard einverstanden ist, das Projekt zu beaufsichtigen …“

„Bin ich“, sagte er, ohne Elsa aus den Augen zu lassen. Er streckte ihr die Hand entgegen. „Es freut mich sehr, dich kennenzulernen.“

Ihr flatterte das Herz. „Howard.“ Sie legte ihre Hand in seine.

Sofort fuhr ihr ein elektrischer Schlag den Arm hinauf. Sie keuchte, wich zurück und stolperte dabei über die Verandastufen. Howard ergriff sie an den Oberarmen, um sie aufzufangen.

Sie schrie auf, als Hitze wie eine Stichflamme aus dem Geburtsmal an ihrer Schulter strahlte.

„Alles in Ordnung?“ Howard beugte sich besorgt dichter zu ihr hinab.

Sie wich vor ihm zurück und fasste sich an die Schulter. Die Hitze ihres Geburtsmals versengte ihr die linke Hand und zwang sie zum Loslassen. „Aua." Ihre Handfläche war rot. Verbrannt.

Oh Gott, nein. Sie ballte die verletzte Hand zur Faust. Das konnte nicht wahr sein. Ihre Tante hatte sie immer gewarnt, dass so etwas passieren könnte, aber sie hatte nie daran geglaubt.

Sie sah zu Howard hoch, der sie verwirrt ansah. *Oh Gott, nein! Nicht er.*

Er hatte ihren Fluch in Kraft gesetzt.

6. KAPITEL

Was zum Teufel war gerade passiert? Er hätte schwören können, dass sie ihn mochte, und jetzt wich sie entsetzt vor ihm zurück.

„Elsa?“ Howard streckte die Hand nach ihr aus, aber sie schreckte zurück.

Ihre Handtasche rutschte ihr von der Schulter, und als sie danach griff, zuckte sie wie vor Schmerz zusammen.

„Hast du dir wehgetan?“ Er spürte immer noch die Hitze in seiner linken Hand, wo er sie berührt hatte.

„Ich … entschuldigen Sie mich.“ Sie sah Shanna und Alastair entschuldigend an. „Ich muss dringend jemanden anrufen.“ Sie rannte in weitem Bogen um Howard die Stufen hinab, preschte zu ihrem Wagen und kletterte auf den Fahrersitz.

Alastair setzte ein strahlendes Grinsen auf. „Das arme Mädchen ist völlig ausgelaugt. Wir haben den Tag in London begonnen, müssen Sie wissen. Es war einfach ein schrecklich langer Tag.“

Shanna nickte mitfühlend und sah dann zum Wagen herüber. „Ich hoffe, es geht ihr gut.“

Howard schlich sich ein wenig näher an den Wagen heran. Dank seiner übermenschlichen Sinne konnte er vielleicht hören, was sie am Telefon sagte. Es war falsch, ihre Privatsphäre so zu verletzen, aber verdammt noch mal, er musste wissen, was gerade passiert war. Ohne Informationen konnte er seinen nächsten Schritt nicht planen.

„Shanna, ich hoffe wirklich, dass Sie uns erlauben, dieses Haus zu renovieren“, sagte Alastair. „Es wäre perfekt für unsere Sendung.“

Howard drehte sich zu Shanna und Alastair um, damit es so aussah, als würde er ihrem Gespräch folgen.

„Tante Greta“, flüsterte Elsa eindringlich in ihr Telefon, „ich … ich glaube, es ist passiert. Du hast gesagt, ich solle sofort anrufen, falls mein Geburtsmal jemals …“

Howard strengte sich an, konnte aber nicht verstehen, was ihre Tante antwortete. Wenn Elsa nur nicht in den Wagen gestiegen wäre.

„Ja, es brennt", sagte Elsa. „Ziemlich schlimm sogar."

Er krümmte seine linke Hand. Sie war noch immer empfindlich dort, wo er Elsa berührt hatte. Anscheinend befand sich dieses mysteriöse brennende Geburtsmal auf ihrer rechten Schulter.

„Ich werde es mit meinem Mann besprechen", lenkte Shanna ihn ab, als sie ihr Gespräch mit Alastair fortsetzte. „Morgen Abend geben wir Ihnen unsere Antwort."

„Ausgezeichnet", antwortete Alastair.

„Unsere größte Sorge gilt der Schule am Ende der Straße", fügte Shanna hinzu. „Wir können nicht zulassen, dass sie erwähnt wird, und keiner Ihrer Mitarbeiter darf auch nur in ihre Nähe kommen."

Alastair nickte. „Verstanden."

Howard wusste, dass es Roman und Angus nicht gefallen würde, ein Filmteam so nahe an der Academy zu haben. Es war eindeutig ein Sicherheitsrisiko, aber die Vorstellung, Elsa so nahe bei sich zu haben, war zu verlockend, um zu widerstehen. Er konzentrierte sich wieder auf sie.

„Ja", flüsterte sie gerade im Wagen. „Ich habe jemanden angefasst. Wir haben uns die Hand geschüttelt."

Er wartete angespannt auf mehr.

„Nein, er war ein vollkommener Gentleman." Dann keuchte Elsa entsetzt auf. „Greta! Das fasse ich ja nicht. Er hatte nichts Wildes oder Verrücktes an sich."

Er zuckte zusammen.

„Ich kann nicht nach Hause kommen", beharrte Elsa, „ich arbeite hier." Eine Pause. „Nein. Du musst auch nicht herkommen. Ernsthaft, Greta, ich bin schon erwachsen. Ich kann auf mich selbst aufpassen."

„Wir wohnen im Hotel in Cranville", sagte Alastair zu

Shanna. „Morgen Abend habe ich einen Vertrag für Sie vorbereitet und hoffe auf das Beste."

Shanna nickte und sah Howard fragend an. „Dir macht es nichts aus, Roman und mich zu repräsentieren?"

„Nein, kein Problem." Er hörte noch das Ende von Elsas Satz.

„Ich habe dir doch gesagt, dass ich an diesen Unsinn nicht glaube!"

Er knirschte mit den Zähnen. Was für Unsinn?

„Müssen wir wirklich so eine große Sache daraus machen?", fragte Elsa. „Mir kam er vollkommen ungefährlich vor. Und normal."

Howard stöhnte innerlich auf. Die Wahrheit lautete, dass er eben nicht normal war. Und wenn er Elsa umwarb, würde er ihr irgendwann sagen müssen, dass er ein Wer-Bär war. Würde sie damit umgehen können? Vielleicht, wenn sie ihn genug mochte. Er hätte schwören können, dass sie sich zu ihm hingezogen fühlte, ehe seine Berührung sie verbrannt hatte. Und was hatte es damit eigentlich auf sich?

Elsa seufzte. „Okay. Ich versuche, ihm aus dem Weg zu gehen. Ja, ich passe auf. Ich rufe später wieder an, bis dann." Sie ließ das Handy stirnrunzelnd in ihren Schoß sinken.

„Ich glaube nicht daran", murmelte sie in sich hinein und schüttelte den Kopf. „Warum sollte ich ihm aus dem Weg gehen?"

Howard stimmte ihr zu. Auf keinen Fall würde er zulassen, dass sie ihm aus dem Weg ging. Er trat mit großen Schritten an das Fenster auf der Fahrerseite heran und klopfte dagegen.

Sie schreckte auf und sah ihn misstrauisch an.

„Alles in Ordnung?"

Sie zögerte kurz und öffnete die Tür dann ein kleines Stück. „Es geht mir gut, danke. Wir sollten uns jetzt auf den Weg machen. Wenn Sie Alastair sagen könnten …"

„Wie geht es deiner Schulter?"

Einen Augenblick sah sie ihn schockiert an. „Es geht mir gut."

„Ich habe ein Erste-Hilfe-Set in meinem Wagen." Er deutete auf seinen SUV.

„Ich brauche nichts." Sie ließ ihr Handy in ihre Handtasche fallen und weigerte sich, ihn anzusehen. „Wir hatten einen unglaublich langen Tag, Alastair und ich müssen wirklich los."

Er sah sich nach Alastair um, der gerade Shanna einige seiner Pläne beschrieb und es nicht eilig zu haben schien, zu fahren.

„Ich bin gleich wieder da." Er joggte zu seinem SUV hinüber, um die Brandsalbe aus seinem Erste-Hilfe-Kasten zu holen.

„Hier." Er reichte ihr die Tube durch den schmalen Spalt, den die Tür offen stand. „Die Verbrennung an deiner Schulter muss so bald wie möglich behandelt werden."

„Danke." Sie nahm die Salbe, achtete aber darauf, seine Hand dabei nicht zu berühren. „Woher wusstest du das?"

„Ich habe dich berührt." Er zeigte ihr seine Handfläche, die immer noch etwas rot von der Hitze war. „Ich habe es gespürt."

Sie zuckte zusammen. „Das tut mir leid. Ich wollte dir nicht wehtun. Ich … ich weiß nicht, warum das passiert ist."

Schicksal. Das war es. Seit er sie zum ersten Mal im Fernsehen gesehen hatte, fühlte er sich mit ihr verbunden, eine starke und unlösbare Bindung. Er beugte sich dicht an die schmale Öffnung. „Habt ihr schon zu Abend gegessen? Ich könnte mich mit dir und Alastair im Diner in der Stadt treffen."

„Naja, ich … ich habe schon Hunger, aber …"

„Gut. Dann sehen wir uns da."

Sie sah schockiert zu ihm hoch. „Ich kenne dich doch nicht einmal."

Howard richtete sich auf und fuhr sich mit der Hand durch die Haare. Vielleicht ging er zu schnell vor. „Es tut mir leid. Ich sehe seit Monaten jede Woche deine Sendung, deswegen fühlt es sich so an, als würde ich dich schon kennen." Aber kannte er die wahre Elsa? Sie könnte ganz anders sein als die Persönlichkeit, die sie im Fernsehen spielte.

„Du … du siehst die Sendung?"

Er lächelte. „Du wirkst überrascht."

Ihre Wangen färbten sich zart rosa. „Du kommst mir nicht wie der Typ vor, der sich für Inneneinrichtung interessiert."

Er interessierte sich mehr dafür, sie anzusehen, aber das zuzugeben würde sie wohl in die Flucht schlagen. „Ich liebe die Sendung. Ich finde, ihr leistet fantastische Arbeit."

Sie wurde noch röter. „Danke."

„Also, wie wäre es mit einem schnellen Hamburger in der Stadt? Du und Alastair könntet mich besser kennenlernen, weil wir doch jetzt zusammen arbeiten werden."

Sie sah ihn stirnrunzelnd an. „Du bist ganz schön hartnäckig, was?"

„Ich gebe nicht so einfach auf." *Nicht, wenn ich etwas so sehr will, wie ich dich will.*

Sie sah ihm in die Augen, und das Verlangen schlug ihm wie eine Faust in den Magen. Er ballte die Hände zusammen, um nicht die Tür aus dem Wagen zu reißen und sie in die Arme zu nehmen.

Ihre Worte kamen ihm wieder in den Sinn: *Er hatte nichts Wildes oder Verrücktes an sich.* Er musste das Tier in sich unter Kontrolle bekommen, wenn er sie nicht verjagen wollte.

Eine Vielzahl an Gefühlen tanzte in ihren Augen – Verlangen, Angst, Frustration, Bedauern. Was auch immer die Verbrennung verursacht hatte, es machte ihr Angst. Aber das Verlangen war da – er konnte es an ihrem Herzschlag hören, in ihrem Blut riechen, es unter ihrer Haut leuchten sehen.

Seine Strategie war klar. Er musste ihr Verlangen stärker werden lassen als ihre Angst. Ihr so viel Freude und Lust bereiten, dass kein Platz für Reue blieb. Ihre Frustration zu noch mehr Verlangen verwandeln, bis sie sich brennend nach ihm verzehrte.

Der Bär in ihm knurrte vor Vorfreude. Er lächelte träge. „Wir sehen uns in etwa fünfzehn Minuten am Diner."

Sie nickte, die Wangen noch immer gerötet, dann wendete sie sich ab und drückte auf die Hupe, um Alastairs Aufmerksamkeit zu erlangen. Er schüttelte Shanna die Hand und stieg dann zu Elsa in den Wagen.

Howard trat zurück, als Elsa losfuhr. Warum hatte ihr Geburtsmal gebrannt, als er sie berührt hatte? Verdammt, er sollte besser in der Lage sein, sie noch einmal zu berühren, ohne ihr wehzutun.

„Na?" Shanna kam zu ihm gerannt. Ihre Augen glitzerten aufgeregt. „Was meinst du?"

„Ich meine, du bist eine verdammt gute Kupplerin."

Sie strahlte. „Sie ist perfekt für dich."

„Ich bin dir dankbar." Er legte den Kopf zur Seite. „Aber auch neugierig. Woher wusstest du ..."

Shannas Lächeln verblasste, und sie zog den Kopf ein. „Naja, das ist eine ziemlich lange Geschichte. Tino hat dich so sehr vermisst, dass er vorgeschlagen hat, ich solle ein paar von deinen Sachen mit in die Schule nehmen, damit du dort bei uns wohnen kannst, und dann hat er etwas von geheimen DVDs unter deinem Bett gesagt ..."

Howard erstarrte. „Du hast meine Sachen durchwühlt?"

„Tino hat gesagt, du würdest dir DVDs mit einem Mädchen und zwei Männern namens Big Al und The Hammer ansehen ..."

Er schnaubte amüsiert.

„Als verantwortungsbewusstes Elternteil musste ich nachsehen." Sie schenkte ihm ein strahlendes Lächeln. „Am Ende war es doch gut, oder nicht?"

„Du hättest mir vertrauen sollen."

„Ich weiß. Aber mir ist aufgegangen, dass wir dich eigentlich nicht sehr gut kennen."

„Ich bin Einzelgänger. So ist das, wenn man ein Bär ist."

Sie tätschelte seinen Arm. „Jetzt musst du nicht mehr allein sein."

„Danke." Er erwiderte ihr Lächeln. „Ich weiß deine Hilfe zu schätzen, aber von jetzt an kümmere ich mich selbst um die Angelegenheit, ohne Hilfe von außen. Verstanden?"

Sie sah ihn stirnrunzelnd an. „Ist das die höfliche Version von ‚Halt dich ab jetzt raus'?"

„Pisst ein Bär in den Wald?"

Fünfzehn Minuten später betrat Howard das Diner in Cranville. So spät am Abend war es dort fast leer. Ein paar Gäste saßen noch am Tresen und gönnten sich ein spätes Stück Kuchen. Elsa und Alastair saßen an einem Vierertisch.

„Wir haben schon bestellt", sagte Alastair zu ihm. „Wir sind schrecklich müde, nachdem wir den ganzen Tag unterwegs waren."

„Verstehe." Howard setzte sich neben Elsa, die ihn nervös ansah. „Ich bin selbst gerade erst angekommen. Bis gestern war ich noch in Alaska."

„Alaska?", fragte Elsa, die Augen weit aufgerissen. „Da war ich noch nie."

Er lächelte sie an. „Es würde dir gefallen."

Sie lächelte zurück und wurde rot.

„Geschäftlich oder zum Vergnügen?", fragte Alastair und rollte dabei sein Besteck aus der Serviette.

„Ein bisschen von beidem", antwortete Howard. „Ich habe Familie dort."

„Kinder?", fragte Alastair, und Elsa zuckte zusammen.

„Keine Kinder. Ich bin nicht verheiratet."

„Und was für Geschäfte waren das?", fragte Alastair.

Howards Mundwinkel zuckten. Fragte Alastair ihn aus, um herauszufinden, ob er gut genug für Elsa war? Sie sah aus, als wäre es ihr furchtbar peinlich, wie sie mit ihren hochroten Wangen dasaß. „Ich arbeite für MacKay Security and Investigation. Meine Aufgabe ist es, Leute zu beschützen."

„Ah." Alastair nickte. „Elsa hat gesagt, Sie sind ein Fan unserer Sendung."

„Bin ich." Er winkte die Kellnerin heran und bestellte einen Hamburger.

„Welche Folge gefiel Ihnen am besten?“, fragte Alastair.

Sollte das ein Test sein, um zu prüfen, ob er wirklich Zuschauer war? „Ich finde, das Haus in Berlin war die größte Herausforderung, besonders weil der Besitzer so unkooperativ war.“

„Das war ein Ekel“, murmelte Alastair.

Howard grinste. „Fand ich auch. Aber das Haus in London hat mir von allen am besten gefallen. Elsa hat bei der Vertäfelung fantastische Arbeit geleistet.“

Sie lächelte schüchtern. „Danke.“

„Was bedeutet die Sendung für euch?“, fragte Howard. Er fragte sich auch, ob es ihr gefiel, eine international bekannte Berühmtheit zu sein.

„Für mich geht es um unser Erbe.“ Alastair legte sein Besteck ordentlich auf der Linoleumplatte des Restauranttischs ab. „Mir ist es wichtig, unsere Geschichte zu bewahren und sie zu ehren. Sonst wissen wir doch nicht, wer wir sind und in welche Richtung wir uns entwickeln.“

Howard nickte. Sein Großvater würde ihm zustimmen. Er redete immer und immer wieder über ihr Erbe der Berserker. „Und für dich, Elsa?“

Sie nippte an ihrem Wasser, während sie nachdachte. „Für mich geht es um Familie. Wir schaffen ein Zuhause, in dem eine Familie ihre eigene Geschichte schaffen kann, wo jedes Jahr aufs Neue die Feiertage verbracht und Geburtstagskerzen ausgeblasen werden.“

Howard lächelte. „Kommst du aus einer großen Familie?“

Sie schüttelte den Kopf. „Nein. Ich war ein Einzelkind. Meine Mutter habe ich verloren, als ich noch sehr jung war, und danach haben meine Tante und mein Onkel mich großgezogen.“

„Dann bedeutet dir Familie also so viel, weil du immer nur wenig davon gehabt hast.“

Sie legte den Kopf zur Seite und dachte nach. „So habe ich das noch nie betrachtet, aber es stimmt. Nichts macht mich glücklicher, als zu sehen, wie eine Familie in eines der Häuser einzieht, das wir renoviert haben. Wenn wir ihnen ein gutes, beständiges Heim bieten können, dann fühlt es sich an, als hätten wir etwas wirklich Besonderes geleistet."

„Habt ihr auch."

Sie sah ihm in die Augen, und sofort fühlte er wieder die Verbindung, die Anziehungskraft zwischen ihnen. Konnte er sie noch einmal anfassen, ohne ihr dabei wehzutun?

Alastair räusperte sich, und Howard fragte sich, wie lange er und Elsa einander angestarrt hatten. Die Kellnerin brachte ihr Essen, und sie beschäftigten sich damit, es zu verspeisen.

„Wie hast du das Tischlern gelernt?", fragte Howard.

Elsa schluckte einen Bissen von ihrem Hamburger. „Ich habe bei meinem Onkel Peder gelernt. Es war sein Hobby." Sie trank noch einen Schluck Wasser. „Vor ungefähr einem Jahr ist er gestorben."

„Das tut mir leid."

Sie zuckte mit den Schultern. „Ich vermisse ihn, aber ich werde ihm auch ewig dankbar sein. Er war von Beruf Bauunternehmer und hat mir sehr viel beigebracht. Meine Tante ist Innenarchitektin; ich bin also inmitten von Sägespänen, Farbkarten, Teppichmustern und Stoffproben aufgewachsen."

Alastair wischte sich den Mund mit einer Papierserviette ab. „Meine Familie ist auch im Baugeschäft. Das liegt einem im Blut."

Elsa nickte. „Mich hat der ganze Prozess fasziniert, wie aus ein paar Brettern und Ziegeln ein ganzes Zuhause wird, ein Ort, an dem Kinder spielen und Paare gemeinsam alt werden können."

Howard lächelte. Das war genau die Elsa, in die er sich im Fernsehen verknallt hatte. Sie war ehrlich. Echt. Und er würde sie definitiv umwerben. Falls er sie anfassen konnte, ohne ihr wehzutun.

Nachdem er für das Abendessen gezahlt hatte, folgte er den anderen beiden nach draußen.

„Ich besorge uns Zimmer." Alastair ging über die Straße ins Büro des Motels.

„Er lässt mich mit dir allein?" Howard lächelte Elsa an. „Ich muss die Inspektion bestanden haben."

Sie schnaubte. „Für Alastair bin ich wie eine kleine Schwester. Eine relativ große kleine Schwester."

„Nicht zu groß für mich."

Sie sah ihn verwirrt an.

Er trat dichter an sie heran. „Darf ich dich wiedersehen?"

„Ich bin mir sicher, dass wir uns bei der Arbeit am Haus ständig begegnen werden."

„Das meinte ich nicht." Er streckte die Hand aus, um sie am Arm zu berühren, aber sie wich zurück. „Tut deine Schulter noch weh?"

„Ein wenig. Ich sollte auf mein Zimmer gehen und etwas von der Salbe auftragen. Danke fürs Abendessen." Sie trat vom Bordstein, um die Straße zu überqueren.

„Elsa."

Sie blickte zurück.

„Bist du nicht neugierig? Willst du nicht wissen, was passiert?" Er streckte die Hand nach ihr aus.

Stirnrunzelnd drehte sie sich ganz zu ihm um. „Warum sollte ich es auf noch mehr Schmerzen anlegen?"

„Vielleicht tut es dieses Mal nicht weh."

„Es hat vorher wehgetan. Das Risiko ist zu groß."

„Es ist ein zu großer Verlust, unsere Zukunft einfach aufzugeben."

Sie schnaubte verächtlich. „Welche Zukunft?"

„Du bist die schönste Frau, der ich je begegnet bin. Ich will dich wirklich unbedingt wiedersehen." Er war versucht, ihr zu sagen, dass es irgendeine Verbindung zwischen ihnen gab, aber er wollte ihr keine Angst machen.

Sie stöhnte frustriert auf. „Ich bin mir nicht sicher, ob ich dir vertrauen kann."

Er drehte seine Handfläche nach oben. „Probier es aus."

Nach einem Augenblick des Zögerns streckte sie die Hand aus und tippte vorsichtig mit ihren Fingerspitzen gegen seine. Sie sah ihm in die Augen. „Es hat nicht gebrannt."

Grinsend nahm er ihre Hand in seine. „Dann sehen wir uns morgen?"

Sie nickte, die Wangen wieder gerötet. „Gute Nacht, Howard." Sie zog ihre Hand zurück und rannte über die Straße.

7. KAPITEL

Elsa wischte einen Kreis in das Kondenswasser auf ihrem Badezimmerspiegel, damit sie sich besser sehen konnte. Nach einer heißen Dusche fühlte sie sich schon eher in der Lage, mit ihrem Leben fertigzuwerden.

Sie wickelte sich die langen blonden Haare in einem Handtuchturban hoch auf dem Kopf zusammen und betrachtete dann ihre Schulter im Spiegel. Es war ein merkwürdiges Geburtsmal – ein hässlicher Fleck auf ihrem Oberarm mit vier krallenartigen Fortsätzen, die sich über ihre Schulter streckten, als hätte ein wildes Tier sie dort berührt und nicht mehr loslassen wollen. Jetzt hatte es wieder seine normale rötlich braune Farbe angenommen, aber vorhin, als sie im Waschraum des Diners nachgesehen hatte, hatte es roter geleuchtet.

Das Mal war ihr immer peinlich gewesen, besonders als Teenager, sodass sie selten Trägertops oder Badeanzüge trug, aber es hatte ihr vorher noch nie körperliche Schmerzen bereitet. Erst, als sie Howard angefasst hatte.

Was war so besonders an ihm? Sie schnaubte. Was war *nicht* besonders an ihm? Er war groß und sah furchtbar gut aus. Er wirkte intelligent, höflich, und als würde er sich wirklich für sie interessieren.

Aus ihrer Handtasche nahm sie die Tube Salbe, die er ihr gegeben hatte. Er hatte gesagt, sie sei schön. Und nicht zu groß für ihn. Als er sie angeschaut hatte, hatte Begehren in seinen herrlich blauen Augen gestanden. Seufzend trug sie etwas von der Salbe auf ihr Mal auf. Endlich war sie einem Mann wie Howard begegnet, und jetzt sollte sie sich von ihm fernhalten?

Warum? Wegen irgendeines Fluches, von dem Greta und Ula nur andeutungsweise sprachen? Warum sollte sie sich von so einem Unsinn davon abhalten lassen, sich mit ihm zu treffen? Er hatte sie noch einmal berührt, und es hatte nicht mehr wehgetan. Das erste Mal musste ein Zufall gewesen sein.

Sie zog sich ihren grünen Lieblingspyjama an, kämmte sich die Haare und ließ sich dann aufs Bett fallen. So müde, wie sie war, sollte sie eigentlich sofort einschlafen.

Dreißig Minuten später setzte sie sich auf und schaltete die Nachttischlampe an. Zu viele Fragen gingen ihr im Kopf herum. Das ganze Gespräch mit Shanna Draganesti war ihr merkwürdig vorgekommen. Warum bestanden Shanna und ihr Mann auf einem Vertreter? Die meisten Leute waren begeistert, wenn sie ins Fernsehen durften. Und warum konnte sie nicht tagsüber zur Baustelle kommen? Die meisten Leute, die tagsüber arbeiteten, konnten wenigstens eine oder zwei Stunden freinehmen. Wo arbeiteten die beiden? Wo lebten sie? Und was hatte es mit der geheimen Schule am Ende der Straße auf sich?

Wo lebte Howard? Und warum hatte seine erste Berührung ihr Geburtsmal zum Brennen gebracht?

Sie wusste nicht, wie sie die Fragen zu Shanna und Howard beantworten sollte, aber sie konnte wenigstens einige Antworten zu ihrem Geburtsmal bekommen. Sie rief Tante Greta in Minneapolis an.

„Ellie!“ Greta ging schon beim ersten Klingeln ans Telefon. „Ist alles in Ordnung? Du bist doch nicht angegriffen worden, oder?“

„Was?“ Elsa runzelte die Stirn. „Wovon redest du?“

„Wo bist du gerade?“

„In meinem Hotelzimmer. Cranville, New York.“

„Sorg dafür, dass Türen und Fenster gut verschlossen sind. Lass niemanden rein. Hast du irgendwelche Waffen?“

„Was? Tante Greta, was ist eigentlich los?“

„Ich habe gerade eben mit Tante Ula telefoniert. Es tut mir leid, dir das sagen zu müssen, aber die Situation ist viel ernster, als mir zuerst klar gewesen ist.“

Elsa stöhnte auf. Ihre Großtante Ula hatte einen Knall. Die alte Frau lebte auf einer Insel in Schweden und behauptete, mit

Seehunden reden zu können. „Du weißt doch, dass man nichts ernst nehmen kann, was Ula sagt."

„Doch, wir müssen", beharrte Greta. „Du bist in schrecklicher Gefahr. Du musst dich von dem Mann fernhalten, der den Fluch in Kraft gesetzt hat. Ula nimmt den erstmöglichen Flug aus Stockholm ..."

„Sie verlässt ihre Insel?" Elsa hatte noch nie gehört, dass Ula je einen Fuß von ihrer geliebten Insel gesetzt hätte.

„Ja. Sie fliegt nach New York und dann nach Albany. Ich bin gerade dabei, zu packen. Wir treffen uns in Albany, und dann kommen wir gemeinsam zu dir."

Elsa zuckte zusammen. „Du musst sie aufhalten. Ihr müsst nicht herkommen. Das Ganze war ein Fehler. Ich habe ihn noch einmal angefasst, und es hat überhaupt nicht mehr gebrannt."

Greta keuchte entsetzt auf. „Du hast ihn wieder berührt?"

„Wir haben uns nach dem Abendessen die Hand geschüttelt."

„Du hast mit ihm zu Abend gegessen, obwohl ich gesagt habe, du sollst dich von ihm fernhalten?" Greta stieß ein langes Stöhnen aus. „Warum hast du nicht auf mich gehört?"

„Ich habe es dir doch schon gesagt. Ich glaube nicht an diesen Unsinn."

„Na gut, aber der Unsinn glaubt an dich!" Greta fluchte leise. „Ich fahre los, sobald ich zu Ende gepackt habe. Ich fahre mit dem Auto, damit ich Peders Jagdgewehr mitnehmen kann und seine Pistole ..."

„*Was?*"

„Gott sei Dank habe ich sie behalten, nachdem er von uns gegangen ist. Wir werden sie brauchen. Du bist in schrecklicher Gefahr."

Elsa sprang auf und fing an, im Hotelzimmer auf und ab zu gehen. Onkel Peder war ein leidenschaftlicher Jäger gewesen, aber Greta und Ula waren hoffnungslose Amateure. „Der ganze Staat New York ist in Gefahr, wenn du hier mit Waffen rumrennst. Ganz zu schweigen davon, dass du gegen das Gesetz verstoßen könntest."

„Ich werde sie entladen und in ihrem Koffer im Wagen lassen. Mach dir keine Sorgen um uns. Du bist diejenige, die in Gefahr ist."

„Bei mir ist alles in Ordnung! Du reagierst über. Die zweite Berührung hat wirklich überhaupt nicht wehgetan."

„Die erste zählt. Ich weiß, du glaubst nicht an den Fluch, aber es gibt ihn wirklich."

Elsa biss die Zähne zusammen. Dieser blöde ausgedachte Fluch reichte aus, um ihr wieder und wieder Leid zuzufügen. Ihre Mutter hatte so viel Angst davor gehabt, dass sie sich aus Versehen umgebracht hatte. Ihre Großtante Ula hatte so viel Angst davor, dass sie Elsa mit sieben Jahren in die USA geschickt hatte, um bei ihrer Tante Greta in Minneapolis zu leben. Elsa hatte ihr Zuhause verloren, ihre Heimat, ihre Mutter – alles wegen dieses Fluchs.

Heiße Tränen stiegen ihr in die Augen. „Ich habe diesen blöden Fluch so satt! Er hat nur Macht über dich, weil du daran glaubst!"

„Natürlich glaube ich daran!", rief Greta. „Ich habe meine Mutter deswegen verloren. Und meine einzige Schwester, deine Mutter."

Um Elsa herum verschwamm alles, als mehr Tränen sich ihren Weg in ihre Augen bahnten. Es war Angst, die ihre Mutter umgebracht hatte, nichts als dumme Angst. Aber was war mit ihrer Großmutter, Gretas Mutter, geschehen? Sie hatte Greta gerade zum ersten Mal so über sie reden hören.

„Nein." Sie wollte sich nicht in diese ausgedachte Fantasiewelt hineinziehen lassen. „Es gibt keinen Fluch."

Greta seufzte. „Ich weiß, dass es schwer zu begreifen ist. Deswegen kommen wir ja zu dir. Damit wir es dir persönlich erklären können. Und dann können wir auf dich aufpassen und dich beschützen. Du … du bist wie eine Tochter für uns."

Eine Träne lief Elsa die Wange hinab. Sie hätte ihre Tante nicht wegen ihrer verrückten Ansichten anbrüllen sollen. Greta und Ula waren die einzige Familie, die sie noch hatte. „Du weißt, ich habe euch beide sehr lieb. Ich bin nur so frustriert. Ich weiß nicht, was los ist, und ich brauche ein paar Antworten."

Es folgte ein kurzes Schweigen, dann fuhr Greta fort: „Wir haben dir nie viel erzählt, weil wir dich nicht belasten wollten. Oder dir Angst machen. Es war schon so schwer genug für dich. Du musstest dich an ein neues Land anpassen und eine neue Sprache lernen. Besonders, weil diese schrecklichen Kinder so grausam zu dir waren."

Elsa verdrehte die Augen. *Danke für die Erinnerung.* Sie war schon in der Grundschule einen Kopf größer als die anderen Kinder gewesen und zu schüchtern und der fremden Sprache nicht mächtig genug, um sich zu verteidigen. Damals hatte sie sich ihren ersten spöttischen Spitznamen eingehandelt – Elefanten-Ellie. An der Junior High hatten sich ihre Mitschüler einen neuen Spitznamen ausgedacht, auf den sie ganz besonders stolz waren – Elsie, die Kuh. Sie fragte sich, ob sich dieselben Leute jetzt über ihren neuen Spitznamen, Amazon Ellie, freuten.

„Wir dachten, wenn wir dich in die Staaten bringen, bist du sicher", fuhr Greta fort. „Der Fluch wäre gebrochen, und du müsstest niemals etwas erfahren."

„Was erfahren?"

Greta seufzte. „In Ordnung, ich versuche, es dir ein wenig zu erklären. Du weißt, dass ich auf meiner Schulter ein Geburtsmal habe, das wie ein Vogel aussieht? Und Ula hat eines geformt wie ein Fisch?"

Elsa rieb sich die Augen. „Ja."

„Deine Großmutter hatte das Mal einer Tierpranke auf ihrer Schulter. Die drei verschiedenen Male wurden in unserer Familie von Generation zu Generation unter den Frauen vererbt."

„Wie schön für uns", murmelte Elsa. Dann hatte sie das hässliche Mal also von einer Großmutter geerbt, die sie nie gekannt hatte.

„Solange jedes Geburtsmal eine lebendige Trägerin hat, bleiben die anderen Frauen in unserer Familie ungezeichnet. Deine Mutter war die Jüngste, also hatte sie kein Mal. Und sie hat sich so gefreut, als sie mit dir schwanger war, weil sie wusste, dass du kein Mal tragen würdest und der Fluch dich nie belasten würde."

Elsa musste schlucken. „Aber ich habe das Mal."

„Ja. Leider ist deine Großmutter gestorben, ehe du geboren wurdest, und die Tierpranke wurde an dich weitergegeben. Deine Mutter ... na ja, sie hat es nicht sehr gut aufgenommen. Erst der Tod unserer Mutter, und dann kamst du mit dem gleichen Mal auf deiner Schulter zur Welt ..."

„Also hat sie mit dem Trinken angefangen." Und eines Nachts aus Versehen ihren Wagen von einer Klippe gefahren. Elsa schloss kurz die Augen. Sie war damals erst drei gewesen, konnte sich also nicht an viel erinnern. „Hatte ich keinen Vater?"

„Ich ... ich bin mir sicher, den hattest du, aber deine Mutter hat uns nie gesagt, wer er war. Jemand, den sie auf dem College kennengelernt hat, nehme ich an."

Elsa seufzte. Mit siebenundzwanzig war sie jetzt schon älter, als ihre Mutter es geworden war. „Und warum seid Ula und du jetzt am Durchdrehen?"

Noch eine Pause. „Ich fürchte, den Frauen in unserer Familie, die die Tierpranke tragen, sind einige schlimme Dinge zugestoßen. Wir scheinen das nicht verhindern zu können."

„Was für schlimme Dinge?"

„Wir werden nicht zulassen, dass dir auch so etwas zustößt", sagte Greta eindringlich. „Wir werden dich beschützen."

„Vor was?", fragte Elsa. „Was ist meiner Großmutter zugestoßen?"

„Sie ist ermordet worden."

Elsa erstarrte keuchend.

„Aber keine Sorge! Wir kommen, sobald wir können. Ich sollte jetzt auflegen, damit ich fertig packen kann."

Der Raum fing an, sich um Elsa zu drehen, und sie setzte sich aufs Bett.

„Bist du noch da? Elsa?"

„Ja."

„Schließ dich so oft es geht in dein Zimmer ein. Wir sind bald da. Hab dich lieb." Greta legte auf.

Elsa ließ sich auf den Rücken fallen und starrte an die Decke. Ihre Großmutter war ermordet worden? War das die schlimme Sache, die den Frauen mit dem Geburtsmal der Tierpranke drohte?

Sie berührte ihre Schulter. War sie für den Tod gezeichnet?

Ein kalter Schauer lief ihr über den Körper, und sie fing an zu zittern. War es ihr Schicksal, wie ihre Großmutter ermordet zu werden? Hatte sich ihre Mutter deswegen dem Alkohol zugewendet? Hatte sie zu viel Angst gehabt, ihre kleine Tochter verdammt zu haben?

Nein. Elsa schüttelte den Kopf. Sie würde rational an die Sache herangehen. Es wurden jeden Tag Menschen ermordet. Ihre Großmutter war einfach eine traurige Nummer in der Statistik. Und so schlimm das auch war, es musste stimmen, denn der Fluch ergab einfach keinen Sinn. Warum sollte man jemanden wegen eines Geburtsmals ermorden? Das war doch vollkommen verrückt.

Greta hatte sie früher am Abend gefragt, ob Howard wild oder verrückt wirkte.

Elsa setzte sich auf. Nein, sie würde nicht daran glauben. Der Fluch war nichts mehr als eine sich selbst erfüllende Prophezeiung. Man glaubte, dass man ermordet werden würde, also richtete man eine Waffe auf jemanden, der dann gezwungen war, einen aus Notwehr umzubringen. Genau das war wahrscheinlich ihrer Großmutter passiert. Es war ihr Glaube an den Fluch, der sie umgebracht hatte.

„Ich werde nicht daran glauben“, sagte Elsa zu sich selbst. „Egal, was sie sagen, ich werde nicht daran glauben.“

Der Fluch war nur ein krankes Spiel, das einem die Sinne verwirrte. Er hatte mit ihrer Mutter gespielt, und sie hatte verloren.

Elsa stand auf und ging im Zimmer auf und ab. Die Wände schienen näher zu kommen, der Raum kleiner und kleiner zu werden.

Bleib in deinem Zimmer eingeschlossen, hatte Greta gesagt.

„Nein!“, rief Elsa, und Wut kochte in ihr hoch. Sie würde sich nicht in ihrem Zimmer verkriechen wie ein verschrecktes Tier. Sie würde sich nicht der Angst ergeben. Angst hatte ihre Mutter umgebracht.

„Wie konntest du das tun?“ Tränen stiegen ihr in die Augen, und sie schleuderte ein Kissen durchs Zimmer. Ihre Mutter war ohne jeden Grund gestorben. Sie hatte ein dreijähriges Kind verlassen, weil sie mit ihrer Angst nicht hatte umgehen können.

„Wie konntest du nur so verdammt *schwach* sein?“, brüllte sie und erstarrte dann, als ihr etwas klar wurde. Sie hatte es sich noch nie zuvor eingestanden, aber sie war wütend auf ihre Mutter. Unfassbar wütend.

Ihr Herz hämmerte, und ihre Hände zitterten, als sie sich damit durch die Haare fuhr.

„Ich werde deinen Fehler nicht wiederholen“, flüsterte sie. „Ich werde stark sein. Ich werde mit meinem Leben und meinem Job einfach weitermachen, und nichts kann mich davon abhalten.“

Sie drehte sich um, um sich im Spiegel über dem Schminktisch anzusehen. „Es gibt keinen Fluch.“

8. KAPITEL

Howard hatte Schwierigkeiten, sich in der Dragon Nest Academy auf seinen Bericht zu konzentrieren. Er war früh aufgestanden, um sich mit dem Grundstück vertraut zu machen, dem Stall, der Sporthalle und dem riesigen Herrenhaus, in dem sich Schule und Schlafsäle befanden. Er und Phil waren gerade die einzigen Sicherheitsleute dort, und Howard hatte die Tagesschicht übernommen. Phil war es lieber, nachts wach zu sein, weil er mit einem Vampir verheiratet war. Angus und Emma waren bereits fort, sie hatten sich noch in der vorherigen Nacht nach Mexiko teleportiert, um bei der Mission dort zu helfen.

Dougal hatte Phil direkt zur Schule teleportiert, aber Howard hatte darum gebeten, vorher noch zum Haus der Draganestis in White Plains teleportiert zu werden, wo er seinen SUV geparkt hatte. Er packte den Rest seiner Besitztümer zusammen, auch den Stapel DVDs unter seinem Bett, und arrangierte, dass seine Möbel in die Schule gebracht wurden. Dann war er zur Schule aufgebrochen und später angekommen, als er erwartet hatte. Man hatte ihn angewiesen, sofort zum Gutshaus zu gehen.

Und dort war er Elsa begegnet.

Jetzt konnte er an nichts anderes mehr denken. Ihr Bild stand ihm immer vor Augen, die wilde Mähne ihrer Haare, das Waldgrün ihrer Augen und ihr Duft, so süß und frisch wie ein Frühlingsregen.

Reiß dich zusammen. Du verhältst dich wie ein pubertierender Junge. Er hatte einen Job zu erledigen. Er sah sich in seinem Arbeitszimmer um und stellte eine Liste mit Dingen zusammen, die er noch brauchte. Einen Aktenschrank. Im Hauptbüro gab es Akten über jeden Lehrer und jeden Schüler, aber er wollte seine eigenen Kopien davon. Er brauchte auch eine sichere Möglichkeit, seine Gewehre und Pistolen aufzubewahren. Jeder Schüler über fünfzehn sollte im Gebrauch von Schusswaffen ausgebildet werden, sodass sie bereit waren und helfen konnten, falls die Schule je angegriffen wurde.

Ian war vor ihm für die Sicherheit zuständig gewesen, und er und Angus waren immer davon ausgegangen, dass die Schule nicht in Gefahr war, solange man sie geheim hielt. Howards Erfahrung nach waren die Vampire oft zu lasch mit ihren Sicherheitsvorkehrungen, wahrscheinlich, weil sie sich einfach davonteleportieren konnten, wenn es brenzlig wurde. Er selbst dagegen glaubte fest daran, dass es am besten war, stets auf das Schlimmste vorbereitet zu sein.

Er notierte sich, die Küche anzusehen und dafür zu sorgen, dass sie Wasser und Vorräte für sechs Monate einlagerten, nur für den Notfall. Und, verflucht noch mal, sie brauchten Donuts. Er schrieb das auf und unterstrich es drei Mal. Am Morgen hatte er eine schreckliche Überraschung erlebt, als er in die Küche ging und feststellen musste, dass es dort keine Donuts gab.

Wie sollte ein Mann ohne Donuts arbeiten? Er war gezwungen gewesen, im Morgengrauen nach Cranville zu fahren, um vier Dutzend zu besorgen. Der Donut-Bäcker befand sich gegenüber dem Motel, in dem Elsa wohnte, und er hatte ihren Mietwagen vor einem der sechzehn Motelzimmer entdecken können. Selbst auf der anderen Straßenseite war es ihm gelungen, eine Spur ihres Duftes wahrzunehmen, frisch wie der Wald im Frühling.

Es war schrecklich verlockend gewesen, an ihrer Tür zu klopfen. Fast hätte er ihr eine Schachtel Donuts vor die Tür gelegt, aber in der Nähe hatte ein Hirsch gestanden, der die Blumen aus dem Kasten unter ihrem Fenster mümmelte. Die Donuts hätten vielleicht nicht überlebt.

Und er könnte zu verzweifelt erscheinen. Letzte Nacht hatte er sie praktisch angefleht, sich noch einmal mit ihm zu treffen.

Leise fluchend hatte er die Donuts auf den Beifahrersitz seines SUV gestellt und dann auf der Fahrt zurück zur Schule zwei Dutzend von ihnen verspeist.

Es war jetzt halb elf am Vormittag – Zeit für eine Kaffeepause. Er machte es sich an seinem Schreibtisch bequem, eine Schachtel Donuts neben sich und einen Becher Kaffee in der Hand, während er an seinem Laptop seine E-Mails las. Er hatte eine Nachricht von Harry.

Howard, heute bringen wir die Meldung. Siehe Link.

Ein Klick führte ihn zur Onlineversion von *Northern Lights Sound Bites.* Die Überschrift lautete: „Rhett Bleddyn spendet Millionen für politische Kampagnen".

„Sehr schön." Howard biss in einen Donut und las sich den Artikel durch. Rhett musste stinkwütend sein. Mittlerweile hatte er wahrscheinlich das Katastrophengebiet überblickt, das früher seine Bankkonten gewesen waren. Wahrscheinlich hatte er auch gemerkt, dass mehr als die Hälfte des Vermögens auf seinem veruntreuten Konto auf den Cayman Islands fehlte.

Howard lachte in sich hinein und aß seinen Donut auf.

Die Bürotür öffnete sich, und ein kleines Gesicht spähte hinein.

Lächelnd stand er auf. „Tino."

„Howard!" Der kleine Junge sprang strahlend ins Zimmer. „Du bist wieder da!"

Er schlenderte zu dem Jungen hinüber und nahm ihn in die Arme. „Du bist früh wach."

„Ich konnte nicht im Bett bleiben, weil ich doch wusste, dass du wieder da bist."

Er zerzauste dem Jungen die blonden Locken. „Willst du einen Donut?"

„Ja! Ich hatte seit Wochen keinen, nicht, seit du gegangen bist."

Howard setzte eine entsetzte Miene auf. „Das sollte verboten werden." Er trat an die Anrichte und sah sich um, als er merkte, wie Tino seine langen Schritte nachahmte.

Grinsend nahm er sich eine Flasche Wasser und ein paar Servietten und stellte beides auf den Schreibtisch. „Ich habe dich vermisst, Kleiner."

„Ich hab dich auch vermisst." Tino kletterte auf den Stuhl vor dem Schreibtisch, auch wenn sein Kinn kaum bis an die Tischplatte reichte.

„Hüpf noch mal kurz runter." Als Tino das getan hatte, stapelte Howard ein paar Pakete Druckerpapier auf den Stuhl und setzte den Jungen dann darauf. Er nahm einen Donut aus der Schachtel auf dem Tisch und legte ihn auf eine Serviette.

Tino grinste. „Danke!" Er stopfte sich den Donut in den Mund.

Howard setzte sich hinter den Schreibtisch und schloss seinen Laptop. „Und, wie war es hier ohne mich?"

„Langweilig." Tino schleckte sich die Finger ab. „Darf ich noch einen haben?"

„Aber nur einen." Howard legte einen weiteren Donut vor den Jungen und nahm sich dann selbst auch noch einen.

„Meine Mom war gestern Abend so aufgeregt." Tino hatte Schwierigkeiten mit dem Deckel der Wasserflasche, also schraubte Howard sie für ihn auf. „Sie hat gesagt, du hast deine Traumfrau kennengelernt."

„Wirklich?"

Tino nickte und trank etwas Wasser. „Sie hat gesagt, es war ein magischer Augenblick."

„Wirklich."

„War es nicht?" Tino biss in seinen Donut.

„Woher wusste deine Mutter von Elsa?"

„Ich habe es ihr erzählt."

Howard nippte an seinem Kaffee. „Du hast ihr von meinen geheimen Aufnahmen erzählt?"

„Ja."

„Weißt du, was geheim bedeutet?"

„Ja." Tino stopfte sich noch mehr vom Donut in den Mund.

„Es bedeutet, man darf es keinem verraten." Er riss die Augen auf. „Oh."

„Jawohl."

Tino schluckte seinen Donut hinunter. „Bist du böse auf mich?"

Howard lächelte. „Denk ab jetzt einfach daran, dass man als Mann immer die Privatsphäre eines anderen Mannes achtet."

Tino nickte. „Okay." Er leckte sich die Finger ab. „Wann bringst du mir Schachspielen bei? Du hast es versprochen."

Howard aß seinen Donut auf. In der Schule war so früh am Morgen nicht viel los. Die meisten Kurse fingen erst am späten Nachmittag an, und dann gingen sie bis in die Nacht, um sich nach den untoten Lehrern zu richten und den Kindern, die von ihren untoten Eltern erst nach Einbruch der Dunkelheit zur Schule teleportiert werden konnten.

„Wir könnten jetzt sofort ein bisschen spielen", schlug er vor.

Tino strahlte. „Oh ja!"

Howard stellte die Schachtel mit den Donuts zurück auf die Anrichte und brachte die Holzkiste mit zurück, in der sich sein Schachset befand. „Zuerst musst du lernen, wie man es aufbaut. Willst du schwarz sein oder weiß?"

„Weiß. Das sind die Guten, richtig?"

Howard lächelte, während er das Brett auf den Tisch stellte. „Im Krieg ist immer die Seite gut, auf der man selber steht."

„Auch wenn man falschliegt?"

„Ich fürchte ja. Selbst die Bösen können sich vormachen, die Guten zu sein."

„Echt?" Tino schüttelte ungläubig den Kopf und griff dann nach einer weißen Schachfigur. „Die würde Sofia gefallen. Das ist ein Pferd."

„Die Figur heißt Springer." Howard stellte die schwarzen Figuren auf dem Brett auf. „Die kleinen nennt man Bauern. Das ist deine Frontlinie. Sie sind … entbehrlich."

Tino rümpfte die Nase. „Du meinst, sie sind nicht so wichtig?"

Eine Vision von Carlys leblosem Körper blitzte vor Howards Augen auf. Für Rhett war sie so entbehrlich wie eine der besagten Schachfiguren gewesen. „Sie sind wichtig. Alle Figuren sind das. Man will keine von ihnen verlieren."

„Oh." Tino betrachtete stirnrunzelnd die Schachfiguren. „Aber kann man gewinnen, ohne eine von ihnen zu verlieren?"

„Nein." Er schob Carlys Bild aus seinen Gedanken. „Man akzeptiert seine Verluste wie ein Mann und macht weiter."

„Ich glaube, das mag ich nicht", murmelte Tino und nahm dann den König hoch. „Das ist der Wichtigste, richtig?"

„Sogar der König ist entbehrlich." Howard nahm seine Dame und fuhr mit dem Daumen über ihre Krone. „Es geht immer darum, die Dame zu beschützen." Elsa tauchte in seinen Gedanken auf. Warum hatte seine Berührung ihr Geburtsmal zum Brennen gebracht? Warum hatte ihr das solche Angst gemacht, dass sie sofort ihre Tante angerufen hatte? „Du musst alles tun, um sie zu beschützen. Wenn du sie verlierst, ist alle Hoffnung verloren."

„Du machst dir Sorgen um deine Traumfrau."

Howard sah überrascht auf. Manchmal fragte er sich, ob Tino die telepathischen Fähigkeiten seiner Mutter geerbt hatte. Er konnte für einen Fünfjährigen unglaublich einfühlsam sein.

„Du solltest zu ihr gehen", schlug Tino vor.

Howard stellte die restlichen Figuren auf. „Besser nicht."

„Warum nicht?"

Er zuckte mit den Schultern. „Ich will nicht zu aufdringlich erscheinen. Oder verzweifelt. Damit schlage ich sie vielleicht in die Flucht."

Tino lachte. „Du bist doch nicht erschreckend."

Howard lächelte. „Sie kennt mich nicht so gut wie du."

Tino nickte und fummelte mit den Schachfiguren herum. „Oh!" Plötzlich setzte er sich auf. „Das habe ich vergessen. Ich muss noch Hausaufgaben machen. Mathe. Das muss ich heute Nachmittag abgeben."

Musste er das wirklich? Howard hegte den Verdacht, dass der Junge eine Ausrede suchte, um mit dem Spiel aufzuhören, das doch nicht seinen Erwartungen entsprach. „Na, dann solltest du dich besser gleich daranmachen." Er hob Tino von seinem Stuhl.

„Tschüss, Howard!" Tino grinste ihn an und hüpfte dann aus dem Büro.

Howard kehrte an seinen Schreibtisch zurück und las den Rest des Artikels auf seinem Laptop.

Er rief Harry an. „Gute Arbeit."

„Danke." Harry klang aufgeregt. „Alles verläuft genau nach unserem Plan. Die großen Zeitungen haben sich sofort auf die Geschichte gestürzt."

„Wirklich? Das ist gut."

„Ja. Rhett ist heute in der Stadt, und die Reporter umschwärmen ihn wie die Geier. Er leugnet, die Spenden getätigt zu haben, aber die Kandidaten bestätigen es und können es auch beweisen. Er steht da wie ein Reh im Scheinwerferlicht, was bei einem Wolf echt lustig aussieht." Harry lachte. „Ich schicke dir ein Foto."

„Gut." Howard wünschte, er könnte persönlich zusehen, wie Rhett eine Panikattacke bekam, aber es war besser, wenn er weit von ihm entfernt war. Aus den Augen, aus dem Sinn – hoffentlich.

„Morgen veröffentliche ich einen Artikel darüber, wie er die bankrotten Städte belästigt", fuhr Harry fort. „Und danach habe ich noch drei Enthüllungsberichte. Er wird sich nie mehr um ein Amt bewerben können, wenn ich mit ihm fertig bin."

„Sehr gut. Aber pass auf dich auf. Es muss alles anonym erscheinen."

„Keine Sorge. Mein Redakteur war einverstanden, die Namenszeile wegzulassen." Harry hielt inne, und dann wurde sein Tonfall ernst. „Ich habe angefangen nachzuforschen, was mit unseren Vätern passiert ist."

Howard blinzelte. „Warum? Es war ein Feuer. Der Blitz hatte eingeschlagen."

„Das hat man uns erzählt, aber wir waren damals so jung, dass wir es nie infrage gestellt haben." Harry seufzte. „Ich habe in den Aufzeichnungen nachgesehen, und in der Nacht hat es kein Gewitter gegeben."

Howard erstarrte. Wenn jemand das Feuer gelegt hatte, dann waren ihre Väter ermordet worden.

„Ich werde sehen, was ich herausfinden kann", sagte Harry. „Okay?"

Howard biss die Zähne zusammen. „Ja, mach das."

„Bist du sicher?" Alastair blieb zögernd auf der Veranda vor dem Gutshaus stehen.

„Ich komme hier allein zurecht", versicherte Elsa ihm. „Wir müssen wirklich nicht beide gehen."

„Na gut, Schätzchen. Ich werde geschwind mit einem Sandwich zu dir zurückeilen. Oder was ich sonst an Stärkung finden kann." Er machte sich auf den Weg zu ihrem Leihwagen. „Cheerio."

„Senf, keine Mayo!", rief Elsa ihm noch nach und winkte dann, als er in Richtung Cranville davonfuhr.

Er war am Abend zuvor so raffiniert gewesen, Shanna einen Zweitschlüssel abzuschwatzen, und sie hatten den Morgen damit zugebracht, Fotos zu machen und Probleme zu dokumentieren, die ihnen in jedem Raum auffielen. Das alles war Teil ihres Plans, Shanna zu zeigen, wie sehr sie sich auf die angedachte Renovierung freuten und wie viel Mühe sie sich geben würden.

Elsa kehrte zu ihrem Notizblock zurück, den sie in der Küche des alten Hauses liegen gelassen hatte. Hier wartete ein Haufen Arbeit auf sie. Neue Rohrleitungen, neue Küchenausstattung, neue Arbeitsplatte, neuer Bodenbelag. Die alten Schränke waren aus Massivholz und noch zu retten, aber sie bezweifelte, dass sie für die Bedürfnisse von modernen Hausbewohnern ausreichten. Hier war sie die Expertin – Tischlerarbeiten. Und es war die Art Herausforderung, die sie liebte. Sie konnte neue Schränke bauen, die genau zu den alten passten.

Letzte Nacht hatte sie Howard erzählt, dass es für sie um Familie ging. Und das tat es auch. Hier in der Küche spürte sie es am stärksten. Wie viele Mahlzeiten waren in diesem Raum schon zubereitet worden? Wie viele Familien hatten sich um diesen alten Holztisch versammelt? Nicht wenige, das Haus war 1892 erbaut worden. Sie fuhr mit der Hand über den vernarbten Tisch. Wenn es nach ihr ginge, würde sie dafür sorgen, dass dieses alte Haus noch weitere hundert Jahre ein Zuhause war.

Sie ging in das kleine Zimmer neben der Küche und blieb abrupt stehen. Die Dielen gaben unter ihrem Gewicht zu sehr nach. Sie kniete sich hin, um genauer nachsehen zu können. Holzfäule. Im Fenster fehlten ein paar Scheiben, wahrscheinlich war Regen und Schnee ins Zimmer gekommen. Sie bemerkte ein paar riesige Waschzuber, die an der Wand lehnten. Dieses Zimmer könnte eine Waschküche oder ein Badezimmer gewesen sein, weshalb hier vielleicht schon oft Wasser verschüttet worden war. Sie verließ das Zimmer und klebte ein Post-it an die Tür. „*Gefahr. Boden einsturzgefährdet.*"

Sie ging zurück ins Foyer und keuchte auf. Ein kleiner Junge stand in der Eingangstür und sah zur Kuppel hinauf.

Er entdeckte sie und winkte. „Hi!"

„Hallo." Sie ging auf ihn zu. „Du solltest nicht weiter reinkommen. Es ist nicht ganz ungefährlich."

„Okay." Er lächelte. „Ich bin Tino."

„Freut mich, dich kennenzulernen." Der kleine Junge sah wie ein Engel aus mit seinen blonden Locken und blauen Augen. „Ich bin Elsa."

„Ich weiß. Ich wollte dich sehen."

Merkwürdig. „Wie schön." Sie spähte aus der Vordertür, konnte aber weder ein Auto noch eine andere Person entdecken.

„Wohnst du hier in der Nähe?“ Als er nickte, fragte sie weiter: „Und du bist ganz alleine hier?“

Er reckte sein Kinn empor. „Ich brauche keinen Babysitter. Ich bin fünf Jahre alt.“

Sie zuckte innerlich zusammen. Das war viel zu jung, um allein in der Gegend herumzuspazieren. „Wo sind deine Eltern?“

„Die schlafen.“

Sie musste sich die Empörung darüber verkneifen, dass Eltern ein unschuldiges Kind einfach allein lassen konnten. Sie war selbst mit drei Jahren allein gelassen worden, und es setzte ihr immer noch zu. Sie würde diesen Jungen nach Hause bringen und bei der Gelegenheit ein paar ernste Worte mit seinen Eltern wechseln. „Kann ich dich nach Hause bringen?“

Tino grinste. „Das wäre toll.“

„Nur eine Sekunde.“ Sie schrieb schnell eine Nachricht an Alastair auf ihren Notizblock und ließ ihn neben der Eingangstür liegen, wo er ihm auffallen musste. Dann schnappte sie sich ihre Handtasche und führte den kleinen Jungen nach draußen.

Sie schloss die Tür hinter sich. „Kennst du deinen Weg nach Hause?“

„Da lang.“ Tino zeigte auf den Wald.

Sie zuckte zusammen. „Du wohnst im Wald?“ *Im düsteren, gruseligen Wald?*

„Das ist nur eine Abkürzung. Komm mit.“ Tino nahm sie an der Hand und führte sie die Stufen hinab und die Auffahrt hinunter.

Und wirklich, es gab einen Pfad durch den Wald. Sie hielt den kleinen Jungen an der Hand und sah sich um. Es war etwas dunkler, aber gar nicht gruselig. Eigentlich sogar sehr hübsch. Das gedämpfte Licht schien die Farben zum Leuchten zu bringen, die vorher von der Sonne ausgewaschen waren. Es war kühler, und es gefiel ihr, von ihrer Lieblingsfarbe Grün umgeben zu sein. Sie atmete tief durch. Es roch sogar gut.

Ein Geräusch hinter ihr ließ sie erneut zusammenzucken.

Tino kicherte. „Das war nur ein Eichhörnchen."

„Ach so." Sie lächelte ihn an. Es gab keinen Grund, sich zu fürchten. Eichhörnchen hatte sie zu Hause in der Vorstadt von Minneapolis schon jede Menge gesehen.

Sie sah sich um. Jetzt waren es schon drei Eichhörnchen. Folgten die ihnen?

Sie atmete erleichtert aus, als sie auf die Hauptstraße hinaustraten. „Okay, wohin jetzt?"

„Dort hinunter." Tino ließ ihre Hand los, um es ihr zu zeigen.

Sie ging neben ihm her. Befand sich nicht am Ende dieser Straße die Schule, vor der Shanna sie gewarnt hatte? Und sie hatte versprochen, nicht in ihre Nähe zu kommen. Vielleicht wohnte der kleine Junge irgendwo auf dem Weg dorthin. „Wie weit ist es ungefähr?"

Tino zuckte mit den Schultern. „Ein paar Meilen, glaube ich."

Sie blieb stehen. „Du bist ein paar *Meilen* gegangen?"

„Nein."

„Wie bist du dann hergekommen?"

Er zog die Nase kraus, so als würde er scharf über eine Antwort nachdenken. „Ich bin etwas Besonderes."

Sie lächelte. „Da bin ich mir sicher, aber das erklärt nicht so richtig, wie du hergekommen bist."

„Ich darf nicht darüber reden."

Wie bitte? Vielleicht sollte sie doch warten, bis Alastair mit dem Wagen wieder zurückkam. Sie sah sich um und keuchte erschreckt auf.

Eine kleine Herde Hirsche stand auf der Straße, und dazu ein halbes Dutzend Eichhörnchen und Kaninchen. Die Tiere starrten sie alle an.

Tino lachte. „Ich glaube, die mögen dich."

Sie bekam eine Gänsehaut. „Ich wüsste nicht, warum."

„Vielleicht wollen sie, dass du ihnen etwas vorsingst", schlug er vor. „Wie bei Dornröschen."

Sie lachte auf. „Ich bin wohl eher Fiona."

„Aber du bist blond, genau wie Dornröschen. Und du bist kein grüner Oger."

Sie lächelte. Mit einer zierlichen Prinzessin hatte sie bisher noch niemand verglichen. „Ich bin ein kleines bisschen größer geraten."

„Du bist kleiner als Howard."

Ihr Lächeln verblasste. „Du kennst Howard?"

„Sicher. Er ist wirklich nett. Er gibt mir Donuts und spielt mit mir. Ich mag ihn sehr. Das würdest du auch, wenn du ihn besser kennenlernst."

Sie kniff die Augen zusammen. „Hat er dich hergeschickt?"

„Nein!" Tino ließ den Kopf hängen. „Wahrscheinlich wird er böse, weil ich hergekommen bin."

„Wo ist er gerade?"

„In der Schule. Er ist zuständig für die Sicherheit."

„Sicherheit?" War das die Schule, vor der Shanna sie gewarnt hatte? War es dort so gefährlich, dass es einen riesigen Mann wie Howard brauchte, um die Insassen unter Kontrolle zu halten?

„Komm mit." Tino bedeutete ihr zu folgen. „Ich bringe dich zur Schule, dann kannst du Howard treffen."

Sie folgte ihm zögernd. „Ich soll nicht in die Nähe der Schule kommen. Ich habe Mrs. Draganesti versprochen ..."

„Meiner Mom?"

Elsa blieb stehen. „Shanna Draganesti ist deine Mutter?"

„Sicher." Er ging einfach weiter.

Sie beeilte sich, ihn einzuholen. „Wo ist deine Mutter gerade?"

„In der Schule. Mein Dad ist auch da. Wir wohnen da." Tino lächelte sie an. „Howard ist auch da. Er wird sich freuen, dich wiederzusehen."

Der kleine Junge wollte sie verkuppeln. Elsa schüttelte den Kopf. Warum hatte Shanna gesagt, die Schule wäre voller jugendlicher Straftäter? „Ich ... ich dachte, das ist eine Schule für schwierige Kinder."

Tino riss die Augen auf. „Schwierig?“

„Ja.“

„Wir sind nicht schwierig. Wir sind etwas Besonderes.“

„Wie besonders?“

Er runzelte die Stirn. „Darüber darf ich nicht reden.“

Das wurde alles immer merkwürdiger, aber es gehörte auch alles zu dem Rätsel, das sie am Abend zuvor gewittert hatte. Ein Rätsel, das sie lösen wollte. Sie sah sich um. Die Tiere waren immer noch da und folgten ihnen mit einigem Abstand. „Ich dachte, deine Mutter hätte gesagt, sie würde tagsüber arbeiten. Dein Vater auch.“

„Oh.“ Tino nickte. „Ja, das stimmt.“

Vorhin hatte er gesagt, seine Eltern würden schlafen. „Als was arbeiten deine Eltern?“

„Mom ist Zahnärztin und mein Dad ist Wissenschaftler.“ Tino lächelte stolz. „Mom sagt, er ist ein Genie. Er hat syn… syn… falsches Blut erfunden.“

„Synthetisches Blut?“

„Genau.“ Er nickte lächelnd. „Er hat es aus echtem Blut nachgemacht. Und mich und Sofia hat er auch gemacht.“

„Sofia?“

„Meine kleine Schwester. Sie ist auch etwas Besonderes.“

„Und ihr wohnt alle in dieser Schule?“ Die Shanna geheim halten wollte? Eine geheime Schule mitten im Nirgendwo, wo ein genialer Wissenschaftler *besondere* Kinder machte? Klang wie in einem Science-Fiction-Film. „Gibt es da noch andere besondere Kinder?“

Tino nickte. „Meine Tante Caitlyn hat gerade zwei bekommen, Zwillinge. Und Toni und Olivia bekommen auch bald Babys.“

Elsa überlief ein kalter Schauer. „Und diese Frauen wohnen auch alle in der Schule?“

„Ja. Marielle bekommt auch ein Baby, aber sie brauchte keine Bratenspritze wie die anderen Frauen.“

„*Was?*“ Elsa stolperte, ging dann aber weiter.

„Das hat Connor gesagt. Er hat gesagt, er konnte es auf die altmodische Weise machen, und dann sind Toni und Olivia wütend geworden.“ Tino zuckte mit den Schultern. „Ich weiß auch nicht, warum. Ich mag Braten.“

„Wo ist dieser Connor gerade?“

„Auf einer geheimen Mission.“

Elsa atmete tief durch. Lieber Gott, das klang immer mehr wie eine X-Men-Schule für Kinder. „Und wenn du sagst, dass du etwas Besonderes bist, meinst du dann, dass du besondere Gaben oder Talente hast, die andere Kinder nicht haben?“

Tino zog die Nase wieder kraus und nickte dann.

Sie schluckte und blieb stehen. Auf was in aller Welt hatte sie sich da eingelassen? „Ich glaube nicht, dass ich zu der Schule gehen sollte. Deine Mutter hat es mir verboten.“ Und ihre Tante hatte gesagt, sie sollte sich von dem Mann fernhalten, der ihr Geburtsmal zum Brennen brachte. Sie drehte sich um, entdeckte dann aber, dass die Straße von Tieren verstellt war. Die sie alle ansahen.

Sie raufte sich die Haare. *Verflixt.*

„Oh, guck mal! Waschbären.“ Tino ging auf sie zu.

Sie hielt ihn fest. „Nicht. Die könnten Krankheiten übertragen. Tollwut oder so etwas.“

Tino sah mit großen Augen zu ihr hoch. „Versuchst du, mich zu beschützen?“

„Ja, natürlich.“

Er lächelte. „Ich weiß, warum Howard dich so mag. Du bist genau wie er. Er beschützt mich auch.“

„Tut er das?“ Er hatte am vorigen Abend erwähnt, dass er Menschen beschützte, aber konnte sie ihm wirklich vertrauen, obwohl er es gewesen war, der ihr Geburtsmal zum Brennen gebracht hatte?

„Howard beschützt mich schon mein ganzes Leben“, sagte Tino. „Er ist ein wirklich netter Kerl.“

„Ist er … auch etwas Besonderes, so wie du?“

Tino kratzte sich am Kopf. „Irgendwie schon.“

Die Tiere stoben plötzlich in alle Richtungen auseinander.

„Was ist passiert?“ Elsa wurde eiskalt, als ein halbes Dutzend Wildschweine auf die Straße gerannt kam. Die Hufe der Tiere klapperten auf dem Boden, und sie hatten den Blick fest auf sie gerichtet.

Sie schluckte und zog Tino hinter sich.

„Die sehen gemein aus“, flüsterte er.

Das sahen sie wirklich, wie sie so ihre scharfen Hauer auf sie gerichtet hatten. Sie ballte die Hände zu Fäusten, um nicht zu zittern. Was sollte sie tun? Sie konnte ihr Handy benutzen, aber es könnte sehr lange dauern, bis Hilfe kam. Die Vorstellung, wie der kleine Junge von spitzen Hauern aufgespießt wurde, drängte sich in ihre Gedanken.

„Ich lenke sie ab“, flüsterte sie, „und du läufst nach Hause, so schnell du kannst.“

„Nein.“ Tino schlang seine kleinen Arme um sie. „Die werden dir wehtun. Ich lasse nicht zu, dass die dir wehtun.“

„Du kannst nichts tun, um …“ Sie keuchte auf, als plötzlich alles um sie herum schwarz wurde.

9. KAPITEL

Howard war in seinem Sicherheitsbüro und fragte sich, ob er nach Cranville fahren sollte, um Elsa zufällig über den Weg zu laufen. Würde sie vermuten, dass es sich nicht um einen Zufall handelte? War das überhaupt wichtig, solange er sie dabei wiedersah?

Irgendwie musste er ihr Vertrauen erlangen. Wenn ihre Angst erst verschwunden war, würde ihr Verlangen die Überhand gewinnen. Und dann gehörte sie ihm.

Er griff gerade nach einem weiteren Donut, als ihm etwas auf einem der vier Überwachungsmonitore ins Auge sprang. Tino, der vor der Schule aus dem Nichts auftauchte, und neben ihm … Elsa?

„Ach du Sch…!" Er ließ den Donut auf den Schreibtisch fallen und rannte zur Tür.

Verdammter Mist, er hätte nachsehen sollen, ob Tino wirklich in sein Zimmer zurückgegangen war. Was dachte der Junge sich, seine Gaben einfach so offen zu zeigen? Und außerdem konnte Tino nicht wissen, ob er einen anderen Menschen beim Teleportieren mitnehmen konnte. Die erwachsenen Vampire taten es, aber sie hatten auch jahrelange Erfahrung. Jahrhundertelange Erfahrung. Tino hatte nicht nur einen schwerwiegenden Sicherheitsverstoß begangen, er hatte auch Elsas Leben in Gefahr gebracht.

Howard eilte zum Eingang und sah, dass sie auf dem Boden zusammengebrochen war. „Elsa!" Er stürzte die Treppe hinab und kam schliddernd neben Elsa zum Stehen. „Alles in Ordnung?"

Sie blinzelte benommen zu ihm hoch.

Er sah Tino, der auf der anderen Seite neben ihr kniete, wütend an. „Was hast du getan? Du weißt doch, dass du nicht …" Er verstummte, als er die Tränen in Tinos Augen bemerkte, und das Beben seines kleinen Körpers. „Alles in Ordnung? Was ist passiert?"

„Ich weiß es nicht", flüsterte Elsa, „aber ich glaube, er hat uns das Leben gerettet."

Alarmiert sah Howard von ihrem blassen Gesicht zu den Tränen, die Tinos Wangen hinabliefen. „Keine Sorge. Ihr seid jetzt in Sicherheit." Er klopfte dem Jungen auf die Schulter. „Kannst du gehen, Großer?"

„Ja." Tino stand auf und wischte sich das Gesicht ab.

„Tapferer Junge." Howard schob seine Arme unter Elsa, drückte sie an seine Brust und richtete sich auf.

Sie keuchte.

Er erstarrte. „Bist du verletzt?"

„Nein. Ich ... ich bin zu schwer zum Tragen."

Er schnaubte verächtlich. Sie hatte ihm wegen nichts Angst gemacht. „Wiegst du mehr als zweihundert Kilo?"

Sie gab einen empörten Laut von sich. „Natürlich nicht!"

„Dann bist du nicht schwer." Er lief die Stufen zur Eingangstür hinauf und sah sich dann nach Tino um. „Kannst du die Tür aufmachen, Großer?"

Tino lächelte. Anscheinend gefiel ihm sein neuer Spitzname. „Sicher." Er zog die Tür auf und folgte ihnen ins Haus.

Elsa sah Howard finster an, während er sie ins Haus trug. „Ich wiege sogar weniger als *ein*hundert", schmollte sie.

Seine Mundwinkel zuckten. Sie fühlte sich kräftig an, aber gleichzeitig auch weich und weiblich. Und ihr Duft brachte ihn um den Verstand. „Ich finde, du bist perfekt."

Ihr Gesicht färbte sich zu einem hübschen Rosa. „Wohin bringst du mich?"

„Ins Krankenzimmer, um dich auf Verletzungen untersuchen zu lassen."

„Mir geht es gut, wirklich. Mir ist nur schwindelig geworden, als ..." Sie sah Tino besorgt an. „Ich muss wissen, was passiert ist."

„Ich auch." Howard blieb vor dem Krankenzimmer stehen. Laut den Öffnungszeiten, die an der Tür angeschrieben waren, befand sich die Schwester gerade in der Mittagspause. Das war gut. Tino hatte sich eines ernsten Sicherheitsvergehens schuldig gemacht, und Howard wollte die Sache so gut es ging geheim halten.

Die Tür war nicht abgeschlossen, also konnte Tino sie ihnen aufhalten. Howard sah sich um, während er Elsa hineintrug. Es gab eine Reihe aus fünf Betten und dann im hinteren Teil ein Sprechzimmer mit Fenster. Er spähte durch die Scheibe und entdeckte medizinisches Equipment und einen verschlossenen Arzneischrank.

„Lässt du mich jetzt wieder runter?“, fragte Elsa leise.

„Muss ich?“ Er sah ihr in die Augen. Sie sah ihn an, ihr Blick voll von der Verwirrung, die sie empfinden musste. Er beugte sich dichter zu ihr und betrachtete sie eingehend. Ja, dachte er lächelnd. Das Verlangen war immer noch da.

Sie wendete sich mit rosigen Wangen ab.

Er legte sie behutsam auf eines der Betten. „Muss ich dich auf Verletzungen untersuchen?“

„Nein.“ Sie sah ihn verstohlen an und murmelte leise: „Leider nicht.“

Er verkniff sich ein Grinsen und setzte sich auf das Bett neben ihrem. „Erzähl mir, was passiert ist.“

„Ich glaube, das solltest du mir sagen. Wie bin ich auf einmal wie durch Zauberhand vor der Schule aufgetaucht?“

„Fangen wir am Anfang an“, sagte Howard. „Warum war Tino bei dir?“

Sie setzte sich ungeduldig schnaubend auf. „Ich habe ihn vom Gutshaus nach Hause gebracht.“

Er drehte sich zu Tino um, der zwischen den zwei Betten stand und zerknirscht dreinblickte. „Du bist zum Gutshaus gegangen? Alleine?“

Tino zog den Kopf ein. „Du wolltest nicht zu ihr gehen, also dachte ich, ich bringe sie zu dir.“

Howard seufzte. Noch mehr Kuppelei. „Du bist wirklich der Sohn deiner Mutter, was?“

Tino dachte ernsthaft darüber nach und nickte dann. „Ja." Er trat von einem Fuß auf den anderen. „Ich wollte es wie du machen und mir eine Stragetie ausdenken."

„Strategie?"

Tino nickte. „Und alles war genau, wie ich geplant hatte. Bis auf die Tiere. Ein paar sind uns gefolgt."

„Auf der Straße?", fragte Howard. Waldtiere überquerten die Straße zwar, aber sie gingen sie selten im Rudel entlang. Er wendete sich an Elsa. „Was für Tiere? Und wie viele?"

Sie zuckte genervt mit den Schultern. „Hirsche, Kaninchen, Eichhörnchen, ein paar Waschbären. Insgesamt vielleicht dreißig."

„Aber dann sind sie alle in den Wald gerannt." Tino fuchtelte dramatisch mit den Armen. „Und diese riesigen Wildschweine sind gekommen mit großen Zähnen wie Elefanten!"

„Wildschweine?" Howard richtete sich auf. „Wie viele?"

„Ungefähr hundert!", rief Tino.

„Ein halbes Dutzend", sagte Elsa leise.

Howard sprang auf und eilte zur Tür. Seit seiner Reise nach Alaska hatten er und sein innerer Bär das dringende Bedürfnis, auf den Putz zu hauen. „Ich kümmere mich um sie."

„Was?" Elsa sprang aus dem Bett. „Aber ich brauche Antworten. Wie bin ich hergekommen?"

„Hmm." Er hielt an der Tür inne. „Die uralte Frage – wie sind wir hergekommen? Es gibt verschiedene Theorien …"

„Das ist mein Ernst!" Sie schlug nach seinem Arm, aber er lächelte sie nur an.

„Wir können uns unterhalten, wenn ich zurück bin." Er trat hinaus auf den Flur.

Sie packte ihn am Arm. „Du willst nicht wirklich Jagd auf die Wildschweine machen, oder? Die sind gefährlich!"

„Ich will nicht, dass sie in der Nähe der Schule sind. Wir haben hier sehr junge Kinder." Er sah Tino an. „Warum nimmst du Elsa nicht mit zum Mittagessen in die Cafeteria?"

Tino nickte lächelnd. „Okay."

Howard erwiderte sein Lächeln. Der kleine Junge hatte ihnen wahrscheinlich das Leben gerettet. Erstaunlich, dass es ihm so jung gelungen war, einen anderen Menschen mit sich zu teleportieren. Er zerzauste Tino die Locken. „Das hast du gut gemacht, Großer."

Tino fing an zu strahlen.

Howard drehte sich zu Elsa um, die ihn besorgt ansah. „Wartest du hier auf mich?"

Sie sah ihn verärgert an. „Ich brauche Antworten."

„Das verstehe ich." Auch wenn er keine Ahnung hatte, wie er ihr das alles erklären sollte. Schwierig würde es auf jeden Fall werden. Sich um die Wildschweine zu kümmern, kam ihm im Vergleich spielend leicht vor.

„Warte auf mich." Mit diesen Worten machte er sich auf den Weg.

Elsa schmeckte kaum etwas von ihrem Grilled Cheese Sandwich. Sie hatte Alastair angerufen, um ihm zu sagen, dass sie später zurückkommen würde als gedacht. Er hatte gefragt, was los war, und sie hatte nicht gewusst, was sie ihm sagen sollte. Es war alles viel zu bizarr.

Tino saß neben ihr und ließ es sich offensichtlich schmecken. Er sah wie ein ganz normaler kleiner Junge aus, aber … er war es nicht. Er hatte sie um die Taille gepackt, und eine Sekunde später waren sie vor der Schule aufgetaucht.

Sie hätte wegen Tino vollkommen durchdrehen sollen, aber sie tat es nicht. Nicht, wenn sie sich solche Sorgen um Howard machte. Er war ohne jede Waffe nach draußen gelaufen. Wie wollte er sich einem Rudel Wildschweine ohne eine Waffe stellen?

Elsa ließ die Papierserviette auf ihren Teller fallen. Es lohnte sich nicht, weiter so zu tun, als würde sie essen. „Was glaubst du, wann Howard zurückkommt?"

„Weiß nicht." Tino hielt ihr einen Schokoladenkeks hin. „Möchtest du einen?"

Sie schüttelte den Kopf, und er verschlang ihn gierig. „Ich wollte dir danken, weil du mich vor den Wildschweinen gerettet hast."

Er nickte und griff nach einem weiteren Keks. „Die waren groß und gruselig!"

„Ja. Das, was du gemacht hast, damit wir hierherkommen, ist das eine von deinen besonderen Gaben?"

Er tauchte den Keks in sein Glas Milch. „Ich glaube schon."

„Du darfst nicht darüber reden?"

Er schüttelte den Kopf. „Und ich soll es vor Fremden auch nicht machen." Er stopfte sich den durchweichten Keks in den Mund.

„Tino." Sie strich ihm über den Rücken. „Ich werde es nie verraten. Niemandem. Du hast mir das Leben gerettet."

Er lächelte, und eine Spur Milch lief ihm das Kinn hinab. „Ich musste es tun. Du bist doch Howards Traumfrau."

„Wirklich?" Nannte er sie so? Sie stand auf und musste plötzlich gegen aufwallende Panik ankämpfen. Was machte er da draußen mit den Wildschweinen? „Ich … ich glaube, ich werde an der Tür auf ihn warten."

„Ich gehe mit." Tino nahm sich noch einen Keks vom Teller und folgte ihr auf den Korridor. „Du magst Howard, oder?"

War das so offensichtlich, dass sogar ein Kind es sah? „Ich mache mir nur Sorgen um ihn." Sie ging auf die große Eingangshalle zu. Sie war prachtvoll mit ihrem Marmorboden, der großen Freitreppe und der drei Stockwerke hohen Decke. Alastair würde neidisch sein, dass sie ohne ihn hier gewesen war.

„Hallo?", rief eine Frau, die langsam mit einer anderen Frau die Treppe hinunterkam.

„Hi, Toni! Hi, Olivia!", rief Tino ihnen zu. „Das ist Elsa. Sie ist Howards Traumfrau."

Elsa zuckte zusammen. „Das ist ein wenig übertrieben. Ich

kenne ihn kaum. Wir haben uns erst gestern Abend kennengelernt."

Die Frauen sahen einander lächelnd an.

„Ich bin Toni", stellte sich die blonde Frau vor.

„Und ich bin Olivia", sagte die Brünette. „Wir freuen uns so sehr, Sie kennenzulernen."

Sie waren beide absolut umwerfend und sehr schwanger. Elsa richtete den Blick auf ihre runden Bäuche. Bekamen sie auch *besondere* Kinder, wie Tino eines war? Kinder, die in Sekundenschnelle große Distanzen hinter sich lassen konnten?

„Howard ist draußen und verprügelt einen Haufen Schweine!", verkündete Tino. „Und die haben riesengroße Hauer, so etwa." Er streckte die Hände aus, so weit er konnte.

„Wildschweine?", fragte Toni.

„Ein halbes Dutzend." Stirnrunzelnd sah Elsa aus dem schmalen Fenster neben der Eingangstür. „Howard ist vor ungefähr einer halben Stunde allein losgegangen."

„Ich bin mir sicher, es geht ihm gut", versicherte Olivia ihr. „Er ist sehr kompetent."

Was sollte das bedeuten? Hatte er besondere Gaben, so wie Tino? Auf sie hatte er jedenfalls eine besondere Wirkung. Sein Lächeln, seine Stimme, seine schönen blauen Augen … das alles brachte ihr Herz zum Pochen und ihre Knie zum Weichwerden.

Sie öffnete die Tür und trat auf das Podest hinaus, den Blick suchend auf den Wald gerichtet.

„Keine Sorge." Tino stellte sich neben sie und biss in seinen Keks. „Howard ist richtig groß und stark."

„Ihm passiert nichts." Toni kam mit Olivia nach draußen gewatschelt.

Elsa drehte sich zu ihnen um. „Ich will nicht neugierig sein, aber unterrichten Sie hier?"

Toni schüttelte den Kopf. „Ich bin die Direktorin. Und Olivia ist die Vertrauenslehrerin. Unsere Männer sind gerade beide geschäftlich unterwegs."

Oder auf geheimer Mission, dachte Elsa.

Olivia sah in den Himmel hinauf und legte sich die Hand über die Augen. „Was für ein schöner Tag."

Ein lautes Brüllen erfüllte die Stille, und Elsa schrak zusammen. „Was war das?"

Die zwei Schwangeren tauschten einen Blick und lächelten.

„Ich glaube, das war das Siegesgebrüll", sagte Olivia.

„Ich glaube, es gibt Schinken zum Abendessen", fügte Toni hinzu, und beide kicherten.

Elsa lief ein Schauer über den Rücken. „Sie ... Sie glauben, Howard hat sie getötet?"

Toni sah sie schief an. „Sie werden sich nicht singend um ein Lagerfeuer gesetzt haben."

„Pst." Olivia stieß die andere Schwangere an.

„Aber er hatte keine Waffen dabei", beharrte Elsa. „Er ist mit leeren Händen in den Wald gegangen."

Toni schlug sich die Hand vor den Mund, um nicht laut loszulachen. „Mit Bärenhänden."

Olivias Mundwinkel zuckten. „Reiß dich zusammen." Sie zog Toni ins Haus zurück. „Wir müssen jetzt arbeiten. Machen Sie sich keine Sorgen. Howard kommt bald zurück." Sie zog die Tür hinter sich zu.

„Oh, ich verstehe." Tino grinste.

Elsa sah ihn stirnrunzelnd an. „Was verstehst du?"

Er riss die Augen auf. „Nichts." Er stopfte sich den Rest von seinem Keks in den Mund.

Schnaubend verschränkte sie die Arme vor der Brust. Sie hasste das Gefühl, dass alle mehr zu wissen schienen als sie. Und was konnte überhaupt lustig daran sein, dass Howard sich einer Herde Wildschweine entgegenstellte? Es war einfach nur gefährlich.

Sie betrachtete den Wald. Was bedeutete das Brüllen, das sie gehört hatte? Warum waren sich alle so verdammt sicher, dass Howard nichts passieren konnte? Ihr Herz machte einen Sprung, als sie ihn auf sich zurennen sah.

Sie eilte die Stufen hinab. „Ist alles in Ordnung?"

„Sicher." Er blieb neben ihr stehen und lächelte sie an.

Ihr Herz fing an wild zu pochen, und sie konnte die Augen nicht von ihm lassen. Sein volles braunes Haar war durcheinander, einige Strähnen klebten ihm an der schweißnassen Stirn. Sein Gesicht und seine Arme glänzten vor Schweiß, aber seine Kleidung war noch immer sauber und ordentlich. Sollte sie nicht schmutzig sein? Zerrissen oder blutbeschmiert?

Verflixt noch mal, je mehr passierte, desto verwirrter wurde sie.

„Ich brauche eine Dusche." Er sprintete die Stufen hinauf. „Bin gleich wieder da."

Sie rannte ihm hinterher. „Aber wir müssen reden."

Er sah sich über die Schulter nach ihr um und grinste. Sie blieb stehen. Blöder Kerl. Nur mit einem Lächeln brachte er ihr Herz wie verrückt zum Schlagen.

„Den Rest des Tages gehöre ich dir." Er joggte den Korridor hinab.

Sie sah ihm nach. So groß, so stark, und doch so leichtfüßig und schnell. Hatte er wirklich ein paar Wildschweine mit bloßen Händen getötet? Tino schien das zu glauben. Aber wäre seine Kleidung dann nicht zerrissen und blutig? Und außerdem, wer würde so etwas Verrücktes tun? So etwas Brutales? Und hinterher lächeln?

Ist er dir verrückt oder wild vorgekommen? Tante Gretas Worte suchten sie wieder heim.

Sie musste schlucken. Vielleicht war es egal, wie gut er aussah. Oder wie sehr sie sich zu ihm hingezogen fühlte. Die wichtigste Frage lautete: Konnte sie ihm vertrauen? Einem Mann, der an einer mysteriösen, geheimen Schule für besondere Kinder arbeitete? Dem Mann, der ihr Geburtsmal zum Brennen gebracht hatte?

10. KAPITEL

Howard öffnete die Beifahrertür von seinem SUV für Elsa. „Steig ein." Sie betrachtete erst seinen Wagen und dann ihn misstrauisch. „Du zauberst mich aber nicht so wie Tino zurück oder fliegst mich einfach wie Superman rüber, oder?"

Er lächelte. „Meistens fahre ich."

Sie zögerte.

Sein Lächeln verblasste. Wenn er ihr Vertrauen erlangen wollte, leistete er gerade lausige Arbeit. „Hast du Angst davor, mit mir allein zu sein?"

„Natürlich nicht." Sie kletterte auf den Beifahrersitz.

Lügnerin. Er schloss die Tür und ging um den Wagen herum zur Fahrerseite. Er konnte ihr nicht vorwerfen, dass sie auf der Hut war, aber er hasste die Vorstellung, dass sie Angst vor ihm haben könnte.

Zum Glück hatte sie nicht das Blut gesehen, das nach dem Kampf mit den Schweinen an ihm geklebt hatte. Er hatte sich im Wald ausgezogen, ehe er sich verwandelt hatte, und auch wenn er ein paar Kratzer und Schnittwunden abbekommen hatte, waren die längst verheilt, als er sich in einen Menschen zurückverwandelte. Er hatte sich wieder angezogen, ehe er den Wald verließ, und Elsa auf der Veranda entdeckte.

Jetzt schien sie misstrauisch. Und verärgert. Er hatte sich so schnell es ging geduscht und angezogen, aber sie war trotzdem gezwungen gewesen, auf ihn zu warten. Und auf die Antworten, die sie so dringend wollte.

Er strich sich die feuchten Haare aus der Stirn. Theoretisch hätten die Wildschweine warten können. Er hatte das Gespräch mit ihr absichtlich hinausgezögert. Ein paar Wildschweine zur Strecke zu bringen war einfach, ihre Fragen zu beantworten, würde dagegen verdammt schwer werden. Es war sein Job, die Vampire und ihre Geheimnisse zu beschützen. Würde er seinen

Job vernünftig erledigen, dürfte er ihr überhaupt nichts verraten. Aber dann würde er auch nie ihr Vertrauen erlangen, wodurch er sie verlieren würde.

Was für ein Durcheinander. Unter der Dusche hatte er verzweifelt versucht, sich eine Strategie zu überlegen. Er hatte sich dafür entschieden, offensiv statt defensiv zu spielen.

Er kletterte auf den Fahrersitz und ließ den Motor an. „Wohin? Zum Gutshaus oder nach Cranville?"

Sie schnallte sich an. „Zum Gutshaus. Ich habe Alastair angerufen, er wartet dort auf mich."

„In Ordnung." Howard fuhr die Auffahrt hinab und bog auf die Hauptstraße ab.

Sie drehte sich auf ihrem Sitz zu ihm um. „Beantwortest du jetzt meine Fragen?"

„Beantwortest du auch meine?"

Sie riss überrascht die Augen auf. „Was soll das heißen? Ich bin schließlich nicht in irgendwelche merkwürdigen Sachen verwickelt."

„Nicht? Warum hat deine Schulter gebrannt, als ich dich angefasst habe?"

„Ich … ich weiß es nicht."

„Es war dein Geburtsmal, das gebrannt hat, oder?"

Sie erstarrte. „Woher weißt du das?"

„Ich habe gehört, wie du es am Telefon gesagt hast."

„Ich saß im Auto. Wie konntest du mich hören?"

Er richtete die Aufmerksamkeit wieder auf die Straße. „Ich habe ein sehr gutes Gehör."

„Hast du noch andere Superkräfte? Hast du so die Wildschweine … bezwungen?"

Bezwungen? Seine Mundwinkel zuckten. „Jawohl, Mylady. Ich bezwang den mächtigen Feind in jenem Wald dort drüben."

Sie warf ihm einen verärgerten Blick zu. „Mach dich nicht lustig über mich. Ich habe wirklich Schwierigkeiten zu begreifen, dass du anscheinend ein paar wehrlose Tiere mit bloßen Händen *umgebracht* hast. Ich habe keine Ahnung, wie ..."

„*Wehrlos?*" Er sah sie fassungslos an. „Die hatten riesige Hauer! Und sie waren in der Überzahl." Verdammt, und er hatte gedacht, sie wäre beeindruckt. „Leicht war das nicht, weißt du."

„Dann gibst du es zu? Du hast sie wirklich umgebracht?"

Er zuckte mit den Schultern. „Das gehört zu meinem Job."

Sie schauderte. „Ich hasse Gewalt."

„Na ja, wenn es dich tröstet – ich habe sie vorher höflich gebeten zu gehen, aber sie haben sich geweigert."

„Und dann hast du sie mit Sarkasmus umgebracht?"

Er lachte, aber es blieb ihm in der Kehle stecken, als er merkte, dass Elsa ihn immer noch wütend ansah. „Ich musste es tun, Elsa. Ich konnte sie nicht in der Nähe der Schule frei herumlaufen lassen, wo kleine Kinder wie Tino draußen spielen."

„Das verstehe ich, aber ... wie konntest du ohne irgendwelche Waffen losziehen? Das war verrückt!"

„Ich ... ich hatte ein Messer, das an meiner Wade befestigt war." Verdammt, er hasste es, sie anzulügen. Aber sie würde wahrscheinlich durchdrehen, wenn er ihr die Wahrheit sagte. *Ich habe sie in Stücke gerissen, und es hat mir Spaß gemacht.*

Als er in Alaska gewesen war, war er die ganze Zeit über frustriert gewesen. Über einen Monat lang hatte er im Geheimen Punkte gegen Rhett erzielen müssen, obwohl er ihn lieber persönlich konfrontiert und ihm die Faust ins Gesicht gerammt hätte. Aber er konnte sich keinen offenen Krieg mit den Werwölfen leisten, nicht solange dabei seine Familie und seine Freunde verletzt werden könnten. Das hatte dazu geführt, dass er und sein innerer Bär seit geraumer Zeit nach einem Kampf gelechzt hatten.

Und mit Wildschweinen zu kämpfen war viel einfacher, als sich mit einer aufgeregten schönen Frau herumzuschlagen.

„Du hättest wenigstens ein Gewehr mitnehmen sollen." Sie rieb sich die gerunzelte Stirn. „Oder eine Bazooka. Ein Raketenwerfer wäre gut gewesen. Ich kann nicht fassen, dass du etwas so Gefährliches getan hast. Ich war krank vor Sorge um dich."

Sein Herz machte einen Sprung. „Du hast dir Sorgen um mich gemacht?"

„Ich … natürlich." Sie ließ die Hand in ihren Schoß sinken. „Ich würde mir in so einer Situation um jeden Sorgen machen."

Sein Herz sank. „Natürlich." Er sah in den Rückspiegel und stutzte. Ein Dutzend Hirsche folgte ihnen.

Sie betrachtete ihn skeptisch. „Wenn du sie nur mit einem Messer umgebracht hast, musst du unglaublich stark und schnell sein."

„Das könnte man so sagen." Verflucht, sie hatte die Offensive übernommen und er war wieder in die Defensive geraten.

„Und du hast ein Supergehör." Sie kniff die Augen zusammen. „Was für Superkräfte hast du sonst noch?"

„Einen sehr ausgeprägten Geruchssinn und extrem gute Augen."

Sie keuchte auf und verschränkte die Arme vor der Brust. „Einen Röntgenblick?"

Er drehte den Kopf in ihre Richtung und betrachtete fasziniert ihre Brüste. „Leider nicht."

„Pass auf, wohin du fährst", knurrte sie. „Kannst du auch das, was Tino getan hat?"

Howard stöhnte innerlich auf. Wie konnte er es vermeiden, ihr die Wahrheit zu sagen? „Ich muss dich inständig bitten, niemandem etwas von ihm zu erzählen. Er ist ein lieber Junge, und er hat ein normales Leben verdient …"

„Keine Sorge. Ich habe ihm schon versprochen, nichts zu sagen. Er hat mir das Leben gerettet. Und außerdem mag ich ihn wirklich."

Howard lächelte. „Er ist ein toller Junge, oder?"

„Er mag dich jedenfalls. Er hat mir immer wieder gesagt, was für ein toller Kerl du bist."

„Er hat vollkommen recht."

Sie schnaubte. „Und, erzählst du mir jetzt, was passiert ist?"

Howard atmete tief durch. „In Ordnung. Ich höre auf, es hinauszuzögern."

„Danke."

Er sah zu ihr herüber und fragte sich, wie sie die Wahrheit vertragen würde. „Tino hat dich teleportiert."

Ihr klappte die Kinnlade herunter. „Du meinst so richtige Teleportation à la ‚Beam mich rauf, Scotty'? Das kann er?"

„Ich bezweifle, dass er bis in den Weltraum käme, aber ja, er kann teleportieren."

„Er ist ein Kind, das sich teleportieren kann?"

„Ganz genau. Er hat schon als Kleinkind damit angefangen. Seine Mutter ist beim ersten Mal ganz schön durchgedreht."

Elsa stockte der Atem. „Woher kommt diese Fähigkeit?"

„Seine DNA ist ein bisschen anders."

Sie riss die Augen auf. „Wegen seines Vaters, des verrückten Wissenschaftlers?"

„Roman ist nicht verrückt." Howard runzelte die Stirn. „Woher weißt du von ihm?"

„Tino hat mir von ihm erzählt. Er hat gesagt, Shanna sei seine Mom, und sein Dad sei ein wissenschaftliches Genie."

„Sie sind gute Menschen …"

„Die an ihren Kindern Experimente durchführen?", fragte Elsa angewidert.

„So war das nicht. Sie lieben ihre Kinder. Und du hast doch mit Tino geredet. Du hast gesehen, wie normal er ist."

„An Teleportation ist nichts normal." Sie schüttelte den Kopf. „Es ist schwer zu glauben. Wenn es mir nicht selbst passiert wäre, könnte ich es höchstwahrscheinlich einfach nicht fassen."

„Er hat dir das Leben gerettet."

„Ich weiß. Es ist unglaublich."

„Wirklich unglaublich ist, dass es ihm gelungen ist, 80 Kilo zu teleportieren. Normalerweise schaffen nur Erwachsene …" Er verstummte, als er merkte, wie wütend sie ihn ansah.

„Fünfundsiebzig", stieß sie zwischen fest aufeinandergepressten Lippen hervor.

Seine Mundwinkel zuckten. „Bist du dir da sicher?"

Sie schlug ihm gegen die Schulter.

„War nur ein Scherz. Du wiegst sicher kein Gramm mehr als fünfundsiebzig Kilo." *Von wegen.* Er bog in die Auffahrt zum Gutshaus ein.

Sie verschränkte die Arme vor der Brust. „Und warum hast du mich nicht einfach hierher teleportiert?"

Er sah in den Rückspiegel. Verflucht, die Hirsche folgten ihnen immer noch. „Ich kann nicht teleportieren."

Sie lehnte sich zurück und sah ihn schockiert an. „Du schaffst nicht, was ein Fünfjähriger kann?"

Er kniff die Augen zusammen. Zeit, wieder in die Offensive zu gehen. „Ich habe andere Fähigkeiten."

„Zum Beispiel?"

Er parkte den SUV, stellte den Motor aus und beugte sich dann zu ihr. „Ich kann schöne Frauen berühren und sie zum Brennen bringen."

Sie öffnete den Mund, brachte aber keinen Ton hervor.

Er beugte sich näher. „Bringt dich sonst noch ein Mann zum Brennen?"

Sie presste die Lippen aufeinander und wendete sich errötend ab.

„Ich bin der einzige, oder? Dein Gesicht glüht gerade, und dabei habe ich dich noch nicht einmal angefasst. *Noch* nicht."

Sie schluckte. „Ich weiß nicht, warum das passiert ist."

„Wir könnten spekulieren." Er berührte ihre Wange und spürte die Wärme ihrer Röte und die Weichheit ihrer Haut. Er fuhr an ihrem Kiefer entlang und legte die Finger dann sanft um ihr Kinn. „Es könnte sich um Anziehung handeln."

Ihre Lippen öffneten sich ein Stück.

„Oder Verlangen." Er fuhr ihr mit dem Daumen über die Unterlippe.

Sie atmete bebend ein.

Er sah ihr in die waldgrünen Augen. „Oder es könnte etwas noch Stärkeres sein. Das Gefühl, dass es uns bestimmt war, einander zu begegnen. Dass wir füreinander bestimmt sind."

Sie sah ihm in die Augen. „Glaubst du das wirklich?"

„Schon als ich dich zum ersten Mal im Fernsehen gesehen habe, fühlte ich mich zu dir hingezogen. Ich fühlte mich mit dir verbunden." Als sie die Augen aufriss, kam ihm plötzlich ein Gedanke. Was, wenn er wie ein verrückter Fan klang? Sie hatte ihm schon einmal vorgeworfen, verrückt zu sein.

Er ließ die Hand sinken und lehnte sich zurück. „Du bekommst wahrscheinlich ständig Fanpost, in der etwas Ähnliches steht."

„Eigentlich nicht." Immer noch errötet mühte sie sich mit der Beifahrertür ab. „Ich sollte mich wieder an die Arbeit machen."

Howard stieg aus. „Ich bringe dich zurück."

„Das ist nicht nötig." Sie ging eilig zum Haus und winkte, als Alastair aus der Haustür spähte.

„Geh heute Abend mit mir essen", platzte Howard heraus. Als sie ihm einen misstrauischen Blick zuwarf, fügte er schnell hinzu: „Alastair auch. Wir können feiern, dass ihr den Vertrag unterschrieben habt."

Alastair eilte die Treppe hinunter. „Hat Shanna zugestimmt?"

„Genau weiß ich es nicht", gestand Howard. „Aber die Shanna, die ich kenne, konnte ihren Mann noch zu allem überreden, was sie sich in den Kopf gesetzt hat."

„Ausgezeichnet!" Alastair grinste Elsa an. „Es wäre uns ein Vergnügen, heute Abend mit dir essen zu gehen. Nicht wahr, Schätzchen?"

Sie sah Howard verärgert an.

Verflucht. Seine offensive Strategie war anscheinend zu … offensiv gewesen. Er musste es am Abend mit einer anderen Strategie versuchen. „Bis später."

Elsa war erleichtert, als Alastair zu einer weiteren seiner langen, amüsanten Anekdoten ansetzte. Howard schienen die Geschichten zu gefallen, aber sie hatte während des ganzen Abendessens keine zwei Worte gesprochen, und genau so wollte sie es.

Sie würde ruhig und distanziert bleiben. Auch wenn sie es nicht war. Sie wollte Howard nicht merken lassen, dass sie sich zu ihm hingezogen fühlte. Auch wenn sie das tat. Weil es albern war, sich so sehr zu einem Mann hingezogen zu fühlen, den man erst am Abend zuvor kennengelernt hatte. Zu dem Mann, der den Fluch in Kraft gesetzt hatte. Auch wenn sie an so einen Unsinn nicht glaubte.

Andererseits, nach diesem Nachmittag musste sie ihre Definition von Unsinn vielleicht ändern. Letzte Nacht hätte sie auch einen fünfjährigen Jungen, der teleportieren konnte, für Unsinn gehalten. Was ging an dieser geheimen Schule vor sich? Welche Geheimnisse hatte Howard sonst noch zu verbergen? Er hatte zugegeben, nicht teleportieren zu können, aber sie bezweifelte nicht, dass er andere Kräfte besaß.

Ich kann schöne Frauen berühren und sie zum Brennen bringen.

Allein der Gedanke daran, wie er ihre Wange gestreichelt hatte, ließ ihre Wangen heißbrennen. Eine Sekunde lang hatte sie geglaubt, dass er sie küssen würde, und Gott stehe ihr bei, aber sie hätte sich nicht dagegen gewehrt.

Jetzt aber wehrte sie sich. Sie hatte sich absichtlich nicht für das Abendessen zurechtgemacht. Sie trug immer noch Jeans und T-Shirt. Die Haare hatte sie sich am Hinterkopf mit einer Plastikklammer zusammengenommen.

Sie zwang sich dazu, sich in dem kleinen Restaurant umzusehen, um ihn nicht ansehen zu müssen. Er hatte sich schick angezogen. Kakihosen und ein frisch gebügeltes Hemd. Keine Krawatte. Nicht, dass ihr das aufgefallen wäre. Er saß ihr gegenüber und hörte höflich Alastairs Anekdoten zu.

Warum fingen alle Wörter, die ihn am besten beschrieben, mit

H an? Hinreißender Howard. Hünenhafter Howard. Herrlicher Howard. Sie warf ihm einen verstohlenen Blick zu. *Hungriger Howard.* Er verspeiste das größte Steak, das sie je gesehen hatte. Sie hatte sich nur einen Salat mit gegrilltem Putenfleisch bestellt, weil die Zahl auf der Waage sich wirklich der Achtzig näherte. Sie sah ihn wieder an. *Höllisch grausamer Howard.* Wie hatte er ihr Gewicht so gut erraten können?

Sie spießte ein paar Salatblätter auf ihre Gabel, während Alastair beschrieb, was für Probleme sie mit Fledermäusen auf einem Dachboden gehabt hatten.

„War das in dem Haus in Amsterdam?", fragte Howard.

„Ja!" Alastair strahlte. „Hast du die Folge gesehen?"

Howard nickte und sah zu Elsa herüber. „Ich habe sie alle gesehen."

„Fantastisch", fuhr Alastair fort. „Natürlich konnte ich mich nicht entscheiden, wer den größeren Dachschaden hatte: das Haus oder der Besitzer." Er lachte über seinen eigenen Witz.

Sie lächelte ebenfalls. Alastair war so sehr in seine Geschichten vertieft, dass er nicht zu bemerken schien, wie ihr Howard immer wieder aus seinen schönen blauen Augen verstohlene Blicke zuwarf. Leider wusste sie das nur, weil sie auch immer wieder heimlich zu ihm hinübersah, und manchmal begegneten sich ihre Blicke dabei.

Und dann stieg ihr Hitze ins Gesicht und sie fand ungefähr fünf Minuten lang ihren Salat unglaublich spannend. Selbst wenn sie es vermied, ihn anzusehen, konnte sie seine Gegenwart spüren, als wäre er der einzige andere Mensch im Raum. Seine tiefe Stimme vibrierte in ihr, als wären ihre Ohren besonders auf ihn eingestellt.

Sie konnte ihn auch riechen, und das kam ihr komisch vor. Er trug kein Rasierwasser, so wie Alastair. Und doch erfüllte sein Duft ihre Sinne. Ein vollkommen männlicher Duft, bei der ihr am ganzen Körper warm und kribbelig wurde. Sie wollte in ihm baden, ihn um sich hüllen wie einen Kokon.

Es gab nur eine Erklärung für das alles: Sie verlor den Verstand.

Das musste es sein, denn es konnte auf keinen Fall angehen, dass sie ihr Herz verlor.

Genau betrachtet gab es genug Beweise dafür, dass sie den Verstand verlor. Erst am Nachmittag hatte ein kleiner Junge sie teleportiert. Und irgendwie hatte sie sich davon nicht beeindrucken lassen. Der Mann ihr am Tisch gegenüber war es, der sie aus dem Konzept brachte.

Ja, sie verlor eindeutig den Verstand.

Sein Handy klingelte, und er zog es aus der Tasche. „Das ist Shanna."

Alastair horchte auf. „Gute Nachrichten, hoffe ich."

„Hallo?", fragte Howard und fing dann an zu lächeln.

Happy Howard. Elsas Herz geriet ins Flattern. Dieser Mann hatte das niedlichste Lächeln, und er benutzte es oft. Wie eine Waffe.

„Einen Augenblick." Er senkte das Telefon an seine Brust. „Sie hat sich entschieden, euch das Haus machen zu lassen."

„Ausgezeichnet!" Strahlend drehte Alastair sich zu Elsa um und gab ihr ein High five.

Ihr Herz schlug wie wild. Das bedeutete, sie würde Howard in den nächsten Monaten oft zu Gesicht bekommen. Sie warf noch einen verstohlenen Blick auf ihn. *Hinreißender, herrlicher Howard.*

„Sie möchte gerne noch heute Abend die Verträge unterschreiben", fuhr er fort.

„Kein Problem." Alastair trommelte mit den Fingern auf einen braunen Umschlag, der auf dem Tisch lag. „Ich habe sie dabei. Wann kann sie hier sein?"

„In einer Minute ungefähr." Howard stand auf, das Telefon noch immer in der Hand.

„Ist sie schon auf dem Weg?", fragte Alastair.

„Ich treffe mich draußen mit ihr und bringe sie her." Howard schritt auf den Eingang zu und hielt sich das Telefon wieder ans Ohr. „Einen Augenblick noch."

Elsa sah ihm nach und dann aus den Fenstern an der Frontseite des Restaurants. Es war dunkel draußen, die nächste Straßenlaterne befand sich einen Block weiter die Hauptstraße hinab.

„Ich freue mich so sehr auf dieses Projekt!", verkündete Alastair.

„Ich mich auch." Sie lächelte ihn an und erstarrte dann, als Howard mit Shanna an seiner Seite ins Restaurant zurückkam. „Sie ist hier."

„Wow, das ging schnell." Alastair sprang auf, um sie zu begrüßen.

Wirklich schnell. Elsa spähte aus dem Fenster. Sie hatte keine Scheinwerfer von einem Wagen gesehen, der draußen geparkt hätte. Ihr stockte der Atem, als ihr plötzlich ein Gedanke kam. Hatte Shanna sich zum Restaurant teleportiert? Wenn ihr Sohn sich teleportieren konnte, konnte sie es vielleicht auch.

Elsas Herz raste, als Shanna sie begrüßte. Die Frau schien ganz normal zu sein, auch wenn sie etwas blass wirkte und ihre Hand sich etwas kalt anfühlte.

Alastair deutete auf den Tisch. „Möchten Sie sich vielleicht zu uns setzen für ein Glas Wein oder ein Dessert, um zu feiern?"

„Das ist sehr freundlich." Shanna lächelte ihn an. „Aber ich habe schon mit meiner Familie gegessen."

In der geheimen Schule? fragte Elsa sich. Sie beschloss, Tino nicht zu erwähnen. „Wir freuen uns sehr darauf, das Haus zu renovieren. Und wir werden unser Bestmögliches tun, um Ihre Privatsphäre zu wahren."

„Danke. Mein Mann macht sich deswegen immer noch Sorgen, aber ich habe ihn davon überzeugt, dass Sie vertrauenswürdig sind." Shanna grinste. „Ich bin so aufgeregt!"

Was für spitze Eckzähne sie hatte. Elsa sah zu Howard. Was für Geheimnisse hatten diese Leute noch zu verbergen? Oder litt sie unter Verfolgungswahn? Nachdem Tino sich teleportiert hatte, suchte sie vielleicht nach Merkwürdigkeiten, wo gar keine waren.

Alastair zog den Vertrag aus seinem Umschlag. „Es wird etwa zehn Minuten dauern, alles durchzugehen. Und wenn es Ihnen nichts ausmacht, würde ich Ihnen dann gerne einige Fragen zum Haus stellen. Wie offen soll der Grundriss werden? Sollen wir mehr Badezimmer und Wandschränke einbauen? Solche Dinge eben. Unser Ziel wird es sein, mit unserer Arbeit Ihre Erwartungen zu erfüllen."

„Verstehe." Shanna drehte sich zu Howard um. „Du musst wirklich nicht die ganze Zeit dabeisitzen. Warum nimmst du nicht Elsa mit und …"

„Das sehe ich anders", unterbrach er sie. „Wenn ich dich repräsentieren soll, muss ich wissen, was du willst."

„Ich gebe es dir nachher schriftlich." Sie sah ihn eindringlich an. „Du solltest mit Elsa einen Spaziergang durch die Stadt machen. Der Park ist wirklich schön." Sie lächelte Elsa an. „Es läuft ein Bach mittendurch und es gibt einige Wasserfälle. Das wird Ihnen gefallen."

„Shanna", murmelte Howard und sah sie wütend an.

„Ich versuche nur, freundlich zu sein", flüsterte sie und riss die Augen unschuldig auf.

Er trat von einem Fuß auf den anderen und fuhr sich mit der Hand durch das volle Haar.

Hadernder Howard. Elsa lächelte in sich hinein. *Hilfloser Howard.* Dieser riesige Kerl konnte ein halbes Dutzend Wildschweine erledigen, aber mit einer Frau, die ihn verkuppeln wollte, kam er nicht zurecht. Es war so niedlich. „Ich gehe gern mit dir spazieren."

Er blinzelte. „Wirklich?"

„Sicher. Warum nicht?" Sie legte sich den Riemen ihrer Handtasche über die Schulter.

„Wunderbar!" Shanna strahlte sie beide an. „Bis dann."

Elsa sah ihn an, als er auf sie zukam, und ihr blieb das Herz stehen. Sein zögerlicher Gesichtsausdruck war verschwunden, ersetzt durch ein intensives, entschlossenes Glänzen in seinen blauen Augen.

Sie musste schlucken. Howard war nicht hilflos. Er war … hungrig. Hungrig nach ihr.

„Gehen wir." Er berührte sie am Ellenbogen.

Ihre Brust füllte sich mit Wärme, doch statt zu ihrem Gesicht hochzusteigen, wie sie es normalerweise tat, glitt sie hinab in ihren Bauch und wurde zu einem Ball aus Feuer, der zwischen ihren Beinen Funken sprühte.

Sie atmete bebend ein. Lieber Gott, sie hätte nicht zustimmen dürfen, mit ihm allein zu sein. Howard war so viel mehr als hinreißend und herrlich und hünenhaft.

Howard war *heiß*.

11. KAPITEL

Howard hatte Probleme mit seiner neuen Strategie. Um Elsa nicht zu verängstigen, hatte er sich entschlossen, ruhig und distanziert zu sein. Und um ihr Vertrauen zu gewinnen, hatte er sich entschlossen, ehrlich und aufrichtig zu sein. Im Restaurant war ihm das relativ gut gelungen, auch wenn es ihm immer dann schwergefallen war, wenn er merkte, dass sie ihn ansah. Der Bär in ihm hatte jeden Blick als Einladung zur Paarung aufgefasst.

Wirklich subtil, dachte er zynisch, aber was wollte er von einem wilden Tier auch erwarten? Das war das Problem mit seiner neuen Strategie. Er konnte nur ehrlich und aufrichtig sein, was seine menschliche Seite betraf. Der Bär würde jede vernünftige Frau in die Flucht schlagen. Aber war es fair, das Biest vor einer Frau zu verbergen, an der er interessiert war?

Er sah zu Elsa, die neben ihm herging. Sie war die erste Frau seit Carly, bei der er versucht war, sein Geheimnis preiszugeben. Und das konnte nur eines bedeuten: Sie war diejenige, die er wollte. Nicht für kurze Zeit, sondern auf Dauer.

Der Bär in ihm knurrte erwartungsvoll. Er atmete tief durch, um sich zu beruhigen, aber dabei stieg ihm nur ihr Duft in die Nase. Du liebe Zeit. Er wollte sie in den Wald zerren, ihr die Kleider vom Leib reißen und sie wild und leidenschaftlich …

„Sag die Wahrheit.“ Sie trat dichter an ihn heran. „Shanna hat sich teleportiert, nicht wahr?“

Er blinzelte. Verflucht, er vernaschte sie in Gedanken, und sie dachte nicht einmal an ihn. „Das sollten wir nicht in der Öffentlichkeit besprechen.“ Er sah sich um, ob jemand sie belauscht haben könnte.

„Wir könnten in den Wald gehen.“

Sein innerer Bär knurrte, aber dann merkte er, dass sie nur auf den Park zeigte. Er schien leer, aber trotzdem, er lag direkt am

Stadtrand und war längst nicht abgelegen genug für wilden, leidenschaftlichen …

„Komm schon, sag es mir." Sie stieß ihn mit dem Ellenbogen an, als sie an die Öffnung im weißen Lattenzaun gelangten.

Das Licht einer einsamen Straßenlaterne schien auf den Eingang des Parks und beleuchtete Elsas hübsches Gesicht, als sie zu ihm hinaufsah. Verflucht, er wollte sie so sehr küssen.

„Shanna hat sich teleportiert, richtig?", fragte sie noch einmal.

„Ja."

„Ich wusste es!" Sie stieß die Faust in die Luft.

Er hob seine Augenbrauen. „Das freut dich?"

Schulterzuckend lächelte sie. „Ich mag es, Rätsel zu lösen. Ich habe es schon letzte Nacht gespürt, dass es hier ein Rätsel gibt." Ihr Lächeln verblasste. „Leider erwies sich die Lösung als wirklich merkwürdig."

Er führte sie in den Park. „Du … hast aber nicht die Polizei oder das FBI informiert, oder?"

„Du meinst wie in Akte X?" Sie warf ihm einen schiefen Blick zu. „Nein, ich habe Tino doch versprochen, dass ich nichts verrate."

„Gut. Danke."

Sie blieb plötzlich stehen. „An der Schule geht doch nichts Böses oder Schändliches vor, oder?" Sie verzog das Gesicht. „Natürlich würdest du es mir nicht verraten, wenn es so wäre."

„Entspann dich." Er berührte ihren Arm. „Das ist eine echte Schule mit echten Lehrern. Es gibt dort nur ein paar Schüler wie Tino, die nicht an eine normale Schule passen würden. Sie könnten dort nicht sie selbst sein und müssten sich immer Sorgen machen, dass ihr Geheimnis gelüftet wird. Wir versuchen, ihnen ein normales, glückliches Leben zu bieten."

Sie betrachtete ihn, als würde sie noch überlegen, ob sie ihm glaubte oder nicht.

„Wenn du magst, kann ich dich herumführen und dir ein paar der Schüler vorstellen."

Sie biss sich auf die Unterlippe. „Ich überlege es mir. Wie viele Schüler gibt es?“

„Ungefähr zweiundzwanzig.“

„Sind sie alle etwas Besonderes?“

Er lächelte. „Ein paar haben besondere Fähigkeiten, andere nicht, aber sie sind alle etwas Besonderes.“

Sie erwiderte sein Lächeln. „Du magst Kinder, nicht? Dann kannst du wohl so schlimm nicht sein.“

„Oh, vielen Dank.“

Sie wendete sich um, um tiefer in den Park hineinzugehen. „Dann ist es deine Aufgabe, die Kinder zu beschützen?“

„Ja.“ Er schlenderte neben ihr her. Der schmale Pfad aus festgetretener Erde war auf beiden Seiten von hochgewachsenen Ahornbäumen flankiert. Mondlicht fiel durch das grüne Blätterdach und malte kleine Tupfer aus Licht auf den Boden.

Sie blieb stehen. „Es ist schön hier.“

„Ja.“ Er drehte sich zu ihr um. „Sehr schön.“

Sie wurde rot.

Er legte den Kopf zur Seite und betrachtete sie eingehend. „Die Sache mit der Teleportation scheint dir nichts auszumachen. Die meisten Leute würden durchdrehen deswegen.“

„Wahrscheinlich.“ Sie sah in die Äste hinauf. „Aber ich bin Merkwürdigkeiten gewöhnt. Die ersten sieben Jahre meines Lebens habe ich bei meiner Großtante Ula auf einer Insel in Schweden verbracht, und sie hat sich jeden Tag mit den Seehunden und Walen unterhalten.“

Seine Brust zog sich zusammen. Ihre Tante konnte mit den Kreaturen des Meeres reden? Er fuhr sich mit der Hand durch die Haare. Das klang dem Märchen seines Großvaters über die Hüterinnen viel zu ähnlich. Aber es musste sich um einen merkwürdigen Zufall handeln.

Elsa warf ihm einen entschuldigenden Blick zu. „Jetzt denkst du wahrscheinlich, meine Tante wäre verrückt. Aber sie ist wirklich lieb. Sie hat sich um mich gekümmert, als meine Mutter …

es nicht konnte. Und als meine Mutter dann gestorben ist, war sie für mich da."

„Das tut mir leid." Howard berührte wieder ihren Arm. „Wie alt warst du, als du deine Mutter verloren hast?"

„Drei."

Er nickte. „Ich war vier, als mein Vater gestorben ist."

Sie atmete scharf ein. „Das tut mir leid."

„Ist schon gut." Er fuhr mit der Hand ihren Arm hinauf bis zum kurzen Ärmel ihres T-Shirts. „Meine Mutter und mein Großvater haben mich aufgezogen."

„Wo?"

Seine Hand erreichte ihre Schulter. „Auf den Bear Claw Islands, vor der Küste Alaskas. Ich bin auf der großen aufgewachsen, die man The Paw nennt …"

Sie keuchte auf und stolperte zurück.

„Was ist los? Habe ich dein Geburtsmal wieder zum Brennen gebracht?"

„Nein." Sie berührte ihre Schulter. „I…ist schon gut. Es ist nichts." Sie ging den Pfad weiter entlang.

Er sah ihr stirnrunzelnd nach. Etwas hatte sie erschreckt, aber was?

Sie blieb am Rand der Baumgruppe stehen und stieß erneut ein Keuchen aus.

„Was ist los?" Er trat vor, damit er auf die Lichtung vor ihnen sehen konnte. Sie war voller Hirsche, Kaninchen, Waschbären und Eichhörnchen.

„Was zum …" Sie schob sich eine Haarsträhne aus dem Gesicht, die der Plastikklammer an ihrem Hinterkopf entkommen war. „Was ist bloß mit den ganzen Tieren los?"

Howard blieb hinter ihr, um seinen Geruch zu verbergen. „Ist das auch passiert, als du mit Tino auf der Straße gewesen bist?"

„Ja." Sie blickte zu ihm. „Es ist … irgendwie merkwürdig, oder?"

„Ein bisschen. Die verschiedenen Spezies kommen normalerweise nur zusammen, wenn sie alle an derselben Wasserstelle trinken wollen." Und normalerweise näherten sie sich einem Menschen nicht so und starrten ihn an. „Kannst du dich erinnern, dass dir so etwas schon einmal passiert ist?"

„Nicht soviel ich weiß, aber ich habe nie viel Zeit in der Natur verbracht. Wir arbeiten normalerweise in der Stadt, und ich bin in einem Vorort aufgewachsen. Onkel Peder hat seine Jagdhunde im Garten gehalten, also ..." Sie hielt inne und wurde blass.

„Was?"

„Einmal bin ich mit Onkel Peder und seinem Cousin Tom auf die Jagd gegangen. Jeden Herbst sind sie zu seiner Hütte im Wald gefahren, und ich habe mich außen vor gefühlt, also habe ich gefragt, ob ich mitkommen kann. Die Hirsche sind dicht bis an die Hütte gekommen, und dann haben die Männer sie erschossen. Ich fand es so abstoßend, dass ich nie wieder mitwollte."

„Glaubst du, die Hirsche fühlten sich von dir angezogen?"

„Damals habe ich das nicht gedacht, aber jetzt frage ich mich das doch. Onkel Peder hat mich seinen Glücksbringer genannt." Sie schauderte. „Die armen Hirsche."

Er drückte ihre Schultern. „Es war nicht deine Schuld. Mal sehen, ob ich die hier verscheuchen kann." Er trat auf die Lichtung und wedelte mit einem Arm. „Husch!"

Die Tiere nahmen die Witterung eines Wer-Bären auf und stoben auseinander.

„Das ging schnell." Sie kam hinter ihm auf die Lichtung.

„Ich bin eben groß und fürchterlich."

Sie schüttelte den Kopf und flüsterte: „Hünenhaft und hinreißend."

Das waren gute Nachrichten. Er lächelte und streckte die Hand nach ihr aus. „Wie wäre es, wenn wir die Wasserfälle suchen, von denen Shanna gesprochen hat?"

Sie zögerte einen Augenblick, legte ihre Hand dann aber in seine. „In Ordnung."

Er führte sie nach links. „Da drüben kann ich Wasser plätschern hören."

„Mit deinem Supergehör?"

Er sah sie an. „Du hörst es nicht?"

„Nein. Und ich kann auch kaum etwas sehen."

„Der Mond ist gerade hinter Wolken. Aber keine Sorge. Ich lasse dich nicht stolpern." Er deutete nach links. „Da liegt ein großer Stein."

Sie schob sich dichter an ihn heran. Nachdem sie ein kurzes Stück gegangen waren, brach der Mond hinter den Wolken hervor und leuchtete hell zu ihnen herab. Das Gras um sie herum funkelte silbern vor Tautropfen. Vor ihnen glitzerte der Bach.

„Es ist so hübsch", flüsterte sie.

„Ja." Es war ein herrlicher Ort, genau richtig für ihren ersten Kuss. Er näherte sich ihr vorsichtig.

„Aber wo ist der Wasserfall?" Sie ließ seine Hand los und folgte dem Bachlauf.

Verflucht. Er folgte ihr um eine Biegung. Das Geräusch der Wasserfälle wurde lauter. „Sei vorsichtig."

„Sieh mal!" Sie streckte die Hand aus und drehte sich strahlend zu ihm um. „Gefunden."

Er lächelte zurück. Für einen Wasserfall war er ziemlich mickrig, nur etwa einen Meter zwanzig hoch. Aber wenn es ihr hier schon gefiel, würde sie Alaska lieben.

„Da ist eine Bank." Sie setzte sich und betrachtete den Wasserfall. „Wie schön es hier ist."

„Ja." Hier wäre es sogar noch besser für ihren ersten Kuss. Er setzte sich neben sie auf die Bank.

„Der Klang des Wassers ist so entspannend, findest du nicht?" Sie legte den Kopf zurück. „Und sieh dir die ganzen Sterne an. In der Stadt bekommt man sie so nie zu sehen."

„Nein." Er legte seinen Arm über die Rücklehne der Bank. „Du solltest die Nordlichter in Alaska sehen. Obwohl, wenn du in Schweden gelebt hast, hast du sie vielleicht dort gesehen."

„Daran erinnere ich mich nicht. Es ist zwanzig Jahre her, seit ich dort gelebt habe."

Und er war seit zwanzig Jahren verbannt. Was für eine merkwürdige Gemeinsamkeit. „Wolltest du nie zurückkehren?"

Sie seufzte. „Jahrelang habe ich darum gebettelt, zurückzudürfen. Leider fanden meine Tanten, es wäre dort zu gefährlich für mich."

„Warum das?"

Sie zuckte mit den Schultern. „Wenn ich es dir erzähle, klingt es nur vollkommen bizarr."

„Bizarrer als Teleportation?"

„Das war schon super bizarr, aber es war echt. Das Zeug, an das meine Tanten glauben, ist völliger Unsinn." Sie rieb sich stirnrunzelnd die Schulter. „Das dachte ich jedenfalls, bis …"

„Bis ich dein Geburtsmal zum Brennen gebracht habe?"

Sie sah ihn frustriert an. „Warum ausgerechnet du? Was ist an dir so anders?"

Er zuckte innerlich zusammen.

„Eines deiner Geheimnisse, hm?" Sie verschränkte die Arme und sah in den Himmel hinauf.

Seine Gedanken rasten auf der Suche nach etwas, das er ihr erzählen konnte, etwas, das sie beruhigen und nicht verängstigen würde, aber ihm fiel nichts ein.

„Sieh mal! Eine Sternschnuppe." Sie schloss kurz die Augen und sah ihn dann an. „Hast du dir etwas gewünscht?"

„Ich habe sie verpasst." *Ich war zu sehr in dein schönes Gesicht vertieft.* „Hast du dir was gewünscht?"

Sie nickte, lächelte ihn dann aber frech an. „Ich verrate es aber nicht. Ich kann auch meine Geheimnisse haben."

„Wenn du es mir verrätst, könnte ich dabei helfen, dass dein Wunsch wahr wird."

Ihr Lächeln verblasste, als sie sich abwendete. „Wünsche werden nicht immer wahr."

Er fragte sich, was sie wollte. Und was würde er sich wünschen? Einen Kuss? Wenn er Glück hatte, konnte er in seinem Leben noch tausend Küsse von ihr bekommen. Er sollte sich etwas Tiefgründigeres wünschen.

Er sah in den Himmel und dachte an sein Leben und die, die er liebte: Carly, seine Mutter und seinen Großvater. Er hatte Carly nicht beschützt. Er hatte sie im Stich gelassen, und er hatte auch seine Familie enttäuscht. Seine lange Verbannung hatte seiner Mutter nur Leid bereitet.

„Du bist ganz in Gedanken", flüsterte Elsa.

„Das kommt vor." Er lächelte. „Ungefähr einmal im Jahr."

Sie schnaubte. „Über was hast du nachgedacht, dass du so verloren ausgesehen hast?"

„Ich habe gedacht, ich würde gerne lieben, ohne es zu bereuen."

Sie drehte sich zu ihm um. „Ich glaube, ohne wenigstens ein paar Dinge zu bereuen, kann man nicht lieben."

„Stimmt. Aber ich will die Menschen, die ich liebe, nicht traurig machen. Ich würde mir wünschen, dass meine Liebe ihnen Freude bringt."

Sie nickte und zeigte dabei den Anflug eines Lächelns. „Das ist ein ausgezeichneter Wunsch."

Wenn er nur Elsa diese Freude bringen könnte. „Warum hat deine Tante gesagt, dass du dich von mir fernhalten sollst?"

Sie riss die Augen auf. „Das hast du gehört?"

Er nickte. „Ist es, weil ich dein Geburtsmal zum Brennen gebracht habe?"

Sie seufzte. „Ich weiß, das wird albern klingen, aber meine Tanten glauben, dass ein Fluch auf der Familie liegt."

Er erstarrte.

„Ich weiß." Sie warf ihm einen schrägen Blick zu. „Albern, oder?"

Er saß ganz ruhig da, damit sie nicht merkte, wie schnell sein

Herz schlug, und wie sehr seine Muskeln sich verkrampften. *Ein Fluch?* Wer glaubte heutzutage noch an Flüche?

Sein Großvater tat es. Und anscheinend taten es auch Elsas Tanten. „Du meinst, dass ich irgendwie mit deinem Familienfluch zu tun haben soll? Deswegen haben sie gesagt, dass du mich meiden sollst?"

Sie berührte seinen Arm. „Mach dir keine Sorgen deswegen. Das ist ein Haufen Unsinn."

Genau das hatte er zu seinem Großvater gesagt. Der Fluch war Unsinn. Aber es war doch ein merkwürdiger Zufall, dass auch auf Elsas Familie angeblich ein Fluch lag. „Du ... glaubst nicht an den Fluch?"

„Nein." Sie lächelte. „Wenn ich das täte, wäre ich jetzt nicht hier mit dir allein."

Er musste schlucken. „Soll ich irgendwie eine Bedrohung für dich darstellen?"

Sie zuckte mit den Schultern. „Wäre ich ein Wildschwein, ich hätte eine Höllenangst."

„Elsa." Er fuhr sich mit der Hand durch die Haare. „Ich würde dir niemals wehtun."

Sie tätschelte seinen Arm. „Mach dir keine Sorgen deswegen. Ich glaube nicht an den Fluch."

Er atmete tief durch. Das war eine Erleichterung, aber trotzdem ... wie konnte auf beide Familien ein Fluch liegen? Er räusperte sich. „Das klingt jetzt vielleicht merkwürdig, aber auf meiner Familie soll auch ein Fluch liegen."

Sie riss die Augen auf. „Wirklich?"

„Ja." Er sah sie ernst an. „Siehst du, wie viel wir gemeinsam haben?"

Sie schnaubte. „Das hast du dir gerade ausgedacht."

„Es ist mein Ernst. Mein Großvater hat mir eine Million Mal die Geschichte von unserem Fluch erzählt."

„Das ist so seltsam." Sie kniff die Augen zusammen. „Was passiert, wenn dein Fluch sich bewahrheitet?"

„Meine Familie stirbt aus. Und bei dir?“

Sie senkte den Blick. „Ich sterbe.“

Er zuckte zusammen. „So ein Schwachsinn.“

Sie schnaubte. „Genau meine Meinung.“

Er legte ihr den Arm um die Schultern. „Ich werde nicht zulassen, dass dir etwas passiert.“

„Das weiß ich zu schätzen, besonders von einem Mann, der ein paar Superkräfte besitzt, aber das ist nicht nötig. Ich glaube, wie gesagt, nicht an den Fluch.“

„Gut. Aber warum ausgerechnet du?“

Sie zuckte mit den Schultern. „Anscheinend hat es etwas mit meinem Geburtsmal zu tun. Tante Ula hat auf ihrer Schulter einen Fisch. Und Tante Greta das Mal eines Vogels …“

„Ach du Scheiße“, flüsterte er. Die Hüterinnen des Meeres und des Himmels? Er stand auf und schritt an das Ufer des Baches. Das konnte nicht stimmen. Die Geschichte seines Großvaters war ein Haufen Mist. Das war alles nur ein Zufall.

Wie viele Zufälle brauchte es, bis sie zu Realität wurden? Drei Frauen in einer Familie mit seltsamen Geburtsmalen. Drei Hüterinnen.

Er drehte sich nach Elsa um. Konnte sie vielleicht die dritte Hüterin sein? Nein, unmöglich. Er atmete tief ein, um sich zu beruhigen, und nahm dabei den Duft vieler Tiere auf, die sich alle in der Nähe versteckt hielten. Er spähte in den umliegenden Wald und sah das Glänzen ihrer Augen. Die Waldtiere blieben auf Abstand von ihm, aber Elsa starrten sie an.

Die Hüterin des Waldes.

Er schüttelte den Kopf. Nein, das war Unsinn. Sie konnte nicht die Nachfahrin eines magischen Wesens sein, das vor über tausend Jahren in Skandinavien eine Rasse aus Wer-Bären und Werwölfen geschaffen hatte. Das war nur ein dummes Märchen.

Aber Wer-Bären und Werwölfe gab es wirklich. Und Elsa kam aus Schweden. Die Tiere fühlten sich zu ihr hingezogen. Verdammt, er fühlte sich ja auch zu ihr hingezogen. Er hatte sich mit ihr verbunden gefühlt, seit er sie zum ersten Mal gesehen hatte.

„Howard?“ Sie stand auf und ging auf ihn zu. „Alles in Ordnung?“

„Ja.“ Er fuhr sich mit der Hand durch die Haare. Konnte sie eine Nachfahrin der Frau sein, die sein Volk hintergangen hatte? Er musste schlucken. War er Nachfahre des Mannes, der sie umgebracht hatte?

„Lass dich von diesem unsinnigen Fluch nicht beunruhigen.“ Sie tätschelte ihm den Arm. „Ich glaube nicht daran.“

Er nahm sie in die Arme. „Ich werde nicht zulassen, dass man dir wehtut. Versprochen.“

„Howard.“ Sie lehnte sich zurück, um ihn anzusehen. „Mir wird schon nichts geschehen. Es ist alles gut.“

Er fuhr mit dem Finger an ihrem Kiefer entlang und folgte dann der Kurve ihres Ohrs. „Du bist so wunderschön.“

„Ich …“ Sie zuckte zusammen, als er die Plastikklammer löste, mit der sie ihr Haar zusammengehalten hatte. „Meine Haare sind ein wildes Durcheinander.“

„Ich weiß.“ Er fuhr ihr mit der Hand durch die Haare und beugte sich dann vor, um das Gesicht an ihrem Hals zu vergraben und ihren süßen Duft einzuatmen. „Wild ist gut“, flüsterte er ihr ins Ohr.

Sie schauderte. „Howard.“

„Es wird alles gut.“ Er berührte ihre Wange mit seinen Lippen. „Elsa.“

„Mein Wunsch hatte mit dir zu tun“, flüsterte sie. „Ich habe mir gewünscht, dass ich dir vertrauen kann.“

„Kannst du.“ Er verschloss ihren Mund mit seinem.

12. KAPITEL

Elsas Gedanken rasten. Sollte sie ihn nicht aufhalten? Gab es nicht eine Million Gründe, aus denen sie ihn nicht küssen sollte? Aber sie konnte nichts weiter denken als *hinreißender Howard*. Sie neigte den Kopf zurück und schloss die Augen. *Herrlicher Howard.*

Seine Lippen pressten sich sanft auf ihre, dann zog er sich sofort wieder zurück. *Hadernder Howard.*

Sie öffnete die Augen. Er war nur ein kurzes Stück entfernt, und sein Atem streichelte über ihre Wange. Er sah sie fragend an, als wartete er auf ihre Erlaubnis, weitermachen zu dürfen. Und in diesem Augenblick, als sie ihm tief in die Augen sah, wurde sie von einer Welle aus Hitze erfasst, die ihr Herz schmelzen ließ und ihr eine Erkenntnis bescherte, von der sie auf einmal wusste, dass sie die Wahrheit war.

Howard hatte zwei Seiten an sich. Er war mächtig, aber zurückhaltend. Stark, aber sanft. Er konnte aggressiv sein, aber auch schüchtern. Hart, aber freundlich. Sie vermutete, dass seine Leidenschaft von einem Extrem ins andere fallen konnte – wild zu süß. Und Gott stehe ihr bei, sie wollte von beidem kosten.

Sie legte ihm eine Hand an die Wange. Er musste sich vor dem Abendessen rasiert haben, denn seine Haut war weich und glatt.

„Ich habe schon vor Monaten angefangen, mich in dich zu verlieben, seit ich dich zum ersten Mal im Fernsehen gesehen habe“, flüsterte er. „Aber mir ist klar, dass du mich erst gestern Abend kennengelernt hast.“

„Wartest du ab, bis ich dich eingeholt habe?“

Er hob einen Mundwinkel und nickte.

Sie fuhr mit dem Finger über das Grübchen, das durch sein halbes Lächeln entstanden war. Sie hatte auch seit der ersten Sekunde angefangen, sich in ihn zu verlieben. Er war ihr wie der perfekte Mann vorgekommen, bis er ihren Fluch in Kraft gesetzt hatte.

Aber warum sollte sie davonlaufen, nur weil er ihr Geburtsmal heiß werden ließ? War das noch wichtig, wenn ihr bei ihm am ganzen Körper heiß wurde? Kein anderer Mann hatte sie bisher vor Verlangen zum Brodeln gebracht. Nur Howard.

Sie schlang ihm die Arme um den Hals. „Ich würde sagen, ich habe dich längst eingeholt."

In seinen Augen loderte Hitze auf. „Gut." Er vergrub die Hände in ihren Haaren und richtete seinen Blick hungrig auf ihren Mund.

Sie hatte kaum Zeit, noch kurz Luft zu holen, ehe er sich auf sie stürzte. Kein Zögern mehr, keine Süße. Das war ein reiner Angriff. *Oh, heißer Howard.*

Er eroberte sie, kostete gründlich ihre Lippen, verlangte dann noch mehr und drang mit der Zunge in ihren Mund ein. Sie klammerte sich an seine Schultern. Noch nie hatte sie einen Mann geküsst, der größer war als sie, der kräftiger war. Einen Mann, der sie hochheben und wegtragen konnte. Es war beängstigend, aber auch aufregend. Zum ersten Mal im Leben kam sie sich zierlich und feminin vor. Sinnlich und begehrt.

Sie umspielte seine Zunge mit ihrer, und zur Antwort grollte ein Stöhnen tief aus seiner Kehle. Sie lockte ihn tiefer in ihren Mund, und er reagierte, indem er die Arme um sie schlang und sie eng an sich zog. Ein Schauer der Erregung durchfuhr sie, heiß und mächtig. Er war groß genug, sie zu dominieren, aber auch sie hatte eine weibliche Macht inne, mit der sie ihn in die Knie zwingen konnte. Es fühlte sich gut an. Ursprünglich und sexy. Mächtig und leidenschaftlich.

Er löste ihren Kuss und legte seine Stirn an ihre. „Elsa", hauchte er. „Du bringst mich um." Er legte seine großen Hände auf ihren Hintern und zog sie an sich.

Sie atmete scharf ein. Etwas Großes und Hartes presste sich deutlich spürbar gegen ihre Mitte.

„So sehr will ich dich." Er küsste sie auf die Stirn. „Aber keine Sorge. Ich werde nicht wie ein wildes Tier im Wald über dich herfallen."

Eine Sekunde lang fragte sie sich, ob sie deswegen enttäuscht war. Aber dann setzte ihr Verstand ein. Sie war nicht der Typ, der eine leidenschaftliche Nacht mit einem fast vollkommen Fremden verbrachte. Aber um ehrlich zu sein, war sie auch noch nie so sehr in Versuchung gewesen.

Er trat zurück und ließ sie dabei los. „Ist alles in Ordnung?"

Sie nickte. Kalte Luft hüllte sie ein, bis sie anfing zu zittern und Howards großen, warmen Körper vermisste.

Er beugte sich vor, um die Plastikklammer aufzuheben, die er auf den Boden fallen gelassen hatte. Als er sie an seiner Hose abwischte, fing ihr Blick an zu wandern. *Hünenhafter Howard. Heißer, harter Howard.*

Sie trat unruhig von einem Fuß auf den anderen. *Denk nicht daran.* Sie hob den Blick und merkte, dass er sie angesehen hatte. *Mist.* Hitze stieg ihr in die Wangen. Er hatte sie dabei erwischt, wie sie ihm auf den Schritt gestarrt hatte.

Elsa wendete sich ab. „Normalerweise bin ich nicht … ich sollte zurück in mein Motelzimmer gehen. Allein." Sie zuckte innerlich zusammen, und ihre Wangen flammten noch heißer auf. *Peinlich.*

„Hier." Er reichte ihr die Plastikklammer.

„Ach ja." Sie drehte sich schnell das Haar im Nacken zu einem Knoten, nahm ihm dann die Klammer aus der Hand und steckte es damit zusammen.

„Isst du morgen mit mir zu Abend?"

„Ich – ich bin mir nicht sicher. Meine Tanten sind dann vielleicht schon da. Ich habe Tante Ula ewig nicht gesehen und sollte Zeit mit ihr verbringen."

Howard riss die Augen auf. „Sie kommt aus Schweden hierher?"

„Ja. Und Tante Greta fährt aus Minneapolis her."

„Gibt es einen besonderen Anlass, von dem ich wissen sollte? Ein Geburtstag zum Beispiel?"

Oder ein Mord? Elsa winkte ab. „Da ist nichts. Sie machen sich nur Sorgen wegen dieses blöden Fluchs." Sorgen genug, dass Ula ihre geliebte Insel verlassen hatte und Greta Waffen mitbrachte. Aber das wollte Elsa lieber nicht erwähnen. Howard könnte sonst davon ausgehen, dass bei ihr Wahnsinn in der Familie lag.

„Elsa." Er trat näher auf sie zu. „Ich werde nicht zulassen, dass dir etwas zustößt."

Ihr stockte der Atem bei der tiefen, brummenden Intensität in seiner Stimme. Und der wilden Leidenschaft in seinem Blick. Je mehr sie ihm in die blauen Augen sah, desto mehr spürte sie es. Eine Art Verbundenheit. Als hätte sie ihr ganzes Leben auf ihn gewartet. Als hätten ihre Seelen einander durch die Nebel der Zeit hindurch gesucht.

Sein Blick wurde intensiver, dann wendete er sich ab. „Ich sollte dich lieber zurückbringen, ehe ich mein Versprechen vergesse, nicht im Wald über dich herzufallen."

„Wie ein wildes Tier?"

Er zuckte zusammen. „Habe ich das gesagt?"

„Ja." Sie ging den Bach entlang und hörte ihn leise fluchen, ehe er losrannte, um sie einzuholen.

Kaum ihren Ellenbogen berührend führte er sie zurück zum Eingang des Parks. Jetzt ist er wieder zärtlich und lieb, dachte sie lächelnd.

Und sie war ihm bereits vollkommen verfallen.

Ein paar Stunden später trat sie nach der Decke, die sich durch ihr ständiges Umherwerfen um ihre Beine gewickelt hatte.

„Verflixt noch mal." Sie setzte sich auf. Wie sollte sie schlafen, wenn sie in Gedanken immer wieder an Howards Kuss dachte? Und sich vorstellte, was geschehen wäre, wenn sie ihn auf ihr Zimmer eingeladen hätte. *Heißer Howard.* Er hätte ihre Laken in Flammen gesetzt. Der Rauchmelder wäre losgegangen.

Aber er hatte sie nicht einmal an der Tür geküsst. Er hatte einfach ihre Hand gedrückt und ihr eine gute Nacht gewünscht, ehe er wieder zurück zum Parkplatz des Restaurants gegangen war.

„Er ist ein Gentleman", flüsterte sie zu sich selbst. Das sprach für ihn.

Obwohl Gentlemen normalerweise keine Wildschweine mit Messern abschlachteten. Sie schüttelte den Kopf und weigerte sich, weiter darüber nachzudenken.

„Er kann gut mit Kindern umgehen." Daran gab es keinen Zweifel.

Sie zählte weitere von seinen guten Seiten an den Fingern ab. „Er ist lieb und beschützend. Intelligent und aufmerksam. Gut aussehend und ... so gut aussehend." Dafür gab es die doppelte Punktzahl.

Aber warum hatte sie überhaupt auf einmal das Bedürfnis, seine guten Seiten aufzuzählen? Die Antwort nagte an ihr. Sie versuchte, nicht an seine eine schlechte Seite zu denken.

Er hatte ihr Geburtsmal zum Brennen gebracht. Und laut ihren Tanten machte ihn das zu einer Bedrohung.

Stöhnend legte sie den Kopf in den Nacken, um an die Decke zu starren. *Es gibt keinen Fluch.* Sie waren einfach ein Mann und eine Frau, die sich wahnsinnig zueinander hingezogen fühlten.

Warum sollte sie das nicht genießen? Warum konnte sie sich nicht Hals über Kopf in ihn verlieben? Sie liebte es, wie sie sich bei ihm fühlte. Nachdem sie sich ein Leben lang zu groß und klobig vorgekommen war, fühlte sie sich bei ihm schön. Sollte sie das nicht zu schätzen wissen?

Aber warum hatte er ihr Geburtsmal zum Brennen gebracht? Was machte ihn anders als alle anderen Männer, denen sie je begegnet war? Waren es die geheimen Gaben, die er besaß? Supergehör, Superblick, Supergeruchssinn. Das hatte er zugegeben. Und er musste auch superschnell und stark sein, um diese Wildschweine getötet zu haben.

Sie rieb über das Mal auf ihrer Schulter. Wie merkwürdig, dass es den Umriss einer Tierpranke hatte und er auf einer Insel aufgewachsen war, die man die Pranke nannte.

Elsa schüttelte den Kopf. Es musste ein Zufall sein. Bären kamen in Alaska häufig vor. Dass man eine Inselgruppe dort nach einer Bärenpranke benannte, konnte man nicht als merkwürdig bezeichnen. In Skandinavien waren Bären ebenfalls häufig. Selbst ihr Nachname, *Bjornberg*, bedeutete „Bärenberg". Zufälle, nichts weiter. Ihr Leben war in letzter Zeit so seltsam geworden, dass sie nach Merkwürdigkeiten suchte, wo es überhaupt keine gab.

Ihr Handy klingelte, und sie sprang auf. Konnte das Howard sein? *Reiß dich zusammen.* Sie hatte ihm nicht einmal ihre Nummer gegeben. Sie hastete an den Schreibtisch, wo sie ihr Telefon zum Aufladen abgelegt hatte.

„Hallo?"

„Ellie, Liebes", antwortete ihre Tante Greta. „Wie geht es dir? Ist alles in Ordnung?"

„Mir geht es gut. Und dir?"

„Müde, aber ich habe es bis nach Buffalo geschafft. Gerade habe ich mit Tante Ula telefoniert. Sie ist in Albany. Dort treffe ich mich mit ihr, und wir hoffen, bis morgen Abend bei dir zu sein. Kannst du ein Zimmer für uns reservieren?"

„Ja, natürlich", versicherte Elsa ihr. „Strengt euch nicht zu sehr an. Es geht mir hier gut. Alastair ist gleich nebenan. Und Oskar kommt morgen mit einem Teil der Crew her."

„Gut. Bleib in deinem Zimmer, bis viele Männer da sind, um dich zu beschützen."

Elsa stöhnte. „Ich habe hier einen Job zu erledigen. Ich werde mich nicht in meinem Zimmer verkriechen wie ein verschrecktes Kaninchen."

„Du … oh mein Gott, bist du heute etwa draußen gewesen?"

„Natürlich. Ich habe einen …"

„Oh nein!" Gretas Stimme wurde schrill vor Panik. „Ich habe doch gesagt, du sollst in deinem Zimmer bleiben."

„Bei mir ist alles in Ordnung." *Und ich bin siebenundzwanzig Jahre alt.*

„Du nimmst die Sache nicht ernst genug!"

„Tante Greta, beruhige dich bitte."

„Das geht schon seit Jahrhunderten so! Nicht nur deine Großmutter ist ermordet worden, sondern auch ihre Großmutter, und weitere unserer Ahninnen, soweit wir uns zurückerinnern können."

Elsa keuchte entsetzt auf.

„Und sie alle hatten das gleiche Geburtsmal wie du."

Elsas ließ sich aufs Bett fallen, weil ihre Knie unter ihr nachgaben.

„Ellie? Bist du noch dran?"

„Ja", flüsterte sie. Sie presste die Hand auf ihr rasendes Herz. Jetzt schaffte ihre Tante es doch, ihr Angst zu machen. „Sie … sie sind alle ermordet worden?"

Greta seufzte. „Wir dachten, in Amerika bist du sicher und würdest dort nie einem Berserker begegnen."

„Einem was?"

„Wir dachten, es gäbe sie nur in Norwegen und Schweden", fuhr Greta fort. „Verdammt noch mal. Sie müssen mit den Jahrhunderten ausgewandert sein."

„Wer? Was?"

„Die Berserker. Laut der Familienlegende kann nur ein Berserker den Fluch in Kraft setzen."

Elsa schüttelte verwirrt den Kopf. Howard war ein Berserker? „Was?"

„Irgendwie ist es wohl unsere eigene Schuld", murmelte Greta. „Das ist Teil des Fluches. Wir hätten die Berserker niemals erschaffen dürfen, und jetzt bezahlen wir dafür. Schlechtes Karma vielleicht."

„Wovon redest du bloß?"

Greta seufzte tief. „Du bist also nicht in deinem Zimmer geblieben, wie ich dich gebeten hatte. Bitte sag mir, dass du wenigstens genug Verstand besessen hast, dich von dem Mann fernzuhalten, der den Fluch in Kraft gesetzt hat."

Elsa zuckte zusammen. Sie hatte gerade erst mit ihm rumgeknutscht. „Naja, ich habe … ihn gesehen."

„Oh Gott, nein. Habe ich dir nicht gesagt, du sollst ihn meiden?"

„Auf mich wirkte er vollkommen normal."

„Berserker können immer normal *wirken*. Aber man weiß nie, wann sie *zum Berserker* werden!"

Elsa erinnerte sich daran, was ihre Tante am Abend zuvor gesagt hatte. *Kam er dir irgendwie wild oder verrückt vor?* Meinte sie das mit Berserker? „So ist er nicht. Er ist weder wild noch verrückt."

„Berserker töten", beharrte Greta. „Sie sind Killermaschinen. Dafür wurden sie erschaffen."

Ein Schauer lief Elsa den Rücken hinab. Wie schnell war Howard losgerannt, um diese Wildschweine umzubringen? „Nein." Sie schüttelte den Kopf, weil sie sich weigerte zu glauben, dass er wild oder verrückt war. Er hatte es getan, um die Schulkinder zu beschützen.

„Sie werden zum Berserker und bringen alles um, was ihnen vor die Augen kommt", fuhr Greta fort. „Sie sind wie wilde Tiere."

Elsa stockte der Atem. *Ich werde nicht im Wald über dich herfallen wie ein wildes Tier.*

„Begreifst du jetzt die Gefahr?", fragte Greta. „Wirst du dich vor ihm fernhalten?"

Tränen stiegen ihr in die Augen. Sie wollte nicht Ja sagen. Sie wollte nichts Schlechtes über Howard glauben. Aber sie konnte auch nicht zulassen, dass ihre Tanten wegen ihr in Panik gerieten. Vielleicht mussten sie Howard erst kennenlernen, um zu sehen, dass er in Ordnung war. Dann würden sie merken, wie lieb und sanft er war. „Ich … werde mich von ihm fernhalten." Für ein oder zwei Tage.

„Gut. Dann ruh dich jetzt etwas aus, und wir sehen uns morgen Abend.“ Greta legte auf.

Ruh dich etwas aus? Elsa ließ ihr Handy auf den Schreibtisch fallen. Glaubte Greta wirklich, dass sie jetzt noch schlafen konnte?

Sie ging im Zimmer auf und ab. *Berserker?* Sie überprüfte das Schloss an ihrer Tür und ging dann weiter auf und ab. Was zum Teufel sollte ein Berserker sein?

Sie fuhr ihren Laptop hoch und suchte im Internet nach dem Wort. Berserker waren Teil der skandinavischen Sagen. Wilde nordmännische Krieger, die sich in der Schlacht in den Pelz eines Wolfes oder Bären hüllten. Das Wort *Berserk* konnte ein Bärenhemd bezeichnen. Sie steigerten sich in eine Art animalische Rage, in der sie wahllos töteten.

Sie sprang auf und ging wieder im Zimmer auf und ab. Animalische Rage? Sie blieb plötzlich stehen, als sie sich an das Brüllen vom Nachmittag erinnerte. Als Howard gegen die Wildschweine gekämpft hatte.

Elsa bekam eine Gänsehaut. Hatte sie deshalb das Gefühl, die anderen zwei Frauen wussten mehr als sie? Wussten sie, dass Howard wie ein Tier brüllen konnte?

„Nein.“ Sie setzte sich auf ihr Bett. Howard war normal. Er verfiel nicht in animalische Rage. Er konnte auf keinen Fall glauben, dass er wirklich ein Tier war. Das wäre verrückt.

Wild und verrückt. Greta hatte gesagt, die Berserker waren wie wilde Tiere, die wahllos töteten. Hatte sie recht? War es gefährlich, in Howards Nähe zu sein? Aber warum sollte Shanna ihm die Betreuung ihres Sohnes anvertrauen, wenn er gefährlich war?

Waren das die zwei Seiten, die sie an ihm wahrgenommen hatte? Mächtig, aber zurückhaltend. Stark, aber sanft. Kräftig, aber freundlich. Mensch, aber auch Tier?

Ich werde nicht wie ein wildes Tier im Wald über dich herfallen.

„Nein!“ Sie ballte die Hände zu Fäusten. „Ich werde nicht daran glauben.“

Stunden später, in einem unruhigen Schlaf, fing sie an zu träumen. Ein schöner Mann kam in der Nacht zu ihr. Groß und kräftig bedeckte er ihren Körper mit seinem. Seine großen Hände fuhren über ihre Haut und brachten sie zum Brennen. Sie wollte ihn. Sie rief nach ihm. Sie brannte für ihn.

Seine Hände waren magisch. Wie sie ihre langen Beine hinabfuhren. Wie er ihre Brüste massierte. Ihren Hals streichelte. Seine Finger fest darumschloss.

Sie erwürgte.

Sie wehrte sich, aber er war zu stark. Zu mächtig.

Mit einem Aufschrei fuhr Elsa aus dem Bett hoch. Sie sah sich schwer atmend in der Dunkelheit um. Niemand war bei ihr im Zimmer. Es war nur ein Traum.

Mit zitternden Händen schaltete sie das Licht an und sah sich noch einmal genauer um. Es war niemand da.

Sie spritzte sich kaltes Wasser ins Gesicht und sah dann in den Spiegel. Halb erwartete sie, rote Abdrücke an ihrem Hals zu entdecken. Aber da war nichts.

Es war nur ein Traum. Kein Zweifel, dass ihr Unterbewusstsein versuchte, zu verarbeiten, was sie gerade erfahren hatte. Oder es versuchte, ihr eine Mordsangst zu machen.

Es musste etwas Psychologisches sein. Ihr Verstand versuchte, sie zu beschützen. Er warnte sie davor, was in der Zukunft geschehen konnte. Wenn sie nicht aufpasste.

Wenn sie sich weiter mit Howard traf.

13. KAPITEL

Am nächsten Morgen in aller Frühe parkte Howard seinen SUV hinter Elsas Mietwagen vor dem Gutshaus. Er war erst in die Stadt gefahren, um ein paar Dutzend Donuts zu besorgen, und hatte vor, Elsa damit zum Frühstück zu überraschen. Als er gesehen hatte, dass ihr Wagen nicht mehr vor dem Motel parkte, schlussfolgerte er, dass sie und Alastair schon zum Gutshaus gefahren waren.

Shanna tat ihr Bestes, um ihm bei seinem Werben unter die Arme zu greifen. Letzte Nacht hatte sie ihm eine detaillierte Liste gegeben, die er Elsa und Alastair weiterreichen sollte, sodass er eine gute Ausrede hatte, am Morgen bei ihnen vorbeizusehen. Er nahm die Donuts und den braunen Umschlag mit Shannas Liste und ging dann mit langen Schritten auf das Haus zu.

Die Eingangstür stand ein Stück offen, also stieß er sie vorsichtig mit dem Fuß weiter auf. „Hallo?"

Alastair spähte aus einer offenen Tür am anderen Ende der Eingangshalle. Er kniff die Augen zusammen. „Ah, Howard. Komm rein."

„Ich habe Frühstück mitgebracht." Er zeigte ihm auf dem Weg durch das Foyer die Schachtel. „Und eine Nachricht von Shanna."

„Ausgezeichnet."

Howard folgte Alastair in den Raum, der die alte Küche war. Ein schneller Blick verriet ihm, dass hier jede Menge Arbeit notwendig sein würde. Es gab dort überhaupt keine modernen Geräte, und leider gab es dort auch keine Elsa.

Er legte die Donut-Schachtel und den Umschlag auf einem verschrammten alten Tisch ab. „Shanna schickt eine Liste von Dingen, die sie möchte. Sie hat gesagt, ihr seid gestern Abend das meiste davon schon durchgegangen, aber sie wollte es noch schriftlich festhalten."

„Verstehe.“ Alastair nahm zwei Wasserflaschen aus einer Kühltruhe auf dem Boden und reichte Howard eine davon. „Ich sehe es mir an.“

Howard setzte sich vorsichtig auf einen alten, klapprigen Stuhl am Tisch. Er ächzte unter seinem Gewicht. Während er an seinem Wasser nippte, versuchte er zu hören, wo im Haus Elsa sich befinden könnte. Wenn sie hier war, verhielt sie sich jedenfalls sehr leise.

Er betrachtete Alastair, der stirnrunzelnd die Liste überflog. Von seiner üblichen fröhlichen und charmanten Art war heute nichts zu spüren.

Alastair nickte. „Ja, das kommt mir alles bekannt vor. Das sind alles relativ gewöhnliche Wünsche, bis auf das zusätzliche Schlafzimmer im Keller. Ohne Fenster. Klingt ein wenig düster.“ Er legte die Liste wieder auf den Tisch. „Sie hat erwähnt, dass ihre Mutter hier bei ihnen wohnen wird, ich nehme an, sie planen, das alte Mädchen in den Keller abzuschieben.“

Howard nickte, auch wenn er wusste, dass Shanna und Roman den Keller selbst nutzen würden.

Alastair bediente sich an den Donuts. „Leider konnten wir uns den Keller noch nicht ansehen. Die alte Holztreppe ist halb verfault, und der einzige andere Zugangspunkt ist draußen, durch die alte Kohlenklappe. Oskar bringt eine Leiter mit, wenn er heute Nachmittag kommt, und dann sehen wir ihn uns an.“

„Klingt gut.“ Howard trank noch etwas Wasser. „Ist Elsa auch da?“

Alastair sah ihn verärgert an. „Du wirst alles Geschäftliche ab jetzt mit mir oder Oskar besprechen müssen. Elsa hat darum gebeten, dich nicht wiederzusehen.“

Howard klappte die Kinnlade herunter.

Alastair blitzte ihn wütend an. „Ich weiß nicht, was du gestern Abend getan hast, aber ich weiß nicht zu schätzen, dass du ihr eine Heidenangst eingejagt hast. Sie ist eine liebe …“

„Was?“

„Sie sah heute Morgen schrecklich aus. Dunkle Ringe unter den Augen. Sie hat nicht gesagt, was ihr auf der Seele brennt, aber es war offensichtlich, dass sie heute Nacht kein Auge zugemacht hat."

„Sie … sie ist aufgebracht?"

Alastair trank von seinem Wasser. „Also, was ist passiert? Bist du ihr an die Wäsche gegangen?"

„Ich …"

„Ich bin nicht blind, weißt du. Ich habe gemerkt, dass ihr zwei aufeinander steht, und ich habe mich wahnsinnig für Ellie gefreut. Sie ist eine tolle Frau und hat es verdient, glücklich zu sein …"

„Ich habe ihr nichts getan." Howard knirschte mit den Zähnen. „Ich würde ihr nie wehtun."

Alastair sah ihn misstrauisch an. „Ich muss dich wohl beim Wort nehmen. Aber für den Augenblick erwarte ich, dass du dich ihren Wünschen gemäß von ihr fernhältst."

„Wo ist sie? Geht es ihr gut?"

Alastair hob eine Augenbraue. „Sie kommt später mit Oskar und der Crew her. Mit anderen Worten, sie wird umgeben sein von einer Bande bulliger Bauarbeiter, für die sie wie eine kleine Schwester ist."

Howards innerer Bär fing auf die indirekte Drohung hin an zu knurren. Glaubten die wirklich, er wäre eine Gefahr für Elsa?

Er stand auf. „Ich würde ihr nie etwas tun. Und ich werde mich ihren Wünschen beugen. Darauf hast du mein Wort."

Alastair nickte. „Gut." Er streckte ihm die Hand entgegen. „Nichts für ungut. Lass uns weiterhin so gut zusammenarbeiten."

Howard schüttelte ihm die Hand und verließ dann mit großen Schritten das Haus.

Ein paar Minuten später fand er sich auf dem Parkplatz vor dem Motel in Cranville wieder. Er war so benommen gewesen, dass er sich an die Fahrt nicht einmal erinnern konnte.

Er sah ihre Tür an. Zimmer Nummer fünf. Selbst hier konnte er noch einen Hauch ihres köstlichen Duftes wahrnehmen. Was war geschehen, dass sie ihn auf einmal zurückwies? War er letzte Nacht zu schnell vorgegangen? Hatte er sie zu heftig geküsst?

Howard ging den Moment in Gedanken noch einmal durch und versuchte herauszufinden, was er falsch gemacht hatte. Ja, er hatte sie leidenschaftlich geküsst, aber sie hatte seinen Kuss erwidert. Sie hatte nicht beleidigt oder verängstigt gewirkt.

Verflucht. Er fuhr sich mit einer Hand durch die Haare. Was zum Teufel hatte sie aufgebracht? Hatte sie sich über das Teleportieren noch einmal den Kopf zerbrochen? Wenn ihr das schon Angst gemacht hatte, wie sollte sie dann je damit umgehen, dass er ein Gestaltwandler war?

Vielleicht bekam er nie die Gelegenheit, es ihr zu erzählen. Sie könnte darauf bestehen, ihn wirklich nie wiederzusehen.

Verzweiflung schlug über ihm zusammen und zwang ihn fast in die Knie. Der Bär in ihm heulte vor Schmerzen. Er warf sich gegen seinen Käfig und verlangte, freigelassen zu werden. Er musste rennen, musste einen armen Baum mit ein paar wilden Hieben zerstören, musste ein hilfloses Tier reißen und verschlingen.

„Später", flüsterte er, Schweißperlen auf seiner Stirn, als er sein inneres Biest unter Kontrolle brachte. Als Grizzlybär in der Stadt herumzupreschen würde ihm wenig weiterhelfen. Was er jetzt brauchte, war eine neue Strategie.

Er nahm einen Stift und einen kleinen Notizblock aus seinem Handschuhfach, damit er Elsa eine Nachricht schreiben konnte.

WAS ZUM TEUFEL IST LOS? kritzelte er, merkte dann aber, dass die Großbuchstaben wirkten, als würde er sie anschreien. Er riss die Seite ab und versuchte es noch einmal.

Elsa, tut mir leid, dass ich Dich gestern so heftig geküsst habe.

So ein Quatsch. Es tat ihm überhaupt nicht leid. Er riss auch diese Seite ab.

Meine liebste Elsa,

ich habe gehört, Du hast schlecht geschlafen, und mache mir Sorgen. Was hat Dich so aufgewühlt, mein Schatz? Warum hast Du Angst? Ich hätte nicht gedacht, dass Du so ein FEIGLING bist!

Er riss die Seite ab. Verdammt noch mal, er durfte seiner Wut nicht die Oberhand lassen.

„Du liebe Zeit", murmelte er. Er hatte nur noch eine Seite auf seinem Block.

Er atmete tief durch. Letzte Chance auf den Touchdown. Nur kein Stress.

Liebe Elsa,

es tut mir leid, dass wir uns heute Morgen verpasst haben. Bitte ruf mich an, wenn sich die Gelegenheit bietet.

Er las es sich noch einmal durch. Gar nicht mal so übel. Er schrieb noch seine Handynummer darunter und unterzeichnete einfach nur mit seinem Namen. Das musste reichen. Er faltete den Zettel und schrieb ihren Namen darauf, dann brachte er ihn an die Rezeption und bat den verschlafenen Hotelmanager, ihn an Elsa weiterzugeben.

Nach einem letzten Blick auf ihre Tür kehrte er zu einem SUV zurück und fuhr dann wieder zur Schule. Statt das Gebäude zu betreten, joggte er in den Wald, zog sich aus und ließ dem Bären freien Lauf.

Er brüllte seine Frustration heraus, hieb seine Klauen in einen Baumstamm und rannte dann durch den Wald. Er beschrieb einen weiten Kreis um die Schule, hieb in weitere Bäume und markierte sein Territorium.

Sie wird mir gehören, knurrte der Bär. *Elsa wird mir gehören.*

Die Nachricht brannte Elsa in der Tasche, aber sie ignorierte den Zettel und ging vom Motel direkt in das städtische Diner. Auch wenn fast Mittag war, bestellte sie sich Frühstück. Nach einer schlaflosen Nacht hatte sie sich bei Morgengrauen zu ihrem Wagen geschleppt, aber Alastair hatte zum Glück ein Einsehen gehabt und ihr den Morgen freigegeben. Sie war zurück ins Bett gegangen und hatte fast den ganzen Morgen gedöst.

Jetzt trommelte sie mit den Fingern auf den Linoleumtisch, während sie auf ihre Eier mit Speck wartete. Sie könnte sich die Zeit vertreiben, indem sie sich die Nachricht ansah, die der Hotelmanager ihr gegeben hatte.

Nein. Stattdessen nahm sie einen Schluck Kaffee.

Sie hatte den starken Verdacht, dass die Nachricht von Howard stammte. Ihr Name stand mit festen, breiten Strichen darauf geschrieben, ganz anders als Alastairs flüssige Handschrift.

Verflixt, sie hatte sich gestern Abend von Howard zu ihrem Zimmer bringen lassen. Er wusste, wo sie wohnte. Sie schüttelte den Kopf. Howard hatte sich wie ein Gentleman verhalten. Er hatte ihr Misstrauen nicht verdient. Sie hatte sich nur von diesen merkwürdigen Berserker-Legenden verunsichern lassen.

Howard verhielt sich nicht wie ein wildes Tier. Er hatte einfach nur eine Nachricht für sie an der Rezeption hinterlassen.

Sollte sie den Zettel lesen?

Sie rieb sich die Stirn und wusste nicht, was sie denken sollte. Ihre Tante hatte ihr mit dem ganzen Unsinn über die Berserker Angst gemacht, und dann hatte sie ihr Traum erschreckt. War sie wirklich gezeichnet, ermordet zu werden? War Howard so eine Art moderner Berserker, der in eine animalische Trance fiel und alles umbrachte, was ihm in die Quere kam?

Wie war ihr Leben nur so sehr ins Bizarre abgeglitten? Sie

trank noch mehr Kaffee und sah sich im Diner um. Alles sah so normal aus. Eine Kleinstadt in Amerika. Bodenständige Menschen mit freundlichen Gesichtern. Sie alle waren begeistert, dass die Sendung *International Home Wreckers* in ihrer Stadt gedreht wurde. Das Motel war für die nächsten vier Monate ausgebucht. Sie hatte ein Zimmer für ihre Tanten reserviert und sieben weitere für Oskar, Madge, ihre Kamerafrau, ihre Beleuchter und Tontechniker, und die Bauarbeiter-Crew. Während der nächsten Wochen würden immer wieder Spezialisten zu ihnen stoßen, die den Rest des Motels beanspruchten.

Madge und ihr Produktionsteam würden heute die „Vorher"-Aufnahmen abdrehen. Während der nächsten vier Monate würden sie dann ungefähr einmal die Woche zurückkommen, und wenn das Projekt beendet war, noch viele Interviews und „Nachher"-Aufnahmen filmen.

Die Bauarbeiter-Crew nannten sie im Scherz die B-Boys, weil sie Bennie, Bradley, Bartello und Buff hießen. Buff hieß eigentlich Mario, aber er ließ sich ebenso gerne Buff nennen, wie es ihm gefiel, seinen gestählten Körper herzuzeigen. Alle B-Boys waren für die Sendung danach ausgewählt worden, dass sie ausgezeichnete Arbeiter waren und zusätzlich auch ohne Oberteil eine gute Figur machten. Immer wenn Madge mit ihrer Kamera in der Nähe war, bestand sie darauf, dass sie sich halb auszogen, und behauptete, dass ein halb nackter Mann mit Schutzhelm sich positiv auf die Einschaltquoten auswirkte.

Sie sahen schon gut aus, fand Elsa, aber sie waren lange nicht so hünenhaft und hinreißend wie Howard. *Lies seine Nachricht.*

„Nein!" Sie bemerkte, dass die Kellnerin neben ihr stand, die Kaffeekanne in der Hand, und sie überrascht ansah. „Ich meine, ja." Sie schob ihren fast leeren Becher über den Tisch.

Die Kellnerin schenkte ihr ein und sah sie seltsam an. „Ihr Essen kommt gleich."

„Danke." Elsa lächelte, um die Kellnerin wissen zu lassen, dass es ihr gut ging.

Lies die Nachricht, du Feigling. Was konnte an einer Nachricht schon schlimm sein? Es war nicht so, als würde Howard sie mit ein paar geschriebenen Worten erwürgen können, wie der Mann in ihrem Traum es getan hatte.

Sie zog den Zettel aus ihrer Jeanstasche und las die Nachricht. Seine Handynummer schien sie anzustarren. „Nein." Sie stopfte den Zettel in ihre Handtasche.

Würde es etwas schaden, ihn anzurufen? Es war nicht so, als könnte Howard sie durchs Telefon erwürgen, nicht wie der Mann in ihrem Traum es getan hatte. Sie zuckte zusammen und schüttelte den Kopf. *Hör auf, daran zu denken.*

„Ist alles in Ordnung?" Die Kellnerin betrachtete sie argwöhnisch, als sie einen Teller mit Rührei, Speck und Toast vor sie hinstellte.

„Alles okay. Danke." *Ich werde nicht daran denken, wie Howard zum Berserker wird und in animalischer Rage ein paar Wildschweine umbringt.* Sie spießte eine Scheibe Speck auf und stöhnte.

Vielleicht fing sie lieber mit dem Ei an.

Kurz nach Elsas spätem Frühstück kamen Oskar, die B-Boys und Madge mit ihrer Crew an. Sie zogen schnell in ihre Hotelzimmer ein, während Elsa ein Dutzend Hamburger mit Pommes im Diner bestellte. Und dann, beladen mit Fastfood und allem, was sie brauchten, machten sie sich auf den Weg zum Gutshaus.

Dort setzten sich alle auf den Boden im ehemaligen Wohnzimmer, um zu Mittag zu essen, mit den übrig gebliebenen Donuts zum Nachtisch, während Alastair ihnen den Arbeitsplan präsentierte. Madge und ihre Crew machten einige Aufnahmen, und die B-Boys aßen ohne ihre Hemden, nur um ihr eine Freude zu machen. Elsa hatte den Verdacht, dass ein paar von ihnen Madge auch eine Freude machten, wenn die Kamera nicht lief.

Sie würden im Keller anfangen und sich nach oben vorarbeiten. Die schlechte Nachricht: Alastair vermutete, dass der Keller nur etwa zwei Meter zehn hoch war. Sie mussten ihn vielleicht um etwas mehr als einen weiteren halben Meter ausheben.

Die B-Boys stöhnten.

Ihre erste Aufgabe: Im Keller temporär für Licht sorgen, aufräumen und herausfinden, ob die Bausubstanz gesund war, ehe sie mit dem Graben anfingen.

Es war ein schreckliches Durcheinander. Nach ein paar Stunden waren sie alle mit Dreck, Spinnweben und Kohlenstaub verschmiert. Elsa kletterte gerade die Leiter hoch, um sich eine Flasche Wasser aus der Küche zu holen, als ihr Handy klingelte. Sie wischte sich die schmutzigen Hände an ihrer Jeans ab, ehe sie ranging.

„Ellie!", rief Tante Greta. „Wir sind gerade am Motel angekommen. Wo bist du?"

„Bei der Arbeit. Ich bin bald da." Elsa brüllte zu Alastair hinab, dass sie in die Stadt zurückmusste, und hörte seine gedämpfte Zustimmung.

„Ich fahre dich." Madge kletterte die Leiter hinauf. „Wir sind für heute fertig."

Fünfzehn Minuten später kam Elsa am Motel an. Tante Greta und Großtante Ula stürzten aus ihrem Zimmer, freudestrahlend und mit offenen Armen.

„Du liebe Zeit, Mädchen, wie siehst du denn aus?" Greta umarmte sie schnell und wich dann zurück.

Großtante Ula grinste sie an und sagte dann in gebrochenem Englisch: „Du siehst sehr gut aus. Wir hatten sehr viel Angst um dich."

„Es geht mir gut. Und du siehst toll aus, Tante Ula. Du bist keinen Tag gealtert, seit ich dich das letzte Mal gesehen habe." Und das war keine Schmeichelei. Elsa hoffte, ebenso gut zu altern wie ihre Großtante. Ulas Haar war silbern, aber es war voll und glänzend und zu einem langen Zopf geflochten. Ihre strahlende Haut hatte nur ein paar Falten, und ihre grünen Augen waren scharf wie eh und je.

Ula nickte lächelnd. „Du warst schon immer sehr hübsch." Ihr Lächeln verblasste, als sie Elsa eine Spinnwebe aus den Haaren zupfte. „Aber sehr dreckig."

„Ich springe kurz unter die Dusche." Elsa schloss die Tür zu ihrem Motelzimmer auf und winkte die beiden Frauen hinein.

Zehn Minuten später kam sie blitzsauber aus dem Badezimmer, in neue Jeans und ein frisches T-Shirt gekleidet. Während sie sich die Haare trocknete, saßen ihre Tanten auf dem Bett und unterhielten sich auf Schwedisch.

„Wir müssen ihr alles erzählen", beharrte Ula, „Was weiß sie bisher?"

„Ich habe ihr von den Morden erzählt", flüsterte Greta. „Und von den Berserkern."

Ula nickte. „Weiß sie, dass sie eine …"

„Eine was?", fragte Elsa auf Englisch. Sie hatte nicht verstanden, wie Ula sie genannt hatte.

„Am besten übersetzt man es mit Hüterin", erklärte Greta auf Englisch. „Wie du weißt, kann Ula mit Seehunden, Delfinen, Walen und Fischen reden – mit allen Kreaturen des Meeres."

Ula nickte. „Auch mit Schildkröten."

Elsa seufzte. „Ja, davon habe ich gehört." Aber sie hatte nie daran geglaubt.

„Ich bin die Hüterin des Meeres", verkündete Ula.

Und ich bin die Königin von England. Elsa warf ihr feuchtes Handtuch auf die Kommode.

„Deswegen ist ihr Geburtsmal ein Fisch", erklärte Greta.

„*Just det.* Fisch." Ula klopfte sich auf die Schulter.

„Und mein Geburtsmal ist ein Vogel", fuhr Greta fort, „ich bin also die Hüterin des Himmels."

„Sie redet mit Vögeln", fügte Ula hinzu.

„Was?" Elsa sah sie fassungslos an. „Das hast du vorher noch nie erwähnt."

Greta fuhr sich mit der Hand durch die kurzen blonden Haare. So hell wie sie waren, fielen die wenigen weißen Strähnen darin kaum auf. „Ich bin für dich wie eine Mutter geworden, und ich hatte Angst, du nimmst mich nicht ernst, wenn du denkst, ich wäre verrückt. Aber erinnerst du dich noch, als du an der Junior High darauf bestanden hast, allein von der Bushaltestelle nach Hause zu gehen?“

Elsa musste schlucken. Auf dem Heimweg hatte sie immer ein Falke begleitet.

„Und als du aufs College gegangen bist, hat eine Eule in den Dachsparren neben deinem Zimmer genistet“, fuhr Greta fort.

„Du hast mich mithilfe von *Vögeln* im Auge behalten?“, fragte Elsa.

Greta nickte. „Du glaubst nicht, wie nützlich sie sein können. Ich habe noch nie einen Strafzettel bekommen, weil sie mir immer sagen, wenn Polizei in der Nähe ist.“

„Wie bitte?“ Elsa fuhr sich mit den Händen durch die feuchten Haare.

„Deswegen habe ich mir keine Gedanken gemacht, mit den Gewehren im Kofferraum herumzufahren.“ Greta übersetzte, was sie gesagt hatte, schnell auf Schwedisch, und Ula grinste.

„*Just det.* Wir brauchen Waffen, um Elsa zu schützen“, sagte Ula immer noch lächelnd.

Elsa stöhnte. „Ihr könnt nicht einfach durch die Gegend laufen und jeden erschießen, der mich komisch anguckt.“

Greta winkte ab. „Keine Sorge. Wir erschießen nur den Berserker, wenn er dir zu nahe kommt.“

Elsa zuckte zusammen. Sie wollten Howard erschießen?

„Ist in der letzten Zeit noch irgendetwas gewesen?“, fragte Greta. „Bis auf das brennende Geburtsmal?“

„Na ja …“ Elsa dachte darüber nach. Man hatte sie teleportiert. Sie war leidenschaftlich geküsst worden von einem angeblichen Berserker, der mehr daran interessiert zu sein schien, sie zu lieben, als sie zu ermorden. Normal war das alles nicht. „Oh, ein paar Tiere haben mich verfolgt."

„Ah." Ula und Greta tauschten einen wissenden Blick.

„Ich dachte schon, dass so etwas passiert", sagte Greta. „Deswegen habe ich dich immer von der Natur ferngehalten. Natürlich gab es auch in der Vorstadt Feldmäuse und Eichhörnchen, die sich zu dir hingezogen gefühlt haben, aber meine Falken und Eulen haben sich um sie gekümmert. Und Peders Jagdhunde haben die Kaninchen übernommen."

Elsa setzte sich aufs Bett. „Soll das heißen, ich habe schon immer Tiere angezogen?"

„Nicht alle Tiere." Greta machte eine Handbewegung. „Nur die Waldtiere."

„Du bist die Hüterin des Waldes", verkündete Ula.

Elsa starrte sie sprachlos an.

Greta tätschelte ihr den Arm. „Das ist sicher ein Schock für dich."

Ach, meinst du? Elsa sprang auf. „Was … das ist doch verrückt! Wir sind doch keine magischen Wesen, die mit Tieren sprechen!"

Greta sah beleidigt aus. „Mit allen Tieren gebe ich mich nicht ab. Ich rede nur mit Vögeln."

Elsa stöhnte. „Das ist doch nicht normal."

„Wir sind besonders", sagte Ula stolz.

Besonders? Das erinnerte Elsa daran, wie Tino sich selbst beschrieben hatte. „Was – was können wir sonst noch für merkwürdige Dinge?"

„In erster Linie kommunizieren wir mit den verschiedenen Kreaturen. Wir wissen nicht mehr genau, wie es dazu gekommen ist." Greta sah mit leerem Blick durch das Zimmer. „Viele unserer Geheimnisse sind mit den Jahrhunderten verloren gegangen, aber ich denke, die ersten Hüterinnen sind so etwas wie Schamanen gewesen. Wir wissen, dass es vor über tausend Jahren drei magische Schwestern gab: die Hüterinnen von See,

Himmel und Wald, und sie haben ihre Gaben genutzt, um ein Dorf zu schützen."

„*Just det*", stimmte Ula zu. „Immer drei Hüterinnen in unserer Familie. Immer Frauen."

„Wenn ein Feind vom Meer her angegriffen hat, hat die Hüterin der Meere die Kreaturen des Ozeans gerufen, damit sie die Schiffe zum Kentern bringen", fuhr Greta fort. „Und die Hüterin des Himmels hat die Raubvögel gebeten, Feinde anzugreifen, die über die Berge gekommen sind."

„Aber die Hüterin des Waldes ..." Tante Ula schüttelte den Kopf und schnalzte mit der Zunge.

„Was?" Elsa verschränkte die Arme vor der Brust. Es fühlte sich an, als hätte man sie dabei erwischt, wie sie etwas falsch gemacht hatte.

„Es war nicht ihre Schuld", sagte Greta bestimmt. „Eine Gruppe Banditen hat immer wieder das Dorf angegriffen. Es waren zu viele Schiffe, als dass die Seekreaturen sie alle hätten zum Kentern bringen können. Die Dorfbewohner haben die Hüterin des Waldes angefleht, ihnen zu helfen. Also hat sie zwölf der besten Krieger zu sich gerufen, um im Wald bei den Wölfen und Bären zu leben, und da ist es passiert."

Ein Schaudern lief Elsa den Rücken hinab. „Was ist passiert?"

„Die Männer sind zu Berserkern geworden", sagte Greta.

Ula schüttelte wieder den Kopf und schnalzte noch weiter mit der Zunge. „Schlimm. Sehr schlimm."

„Zuerst waren die Berserker gut darin, den Feind zu schlagen und das Dorf zu beschützen", fuhr Greta fort. „Aber dann haben einige von ihnen die Kontrolle verloren und angefangen, die Dorfbewohner umzubringen."

„Sehr schlimm", bekräftigte Ula.

„Und dann kam der endgültige Verrat. Sie haben sich gegen ihre eigene Schöpferin gewendet, die Hüterin des Waldes." Greta sah Elsa traurig an. „Einer der Berserker hat sie umgebracht."

Elsa schauderte. „Ihr meint also, ein Berserker wird …“ Ihr raste das Herz. Howard würde in eine animalische Rage verfallen und sie angreifen? „Das glaube ich nicht! E…er würde das niemals tun.“

Greta seufzte. „Ich weiß, das ist viel zu verarbeiten. Aber keine Sorge. Ula und ich werden dich beschützen. Und du musst dein Bestes tun, um den Berserker nie wieder zu sehen.“

Elsa setzte sich aufs Bett. „Wenn ihr ihn nur kennenlernen könntet, würdet ihr merken, dass er ganz harmlos ist.“

„Nein!“ Greta erstarrte. „Wir können nie einem Berserker vertrauen.“

„Aber er wird sich nicht wie ein Tier verhalten!“, rief Elsa.

Ula murmelte etwas auf Schwedisch.

Elsa keuchte auf. „Was hat sie gesagt?“

Greta schauderte. „Wir haben keinen Beweis dafür, weil niemand in unserer Familie es je gesehen hat. Wenn sie es doch gesehen haben sollten, haben sie danach jedenfalls nicht mehr lange genug gelebt, um davon zu erzählen. Aber die Familienlegende besagt, dass sie sich nicht nur wie Tiere *verhalten*.“

Elsa musste schlucken, als Tante Greta die Stimme zu einem Flüstern senkte.

„Sie werden selbst zu Tieren.“

14. KAPITEL

Ein schöner Mann kam in der Nacht zu ihr. Groß und kräftig bedeckte er ihren Körper mit seinem. Seine großen Hände fuhren über ihre Haut und brachten sie zum Brennen. Sie wollte ihn. Sie rief nach ihm. Sie brannte für ihn.

Seine Hände waren magisch. Wie sie ihre langen Beine hinabfuhren. Wie er ihre Brüste massierte. Ihren Hals streichelte. Seine Finger fest darumschloss.

Sie erwürgte.

Sie wehrte sich, aber er war zu stark. Zu mächtig.

Sein Gesicht, halb in den Schatten verborgen, verzog sich vor Wut. Verwandelte sich. Er brüllte wie ein Tier.

Elsa schrie auf.

„Ellie! Was ist los?" Greta schaltete die Lampe zwischen den zwei Doppelbetten an.

Elsa blinzelte, als das plötzliche helle Licht sie blendete. Sie hörte immer noch, wie das animalische Brüllen in ihrem Kopf widerhallte. Ein Brüllen fast genau wie an jenem Tag, als Howard Jagd auf die Wildschweine gemacht hatte.

Greta sprang aus dem Bett und nahm das Gewehr, das sie auf dem Schreibtisch abgelegt hatte.

„Nein!" Elsa setzte sich auf. „Es war nur ein Traum."

„Bist du sicher?" Greta ging mit dem Gewehr zur Tür.

„Greta, bitte. Du machst mir Angst."

„*Du* machst *mir* Angst! Du hast geschrien."

„Es war ein schlechter Traum. Das ist alles."

Greta überprüfte die Schlösser an der Tür und spähte dann durch einen Schlitz der geschlossenen Jalousielamellen am Fenster. „Ich kann nichts sehen."

Elsa presste die Hand auf ihr wild klopfendes Herz. Sie wusste nicht, was ihr mehr Angst machte – ihr Albtraum oder die Tatsache, dass Greta und Ula darauf bestanden hatten, abwechselnd mit einem geladenen Gewehr bei ihr im Zimmer zu schlafen.

„Alles ist gut", versicherte sie ihrer Tante. „Lass uns einfach wieder schlafen."

„Bist du sicher?" Greta legte die Waffe wieder zurück auf den Schreibtisch. „Was hast du geträumt?"

„Ich will nicht darüber reden." *Nicht einmal daran denken.* „Gehen wir wieder schlafen." Elsa rutschte zurück unter die Decke. Tante Ula hatte ihr schreckliche Angst gemacht mit der Behauptung, dass Berserker sich in Tiere verwandelten.

Was für Tiere? Elsa war so schockiert gewesen von der Neuigkeit, dass sie angeblich eine Hüterin sein sollte, dass der Rest, den sie erfahren hatte, nur noch ein verschwommener Nebel war. Greta hatte gesagt, die Hüterin des Waldes hätte zwölf Krieger mit in den Wald genommen, um bei den Wölfen und Bären zu leben …

Wölfe und Bären.

Greta schaltete die Lampe aus, und das Zimmer war wieder in Dunkelheit getaucht.

Elsa schauderte und zog sich die Decke bis ans Kinn. Was war Howard? Ein Wolf oder ein Bär?

Keins von beidem. Sie starrte wütend zur Decke hinauf. Sie befand sich in der wirklichen Welt, und Howard war ein normaler Mensch. Na ja, nicht ganz normal, er war hinreißend, hünenhaft und herrlich. Er könnte auch ihr gehören, wenn sie den Mut hatte, ihn für sich zu beanspruchen.

Wenn sie nicht Angst haben müsste, dass er sich in ein wildes Biest verwandelte und sie umbrachte.

Am nächsten Morgen hatten ihre Tanten Einwände, als sie mit Alastair zusammen zum Gutshaus fahren wollte.

„Du musst mit uns fahren", beharrte Ula auf Schwedisch. „Wir können dich nicht beschützen, wenn wir nicht bei dir sind."

Elsa unterdrückte ihren Ärger. „Mir wird schon nichts passieren. Oskar und die Jungs kommen auch, sobald sie im Diner ihr Frühstück gegessen haben. Es sind jede Menge Männer dabei …"

„Die haben keine Waffen, so wie wir", wendete Greta ein. „Wir kommen mit."

Innerlich aufstöhnend drehte Elsa sich zu einem verwirrt aussehenden Alastair um. „Meine Tanten wollen zum Gutshaus mitkommen", erklärte sie auf Englisch. „Sie bleiben aber draußen."

Alastair nickte. „Das müssen sie auch. Drinnen könnte es zu gefährlich werden." Er lächelte die älteren Frauen an. „Wir freuen uns sehr, dass Sie Ellie besuchen, aber wir wollen nicht, dass Sie sich verletzen."

Greta erwiderte sein Lächeln. „Keine Sorge. Mein verstorbener Mann war Bauunternehmer, ich weiß, wie das ist. Wir halten uns von Ihnen fern. Und wir bringen Ihnen gerne Essen mit. Jede Menge."

„Klingt wunderbar." Alastair schüttelte ihnen die Hände, sprang dann in seinen Mietwagen und fuhr davon.

Da der Parkplatz für den Augenblick leer war, verstauten ihre Tanten schnell die Schrotflinte und das Jagdgewehr im Kofferraum von Tante Gretas Wagen.

Elsa seufzte. „Es wird schon nichts passieren. Ihr werdet nur die ganze Zeit draußen rumsitzen und euch furchtbar langweilen."

„Das erinnert mich daran, dass ich mein Strickzeug mitnehmen sollte." Greta eilte zurück in ihr Zimmer.

„Bring mein Buch mit", rief Ula ihr auf Schwedisch hinterher. Sie sah Elsa verlegen an. „Ich lese einen Liebesroman. Sehr sexy."

Elsa lächelte. „Das ist gut." Wenn der Held auch nur annähernd so wie Howard war, dann war es wirklich ein sexy Liebesroman.

Ula tätschelte ihren Rücken. „Keine Sorge. Wir beschützen dich. Wenn der Berserker kommt, erschießen wir ihn."

Elsa zuckte zusammen. So viel zu Romantik. „Vielleicht sollten wir erst versuchen, mit ihm zu reden."

Ula schnaubte verächtlich. „Sei nicht albern."

Greta eilte mit einer Tragetasche zum Wagen. „Ich habe auch noch Wasser und ein paar Snacks eingepackt. Fahren wir."

Fünfzehn Minuten später hielten sie vor dem Gutshaus.

„Wenn es euch hier langweilig wird, könnt ihr ruhig in die Stadt zurückfahren", sagte Elsa zu ihren Tanten, während sie aus dem Wagen stieg. „Ich komme hier schon zurecht."

„Wir kommen auch zurecht." Greta scheuchte sie mit einer Handbewegung fort. „Wir sehen uns beim Mittagessen."

Elsa betrat das Gutshaus und fand Alastair in der Küche, wo er einen Donut verspeiste.

„Oh, lecker." Sie nahm sich einen aus der Schachtel. So viel zu ihrer Diät. Ein Mädchen, das von Albträumen geplagt wurde, durfte sich ja wohl mit Essen trösten.

„Mhmm." Alastair nickte mit vollem Mund.

Während des Essens sah sie sich in der Küche um und zeigte dann auf die Tür zur alten Waschküche. „Mein Zettel ist weg."

„Welcher Zettel?"

„Er muss abgefallen sein. Ich hatte an der Tür eine Warnung angebracht, dass der Boden verfault ist."

„Ach, der. Ja, Oskar hat so etwas gesagt. Er hat gestern, nachdem du gegangen warst, das zerbrochene Fenster ausgebaut. Ich habe ein neues bestellt." Alastair reichte ihr eine Flasche Wasser aus der Kühlbox.

„Danke. Und danke für die Donuts." Sie stopfte sich den letzten Bissen in den Mund.

„Das war ich nicht. Die müssen von Howard sein."

„Wie?", fragte sie mit vollem Mund.

„Er hat gestern welche mitgebracht. Ich nehme an, diese sind auch von ihm."

Sie musste kräftig schlucken. „Er war hier?"

„Ich habe ihn nicht gesehen." Alastair trank von seinem Wasser. „Ich nehme an, Shanna hat ihm einen Schlüssel gegeben. Er muss sie hier abgestellt haben, ehe wir angekommen sind."

Elsa starrte die riesige Schachtel mit zwei Dutzend Donuts an. Er hatte genug für alle mitgebracht. „Das war nett von ihm."

„Ja." Alastair sah sie neugierig an. „Er kommt mir wie ein netter Kerl vor. Ich wundere mich echt ein wenig, warum du nichts mit ihm zu tun haben willst."

Sie schraubte ihre Wasserflasche auf. „Das ist eine lange Geschichte."

„Nun ja, ich muss sagen, er sah am Boden zerstört aus, als ich es ihm mitgeteilt habe."

Sie zuckte zusammen.

„Aber er hat mir sein Wort gegeben, dass er sich an deine Wünsche halten wird."

Sie nickte. Deswegen hatte er nicht an ihrer Motelzimmertür geklopft, sondern eine Nachricht an der Rezeption hinterlassen.

„Hat er Wort gehalten?", fragte Alastair.

„Ja." *Er ist ein Gentleman.* Oder war er ein Biest?

„Na dann ist ja gut." Alastair nahm sich noch einen Donut aus der Box. „Ich könnte wirklich süchtig nach denen werden. Ich hoffe, er bringt jeden Morgen eine Schachtel mit."

Elsa schluckte. Was, wenn ihre Tanten ihn bei einer Donut-Lieferung erwischten? Der arme Kerl wurde vielleicht nur fürs Nettsein erschossen. Und was, wenn er einfach vorbeikam, um nach ihrer Arbeit zu sehen? Als Shannas Stellvertreter war es sein Job, auf dem Laufenden zu bleiben.

Lautes Rufen und Schritte drangen aus dem Eingangsbereich zu ihnen, als Oskar und die B-Boys hereinstürmten.

„Wir sind hier!", rief Alastair.

Die Männer drängten sich in die Küche und stürzten sich auf die Donuts. Sie waren so sehr mit Essen beschäftigt, dass Elsa unbemerkt ins Esszimmer schlüpfen konnte. Sie spähte aus einem der Fenster. Greta und Ula hatten den Kofferraum ihres Wagens geöffnet.

„Oh nein“, hauchte sie. Sahen sie nur nach den Waffen, oder wollten sie auf die Jagd gehen?

Was, wenn Howard in der Nähe war?

Sie sollte ihn warnen. Sie hatte seine Telefonnummer in der Handtasche. Aber wenn sie ihn anrief oder ihm eine Nachricht schickte, hatte er ihre Nummer. Zusammenzuckend lehnte sie sich an die Mauer neben dem Fenster.

Sie wollte nicht mit ihm reden. Er würde wissen wollen, warum sie ihm aus dem Weg ging, und sie wusste nicht, was sie ihm sagen sollte. Wahrscheinlich würde er sie zum Abendessen einladen, und was sollte sie dann sagen? *Ach, übrigens, hast du eigentlich vor, mich umzubringen?*

Sie spähte aus dem Fenster. Greta lud gerade ihr Gewehr.

„Oh Gott, nein.“ Sie musste Howard warnen. Er hatte sich wie ein vollkommener Gentleman verhalten. Er hatte es nicht verdient, in der Auffahrt niedergeschossen zu werden.

Mit zitternden Fingern zog sie ihr Handy und seine Nachricht aus ihrer Handtasche. Anrufen oder schreiben?

Schreiben. Seine Stimme zu hören würde sie nur wieder durcheinanderbringen. Sie setzte dreimal zu einer Nachricht an und löschte sie wieder. Schließlich schrieb sie: *Am Gutshaus ist es für dich nicht sicher. Meine Tanten sind hier und bewaffnet.*

Sie zögerte kurz mit dem Finger über der Senden-Taste. Wenn sie erst gedrückt hatte, gab es kein Zurück mehr. Er würde sich mit ihr in Verbindung setzen. Sie verzog das Gesicht und drückte auf Senden.

Sekunden verstrichen, in denen ihr Herz laut pochte. Sie sah aus dem Fenster. Greta lud gerade das Jagdgewehr.

Ihr Telefon klingelte, und sie zuckte heftig zusammen. *Oh Gott, er ist es.*

Sie sah sich um. Der Raum war leer. Die Männer waren alle noch in der Küche.

Sie biss sich auf die Lippe und nahm ab. „Hallo?“

„Elsa?“

Sie stöhnte innerlich auf, als seine tiefe, sexy Stimme sie erbeben ließ. „Ja."

„Wir müssen reden."

„Nein. Meine Tanten sind die ganze Zeit bei mir. Sie sind bewaffnet."

„Ich sollte sie kennenlernen."

„Nein! Sie wollen dich erschießen. Sie denken, du bist ein Berserker."

Eine kurze Pause folgte, dann antwortete er: „Ich würde dir nie wehtun."

Sie zuckte zusammen. Er hatte nicht abgestritten, ein Berserker zu sein. „Halte dich einfach von mir fern. Okay?"

„Warte. Warum willst du mich nicht sehen?"

„Leb wohl, Howard."

„Liegt es an dem Fluch?"

„Ruf mich nicht wieder an." Sie legte auf.

Sie lehnte den Kopf gegen die Mauer und atmete tief durch, bis ihr Herzschlag anfing, sich zu beruhigen.

Ihr Handy gab das Signal für eine Nachricht von sich. *Ignorier es.*

Aber das konnte sie nicht. Stöhnend öffnete sie seine Nachricht.

Ich glaube, du könntest die Hüterin des Waldes sein.

Ihr Herz machte einen Sprung. Er wusste von den Hüterinnen?

Er schickte ihr noch eine Nachricht. *Deswegen folgen die Tiere dir.*

Tränen stiegen ihr in die Augen. Warum konnte sie nicht einfach nur Elsa sein? Die gleiche Elsa wie noch vor einer Woche? Amazon Ellie, die wunderschöne Schränke baute. Was hatte sie auf einmal in einer übernatürlichen Welt verloren, wo nichts so war, wie es sein sollte? Kinder konnten sich insgeheim teleportieren. Sie und ihre Tanten waren insgeheim Hüterinnen. Schöne Männer waren insgeheim wilde Tiere.

Sie schickte ihm eine Nachricht. *Ich glaube, du bist ein Berserker.*

Eine Nachricht kam zurück. *Ein Nachkomme.*

Er gab es zu. Ihr Magen krampfte sich zusammen, und sie wischte sich eine Träne von der Wange. Ihre Hände zitterten, als sie die nächste Nachricht tippte.

Wolf oder Bär? Ihr Finger schwebte über der Senden-Taste. Eine Träne fiel auf das Display.

Gott steh mir bei, das kann doch nicht wirklich passieren. Sie löschte die Nachricht.

Er schickte ihr eine neue. *Ich glaube, die Flüche auf unseren Familien sind miteinander verbunden.*

Sie keuchte auf. Gab er zu, dass seine Vorfahren ihre umgebracht hatten? Sie textete zurück. *Halt dich fern von mir! Meine Tanten bringen dich um.*

Es klingelte.

Das Herz schlug ihr bis zum Hals, als sie das Handy ausschaltete.

Sie ließ das Telefon in ihre Handtasche fallen und nahm ein Päckchen Taschentücher heraus, um sich die Nase zu putzen. „Ich werde nicht darauf hören. Es ist mir egal, was er sagt."

Sie stopfte das Taschentuch in ihre Handtasche.

„Verflixt noch mal." Sie ertrug es nicht, es nicht zu wissen. Sie griff wieder nach ihrem Handy und hörte ihre Mailbox ab, auf der er eine Nachricht hinterlassen hatte.

„Elsa, ich würde dir nie wehtun!" Howards Stimme klang angespannt. „Wir müssen unser Leben nicht nach irgendwelchen blöden Flüchen ausrichten! Das würde bedeuten, dass wir in Angst leben. Alles, was wir tun müssen, ist die Angst zurückzuweisen. Wir können den Fluch brechen. Wenn wir einander lieben."

Lieben? Eine Träne lief ihre Wange hinab. Konnte sie Howard genug vertrauen, um ihn zu lieben? Er hatte zugegeben, ein Berserker zu sein. Konnte sie es riskieren, ihn zu lieben, auch wenn er jederzeit in animalische Rage geraten und sie umbringen könnte?

Sie ließ das Handy zurück in ihre Handtasche fallen. Hatte Ula recht? Wurde er wirklich zu einem Tier?

Sie sah aus dem Fenster. Ihre Tanten marschierten die Auffahrt auf und ab, ihre Gewehre in der Hand, bereit, den Berserker zu erschießen. Howard.

Wolf oder Bär?

15. KAPITEL

Howard sah auf seinem Handy nach verpassten Anrufen oder Nachrichten. Nichts. Eine Woche war seit seinem letzten Gespräch mit Elsa vergangen. Eine quälend lange Woche, in der jeder Tag sich ewig dahingezogen hatte und seine Hoffnungen zerstörte, dass sie sich bei ihm melden würde.

Hatte sie ihn einfach aus ihren Gedanken verbannt? Konnte sie ihn so einfach vergessen? Oder hielt sie sich von ihm fern, um ihn vor ihren Tanten zu beschützen? Sie hatte ihn gewarnt. Bedeutete das, dass er ihr wichtig war?

Was hatten ihre Tanten ihr erzählt? Dass er als Berserker zum mordlüsternen Biest wurde? Da sie ihn erschießen wollten, mussten sie glauben, dass er sie angreifen wollte. Hatten sie Elsa überzeugt, Angst vor ihm zu haben?

Verdammt, er wollte, dass sie ihm vertraute. Aber wie konnte er sich beweisen, wenn er sie nie sehen durfte? Im Augenblick war seine Strategie, ihr zu beweisen, dass er ihrer würdig war, indem er sich an ihre Wünsche hielt und ihr fernblieb. Aber das frustrierte ihn höllisch. Es kam ihm feige vor. Der Bär in ihm wollte in ihr Hotelzimmer stürmen und Respekt verlangen. Leider würde er Elsa damit wahrscheinlich noch mehr Angst einjagen. Und er könnte dafür ein paar Kugeln in seinen sturen Pelz gejagt bekommen.

Er brachte weiterhin jeden Tag bei Sonnenaufgang zwei Dutzend Donuts zum Gutshaus. Und er sah sich dabei kurz im Haus um, damit er Shanna Bericht erstatten konnte. In der letzten Woche hatte die Bauarbeiter-Crew den Keller ausgehoben und ihn damit um etwa einen halben Meter erweitert. Dann hatten sie eine Dampfsperre und einen Zementboden gelegt. Sie hatten die Wände verstärkt und die Treppe in den Keller neu gebaut.

Er war zu zwei Meetings mit Alastair und Oskar ins Haus gekommen und hatte der Kamerafrau, Madge, ein Interview gegeben. Alle drei Male waren Elsa und ihre Tanten nirgends zu sehen gewesen. Anscheinend hatte man sie vorgewarnt, das Grundstück zu verlassen, ehe er ankam.

Angus, Emma und alle, die bei der Mission in Mexiko dabei gewesen waren, waren nach erfolgreicher Befreiung der amerikanischen Geiseln zurückgekehrt. Ian und Robby waren überglücklich, wieder bei ihren schwangeren Frauen in der Schule zu sein. Connor hatte Howard gefragt, ob er und seine Frau seine nahe gelegene Blockhütte in den Adirondacks benutzen durften. Anscheinend verbanden er und Marielle mit der Hütte angenehme Erinnerungen. Auch Carlos freute sich, wieder da zu sein und seiner Frau mit den neugeborenen Zwillingen helfen zu können.

Howard seufzte. Es kam ihm so vor, als wäre jeder außer ihm selbst in einer glücklichen, liebevollen Beziehung. Er schob diesen traurigen Gedanken beiseite und konzentrierte sich auf seinen Plan, Rhett Bleddyn die Hölle heißzumachen.

Harry schickte ihm jeden Tag Updates aus Alaska. Er druckte jeden Tag neue Enthüllungen über Rhett in *Northern Lights Sound Bites*, und die Medien stürzten sich darauf wie ein Schwarm Geier. Rhett wurde überallhin verfolgt und von der Presse belagert. Reporter vom Fernsehen und von der Zeitung führten Interviews mit Menschen, die bestätigten, dass Rhett ihre Gemeinden belästigte und versuchte, sie aus ihren Häusern zu vertreiben.

Und je mehr die Berichte sich häuften, desto mehr wütende Leute meldeten sich. Ehemalige Angestellte, die sich schlecht behandelt fühlten. Frauen, die behaupteten, Rhett hätte sie sexuell belästigt. Die Schneebälle, die Harry geworfen hatte, verdichteten sich schnell zu einer Lawine.

Howard rief seinen Freund an, um ihm zu gratulieren. „Gute Arbeit, Harry!“

„Danke.“ Harry lachte. „Ich wünschte, du könntest Rhetts Gesicht in letzter Zeit sehen. Er wirkt so was von am Boden.“

Howard lächelte. „Es wird auch Zeit, dass er für alle seine Verbrechen bezahlt."

„Ja. Er wird sich nie mehr um ein Amt bewerben können. Und die Politiker, die er in der Tasche hatte, versuchen alle, sich von ihm zu distanzieren. Es würde mich nicht wundern, wenn als Nächstes seine Anhänger eine Meuterei beginnen."

„Das wäre perfekt." Howard konnte sich keinen besseren Weg vorstellen, Rhett zu schaden, als ihm seinen Status als Rudelführer zu nehmen. Ohne seine Anhänger, die er herumscheuchen konnte, war er so gut wie machtlos.

„Ich bin die nächsten paar Tage vielleicht schwer zu erreichen", sagte Harry. „Ich fahre den Yukon rauf, dorthin, wo unsere Väter das Sägewerk hatten."

Howard erstarrte. Wenn sein Freund mit seinem Verdacht recht hatte, dann waren ihre Väter ermordet worden. „Ich bin nicht sicher, ob du dort viel herausfinden wirst. Die Gebäude sind schließlich vor vierunddreißig Jahren abgebrannt."

„Schon. Aber ich suche nach Zeugen. Nach jedem, der sich an irgendwas erinnert."

„In Ordnung. Pass auf dich auf. Wir unterhalten uns, wenn du wieder da bist." Howard legte auf.

Hatte Harry mit seinem Verdacht recht? Wer hätte ihre Väter umbringen wollen? Howard war vier Jahre alt gewesen, als sie gestorben waren, zu jung, um zu wissen, ob sein Vater geschäftliche Probleme oder Feinde gehabt hatte.

Er griff nach einem Donut, und seine Gedanken wanderten wie üblich zu Elsa. Aß sie von den Donuts, die er jeden Morgen daließ? Vielleicht sollte er etwas anderes versuchen, ihr zum Beispiel Blumen bringen. Seine derzeitige Strategie lieferte offensichtlich absolut keine Ergebnisse. Zeit, etwas Neues zu versuchen.

Die Blumenstrategie nahm einen lausigen Anfang. Am nächsten Morgen, nachdem er bei Sonnenaufgang die Donuts besorgt hatte, fand er heraus, dass der einzige Laden in der Stadt, der Blumen verkaufte, der kleine Gemischtwarenladen war, und der öffnete erst um sieben. Er hatte in seinem SUV vier Donuts gegessen, während er darauf wartete, dass der Laden öffnete.

Jetzt, um fünf nach sieben, kam er gerade mit Blumen und einer Karte zu seinem Wagen zurück, als er sah, wie Alastair in seinem Mietwagen die Hauptstraße hinunterfuhr. Elsa und ihre Tanten folgten in einem weiteren Wagen.

Verdammt, er kam zu spät! Er warf die Blumen auf den Beifahrersitz und ließ den Motor an. *Moment.* Er sollte sie lieber nicht einholen. Wenn sie ihn sahen, könnten sie denken, dass er sie verfolgte. Und er konnte nicht neben ihnen in der Auffahrt zum Gutshaus parken.

Er musste ihnen ein paar Minuten Zeit lassen. Um sich die Zeit zu vertreiben, nahm er einen Stift aus dem Handschuhfach und schrieb Elsa eine Nachricht auf die Karte. Dann steckte er sie unter das Schleifenband, mit dem Blumen und Seidenpapier zusammengehalten waren.

Er bog auf die Hauptstraße ein und fuhr langsam aus der Stadt, um Elsa nicht einzuholen. Er fuhr an der Auffahrt zum Gutshaus vorbei, lenkte den Wagen dann an den Straßenrand und parkte am Anfang des Weges, der zum Haus hinaufführte. Mit vollen Armen eilte er durch den Wald. Der Weg endete an der Auffahrt, aber er hielt vorher an und blieb in den Bäumen verborgen. Dort, auf der Auffahrt, entdeckte er zwei Autos, die vor dem Haus parkten.

Elsa und ihre Tanten standen neben den Wagen und unterhielten sich. Eine Tante sah aus, als wäre sie mittleren Alters, und die andere war älter mit silberblondem Haar, aber sie waren eindeutig mit Elsa verwandt. Beide waren groß und blond und immer noch hübsch. Während er sie beobachtete, öffnete eine der Frauen den Kofferraum und nahm ein Gewehr heraus.

Heiliger Bimbam. Elsa hatte nicht gescherzt. Ihre Tanten waren bewaffnet und gefährlich.

Er schlich sich zur Rückseite des Hauses, gut verborgen, und legte seine Geschenke dann auf der Treppe ab, um nach seinem Schlüssel zu suchen.

Er öffnete die Tür einen Spalt und spähte hinein. Die Eingangshalle war leer. Vorne im Haus konnte er Schritte hören, wahrscheinlich Alastair. Er nahm seine Geschenke und rannte durch die Eingangshalle in die Küche.

So weit, so gut. Er stellte die große Schachtel mit den Donuts auf den Küchentisch, genau wie er es die ganze letzte Woche jeden Morgen getan hatte, und legte dann die Blumen daneben. Es war der größte Strauß, den sie im Laden gehabt hatten – rosa Rosen, die ihn an Elsas schönen Mund erinnerten, weiße Gänseblümchen so zart wie ihre Haut, und große grüne Farnkrautwedel, die ihn an ihre Augen erinnerten.

Er war schon auf halbem Weg zur Tür, als er Elsas Stimme hörte. In der Eingangshalle.

„Bereit für deinen morgendlichen Donut?"

„Lieber Gott, ja", antwortete Alastair. „Wir sollten uns schnell welche nehmen, ehe Oskar und die B-Boys ankommen."

Elsa musste lachen. „Die inhalieren die ganze Schachtel wirklich in fünf Sekunden …"

Howard wagte einen kurzen Blick ins Foyer. *So ein Mist.* Er konnte nicht wieder zur Hintertür hinaus, ohne von ihnen gesehen zu werden.

Er sah sich in der Küche um. Ein kleines Fenster über der Spüle. Zu klein. Noch eine Tür am anderen Ende des Raumes.

Er eilte hinüber und sah in den Raum dahinter. Jackpot. Es war ein breites Loch in der Wand, wo man das große Fenster entfernt hatte. Dort konnte er hindurchschlüpfen und es zu seinem SUV schaffen, ohne von Elsa gesehen zu werden.

Er zögerte. War das eine feige Flucht? Warum nicht in der Küche bleiben und sich ihr stellen? Aber er hatte sein Wort gegeben, sie nicht mehr zu sehen. Und was, wenn ihre Tanten mit den Waffen angerannt kamen?

Nein, er würde besser erst einmal gehen. Vielleicht klappte die Strategie mit den Blumen und sie meldete sich bei ihm. Es wäre besser, wenn sie sich von sich aus entschied, ihn zu sehen.

Er trat leise in den kleinen Raum und schloss die Tür hinter sich.

Elsa folgte Alastair in die Küche und lächelte, als er direkt zum Tisch ging. Sie wurde auch süchtig nach den täglichen Donuts.

Sie legte ihren Werkzeuggürtel auf die Anrichte, in die Nähe der Spüle. Heute würde sie Maß nehmen und sich überlegen, wie sie die neuen Küchenschränke angehen wollte. Sie musste mehr Hängeschränke einplanen. Und eine große Kücheninsel mit noch weiteren …

„Wow, sieh dir das an."

Sie drehte sich um, um zu sehen, worauf Alastair zeigte. Blumen? Sie riss die Augen auf. „Für … für mich?"

Alastair sah sie schief an. „Meinst du, Howard wäre in *mich* verknallt? Außerdem steht dein Name auf der Karte. So etwas nennen wir einen Hinweis."

„Oh." Ihr Herz hüpfte in ihrer Brust. Howard hatte ihr Blumen geschenkt?

Sie eilte an den Tisch. „Die sind wunderschön!"

Blumen von Howard. Sie berührte die Karte mit seiner kräftigen Schrift und streichelte dann zärtlich eine der rosa Blüten. Sie konnte sich nicht erinnern, jemals Blumen bekommen zu haben. Ihr letzter Freund hatte sie am Valentinstag mit zwei Tickets zu einem Wrestling-Match überrascht. Irgendwie verstanden die Männer nie, dass sich in ihrem großen Körper eine Frau befand, die sich wie jede andere manchmal nach hübschen, weiblichen Dingen sehnte.

Aber Howard verstand es. Und er hatte sie nicht vergessen und sie nicht aufgegeben.

„Bist du dir sicher, dass du ihn nicht sehen willst?" Alastair musterte sie kritisch. „Du siehst ziemlich gerührt aus …"

„Pscht.“ Sie warf ihm einen verärgerten Blick zu, nahm dann die Blumen und marschierte an die Spüle, ihm den Rücken zugedreht, damit er nicht sah, wie sie die Karte las. Sie legte den Strauß neben ihren Werkzeuggürtel.

Plötzlich ertönte ein lautes Krachen aus dem Nebenzimmer, gefolgt vom Brüllen eines Mannes.

Sie schreckte zusammen.

„Was zur Hölle?“ Alastair rannte zur Waschküche und riss die Tür auf. „Oh mein Gott.“

„Was?“ Elsa prallte gegen ihn, als sie versuchte, ebenfalls in den Raum zu sehen.

Sie keuchte auf. Im Boden befand sich ein riesiges klaffendes Loch. Ein männliches Stöhnen drang zu ihnen herauf. *Howard?*

Sie trat hastig vor.

„Vorsicht.“ Alastair fasste sie am Arm. „Geh nicht zu nah ran.“

Sie reckte den Hals bei dem Versuch, in das Loch zu blicken. „Howard, bist du das?“

Als Antwort kam ein weiteres Stöhnen, und dann ein gemurmeltes: „So eine …“

Ihr zog sich das Herz zusammen. Howard könnte ernsthaft verletzt sein.

„Ruf einen Krankenwagen“, flüsterte Alastair. „Ich gehe nach unten, um nach ihm zu sehen.“ Er ging eilig aus der Küche.

Einen Krankenwagen? Eine Welle des Schwindels erfasste Elsa, und sie musste sich auf den Boden hocken, um nicht umzukippen. Wo hatte sie ihre Handtasche und ihr Handy gelassen? In der Küche? Im Wohnzimmer? Hatte Howard sich verletzt, als er ihr Blumen gebracht hatte?

„Howard?“ Sie kroch auf das Loch zu. Es war dunkel im Keller, sie konnte kaum seine Umrisse erkennen.

„Elsa, komm nicht zu nah an den Rand“, rief er zu ihr hoch. „Du könntest fallen.“

Er machte sich Sorgen um sie? Ihre Tanten mussten sich irren. Howard war kein Biest, das ihr wehtun wollte. Der Arme musste Schmerzen haben, und trotzdem machte er sich mehr Gedanken um ihre Sicherheit als um seine eigenen Verletzungen.

„Wie schlimm bist du verletzt?“, fragte sie.

„Nur ein paar Kratzer. Nicht weiter schlimm.“

Sie hatte den Verdacht, dass er die Sache herunterspielte. „Was hast du hier gemacht?“

„Ich … ich habe mich heute Morgen verspätet. Ich dachte, ich kann durch die Fensteröffnung verschwinden.“

Schuld durchfuhr sie wie ein stechender Schmerz. Er hatte versucht, das Haus zu verlassen, ohne dass sie ihn sah. Er hatte sich verletzt, weil er sich an ihre Wünsche gehalten hatte.

Ein Lichtstrahl fiel plötzlich in den Keller, und Alastair tauchte unten auf, der seine Taschenlampe auf Howard richtete. Sie keuchte auf, als sie das Blut auf seinen Armen und seiner Brust sah. Er war wenigstens drei Meter abwärts auf harten Zement gefallen. Seine Kleidung war an den zersplitterten Enden der Bodenplanken zerrissen, die unter seinem Gewicht nachgegeben hatten.

„Ist etwas gebrochen?“ Alastair kniete sich neben ihn. „Hast du dir den Kopf angeschlagen?“

„Mir geht es gut.“

„Das lassen wir einen Arzt entscheiden.“ Alastair sah zu Elsa hinauf. „Hast du einen Krankenwagen gerufen?“

„Nein!“ Howard setzte sich auf und hielt sich zusammenzuckend die Rippen. „Den brauche ich nicht.“

„Verdammt noch mal“, zischte Alastair. „Du hättest geschient werden müssen. Jetzt lieg still, bis …“

„Nein.“ Howard stand langsam auf. „Das ist keine große Sache. Mir geht es gleich wieder gut.“

„Dir geht es nicht gut!“, rief Alastair. „Du blutest.“

Howard humpelte aus Elsas Blickfeld. Sie rutschte rückwärts und lief dann zur Treppe. Langsam kam er aus dem Keller hoch.

Ihr Magen zog sich zusammen. Er sah aus, als hätte man ihn zusammengeschlagen. „Kann ich dich zu einem Arzt bringen?“

Er sah zu ihr hoch. „Das weiß ich zu schätzen, ist aber wirklich nicht nötig.“

„Es tut mir so leid, dass du dachtest, du müsstest … durch das Fenster fliehen. Ich fühle mich schrecklich …“

„Nein, mach dir keine Gedanken.“ Er kam am Ende der Treppe an und flüsterte: „Es wird schon wieder. Meine Verletzungen heilen von selbst.“

Sie blinzelte mehrmals. „Du meinst, du kannst …“ Sie beugte sich dicht zu ihm. „Ist das so eine Superkraft?“

„Irgendwie schon.“ Er lächelte sie schief an. „Können wir uns irgendwann treffen, wenn ich nicht den ganzen Boden vollblute?“

Sie sah ihm in die Augen und konnte bei aller Mühe das wilde Biest nicht entdecken, vor dem ihre Tanten sie gewarnt hatten. Sie sah nur einen Mann, der stark genug war, um seinen Sinn für Humor und seine Höflichkeit zu behalten, auch wenn er unter Schmerzen litt.

„Howard“, sagte Alastair, als er die Treppe hinaufkam, „lass mich dich wenigstens zum Krankenhaus in der Stadt bringen.“

„Das ist nicht nötig“, versicherte Howard ihm. „Es gibt ein Krankenzimmer da, wo ich arbeite, ich mache mich gleich auf den Weg.“ Er sah Elsa hoffnungsvoll an. „Rufst du mich an?“

Sie nickte. „Ja.“ Ihre Tanten würden durchdrehen, wenn sie es herausfanden, aber sie kannten Howard auch nicht so gut wie sie selbst.

„Gut.“ Er lächelte sie an. „Du musst denken, ich wäre ein schrecklicher Tollpatsch.“

Sie schüttelte den Kopf, und ihre Wangen wärmten sich vor Röte. „Nein.“ Sie dachte, er war der liebste Mann, den sie je kennengelernt hatte.

Er sah zur Eingangstür. „Um weitere Verletzungen zu vermeiden, Schusswunden zum Beispiel, nehme ich lieber den Hinterausgang."

Sie zuckte zusammen. „Verstanden." Als er mit schweren Schritten zur Hintertür humpelte, zog sich ihr Herz zusammen.

„Pass auf dich auf", rief sie noch, als er aus der Tür trat.

„Du bist so was von verknallt", flüsterte Alastair.

„Sei still."

„Übel nehmen kann ich es dir nicht. Der Mann hat sich fast umgebracht, nur um dir Blumen zu bringen."

Sie warf ihm einen verärgerten Blick zu und eilte dann in die Küche. Durch das kleine Fenster über der Spüle entdeckte sie Howard. Er ging in den Wald.

Sie öffnete die Karte, die bei den Blumen dabei gewesen war. *Gib mir die Chance, zu beweisen, dass ich Deiner würdig bin.*

„Oh, Howard", flüsterte sie. Sie sah wieder zum Fenster.

Er ging tiefer in den Wald hinein. Sollte er nicht in Richtung Straße gehen, damit er zur Schule zurückkehren und dort das Krankenzimmer besuchen konnte?

Meine Verletzungen heilen von selbst. Vielleicht brauchte er keine Behandlung.

Sie biss sich auf die Unterlippe und sah zu, wie er zwischen den Bäumen verschwand. Wo wollte er hin? Wie heilte er sich selbst? Verflixt, es gab so vieles, was sie nicht über ihn wusste. Wie sollte sie sich entscheiden, ob sie ihm vertrauen konnte, solange sie nicht genug Informationen hatte?

Sie rannte in die Eingangshalle.

„Oskar ist hier!", rief Alastair auf dem Weg zur Haustür.

„Ich … ich sehe nur kurz nach, ob Howard es auch zu seinem Wagen schafft."

Alastair sah grinsend zu ihr. „Sicher. Lass dir so viel Zeit, wie du willst, Süße."

„Ach, und wenn du meinen Tanten nichts davon sagen könntest …"

„Meine Lippen sind versiegelt.“ Alastair tat so, als würde er einen Reißverschluss über seinem Mund zuziehen.

„Danke.“ Sie schlüpfte aus der Hintertür und lief in der Richtung, die Howard eingeschlagen hatte, in den Wald.

Nach ein paar Minuten war sie von Bäumen umgeben und wünschte sich, sie hätte eine Spur aus Donut-Krümeln hinterlassen. Es sähe ihr ähnlich, sich jetzt im Wald zu verlaufen. Im düsteren, gruseligen Wald.

Sie schüttelte den Kopf. Was für eine tolle Hüterin des Waldes sie doch abgab. Für sie sahen alle Bäume gleich aus. Sie sah sich um. Das Haus war schon nicht mehr zu sehen. Ein Hirsch spähte um einen Baum und schien sie zu beobachten. Dann spähte ein weiterer Hirsch um einen Busch.

„Du liebe Zeit“, flüsterte sie. „Ihr müsst auch immer auftauchen. Wenigstens muss ich mir jetzt keine Sorgen mehr machen, allein im dunklen, gruseligen Wald zu sein.“ Auch wenn sie bezweifelte, dass diese zwei Hirsche sie großartig beschützen konnten.

Die Hirsche kamen näher.

Sie waren größer, als sie gedacht hatte. Elsa wich zurück. „Das ist nahe genug.“

Sie blieben stehen, starrten sie aber weiterhin an.

„Was wollt ihr?“ Erwarteten sie von ihr, irgendetwas zu tun, das typisch für eine Hüterin war? Was zum Henker machte eine Hüterin?

Sie machte eine ausladende Geste. „Gehabt Euch wohl, meine treuen Untertanen. Auf bald.“

Die Tiere starrten sie ausdruckslos an.

Anscheinend war eine Hüterin nicht so wie eine Königin. „Hört zu, ich will mich nicht in euren normalen Tagesablauf einmischen. Ich versuche nur, einen Mann zu finden, der hier entlanggekommen ist.“

Die Hirsche preschten an ihr vorbei, blieben dann stehen und sahen sie auffordernd an.

„Er ist da entlang?“

Sie galoppierten davon, und Elsa joggte hinterher. „Ich hoffe, ihr bringt mich nicht zu einer komischen Tierzeremonie. Ich habe Wild noch nie gemocht, okay?“ Außer als Wurst, aber das würde sie den beiden nicht verraten.

Sie zuckte zusammen. Was, wenn sie ihre Gedanken hören konnten?

Elsa folgte ihnen ungefähr fünf Minuten lang durch Bäume und über moosbewachsene Baumstämme. Dann hüpften sie einen Hang hinab, schnell und geschickt. Elsa verlangsamte ihr Tempo aus Angst, auf dem feuchten Laub auszurutschen und sich mitten im Nirgendwo zu verletzen.

Der Klang von rauschendem Wasser wurde lauter, und die Schlucht wurde steiler und felsiger. Sie suchte sich langsam ihren Weg nach unten, nach den Ästen der Bäume greifend, um nicht das Gleichgewicht zu verlieren.

Endlich erreichte sie den Grund. Hier wuchsen keine Bäume mehr, und auch der weiche Boden voller Kiefernnadeln nahm ein Ende. Eine Felsplatte reichte bis ans Ufer eines Baches. Die Sonne schien so hell, dass sie blinzeln musste, um ihre Augen ans Licht zu gewöhnen.

Der Bach wand sich im Tal der Schlucht, plätscherte über Kiesel und fand seinen Weg um große Findlinge. Ein Stück bachabwärts entdeckte sie Howard, halb hinter einem Haufen Steine versteckt. Er hatte ihr den Rücken zugedreht, sein Oberkörper war nackt.

Die Hirsche sprangen den Bach hinab. Ihre Hufe klapperten auf der Felsplatte.

Er drehte sich nach dem Geräusch um, und Elsa versteckte sich hinter den Bäumen. *Feigling. Warum lässt du ihn nicht wissen, dass du hier bist?*

Sie war sich jedoch nicht sicher, ob er sie bei sich haben wollte. Denn bedeutete es schließlich nicht, dass ein Mann für sich sein wollte, wenn er allein in den Wald wanderte? Wenn er so eine

Art Superkraft benutzen musste, um sich selbst zu heilen, dann wollte er das wahrscheinlich geheim halten.

Aber wenn es ihm ernst war, eine Beziehung mit ihr zu wollen, dann sollte er keine Geheimnisse vor ihr haben. Sie schlich sich vorsichtig den Bach hinab, immer verborgen hinter Bäumen und Büschen. Glücklicherweise hatten die Hirsche sich entschieden, wieder den Abhang hinaufzuklettern, und machten dabei genug Geräusche, um ihre eigenen zu überdecken.

„Danke, Jungs!“, rief sie ihnen in Gedanken zu. *Na toll.* Jetzt war sie schon genauso verrückt wie ihre Tanten.

Sie entdeckte Howard hinter einem großen Felsen, der oben abgeflacht war. Anscheinend hatte er sein Hemd im Bach gewaschen, denn es war nass, und er breitete es gerade auf dem sonnenbeschienenen Felsen zum Trocknen aus. Auf Zehenspitzen ging sie ein Stück weiter den Bach hinab, damit sie ihn von hinten sehen konnte.

Er stand dort, wo der Bach eine scharfe Biegung machte. Eine Wand aus Granit hatte seinen Lauf eingeschränkt und ein Strudelloch gebildet, das tief genug war, um darin zu schwimmen.

Sie zuckte zusammen, als sie die Wunden und blutigen Abschürfungen auf seinem Oberkörper und seinen Armen entdeckte. Armer Howard. Er zog seine Schuhe aus, löste dann seinen Gürtel und streifte seine Hose ab.

Ihr stockte der Atem, und sie legte sich die Hand auf den Mund. Bei seinem Supergehör musste sie aufpassen, kein Geräusch von sich zu geben. Aber es war schwer, so schwer, nicht zu wimmern, als er die Daumen in den elastischen Bund seiner blauen Boxershorts hakte und sie langsam seinen Hintern hinabzog.

Oh Gott. Sie kniff die Augen fest zusammen, drehte sich um und presste den Rücken an den großen Baum, der sie verbarg. Sie war so schlimm wie ein Spanner. Den armen Mann so anzuglotzen, obwohl er mit Schürfwunden übersät und blutverschmiert war.

Aber sollte sie nicht nachsehen, wie schlimm er verletzt war? Sie öffnete die Augen wieder und spähte um den Baum herum.

Mein Gott. Ihr blieb das Herz stehen. Er hatte einfach den schönsten Hintern der Welt. Nein, des Universums. Man sollte über ihn Gedichte schreiben und ihm Lieder widmen.

Sie riss die Augen immer weiter auf, je länger sie seine Rückenansicht betrachtete. Hünenhafter, herrlicher Howard.

Er stieg in das Wasserloch, bis ihm das Wasser bis zur Taille reichte. Dann wusch er sich das Blut von Armen und Brust. Gehörte das zu seinem Heilungsprozess? Was auch immer es war, es war herrlich anzusehen.

Er nahm Wasser in seine riesigen hohlen Hände und spritzte es sich ins Gesicht. Die nächste Handvoll goss er sich über den Kopf. Sein Bizeps trat dabei hervor. Die Muskeln an seinem Rücken spannten sich an. Ihre Knie drohten unter ihr nachzugeben.

Sie hockte sich hinter den großen Baum, aber ein Busch versperrte ihr die Sicht. Sie schob vorsichtig einen Zweig zur Seite. Er hatte sich umgedreht sodass sie ihn jetzt von vorn betrachten konnte. *Oh Gott, Glück gehabt.* Er hätte sie gesehen, wenn sie nicht in derselben Sekunde in Deckung gegangen wäre.

Sie schloss die Augen und rügte sich selbst. *Du solltest dich schämen, den armen Mann so anzustarren, obwohl er verletzt ist.*

Sie öffnete die Augen und keuchte auf. Er wurde grau!

Er hob den Blick.

Verflixt. Sie duckte sich tiefer hinter den Busch. Was in aller Welt ging hier vor? Die Hautfarbe eines Menschen änderte sich doch nicht einfach so.

Sie wagte noch einen Blick. Grau! Er sah aus wie ein griechischer Gott, aus Zinn gegossen. Seine Augen leuchteten in einem tiefen Blau.

Ihr Herz raste. Das musste seine Superkraft sein. So heilte er sich selbst!

Sie sah noch einmal hin und verschluckte sich fast. Sein Körper schimmerte, wuchs, veränderte sich. Ihm sprossen überall Haare aus dem Körper. Sein Gesicht verzerrte sich, schimmerte und offenbarte dann seine neue Gestalt.

Ein Bär.

Ihre Knie und Arme gaben nach, und sie brach auf dem Boden zusammen. Benommen beobachtete sie ihn durch die Zweige.

Sie blinzelte, und er war immer noch da.

Howard war ein Bär.

Sie schüttelte den Kopf. Sie hatte sich zwar gefragt, ob er ein Wolf oder ein Bär sein konnte, aber jetzt, wo sie den Beweis direkt vor Augen hatte, fiel es ihr dennoch schwer, es zu glauben. Aber da war er. Er war ein riesiger, verflixter Bär. Kein niedlicher kleiner Panda. Ein riesengroßer, massiger Grizzlybär!

Er platschte im Wasser herum, tapste dann ans Ufer und schüttelte sich. Wassertropfen flogen dabei in alle Richtungen.

Ihr Herz zog sich zusammen, als ihr die Realität endlich ins Bewusstsein drang. Sie befand sich keine zehn Meter entfernt von einem Grizzlybären!

Panik erfasste sie. Was konnte sie tun? Wenn sie bergauf rannte, würde er sie sehen und Jagd auf sie machen. *Er?* War das noch ein *Er*? Steckte überhaupt noch etwas von Howard in diesem riesigen Biest?

Oh Gott, sie hätte auf ihre Tanten hören sollen! Sie hatten sie gewarnt, dass er ein Berserker war, dass er sich in ein Biest verwandeln konnte, in eine Killermaschine.

Was sollte man machen, wenn man einem Grizzlybären begegnete? Sich tot stellen? Sie zog die Knie an, legte die Arme darum und schmiegte sich eng mit dem Rücken an den Baum. Ihr Herz raste, und es donnerte so laut in ihren Ohren, dass sie Angst hatte, er würde es hören.

Er würde ihr nachstellen. Er würde sie riechen. Sie hören. Er würde kommen, um sie zu töten.

War das ihrer Großmutter zugestoßen? War sie von einem Bär zerfleischt worden?

Elsa hörte hinter sich, wie schwerfällige Schritte auf sie zukamen.

Heiße Tränen sammelten sich in ihren Augen. Wie hatte sie so dumm sein können? Warum hatte sie nicht auf die Warnungen ihrer Tanten gehört? Würde man je ihre Leiche finden, je wissen, was ihr zugestoßen war?

Reiß dich zusammen. Sie zog die Knie fest an ihre Brust. Sie musste sich tot stellen. Egal, was der Bär mit ihr machte, sie durfte nicht reagieren. *Lieber Gott, bitte mach, dass er mich in Ruhe lässt.*

Der Busch neben ihr fing an zu rascheln, und sie hörte ein Schnüffeln hinter sich.

Nicht bewegen. Nicht reagieren.

Der Bär kam langsam in ihr Sichtfeld getapst und ging in weitem Bogen um sie herum, bis er etwa fünf Meter entfernt von ihr stehen blieb.

Ihr Herz raste wie wild, und sie machte sich angespannt für den Aufprall bereit. Er würde jede Sekunde angreifen.

Aber stattdessen setzte er sich hin.

Sie wartete, aber nichts geschah. Langsam ließ sie den Blick seinen massigen Körper hinauf bis zu seinem Kopf wandern.

Er legte den Kopf zur Seite und betrachtete sie.

Howards Augen. Sie atmete scharf ein und erstarrte dann, entschlossen, nicht zu reagieren. Aber welcher Grizzly hatte stechend blaue Augen? Intelligente Augen, die jede ihrer Bewegungen beobachteten. War Howard dort drinnen?

Der Bär erhob sich auf alle viere und ging dann langsam auf sie zu. Sie krallte sich mit den Fingern in ihre Jeans. *Nicht bewegen. Nicht reagieren.*

Er blieb keine zwei Meter von ihr entfernt stehen und setzte sich wieder hin.

Was hatte er vor? Spielte er mit ihr, ehe er angriff? Oder ließ er ihr Zeit, sich zu gewöhnen? An was? Ihren Tod oder ihre Zukunft?

Er stand wieder auf und kam näher. Sie hielt den Atem an.

Er stupste mit der Schnauze gegen ihren Fuß. Seine blauen Augen sahen friedlich aus, fast freundlich.

Sie atmete bebend ein.

Er stupste ihr Knie mit der Schnauze an.

„Howard?“, flüsterte sie.

Er gab ein merkwürdiges, stöhnendes Geräusch von sich und kam dann noch näher, bis seine Schnauze nur noch ein kleines Stück von ihr entfernt war.

Das war es. Sie schloss die Augen. Entweder er ließ sie jetzt gehen, oder er zerfleischte sie.

Er stupste sie gegen die rechte Schulter.

Brennend heiße Flammen schossen durch ihr Geburtsmal. Sie keuchte vor Schmerz auf und sackte dann in sich zusammen, als alles um sie herum schwarz wurde.

16. KAPITEL

V*erflucht!* Howard nahm wieder seine menschliche Gestalt an.

„Elsa?" Er strich ihr die Haare aus dem Gesicht, die Hand immer noch grau von seiner Verwandlung.

Sie atmete, aber sie war bewusstlos. Er wusste nicht, ob sie vor Schock oder Schmerz in Ohnmacht gefallen war. Vielleicht beides. Seine Nase brannte immer noch dort, wo seine Schnauze ihr Geburtsmal berührt hatte.

Mit Händen, die wieder ihre normale Farbe angenommen hatten, rollte er den kurzen Ärmel ihres T-Shirts hoch. Er war auf ihr Geburtsmal neugierig, seit sie sich das erste Mal begegnet waren. Auch der Bär war neugierig, aber Howard hätte ihm Einhalt geboten, wenn er gewusst hätte, dass seine Berührung ihr Schmerzen bereitete.

Hitze strahlte von ihrem Geburtsmal aus, ein hochroter Kreis auf ihrer Schulter mit klauenartigen Fortsätzen. Es ähnelte einer Tierkralle und sah aus, als hätte ein großes Tier sie an der Schulter gepackt.

„Elsa, ist schon gut." Keine Antwort.

Er hob sie in seine Arme und trug sie zum Bach zurück. Ein paar Schritte ins Wasserloch, wo es noch flach war, befand sich ein flacher Felsen. Er setzte sich darauf, sie in seinem Schoß.

„Zeit zum Aufwachen", murmelte er und versuchte, dabei nicht an ihren hübschen Po zu denken, der sich an seinen Schritt schmiegte.

Er hielt die Hand in den Bach und berührte dann mit nassen Fingern ihre Wange. „Wach auf, Süße." Er befeuchtete noch einmal seine Hand und strich ihr damit die Haare aus der Stirn.

Sie stöhnte.

Hatte sie immer noch Schmerzen? Wenn er ihr Geburtsmal mit bloßer Hand berührte, würde es ihr dann wieder wehtun? Er sah sich suchend um und entdeckte seine Boxershorts am

Ufer, wo er sie auf seine Hose hatte fallen lassen. Hose und Hemd waren beide blutbefleckt und zerrissen, die Boxershorts war noch die sauberste Wahl. Er tauchte sie in das kalte Wasser und presste sie auf ihr heißes Geburtsmal.

Flatternd öffneten sich ihre Lider.

„Da bist du ja." Er lächelte. „Du hast angefangen, mir Angst zu machen."

Sie starrte ihn benommen an.

„Du bist in Ohnmacht gefallen." Er tauchte seine Unterwäsche wieder in den Bach und presste sie dann auf ihr Geburtsmal. „Ich wollte es nicht wieder zum Brennen bringen. Tut mir leid."

Ein Beben durchfuhr sie, und dann sah sie sich gehetzt um.

„Ist schon gut." Er lächelte sie beruhigend an. „Du solltest mittlerweile wissen, dass ich dir nicht wehtun werde. Ich bin verrückt nach dir, du machst mich ganz wild."

Sie riss die Augen auf, bis ein Funken Panik darin erschien. „Wild?"

Er zuckte zusammen. „Schlechte Wortwahl."

Sie befreite sich aus seinen Armen und stolperte ans Ufer. „Du …" Sie richtete ihren zitternden Finger auf ihn. „Du bist … du bist …" Sie blinzelte und sah ihn von oben bis unten an.

„Drei Buchstaben, der erste ist ein B."

„Du bist nackt!"

„Das auch." Er nickte. „Auch wenn das wahrscheinlich im Augenblick eher nebensächlich ist."

Sie fuhr sich mit der Hand durch die Haare und sah sich dabei nervös nach allen Seiten um. „Ich habe es mir nicht eingebildet, oder?"

„Nein."

Ihr Blick landete auf dem Baum, hinter dem sie sich vor Kurzem noch versteckt hatte. Sie atmete zitternd ein und presste sich die Hand aufs Herz. „Ich dachte, ich muss sterben." In ihren Augen standen Tränen. „Ich dachte, du bringst mich um."

„Elsa." Er erhob sich langsam. „Süße ..."

„*Nein!*" Sie sprang zurück und hob abwehrend die Hände. „Nicht bewegen."

Er setzte sich zurück auf den Felsen, den Hintern halb im Wasser. Solange er die Knie angezogen und seine Arme verschränkt darauf abgelegt hatte, war sein Schritt kaum zu sehen. Was im Augenblick ganz gut war. „Es gibt keinen Grund, vor mir Angst zu haben."

„Keinen Grund?" Sie wedelte mit den Armen. „Du bist ein Bär! Ein riesiger verflixter Grizzlybär!"

„Und ich habe dir nicht wehgetan." Er zuckte schuldbewusst zusammen. „Bis auf das Brennen von deinem Geburtsmal. Das hatte ich nicht erwartet. Ich dachte, das wäre eine einmalige Sache gewesen." Vielleicht war es für ihn einmalig in Menschengestalt und einmalig als Bär.

Sie biss sich auf die Unterlippe und sah ihn mit einem Blick an, der halb aus Unglauben und halb aus reiner Angst bestand.

Verflucht, er wollte nicht, dass sie Angst vor ihm hatte. Eines Tages würden sie über all das lachen, und je schneller dieser Tag kam, desto besser. „Ich wusste, dass du da bist, Elsa. Ich konnte deinen Duft wittern. Und du bist wie eine Büffelherde durch den Wald getrampelt ..."

„*Was?*"

Er lächelte. Das war schon besser. Wut, Scham, Ärger nahm er gerne hin – jedes Gefühl, solange es nicht Angst war. „Hat dir die Aussicht gefallen?"

„Deine Verwandlung in ein Biest?" Sie schauderte. „Natürlich nicht! Das war die reinste Horrorshow."

„Ich meinte eher die Stripshow. Als du zugesehen hast, wie ich mich ausgezogen habe."

Sie senkte errötend den Blick. „Das ... das hatte ich einfach nicht erwartet. Ich bin dir nur hier raus gefolgt, weil ich mir Sorgen um dich gemacht habe."

Seine Mundwinkel zuckten. „Das war sehr nett von dir."

„Das war doch das Mindeste. Schließlich hast du dich verletzt, weil du mir Blumen gebracht hast."

„Haben sie dir gefallen?"

„Ja." Sie sah ihn zerknirscht an. „Okay. Es war nicht nur aus Sorge. Ich war neugierig. Du hast gesagt, deine Verletzungen heilen von selbst, und ich wollte sehen, wie das funktioniert. Das Letzte, was ich erwartet hatte, war, dass du dich …"

„Verwandelst?"

Sie erschauderte. „Nennt man das so?"

„Ich muss mich verwandeln, um zu heilen." Er streckte die Arme aus. „Siehst du? Die Kratzer sind alle weg. Ich hatte einen wirklich tiefen hier, über meiner Hüfte." Er lehnte sich zur Seite, um es ihr zu zeigen.

Sie riss die Augen auf und wendete sich ab. „Das glaube ich."

„Und meine gebrochenen Rippen sind vollkommen geheilt."

Sie drehte sich entsetzt wieder zu ihm um. „Du hattest gebrochene Rippen?"

„Ja." Er fuhr mit der Hand über seine Brust und seinen Bauch. „Ich hatte wirklich starke Schmerzen."

Ihr Blick folgte seinen Händen. „Es freut mich, dass es dir jetzt besser geht."

Er hob das Bein, das ihr am nächsten war. „Ich hatte Kratzer an meiner Wade und sogar hier an meinem Schenkel."

Ein glasiger Ausdruck trat in ihre Augen.

„Natürlich hast du alle meine Verletzungen schon gesehen, als du hinter dem Baum dahinten gestanden hast wie ein kleiner Spanner."

Sie erstarrte. „Wie bitte?"

„Ich glaube, du hast aufgekeucht, als ich mir die Boxershorts ausgezogen habe."

Sie keuchte erneut auf. „Habe ich nicht! Ich habe genau aufgepasst, keine Geräusche …" Sie zuckte zusammen, und ihr Gesicht wurde noch röter.

Er grinste.

„Du hast echt Nerven!" Ihre Augen blitzten wütend auf. „Bei dir klingt es so, als wäre ich irgendwie pervers, und dabei bist du doch – du bist ein *Biest*!"

Er kniff die Augen zusammen. „Vielleicht solltest du Männern nicht in den Wald nachlaufen."

„Vielleicht hättest du mich warnen sollen!"

„Wie denn? Die letzte Woche hast du dich geweigert, mit mir zu reden!"

„Wenn du wusstest, dass ich hinter dem Baum war, hättest du mich warnen müssen." Sie verschränkte die Arme und starrte ihn wütend an. „Du hast mich zu Tode erschreckt."

„Eine Warnung hätte dich auch erschreckt." Er fuhr sich mit der Hand durch die Haare. „Versuch doch mal, es aus meiner Perspektive zu sehen. Ich hatte starke Schmerzen, also musste ich mich verwandeln. Ich hatte dich nicht gebeten, mitzukommen und mir nachzuspionieren, aber als ich gemerkt habe, dass du da bist, dachte ich mir, warum soll ich mich nicht vor deinen Augen verwandeln? Ich musste es dir ohnehin früher oder später erzählen, und ich dachte, ich kann dir zeigen, wie harmlos der Bär in mir ist."

Sie schnaubte. „Harmlos? Warum sollte ich glauben, dass ein Grizzlybär harmlos ist?"

„Weil *ich* es bin. Konntest du nicht sehen, dass ich es bin?"

Sie biss sich auf die Lippe. „Ich hatte zu viel Angst, um groß nachzudenken."

„Ich habe Angst seit dem Augenblick, in dem wir uns begegnet sind, Angst, dass du vor mir wegläufst, sobald du die Wahrheit kennen würdest." Er zuckte zusammen. So viel hatte er nicht zugeben wollen. Er griff nach seiner nassen Unterhose und schüttelte sie aus.

„Du hast mein Geburtsmal mit deiner Unterhose gekühlt?"

Er sah sie stirnrunzelnd an. „Die ist sauber. Einigermaßen." Er hatte erst vor knapp einer Stunde geduscht und sie frisch angezogen. „Willst du wieder zusehen?" Er zog die Boxershorts langsam seine Beine hoch.

Schnaubend drehte sie ihm den Rücken zu. „Du bist wirklich ein Biest."

„Das stimmt." Wieder lächelnd stand er auf und zog die Boxershorts richtig an. Er war immer noch halb steif, seit er sie in seinen Armen gehalten hatte, und der nasse Stoff schmiegte sich eng an seinen Unterleib.

„Du warst so groß", flüsterte sie.

„Danke. Ich finde auch, dass ich relativ gut bestückt bin."

Sie schnaubte und drehte sich wieder zu ihm um. „Ich meinte den Bären!" Sie sah an ihm hinab und wendete sich dann wieder ab.

Seine Mundwinkel zuckten. Er wusste, was sie gemeint hatte, aber es machte zu viel Spaß, sie zu necken. „Eigentlich bin ich ein Kodiakbär. Das ist der größte unter den Grizzlys."

„Super", murmelte sie.

Er zog seine Hose an. „Und falls du dich gefragt haben solltest, meine Proportionen stimmen."

„Bitte?" Sie warf ihm einen argwöhnischen Blick zu.

„Das soll heißen …" Er schloss vorsichtig den Reißverschluss seiner Hose. „Ich bin überall groß."

Sie machte ein abfälliges Geräusch und wendete sich wieder ab. „Als würde mich das interessieren."

„Tut es das nicht?" Er lehnte sich gegen den Felsen, um seine Socken anzuziehen. „Du bist mir hierher gefolgt."

Sie stemmte die Hände in die Hüften und funkelte ihn wütend an. „Na schön. Ich gebe zu, du bist groß. Du hast eine breite Brust. Und breite Schultern."

„Danke."

„Starke Muskeln."

„Ja." Er zog seine Schuhe an.

„Und ein enorm großes Ego."

Er grinste. „Das auch." Er zog sich sein Polohemd über den

Kopf. Es war an einigen Stellen zerrissen und immer noch feucht.

Sie reckte das Kinn. „Aber ob du etwas für mich bist, weiß ich nicht. Ich hasse große Hintern an Männern."

„Ich liebe Frauen mit einem großen Mundwerk." Er ging immer noch lächelnd auf sie zu.

Sie wich zurück und riss die Augen auf. „Was hast du …"

Er nahm sie in die Arme.

Sie erstarrte. „Dein Hemd ist nass."

„Entspann dich." Er schlang die Arme um sie und rieb das Kinn an ihren Haaren. „Ich bin es. Egal ob Mensch oder Bär, das bin immer nur ich."

Sie stöhnte. „Ein Mann, der zum Bären wird? Das ist zu merkwürdig."

„Merkwürdiger, als die Hüterin des Waldes zu sein?"

„Darum habe ich nicht gebeten."

„Ich habe auch nicht darum gebeten, ein Wer-Bär zu werden."

Sie lehnte sich zurück, um ihn anzusehen. „Nennt man das so?"

Er nickte. „Oder Gestaltwandler. Es gibt übrigens eine Menge Wandler, die nicht aus Skandinavien stammen, sie sind also keine Berserker. Ich kenne Panther und Tiger …"

„Was?" Sie stieß sich von ihm ab. „Willst du mir sagen, dass Menschen sich in diese Tiere verwandeln?"

„Es gibt mehr Dinge auf der Welt, als man sich …"

„Ich will das nicht hören!" Sie hob eine Hand, damit er aufhörte. „Ich habe eine Überdosis an übernatürlichen Dingen. Ich will eine schöne, normale Welt."

„Na gut. Dann sieh es einmal so. Im Augenblick bin ich ein Mann. Du bist eine Frau. Und was für eine Frau." Sein Blick fiel auf ihren Oberkörper, der von seinem nassen Hemd feucht geworden war. Ihr T-Shirt schmiegte sich an ihre Brüste, sodass ihre Brustwarzen genau zu erkennen waren. „Und die Gefühle, die wir haben, sind vollkommen normal. Die Anziehung. Das Begehren."

Sie atmete tief ein. „Ich bin mir nicht sicher, ob ich damit fertigwerde."

„Ich will dich." Er kam näher. „Ich habe dich immer gewollt."

„Nein", flüsterte sie, aber ihr Körper sagte etwas anderes. Ihre Brustwarzen zogen sich zusammen, bis sie hart wie Perlen waren.

„Du willst mich auch." Er legte eine Hand an ihre Brust, aber sie wich zurück.

„Bitte. Ich brauche noch Zeit."

„Elsa." Er schlang die Arme um sie und zog sie fest an sich. „Ich gebe dir alle Zeit, die du brauchst, aber bitte verbringe sie nicht damit, dir einzureden, ich sei gefährlich. Oder dass ich dir wehtun werde. Wie könnte ich dir wehtun, wenn ich so viel für dich empfinde?"

„Oh, Howard." Sie legte den Kopf an seine Schulter. „Ich will dir ja glauben, aber diese Wer-Bär-Sache ist so …"

„Erstaunlich?"

„Erschreckend." Sie lehnte sich zurück, um ihm ins Gesicht zu sehen. „Was, wenn du die Kontrolle verlierst?"

„Ich habe immer die totale Kontrolle. Über den Bären, meine ich." Er sah hinab zu seinem ausgebeulten Schritt. „Andere Teile scheinen ein Eigenleben zu führen."

Sie hob eine Augenbraue. „Biest."

„Goldlöckchen." Er küsste sie auf die Stirn. „Gibst du die Wahrheit zu?"

„Welche Wahrheit?"

Er beugte sich vor, um ihr ins Ohr zu flüstern: „Dir hat mein Hintern gefallen."

Sie gab ihm einen Klapps auf die Schulter. „Eingebildet bist du wohl gar nicht?"

Er lachte. „Ich würde auch viel lieber über *deinen* nackten Körper reden. Falls du mir einen Hinweis darauf geben würdest." Er ließ die Hand über ihren Po gleiten. „Oh ja, das ist ..."

„Hörst du wohl auf?" Sie schob ihn entnervt von sich. „Ich stehe noch unter Schock, und du versuchst, mich anzutatschen?"

„Ach ja." Er nickte. „Tut mir sehr leid." Er sah sie schuldbewusst an. „Ich bin ein böser kleiner Bär."

Ihre Mundwinkel zuckten. „Kannst du auch mal ernst sein?"

„Mit dir ist es mir ernst." Er lächelte. „Im Ernst."

Sie sah ihn nachdenklich an. „Und das soll die Persönlichkeit eines Grizzlybären sein?"

„Betrachte mich einfach als großen, kuscheligen Honigbären."

Sie schnaubte und fing dann an, den Abhang hinaufzugehen. „Ich weiß nicht, was ich denken soll."

Wenigstens schien sie keine Angst mehr vor ihm zu haben. Er holte sie ein. „Kann ich dich morgen wiedersehen?"

„Ich weiß es nicht." Sie warf ihm einen verärgerten Blick zu. „Kannst du die ganze Zeit über ein Mensch bleiben?"

„Ja. Aber es würde Spaß machen, sich mit dir wie die Tiere zu benehmen."

„Biest."

„Goldlöckchen." Er nahm sie an der Hand, um ihr bei einer steilen Stelle zu helfen. „Dann sehen wir uns morgen früh?"

„Vielleicht." Sie seufzte. „Es müsste ein Geheimnis bleiben. Meine Tanten würden dich erschießen, sobald sie dich sehen."

„Verstehe."

Sie kamen am Gipfel des Hügels an. Der Weg zurück zum Haus war jetzt einfach, aber er ließ ihre Hand trotzdem nicht los. Lächelnd bemerkte er, dass sie sich nicht von ihm löste. Obwohl sie wusste, dass er ein Biest war.

17. KAPITEL

Ein schöner Mann kam in der Nacht zu ihr. Groß und kräftig bedeckte er ihren Körper mit seinem. Seine großen Hände fuhren über ihre Haut und brachten sie zum Brennen. Sie wollte ihn. Sie rief nach ihm. Sie brannte für ihn.

Seine Hände waren magisch. Wie sie ihre langen Beine hinabfuhren. Wie er ihre Brüste massierte. Ihren Hals streichelte. Seine Finger fest darumschloss.

Sie erwürgte.

Sie wehrte sich, aber er war zu stark. Zu mächtig.

Sein Gesicht, halb in den Schatten verborgen, verzog sich vor Wut. Verwandelte sich. Er brüllte wie ein Tier.

Sie sah entsetzt zu ihm hoch. Im Flackern der Feuerstelle konnte sie die Umrisse seines Kopfes erkennen.

Ein Bär.

Sie wachte mit einem erstickten Schrei auf.

„Elsa?“ Großtante Ula schaltete die Nachttischlampe an.

Sie bedeckte ihre Augen, um sich an die plötzliche Helligkeit zu gewöhnen. „Alles in Ordnung.“

„Bist du sicher?“, fragte Ula auf Schwedisch.

„Ja. Es war nur ein schlechter Traum.“

„Ich hole dir Wasser.“ Ula trat an die Kommode.

Elsa setzte sich auf und lehnte sich gegen das Kopfende des Bettes. Es war eine Woche vergangen, seit sie den letzten Albtraum gehabt hatte. Zu sehen, wie Howard sich in ein Biest verwandelte, musste ihr Unterbewusstsein wieder angefeuert haben.

„Hast du von den Berserkern geträumt?“, fragte Ula, während sie eine Flasche Wasser aufdrehte.

„Ja.“ Besonders von einem bestimmten Berserker, aber das wollte Elsa lieber nicht zugeben. Warum war der Traum zurückgekehrt? Hatte ihr Howards Fähigkeit, sich in einen Grizzlybären zu verwandeln, einfach so viel Angst eingejagt? Wer würde deswegen nicht durchdrehen? Oder versuchte ihr Unterbewusstsein, sie dazu zu bringen, eine Wahrheit zu akzeptieren, die sie bisher vermieden hatte? Howard könnte gefährlich sein.

Er könnte sie hintergehen und sie umbringen. Genau wie der Berserker, der die erste Hüterin des Waldes umgebracht hatte.

Sie schauderte. Wie konnte sie sich so sehr zu Howard hingezogen fühlen, obwohl er ein Biest war? Wie konnte sie sich in einen Berserker verlieben, der sie umbringen könnte?

Selbst ihr Unterbewusstsein hatte dieser Anziehung nachgegeben. Am Anfang des Traumes, als der Mann sie geliebt hatte, wand sie sich unter seinem kräftigen Körper, begierig auf seine Berührungen. Und in Gedanken hatte sie gewusst, wer er war. *Howard.* Hünenhafter, hinreißender Howard. Als er mit den Händen ihre Brüste umfasste, bog sie sich ihm entgegen und flehte darum, dass er sie in den Mund nahm. Als seine Hände an ihren Beinen hinabstrichen, öffnete sie die Schenkel für ihn. Sie brannte für ihn. *Heißer Howard.*

Sie hatte den Traum genossen, bis er anfing, sie zu erwürgen. *Horrorshow-Howard.*

„Hier." Ula reichte ihr ein Glas Wasser.

„Danke." Sie nippte daran.

„Willst du darüber reden?", fragte Ula.

„Eigentlich nicht." Sie stellte das Glas auf den Nachttisch. „Kannst du mir von meiner Großmutter erzählen?"

„Natürlich." Ula setzte sich auf die Bettkante. Sie lächelte, und ihre Gesichtszüge wurden weicher, als sie sich erinnerte. „Birgit war eine schöne Frau, genau wie du. Sie hat schon von klein auf von dem Fluch gewusst, aber sie hat ihn nie gefürchtet. Sie hat es geliebt, Hüterin des Waldes zu sein. Ich habe versucht, sie bei mir auf der Insel zu behalten, wo sie sicher war, aber sie ist nie lange geblieben. Sie hatte eine Hütte tief im Wald, und dort ist sie oft gewesen, um bei den Tieren zu sein. Sie waren so gute Freunde."

Elsa erinnerte sich, wie sie vor ein paar Stunden scheinbar mit den Hirschen kommuniziert hatte. „Meine Großmutter konnte mit den Tieren reden?"

„Ja. Und je stärker ihre Gabe wurde, desto mehr konnte sie tun. Einmal habe ich gesehen, wie sie das gebrochene Bein eines Hirschs nur durch ihre Berührung geheilt hat."

Elsa stockte der Atem. Würde sie auch solche Kräfte entwickeln? „Das ist unglaublich."

„Birgit war unglaublich. Die Tiere versammelten sich um sie, Wildkatzen neben Kaninchen, ohne ihnen etwas zu tun. Bei ihr waren sie friedlich. Sie hingen an ihr." Ula seufzte. „Ein paar von ihnen sind gestorben bei dem Versuch, sie zu retten."

Ein kalter Schauer lief Elsa über den Rücken. „Wie … wie ist sie gestorben?"

„Wir sind uns nicht sicher. Niemand war Zeuge, aber sie wurde von einem wilden Tier zerfleischt. Um sie herum lag eine Herde Hirsche, ebenfalls zerfleischt. Sie hatten versucht, sie zu beschützen."

Elsa bekam eine Gänsehaut. Von einem wilden Tier zerfleischt? Es musste ein großes und wildes Tier gewesen sein, um es mit einer ganzen Herde Hirsche aufzunehmen. Wild genug, um auch eine Herde Wildschweine zu erledigen?

Sie musste schlucken. „Und ihr glaubt, dieses Tier war ein Berserker?"

„Ja." Ula nickte. „Birgit hatte ein paar Wochen zuvor jemanden kennengelernt, der ihr Geburtsmal zum Brennen gebracht hat. Laut unserer Familienlegende kann nur ein Berserker es zum Brennen bringen. Und kurz darauf wurde sie ermordet."

„Aber ihr habt keinen eindeutigen Beweis, dass es wirklich immer ein Berserker ist, der die Morde begeht?"

„Wer sollte es sonst sein?", fragte Ula. „Die Hüterin und der Berserker sind auf ewig in einem grausamen Tanz verbunden, der sich seit Jahrhunderten immer wieder wiederholt. Die Hüterin hat die Berserker erschaffen und diese Männer dazu verflucht, als Biester auf Erden zu wandeln. Und sie wiederum sind verdammt dazu, ihre Schöpferin zu suchen und sie zu töten."

Elsa verzog das Gesicht. Dann war sie zum Sterben verdammt?

Sie rieb sich die Stirn. Sicherlich waren sie keine Roboter, die auf Zerstörung programmiert waren. Sie hatten einen freien Willen. Konnten sie nicht ein anderes Schicksal wählen? Was, wenn sie einander liebten? Würde das nicht den Fluch brechen? Howard hatte so etwas auf ihre Mailbox gesprochen.

Aber Howard war ein Berserker, ein Bär. Wenn es der Instinkt des Bären war, sie zu töten, konnte er es dann verhindern?

Wenn sie sich weiter mit Howard traf, war das dann wie russisches Roulette spielen? Was, wenn er den Bären nicht immer kontrollieren konnte?

Nur ein Augenblick der Entgleisung konnte ihren Tod bedeuten.

Howard wusste, dass etwas nicht stimmte, als Elsa am nächsten Morgen nicht auf seine SMS antwortete. Er hatte sie gefragt, ob sie sich in ihrer Mittagspause mit ihm treffen wollte, aber sie hatte nicht reagiert.

Halb hatte er damit schon gerechnet. Sie musste sich an vieles gewöhnen und hatte gesagt, dass sie Zeit brauchte. Aber Zeit konnte auch ihre Angst so weit steigern, dass sie ihn zurückwies.

Er saß an seinem Schreibtisch im Sicherheitsbüro der Dragon Nest Academy und überlegte sich seinen nächsten Schritt. Was er brauchte, war eine neue Strategie, mit der er sie überzeugen konnte, ihm zu vertrauen. Der Bär in ihm wollte sie in seine Blockhütte zerren, die sich ganz in der Nähe befand, und sich über sie hermachen, bis sie ihm vollkommen ergeben war.

Howard schnaubte verächtlich. Der Bär bedachte meistens nur die körperlichen Aspekte, und während es stimmte, dass er Elsa dringend wollte, ihre Ergebenheit wollte er auf keinen Fall.

Er wollte, dass sie sich für ihn entschied. Er wollte, dass sie ihn liebte und aus freien Stücken zu ihm kam.

Denn er fühlte sich nicht nur zu ihrem Körper und zu ihrem hübschen Gesicht hingezogen. Es war ihr kühnes Wesen, ihre Intelligenz, ihr trockener Humor, ihre Kreativität, ihr Mut, ihre Großzügigkeit und ihre Verletzlichkeit – alles, was Elsa zu dem machte, was sie war. Je besser er sie kennenlernte, desto mehr verzehrte er sich nach ihr.

Er wollte sie halten, sie küssen, sie vor Lust zum Stöhnen bringen und sie auf dem Höhepunkt erbeben sehen. Er wollte sie zum Lachen bringen. Wollte sie jeden Morgen mit einem Kuss wecken. Wollte sie anspornen, wenn sie wunderschöne Schränke und Holzarbeiten tischlerte. Er wollte, dass sie Erfolg hatte. Glücklich war.

Er dachte wieder an das, was er sich im Park gewünscht hatte. Zu lieben, ohne zu bereuen. Er wollte, dass seine Liebe Elsa Freude brachte.

Gesteh es dir ein. Du liebst sie.

Der Gedanke machte ihm keine Angst. Eigentlich hatte er längst gewusst, dass er sich in sie verliebt hatte, und er war nie versucht gewesen, sich davon abzuhalten. Es fühlte sich richtig an. Sie fühlten sich richtig an.

Das einzige Problem war die Angst, die sie vor seinem Bären hatte. Jede Frau bei Verstand hätte Angst davor, sich mit einem Mann einzulassen, der sich in ein wildes Biest verwandeln konnte. Und Elsa hatte es noch mehr, weil sie von einer langen Reihe Frauen abstammte, die anscheinend alle von Berserkern getötet worden waren.

Irgendwie musste er sie davon überzeugen, dass sie bei ihm sicher war. Dass sie ihm vertrauen konnte. Er erinnerte sich daran, was sie in jener Nacht im Park gesagt hatte. Sie wünschte sich, dass er vertrauenswürdig wäre.

Das bedeutete, tief in ihrem Innersten wollte sie ihm vertrauen, und sie wollte sich in ihn verlieben. Damit musste er einfach arbeiten und ihr geben, wonach sie sich sehnte. Er würde nicht aufgeben. Er würde nicht einmal abwarten.

Er würde einen Vorstoß wagen.

Später am Nachmittag arbeitete Elsa allein in der Küche. Die anderen Männer waren im vorderen Wohnzimmer und im Esszimmer, wo sie die Decke ein Stück absenkten, um Platz für Strom- und Wasserleitungen zu schaffen. Madge und ihre Crew waren aus New York zurückgekommen, um ihre Fortschritte aufzuzeichnen.

Elsa ging den Jungs heute lieber aus dem Weg. Am Tag zuvor hatten sie die Blumen und Howards Karte auf dem Tresen gefunden, und jetzt machten sie sich einen Spaß daraus, sie damit aufzuziehen.

Sie beschäftigte sich in der Küche damit, die Türen von allen Schränken auszuhängen. Sie hatte vor, alle bestehenden Schränke abzuschleifen und neu zu versiegeln, ehe sie neue baute, die genau dazu passten. Doch zuerst mussten die Schränke gründlich gereinigt werden, von innen wie von außen.

Sie war dankbar für die harte Arbeit. So waren ihre Gedanken beschäftigt, und sie war davon abgelenkt, über den Albtraum mit Howard nachzudenken. Oder über das heiße Liebesspiel am Anfang des Traumes.

Sie schnaubte verächtlich. Wie dumm konnte man sein? Wollte sie wirklich daran denken, wie seine Hände ihre Brüste liebkosten, wenn sie sich kurz danach um ihren Hals geschlossen hatten?

Als sie es leid war, auf Knien mit dem Kopf in einem Schrank zu stecken, richtete sie sich auf und streckte sich. Es war eine elendig schweißtreibende Arbeit für Juli. Sie zog ihre Arbeitshandschuhe aus und benutzte dann etwas Wasser aus der Flasche, um sich die Hände über der Spüle zu waschen und sich Wasser ins Gesicht zu spritzen.

Ihr Handy klingelte kurz und signalisierte eine Textnachricht.

Es war Howard. Sie stöhnte. Wie sollte sie ihm sagen, dass sie ihn nie wieder sehen wollte? Allein der Gedanke sorgte für ein Stechen in ihrer Brust. Es würde ihm wehtun. Ihr tat es bereits weh. Und es war zu grausam, ihn in einer SMS abzuservieren. Aber wenn sie ihn sah, wusste sie nicht, ob sie ihm widerstehen konnte. Hünenhafter, hinreißender Howard.

Sie las die Nachricht.

Sieh aus dem Fenster.

Als sie aus dem Küchenfenster spähte, schwoll ihr Herz an. Er stand dort in der Nähe des Waldes. Wie lange hatte er dort gewartet, um durch das Fenster einen Blick auf sie zu erhaschen?

Er konzentrierte sich auf das Handy in seiner Hand, und bald darauf klingelte ihr eigenes wieder.

Ich habe einen Picknickkorb.

Sie sah aus dem Fenster, und er hob einen großen Korb an, damit sie ihn sehen konnte. Ein Bär mit einem Picknickkorb. Ihre Mundwinkel fingen an zu zucken, und sie schrieb zurück: *Hast du den aus dem Jellystone Park geklaut?*

Verpetz mich nicht bei Ranger Smith.

Sie lächelte, als sie zurückschrieb: *Ist er voller Donuts?*

Komm her und sieh dir an, was drin ist.

Er steckte sein Telefon ein und griff dann in den Korb, um eine karierte Decke herauszuziehen. Er breitete sie auf dem Boden unter dem Baldachin aus Baumkronen aus.

Elsa sah zu, wie er noch mehr Dinge aus dem Korb nahm. Höllisch schrecklicher Howard. Er wusste, wie neugierig sie von Natur aus war.

Außerdem war sie hungrig und durstig. Es war nach vier am Nachmittag, und zum Mittag hatte sie nur einen Salat gegessen. Nachdem sie viele Stunden körperlich gearbeitet hatte, sah das Picknick schrecklich verlockend aus. Und unter den Bäumen war es zweifellos kühl und luftig, nicht so heiß und stickig wie in der Küche. Und er hatte es nahe am Haus aufgebaut. Im Haus waren einige Männer, und vorne auf der Auffahrt hatten sich ihre Tanten postiert. Nachdem eine Woche lang nichts passiert war, verbrachten die beiden jetzt die meiste Zeit im Wagen, lasen und strickten, aber die Waffen hatten sie immer noch im Kofferraum.

Es sollte ungefährlich sein, sich mit Howard zu treffen. Wenigstens für kurze Zeit. Sie machte nicht viel her in ihrer dreckigen Arbeitskleidung, aber war das wichtig, wo sie ihn doch ohnehin abweisen wollte? Noch ein Stich durchfuhr ihr Herz.

Sie nahm die Haarbürste aus ihrer Handtasche, bürstete sich schnell die Haare zurück und band sie zu einem Pferdeschwanz zusammen.

Sie atmete tief durch. *Genug getrödelt. Bring die Zurückweisung einfach hinter dich. Kurz und damit hoffentlich nicht ganz so schmerzhaft.*

Sie marschierte nach draußen. *Sei freundlich, aber bestimmt.*

Er sah sie an und lächelte.

Verflixt. Das Lächeln dieses Mannes konnte einen Eisberg zum Schmelzen bringen. *Bleib stark. Entschlossen. Gib nicht nach.* „Ist das … Champagner?“

Er füllte ein zweites Weinglas mit heller perlender Flüssigkeit. „Prickelnder weißer Traubensaft.“ Er reichte ihr das Glas. „Ich dachte, so ist es am besten, falls du noch schwere Maschinen bedienen musst.“

„Oh.“ Das war sehr aufmerksam von ihm.

„Cheers.“ Er stieß sein Glas gegen ihres und trank.

Lieber Gott, ihr war nie klar gewesen, wie sexy der Hals eines Mannes sein konnte, wenn sein Adamsapfel sich mit jedem Schluck auf und ab bewegte. *Denk nicht daran!* Sie schüttelte sich innerlich und nippte an ihrem Glas. Der Saft war herrlich kühl. Sie trank den Rest des Glases aus.

„Gut?“ Er sah sie an, und sein Mund verzog sich zu diesem halben Lächeln, bei dem sich in seiner Wange ein Grübchen bildete.

Sie nickte und spürte dabei das Kribbeln in ihrem Mund.

„Setz dich." Er deutete auf die Decke.

„Naja, eigentlich …" Sie betrachtete einen Teller voller grüner Trauben, roter Erdbeeren, Cracker und Käsescheiben. Auf einem anderen Teller lagen kleine Schokoladentäfelchen. Wäre es so schlimm, mit ihm zu essen? Er hatte sich so viel Mühe gegeben.

„In Ordnung." Sie setzte sich an den Rand der Decke.

Er setzte sich auf die andere Seite, die Teller mit Essen zwischen ihnen. „Lass mich dein Glas wieder auffüllen." Er beugte sich näher, um noch mehr Saft in ihr Weinglas zu gießen.

Sie nahm einen Schluck. „Das war sehr nett von dir."

Er steckte sich eine Traube in den Mund. „Die Frau in der Cafeteria hat mir den Korb geliehen. Ich habe ihr gesagt, ich müsste eine schöne Frau beeindrucken."

Elsa schnaubte. „Heute sehe ich schrecklich und dreckig aus."

„Du bist stark und talentiert in dem, was du tust. Genau deshalb bist du für mich schön."

Sie stöhnte innerlich. Ihn zurückzuweisen war so schwer.

„Iss etwas." Er legte eine Scheibe Käse auf einen Cracker und biss hinein. „Wie war dein Tag bisher?"

Sie knabberte etwas Käse. „Die Jungs ärgern mich schrecklich."

„Warum?"

„Als ich dir gestern gefolgt bin, habe ich deine Nachricht auf dem Küchentresen liegen lassen. Du weißt schon, die Nachricht, die du geschrieben hast …"

„Lass mich dir beweisen, dass ich deiner würdig bin?"

Sie nickte, und ihr Gesicht wurde warm. „Jedes Mal, wenn sie mich sehen, verbeugen sie sich jetzt und sagen ‚Ich bin unwürdig!'."

Howard lachte in sich hinein. „Tut mir leid."

Sie aß noch etwas Käse mit einem Cracker und sah sich um. Drei Eichhörnchen und ein Waschbär sahen ihnen zu. Ein Hirsch kam über die Lichtung zu ihnen.

„Husch!“ Howard wedelte mit einer Hand in ihre Richtung, und sie stoben auseinander.

Sie schnaubte. „Du musst ihnen keine Angst einjagen.“

Er hob die Augenbrauen. „Gesprochen wie eine wahre Hüterin. Vor einer Woche haben sie dir noch Angst gemacht, und jetzt beschützt du sie.“

„Sie wollen mir nicht schaden.“

„Da kannst du dir nicht sicher sein. Diese Wildschweine schienen nicht sehr beeindruckt von deinem Hüterinnen-Dasein.“

Stirnrunzelnd pflückte sie ein paar Trauben von der Rebe. „Was hältst du davon? Dass ich die Hüterin des Waldes bin und so.“

„Ich … fand es erst schwer zu glauben. Mein Großvater hat mir als Kind ungefähr eine Million Mal die Geschichte erzählt, aber ich habe sie immer für ein Märchen gehalten. Jetzt allerdings …“ Er trank gedankenversunken noch etwas Saft. „Es ergibt einen Sinn. Werwölfe und Wer-Bären existieren, also können auch die Hüterinnen existieren. Ihr habt uns zu dem gemacht, was wir sind.“

Sie musste schlucken. Hatten die Berserker deswegen ihre Hüterin umgebracht? „Nehmt ihr … es uns übel?“

„Was denn?“

Sie zuckte zusammen. „Meine Ahnin hat euch in Biester verwandelt. Seid ihr nicht wütend deswegen?“

„Nein. Elsa, ich bin vollkommen glücklich damit, wer und was ich bin. Ich bin superstark, superschnell, habe übermenschliche Sinne und kann ungefähr fünfhundert Jahre lang leben.“

Ihr klappte der Mund auf. „Soll das ein Witz sein?“

„Nein.“ Er grinste. „Was meinst du, wie alt ich bin?“

Sie keuchte auf. „Du bist über hundert Jahre alt?“

„Nein! Ich bin achtunddreißig.“ Er fuhr sich mit der Hand durch das dichte braune Haar. „Du liebe Zeit. Ich dachte, ich sehe viel jünger aus.“

„Oh. Tust du." Sie biss sich auf die Unterlippe, um nicht zu lachen, als er sie zweifelnd ansah. „Tut mir leid. Als du fünfhundert Jahre gesagt hast, dachte ich …"

„Schon gut." Er riss die Folie von einer Schokolade und stopfte sie sich in den Mund.

„Du siehst keinen Tag älter als dreißig aus."

Er schnaubte. „Was ich sagen will, ist, dass es mir nichts ausmacht, was ich bin. Ich mag es. Und alle Wer-Bären, die ich kenne, mögen es auch. Du hast also nichts von ihnen zu befürchten. Oder von mir."

„Aber wir glauben immer noch, dass meine Großmutter von einem Berserker umgebracht wurde. Und ihre Großmutter vor ihr."

Er verzog das Gesicht. „Das tut mir wirklich leid. Aber das ist in Schweden passiert, richtig? Vielleicht sind die Berserker dort ein paar armselige Hundesöhne. Ich kann dir mit Sicherheit sagen, dass wir Berserker in Alaska eine fröhliche Meute sind. Wir würden nie einer Frau etwas antun."

Konnte das stimmen? Konnten die Berserker, die Skandinavien verlassen hatten, anders sein? „Was hat deine Leute nach Alaska verschlagen?"

Howard zuckte mit den Schultern. „Laut meinem Großvater sind sie vor ungefähr tausend Jahren ausgewandert."

„Wie haben sie ihre Ahnenreihe fortgeführt? Haben sie weibliche Wer-Bären gefunden?"

„Das mussten sie nicht. Das Wer-Bär-Gen ist immer dominant, also konnten sie heiraten, wen sie wollten."

„Und die Kinder waren immer Wer-Bären?"

Howard nickte. „Mein Großvater sagt, die Berserker sind in Alaska tatsächlich auf ein paar andere Wer-Bären gestoßen. Schamanen, die sich in Kodiakbären verwandeln konnten. Unsere Vorfahren haben sich mit ihren vermischt, und deswegen bin ich ein Kodiakbär."

„Oh." Sie dachte über seine Worte nach. Howards Familie

aus Wer-Bären könnte ganz anders sein als die Berserker, die in Skandinavien geblieben waren. Vielleicht war der Fluch seinen Leuten nicht gefolgt. „Aber dein Großvater glaubt trotzdem noch, dass ihr verflucht seid?"

Howard winkte ab. „Der Fluch hat keine Macht, wenn man nicht daran glaubt."

Sie nickte. Das hatte sie auch immer gedacht. Aber es war viel einfacher gewesen, den Fluch abzutun, als sie noch nicht wusste, dass es Berserker wirklich gab. „Ich mache mir immer noch ein wenig Sorgen ..."

„Das weiß ich. Und ich habe mir den Kopf zermartert, wie ich dir beweisen soll, dass du mir vertrauen kannst." Er beugte sich zu ihr. „Du kannst mich im Internet suchen. Ich habe früher für die Chicago Bears gespielt."

Sie blinzelte. „Football?"

„Ja. Ich war Defensiv..."

„Die Chicago *Bären*?" Sie sah ihn fassungslos an.

„Ja." In seinen Augen funkelte es belustigt. „Die Ironie ist mir bewusst. Wie dem auch sei, ich war Linebacker. Ich habe Prügel eingesteckt, um mir den Lebensunterhalt zu verdienen."

„Du warst professioneller Footballspieler?"

„Ja. Riesige, dreihundert Pfund schwere Linemen haben täglich versucht, mich über den Haufen zu rennen. Normalerweise habe ich sie dann umgerannt, aber glaub mir, sie haben versucht, mir wehzutun."

„Du hast professionell Football gespielt?"

Sein Mund verzog sich zu einem schiefen Lächeln. „Hast du ein Problem damit?"

„Nein." *Liebe Güte, nein.* Sie lehnte sich zurück, und ihre Wangen wurden warm.

„Naja, wie schon gesagt, man hat mich dafür bezahlt, ordentlich was einzustecken und das andere Team plattzumachen. Ich habe jede Menge Quarterbacks umgehauen. Mir ist klar, das klingt ... aggressiv, sogar gewalttätig."

Sie nickte und musste sich zwingen, sich nicht mit der Hand Luft zuzufächeln. Wann war der Nachmittag so heiß geworden?

„Was ich meine ist, ich habe Schläge eingesteckt, aber noch mehr ausgeteilt. Man sollte meinen, das wäre das Biest in mir, oder? Aber bei all der Gewalt habe ich nie die Kontrolle verloren. Ich habe nie jemanden ernsthaft verletzt. Selbst die Quarterbacks, die ich umgeworfen habe, konnten danach wieder aufspringen und weiterspielen."

Die Vorstellung, wie er sie umwarf, trat ihr vor Augen. Nur dass sie im Bett landen würden, wenn er sich auf sie stürzte. *Touchdown.*

„Wenn du es mir nicht glaubst, kannst du es nachsehen."

Hünenhafter, hinreißender Howard. Wahrscheinlich warfen sich ihm die Frauen reihenweise an den Hals.

„Okay?" Er sah sie fragend an.

Sie nickte.

„Dann kommt hier mein zweiter Punkt. Ich arbeite für MacKay Security and Investigation, und die letzten paar Jahre war ich Leibwächter für die Familie Draganesti. Im Augenblick bin ich zuständig für die Sicherheit an der Dragon Nest Academy. Sie würden mir dort nie ihre Kinder anvertrauen, wenn ich mich nicht vollkommen unter Kontrolle hätte."

Sie seufzte. Er hatte gute Argumente. Und ihre Entschlossenheit geriet immer mehr ins Wanken.

„Ich führe dich gerne in der Schule herum, und du kannst dich dort mit ein paar Leuten unterhalten. Das könnte dich von einigen Sorgen befreien."

Sie trank noch mehr Saft. „Ich denke darüber nach."

„Gut." Er seufzte erleichtert. „Ich will dich nicht verlieren, Elsa."

Sie wollte ihn auch nicht verlieren. Aber war es nicht verrückt, mit einem Wer-Bären auszugehen? Einem riesigen Biest von einem Mann. Ihr Blick wanderte über seinen großen, muskulösen Körper. Vielleicht nicht. Sie nahm noch einen großen Schluck Saft.

„Und dann ist da noch mein dritter Punkt." Er nahm eine Schokoladentafel und riss die Folie ab. „Du kannst mir vertrauen, weil du mir wirklich wichtig bist. Ich bewundere dich, und ich will dich glücklich machen."

Sie musste schlucken. „Das ... das weiß ich zu schätzen." Sie trank ihr Glas leer und stellte es wieder hin. Vielleicht sollte sie gehen, ehe sie all ihre Entschlusskraft verlor. Statt Howard zurückzuweisen, war sie versucht, sich ihm in die Arme zu werfen.

„Hier, probier das." Er brach das Schokoladenquadrat in zwei Hälften und hielt ihr eine davon an die Lippen. „Aufmachen."

Mit rasendem Herzen öffnete sie den Mund. Nur ein wenig, sodass sie seine Finger an ihren Lippen spüren konnte.

Er legte ihr das Stück auf die Zunge. „Lass es auf deiner Zunge zergehen." Das andere Stück steckte er sich selbst in den Mund.

Sie sah zu, wie seine Lippen gegen seine Finger strichen, dieselben Finger, die auch in ihrem Mund gewesen waren. Sie hob den Blick und sah ihm in die Augen. Sie waren intensiv blau, fast wie das Blau im Herzen einer brennenden Flamme.

„Das sollte nicht lange dauern", murmelte er. „Dein Mund war heiß."

Ihr war überall heiß, aber sie zitterte trotzdem.

Er beugte sich vor und betrachtete sie eingehend. „Geschmolzen und klebrig?"

Sie nickte. Hitze fing an, sich zwischen ihren Beinen zu sammeln.

Er hielt ihr eine rote Erdbeere an die Lippen. „Aufmachen."

Sie gehorchte und öffnete den Mund. Er schob die Frucht hinein, und sie biss zu. Saft tropfte ihr das Kinn hinab. Er fing ihn mit seinem Finger auf, legte ihn dann an die eigenen Lippen und leckte ihn ab.

Sie stöhnte. Die Erdbeere vermischte sich mit der geschmolzenen Schokolade in ihrem Mund. So gut. Und doch so schlecht. Sie konnte nur noch daran denken, wie sehr sie ihn begehrte.

„Gefällt dir das?“ Er aß bedächtig den Rest der Erdbeere, ohne sie dabei aus den Augen zu lassen.

Ihr Unterleib pochte vor Verlangen, sie zog die Knie an und presste die Schenkel aneinander.

„Ich wette, dein Mund schmeckt jetzt süß“, flüsterte er.

„Deiner auch.“ Er verführte sie, und Gott steh ihr bei, sie liebte es.

Er kam auf allen vieren über die Decke, wie ein Tier, bis er an ihren Füßen angekommen war. Er packte sie an den Knöcheln und zog ihre Beine gerade, dann setzte er sich rittlings auf sie. „Goldlöckchen.“

Ihr Herz hämmerte. „Biest.“

„Ich küsse dich jetzt.“

Sie streckte die Arme nach ihm aus. „Ja.“

18. KAPITEL

Howard war versucht, Elsa tief in den Wald zu zerren und sie einfach zu nehmen, aber er riss sich zusammen. Auch wenn seine neueste Strategie gut funktionierte, sie war immer noch leicht zu verschrecken.

Also nahm er nur behutsam ihr Gesicht in die Hände und presste seine Lippen auf ihre. Sie schlang ihm die Arme um den Hals und neigte sich ihm entgegen. Ein ermutigendes Zeichen.

„Elsa“, hauchte er gegen ihren sinnlichen Mund. Er knabberte an ihren schokoladigen Lippen und saugte dann ihre Unterlippe in seinen Mund.

Sie stöhnte und klammerte sich fester an seinen Hals. Ihr Mund öffnete sich einladend.

Zur Hölle mit Zärtlichkeit. Er packte ihren Kopf fester und stürzte sich auf ihren süßen, heißen Mund. Er wurde hart, und er kämpfte gegen den Drang, sie auf die Decke zu drücken und ihr die Kleider vom Leib zu reißen.

Stattdessen machte er sich über ihren Hals her, knabberte daran, genoss das Stöhnen und Schaudern, das er ihr entlockte. Sie reagierte so stark auf ihn und schmolz fast in seinen Armen. Ihr Geruch machte ihn wild. Frisch wie eine taunasse Wiese im Morgengrauen, vermischt mit dem Duft ihrer Erregung.

Sicher würde es sie schockieren, dass er riechen konnte, wenn sie vor Erregung ganz feucht war. Es ließ ihn noch härter werden. Er wollte sie kosten und lecken, bis sie zu schreien anfing.

Leise knurrend wendete er sich wieder ihrem Mund zu und gab ihr einen leidenschaftlichen Kuss. Ihr Körper fing an zu beben, aber sie zog sich nicht zurück. Seine mutige Elsa erwiderte seinen Kuss und umspielte seine eindringende Zunge mit ihrer eigenen.

Er umschloss eine ihrer Brüste mit der Hand, und noch während sie stöhnte, zog sich die Knospe unter seiner Berührung zusammen. Er umkreiste sie mit dem Daumen, bis sie ganz hart war. Dann zupfte er leicht daran und stöhnte, als ihm der Duft der Feuchtigkeit zwischen ihren Beinen in die Nase stieg.

Nimm sie, drängte der Bär ihn.

Er löste den Kuss und lehnte sich zurück, immer noch rittlings auf ihren Beinen. Verdammt, er wollte sie, aber er konnte sie nicht nehmen, nicht so nahe am Haus.

Trag sie zum Fluss und paare dich dort mit ihr.

Und deswegen bist du das Biest, rügte er den Bären. Er konnte es sich nicht leisten, sie jetzt wieder zu verschrecken.

Er setzte sich vorsichtig auf die Decke zurück, zusammenzuckend, als er merkte, wie eng seine Hose sich anfühlte. „Alles in Ordnung?"

Sie nickte schwer atmend. „Ich ... ich habe unterschätzt, wie sehr ich mich zu dir hingezogen fühle."

Er drückte ihre Hand. „Bereu es nicht. Bitte. Ich will dir Freude bringen, nicht Reue."

Sie lächelte ihn traurig an. „Das hast du dir im Park gewünscht."

„Und du hast dir gewünscht, dass du mir vertrauen kannst. In deinem Herzen willst du es."

Sie seufzte. „Ich ... ich habe mich noch nie so gefühlt. Ich meine, ich habe schon Männer attraktiv gefunden, aber nicht ... so."

Er nickte. „Es ist intensiv. Als würde uns etwas treiben." Er berührte eine Haarsträhne, die aus ihrem Pferdschwanz entkommen war. „Wir werden wild zusammen sein."

Sie riss die Augen auf. „Ich sollte gehen." Sie stand schnell auf.

Verdammt, hatte er etwas gesagt, was sie aufgebracht hatte? Er stand ebenfalls auf. „Können wir uns wiedersehen? Vielleicht bei einem weiteren Picknick?"

Sie sah sich nach dem Haus um. „Vielleicht. Ein paar Minuten gehen bestimmt."

„Gut."

Sie deutete auf die Decke und das Essen. „Danke. Ich fand es sehr schön."

„Das Gefühl hatte ich auch." Er erinnerte sich an ihr Beben und Stöhnen.

„Ich meinte das Essen." Ihr Blick fiel auf die Wölbung in seinem Schritt, und ihre Wangen färbten sich rot. „Ich … wir sehen uns morgen." Sie rannte zum Haus und öffnete schnell die Tür.

Howard lächelte. Seine Gesamtstrategie ging auf. Ihr Begehren wurde stärker als ihre Angst.

Am folgenden Nachmittag hielt sie einmal mehr in ihrer Arbeit inne, um aus dem Küchenfenster zu sehen. Vier Uhr, und er war immer noch nicht da. Sie schaltete die Schleifmaschine wieder ein und stieg über die lange Verlängerungsschnur, mit der sie an den Generator in der Eingangshalle angeschlossen war. Durch den Lärm, den Generator und Schleifmaschine machten, hatte sie Angst, einen Anruf oder eine Nachricht von ihm zu verpassen.

Sie hatte den Vibrationsalarm eingeschaltet und das Handy in die Brusttasche von ihrem Jeanshemd gesteckt. Es war wieder ein heißer Tag. Sie hatte ihre Ärmel hochgekrempelt und sich für abgeschnittene Shorts statt Hosen entschieden. Leider waren ihre Beine deswegen jetzt mit Sägemehl eingestaubt.

Letzte Nacht hatte kein böser Traum sie im Schlaf heimgesucht. Das musste ein gutes Zeichen sein. Vielleicht nahm ihr Unterbewusstsein langsam an, dass Howard keine Bedrohung darstellte. Oder vielleicht war es ein Zeichen, dass sie sich vollkommen hatte täuschen lassen.

Sie zuckte zusammen. Warum konnte sie sich nicht wie ein normaler Mensch in einen normalen Mann verlieben? Aber wer wollte nach Howard noch einen normalen Mann?

Wenigstens schienen sich ihre Tanten ein wenig zu entspannen. Heute hatten sie verkündet, dass sie sich damit abwechseln würden, sie am Haus zu bewachen. Sie aßen jeden Tag in der Stadt mit ihr zu Mittag, und dort wollten sie ihre Schicht wechseln, eine übernahm den Morgen und die andere den Nachmittag.

Ihr Handy vibrierte an ihrer Brust, und sie schaltete sofort die Schleifmaschine aus. Er war es! Eine Nachricht: *Ich bereite gerade das Picknick vor. Komm, wenn du Zeit hast.*

Sie stand auf und sah aus dem Fenster. Und wirklich, da stand er, in Jeans und einem dunkelblauen T-Shirt, und breitete die karierte Decke auf dem Boden aus.

Sie lächelte, und ihr Herz raste. *Beruhige dich.* Sie sollte nicht so aufgeregt wirken, wenn sie ihn sah. Auch wenn sie es war. Und sie sollte nicht so tun, als wäre das der Höhepunkt ihres Tages. Auch wenn er es war.

Sie benutzte Wasser aus der Flasche, um sich Hände und Gesicht zu waschen, bürstete sich dann die Haare und band sich den Pferdeschwanz neu. Sie rannte zur Hintertür. Aus dem Wohnzimmer kamen Stimmen. Alastair und Oskar diskutierten darüber, ob sie den altmodischen Kronleuchter, der noch mit Kerzen beleuchtet wurde, so lassen sollten, wie er war, oder ihn auf Elektrizität umrüsten. Die B-Boys trugen stapelweise Holz ins Haus, um einen Rahmen für die neue, niedrigere Decke zu bauen.

Sie schlüpfte aus der Hintertür, sprang die Stufen hinab und zwang sich dann, ganz gelassen auf Howard zuzugehen. Er drehte sich um und lächelte.

Sie erstarrte eine Sekunde lang mitten im Gehen, als ihr Herz einen Purzelbaum schlug, ehe es sich wieder beruhigte. Sie lächelte zurück. Wenn sie gelassen tat, merkte er vielleicht nicht, was für eine Wirkung er auf sie hatte.

Ein Grübchen bildete sich in seiner Wange. „Alles in Ordnung?“

Verflixt. Dem Mann fiel auch alles auf. „Und, was steht heute auf dem Speiseplan?“

„Bärenfutter.“ Er kniete sich hin, um ein paar Plastikbehälter aus dem Korb zu nehmen.

„Nüsse und Beeren meinst du?“ Sie setzte sich auf die Decke, zog ihre Arbeitsstiefel aus und schälte sich die Socken von den Füßen. Barfuß kam es ihr gleich viel kühler vor.

„Eine Leibspeise der Wer-Bären – Räucherlachs aus Alaska.“ Er schnitt eine kleine Scheibe ab, legte sie auf einen Cracker und reichte ihn ihr.

Der rauchige Geschmack füllte ihren Mund. „Ooh, ist das lecker.“

Er lächelte. „Freut mich, dass es dir schmeckt.“ Er füllte ein Weinglas. „Limonade.“

Sie nahm einen Schluck. Säuerlich, aber nicht zu sehr gesüßt. „Du magst Essen, oder?“

Er nickte, während er sich selbst ein Glas einschenkte. „Ich habe geschärfte Sinne, nicht nur, was mein Gehör und meine Augen angeht, auch mein Geruchs- und mein Geschmackssinn sind ausgeprägter. Also macht mir Essen wirklich Spaß.“ Er ließ den Blick ihre langen, nackten Beine entlangwandern. „Und alles, an dem ich sonst noch so knabbere.“

Sie schnaubte. „Biest.“

„Goldlöckchen.“ Er zupfte an ihrem Zeh. „Du quälst mich.“ Er fuhr mit der Hand bis zu ihrem Knöchel hinauf. „Ich glaube, das nennt man eine Bärenfalle. So was ist verboten, wusstest du das?“

„Hör auf.“ Sie schob seine Hand beiseite. „Ich bin ganz verstaubt von der Arbeit.“

Er sah sie mit weit aufgerissenen Augen unschuldig an. „Wir könnten in dem Wasserloch am Bach baden gehen.“

„Ich gehe nicht mit dir nackt baden.“

„Aber alleine würdest du?“ Seine Mundwinkel zuckten. „Ich könnte auf dich aufpassen, um dich zu beschützen. Ich bin professioneller Leibwächter, wie du weißt.“

Sie schnaubte. „Ich habe das Gefühl, deine Art zu beschützen wäre sehr persönlich und körperlich.“

„Das ist die allerbeste Art des Beschützens.“

Sie schüttelte lächelnd den Kopf. „Wir sollten diese Möglichkeit nutzen, um mehr übereinander zu erfahren. Wichtige Dinge."

„Okay." Er machte sich selbst einen Cracker zurecht. „Dann sag mal, für die Zukunft, geht dein BH vorne auf oder hinten?"

Sie warf einen Cracker nach ihm, der an seiner Brust abprallte und auf die Decke fiel. „Kannst du auch mal ernst sein?"

Grinsend hob er den Cracker auf und verspeiste ihn. „Komm mit mir an den Fluss, dann zeige ich dir, wie ernst."

Das bezweifelte sie nicht. Howard wäre extrem leidenschaftlich. Und er war schrecklich verlockend. Sie trank von ihrer Limonade, um sich abzukühlen. „Oh." Sie deutete auf die Lichtung zwischen ihnen und dem Haus. „Mein Gefolge ist da."

Er betrachtete die Ansammlung kleiner Tiere. „Ach du Schande, da ist ein Stinktier dabei. Jetzt traue ich mich nicht mehr, sie zu verscheuchen."

„Vielleicht haben sie Hunger." Sie warf ein paar Cracker in ihre Richtung, und die Waschbären sammelten sie eilig auf.

Howard zuckte zusammen. „Wilde Tiere solltest du nicht füttern."

„Dich auch nicht?"

Er hob eine Augenbraue. „Ich kann auch ganz häuslich und zahm sein. Du solltest mich in der Küche erleben."

Sie erschauderte. „Ich habe diese seltsame Vorstellung von einem Grizzlybären in einer Schürze."

Seine Mundwinkel bogen sich nach oben, während er mit der Hand ihr Bein hinauffuhr. „Ich habe die großartige Vorstellung von dir ohne Schürze."

Und auch sonst nichts an, nahm sie an. Sie schob seine Hand von ihrem Schenkel. „Du scheinst nur an das eine zu denken."

„Ich weiß. Ich bin ein Tier."

Sie schnaubte. „Warum erzählst du mir nicht etwas von dir? Wie bist du aufgewachsen?"

Er zuckte mit den Schultern. „Das ist nicht sonderlich interessant. Nachdem mein Vater gestorben ist, hat meine Mutter mich mit zurück auf die Bear Claw Islands genommen, vor der Küste Alaskas. Wir haben im Haus meines Großvaters auf der größten der Inseln gelebt, die man The Paw nennt. Es gab eine kleine Grundschule auf der Insel, aber sobald wir in die weiterführende Schule kamen, mussten wir die Fähre nach Port Mishenka nehmen."

Sie nahm sich noch etwas Lachs. „Und dort gab es viele Wer-Bären?"

„Nicht auf dem Festland. Aber auf den Inseln gibt es nur Wer-Bären."

Sie riss die Augen auf. „Wirklich?"

„Ja. Aber nicht alle sind Kodiakbären wie ich. Manche sind Schwarzbären. Mein bester Freund, Harry Yutu, verwandelt sich in einen Eisbären."

Sie sperrte den Mund weit auf. „Wirklich?"

„Ja. Er wird vollkommen weiß. Ich habe ihn früher damit aufgezogen, dass er den ganzen Winter lang einfach verschwindet. Er hat direkt vor mir gestanden, und ich habe so getan, als könnte ich ihn nicht sehen." Howard lachte in sich hinein. „Das hat ihn in den Wahnsinn getrieben."

Sie schüttelte ungläubig den Kopf. „Dein bester Freund ist ein Eisbär?"

„Jepp. Er ist größer als ich. Aber ich finde, ich sehe besser aus." Howards Mundwinkel hoben sich. „Ich habe einen wirklich schönen Pelz. Findest du nicht?"

Sie sah ihn fassungslos an. „Ich hatte viel zu viel Angst, um auf so etwas zu achten."

„Ich könnte ihn dir noch einmal zeigen."

„Nein!"

Er grinste. „Dann musst du mich wohl beim Wort nehmen. Ich bin ein sehr gut aussehender Bär."

Hübscher Howard. „Dir macht es wirklich nichts aus, ein Wer-Bär zu sein?"

„Nein, ich bin zufrieden." Er riss eine Schokoladentafel auf, brach sie in zwei Teile und hielt ihr ein Stück an die Lippen.

Sie öffnete den Mund und ließ sich von ihm die Schokolade auf die Zunge legen. Er steckte sich die andere Hälfte in den eigenen Mund und öffnete dann einen Plastikbehälter voller frischer Ananasstückchen.

„Probier das." Er steckte ihr ein Stück in den Mund.

Der Saft der Ananas vermischte sich mit der Schokolade und füllte ihren Mund mit köstlicher Süße. „Mmmh." Sie kaute langsam und genoss es.

Er aß selbst ein Stück Ananas und beobachtete sie. „Gut?"

Sie nickte und leckte sich die Lippen.

Er stöhnte leise, und seine Augen wurden dunkler, noch blauer.

Hunger stand in seinem Blick. Ein wildes Begehren, das ein Beben in ihr auslöste. Sie zog die Knie an und presste ihre Schenkel zusammen, als sich Hitze in ihrer Mitte zu sammeln begann.

Er atmete tief ein und sprang dann plötzlich auf. „Komm." Er nahm sie an der Hand und zog sie hoch.

„Was?" Sie stolperte hinter ihm her weiter in den Wald hinein. „Wohin …"

Er presste sie mit dem Rücken an einen breiten Baumstamm. „Ich will nicht, dass jemand im Haus uns sieht." Er hob ihre Arme über den Kopf und drückte sie gegen den Baumstamm.

Sie wehrte sich gegen seinen Griff. „Lass mich los."

„Werde ich. Nachdem ich dich geküsst habe."

Sie schnaufte. „Biest."

„Goldlöckchen." Er küsste sie auf die Stirn. „Zu hart." Er küsste sie auf die Wange. „Zu weich." Dicht an ihren Lippen hielt er inne. „Aber das hier ist genau richtig."

Er schmiegte seine Lippen an ihre, kostete, knabberte, verschlang. In der Zwischenzeit ließ er die Hände an ihren Armen hinabgleiten und löste eine Gänsehaut auf ihrem ganzen Körper aus.

Sie lehnte sich gegen den Baum zurück, die Knie weich, das Herz hämmernd. Sein Mund war beharrlich. Seine Hände verführten. Sie strichen über ihre Schultern und kamen dann federleicht auf ihrer Brust zum Liegen.

Er löste den Kuss. Sie sah hoch zu ihm, schwer atmend, sodass sich ihre Brüste unter seinen Handflächen hoben und senkten. Mit intensiv blau leuchtenden Augen knöpfte er ihr langsam das Hemd auf. Öffnete es.

Sie atmete bebend ein.

Mit der rechten Hand umfasste er ihre Brust und streichelte sie durch den BH, bis ihre Brustwarze sich unter seinen Fingern aufrichtete. Er zog den Stoff herab, um ihre Brust zu befreien.

„So schön", flüsterte er.

Sie erschauderte und keuchte auf, als er die Lippen um ihre Knospe schloss. Oh Gott, er wusste mit seinen Lippen und seiner Zunge umzugehen.

Ihre Knie zitterten so sehr, dass sie sich an ihm festhalten musste, um nicht zu fallen. Er widmete sich ihrer anderen Brust und saugte an ihrer Brustwarze, bis sie so rot und hart war wie die andere.

Eine Bewegung im Wald lenkte sie ab. Sie erstarrte keuchend.

Howard schaute auf und folgte ihrem Blick.

Drei große Hirsche starrten ihn unverwandt an. Sie neigten die Köpfe, um ihre prächtigen Geweihe zu zeigen.

„Bleib hinter mir." Howard drehte sich zu ihnen um.

„Ich bin nicht in Gefahr. Du bist es. Sie glauben, du greifst mich an."

Er sah zu ihr. „Du weißt, was sie denken?"

Mit einem kleinen Schock wurde ihr klar, dass es wirklich so war. „Ja. Sie spüren, dass du ein Raubtier bist. Sie haben Angst, dass du mich verschlingst."

„Tue ich ja auch." Er schlang einen Arm um sie und zog sie

eng an seine Seite, dabei warf er den Hirschen einen wütenden Blick zu. „Sie ist meine Frau. Verschwindet."

„Von dir werden sie keine Befehle annehmen." Sie rückte schnell ihren BH zurecht. „Und wer sagt, dass ich deine Frau bin?"

„Ich sage das."

„Ich kann mich nicht erinnern, dass ich damit einverstanden war."

Er knurrte leise, und die Hirsche fingen daraufhin an, mit den Hufen zu scharren.

„Du machst es nur noch schlimmer." Sie trat auf die drei Hirsche zu. „Ist schon gut. Er tut mir nichts."

Die Hirsche neigten die Köpfe zur Seite, starrten ihn aber weiter unverwandt an.

„Die wollen dich wirklich beschützen", murmelte Howard hinter ihr.

Eine Szene schob sich vor ihr inneres Auge – der zerfleischte Körper ihrer Großmutter, umgeben von einer Herde Hirsche, die gestorben waren bei dem Versuch, sie zu beschützen.

„Danke, dass ihr auf mich aufpasst", sagte sie zu den Hirschen. „Aber im Augenblick benötige ich eure Hilfe nicht." Ein merkwürdiges Gefühl überkam sie, und auf einmal wusste sie genau, was sie zu tun hatte. Sie hob die Hände, die Handflächen in Richtung der Hirsche gerichtet. „Geht in Frieden."

Die Hirsche machten sich langsam davon.

„Wow", sagte Howard leise hinter ihr. „Sie tun, was du ihnen sagst."

Sie musste schlucken. Je mehr Zeit sie im Wald verbrachte, desto mehr stellte sie sich auf diese merkwürdige Macht in ihrem Inneren ein. Sie wuchs in ihr, genau so langsam und stetig, wie der Wald es tat. Sie veränderte sie, rief sie nach Hause, machte sie zur Hüterin.

Als sie den Hirschen nachsah, die zwischen den Bäumen verschwanden, wurde ihr mit einem Schlag bewusst, wie edel ihr Verhalten war. Sie waren wunderschön. Und sie besaßen eine instinktive Weisheit, die so alt war wie der Wald selbst. Sie wussten, wer sie war. Und sie waren ihr treu ergeben.

Spürten sie etwas, was sie nicht sehen wollte? Sie sahen in Howard eindeutig eine Bedrohung für sie. Was, wenn sie recht hatten? Sollte sie die Instinkte der Tiere nicht ebenso respektieren, wie sie von ihnen respektiert wurde?

Sie knöpfte ihr Hemd wieder zu. „Ich sollte mich jetzt wieder an die Arbeit machen." Sie eilte gerade rechtzeitig zur Picknickdecke zurück, um zu sehen, wie sich zwei Waschbären mit dem restlichen Lachs davonmachten.

„Diese verdammten Diebe", murmelte Howard. „Sehen wir uns morgen?"

„Vielleicht." Sie trat auf das Haus zu, hielt dann aber noch einmal inne. „Oh, das hätte ich fast vergessen. Ich muss mich noch einmal mit Shanna treffen. Ich habe hier Muster für die Arbeitsplatten, die ich ihr zeigen will, und ich muss wissen, wie ich die Schränke beizen soll. Solche Dinge eben."

Er nickte. „Ich sage es ihr. Willst du, dass sie gleich nach Sonnenuntergang herkommt?"

„Ja." Elsa fragte sich kurz, warum Shanna Draganesti nur nachts kommen konnte, aber dann verwarf sie den Gedanken wieder. Sie hatte genug andere Sorgen. Immerhin war sie dabei, sich in einen Wer-Bären zu verlieben, der einen Fluch erfüllen und sie deswegen umbringen könnte. Wenn sie auch nur ein bisschen Verstand hätte, würde sie auf die Warnung der Hirsche hören. Aber sie hatte keinen. Sie wollte ihn lieben. Lieber, süßer Howard.

Sie strich sich eine Strähne hinters Ohr, die ihrem Pferdeschwanz entkommen war. „Auf Wiedersehen."

Er kniff die Augen zusammen, als vermutete er, dass etwas nicht stimmte. Sie machte kehrt, um zum Haus zu gehen.

„Elsa", rief er ihr nach, und sie blieb stehen. Sah sich um.

„Wem wirst du glauben – ein paar Hirschen oder dem Mann, der dich liebt?"

Ihr Herz machte einen Satz. Er liebte sie? Oh Gott, ihr Traum war wahr geworden. In einer normalen Welt wäre das der Augenblick, in dem sie ebenfalls ihre Liebe gestehen würde, bevor sie einander dann in die Arme laufen würden. Wie aus dem Nichts würde Musik erklingen und dramatisch anschwellen, wenn sie zu einem langen, leidenschaftlichen Kuss zusammenfanden. Und sie würden glücklich bis ans Ende ihrer Tage leben.

Ein Stich fuhr ihr in die Brust. Die Welt war nicht länger normal. Und sie war sich nicht vollkommen sicher, ob sie ihm vertrauen konnte. Auch wenn er sie liebte. Auch wenn sie ihn liebte.

Tränen stiegen ihr in die Augen, bis seine Gestalt vor ihrem Blick verschwamm. Sie rannte ins Haus.

Verflucht, er war wieder dabei, sie zu verlieren. Howard ging unruhig in seinem Büro auf und ab. Eine neue Strategie, das war es, was er brauchte. Zeit, die Truppen zu rufen.

Er setzte sich an seinen Schreibtisch und schrieb Shanna eine Nachricht, in der er ihr erklärte, dass Elsa Probleme hatte, sich an sein Wer-Bär-Sein zu gewöhnen, besonders, da es einen Fluch gab, der so klang, als würde er sie umbringen. Wenn Shanna sich also am Abend mit Elsa traf, konnte sie dann bitte ein gutes Wort für ihn einlegen? Elsa davon überzeugen, dass er ungefährlich war?

Howard starrte die Nachricht unverwandt an. Er hasste es, um Hilfe bitten zu müssen. Für seinen inneren Bären war das ein Zeichen von Schwäche.

„Verflucht noch mal." Er wendete sich seinem Computer zu, um eine Weile an etwas anderes zu denken. Harry hatte ihm spät am Abend zuvor eine E-Mail geschickt.

Howard, ich habe einen alten Wer-Bären gefunden, der am Yukon lebt. Er erinnert sich, am Tag des Feuers Werwölfe in den Wäldern gewittert zu haben. Er erinnert sich, weil seine Hütte abgebrannt ist und er den Werwölfen die Schuld dafür gibt.

Ich habe versucht, etwas über die Firma herauszufinden, die unseren Müttern das Land abgekauft hat. Sie dient als Fassade für eine andere Firma, die wiederum als Fassade für eine weitere dient. Aber dann habe ich endlich herausgefunden, wer das Land tatsächlich gekauft hat. Der alte Bleddyn, Rhetts Vater.

Howard erstarrte. Er hatte immer geglaubt, die Feindschaft zwischen ihm und Rhett hätte mit ihnen beiden an der High School begonnen. Aber reichte der Hass noch weiter zurück? Waren ihre Väter in einen Kampf verwickelt gewesen, der mit dem Mord an seinem Vater geendet hatte?

Er las Harrys E-Mail zu Ende.

Mal sehen, was ich noch herausfinden kann. Nur nicht aufregen.

Harry

Eine weitere E-Mail, diese von seinem Cousin Jimmy, tauchte in seiner Inbox auf.

Howard,

Grandpa hat mich gebeten, Dir diesen Link zu schicken. Und er sagt, Du sollst sofort nach Hause kommen. Es tut mir echt leid, Alter.

Alles in Howard zog sich zusammen, als er den Link anklickte. Es war ein Online-Artikel von einer großen Zeitung in Anchorage.

„Journalist bei Autobombenexplosion getötet"

Sein Herz setzte einen Schlag aus. Sein Blick wanderte über den Artikel, ohne dass er sich auf etwas konzentrieren konnte. *Explosion am Morgen. Vermuteter Mord. Opfer identifiziert als Harry Yutu. Gedenkfeier.*

Harry war tot?

Howard sprang auf und warf dabei seinen Stuhl um.

Harry war tot?

Es war offensichtlich, wer ihn umgebracht hatte. Howard warf den Kopf zurück und brüllte.

19. KAPITEL

Nachdem der letzte Sonnenstrahl hinter dem Horizont verschwunden war, erwachte Shanna Draganesti mit einem heftigen Ruck zum Leben. Sie atmete scharf ein und presste die Hand auf ihr jetzt wild klopfendes Herz. Ihre Augen gewöhnten sich schnell an den dunklen Kellerraum in der Dragon Nest Academy.

Noch eine Nacht. Man hatte ihr noch eine Nacht mit ihrem Mann und ihren Kindern geschenkt. Würde es sich in hundert Jahren immer noch so anfühlen, als wäre ihre Zeit nur geliehen?

Roman regte sich neben ihr. „Liebste", murmelte er, als er einen Arm um sie legte und sie eng an sich zog.

Die Kälte seines nackten Körpers brachte sie zum Schaudern. Vorwerfen konnte sie es ihm nicht. Ihr Körper war auch kühl, nachdem er den ganzen Tag tot herumgelegen hatte. Sie waren beide ein paar Minuten nachdem sie sich geliebt hatten in den Todesschlaf gefallen.

Nach dem Aufwachen war sie immer schrecklich hungrig, aber wenn ihr Mann zärtlich ihre Brüste streichelte, wollte sie am allerwenigsten an Blut denken. Sie wollte Gott für eine weitere Nacht danken und Romans süße und liebevolle Berührungen genießen.

Er presste sich an ihren Rücken, vergrub das Gesicht an ihrem Hals und erkundete ihren Körper. Mit den Jahrhunderten hatte er gelernt, seine erste Mahlzeit ungefähr zehn Minuten hinauszuzögern. Und diese Zeit wusste er zu nutzen. Schon jetzt wurde ihnen viel wärmer. Er drängte mit seiner Erektion gegen ihren Po, und sie reagierte und rieb sich an ihm.

Stöhnend umfasste er eine ihrer Brüste. „Ich kann nie genug von dir bekommen." Seine Hand glitt an ihrem Bauch hinab.

Die Vorfreude war so herrlich. Sie würde schon feucht sein, ehe er ihre Mitte erreicht hatte. Und heiß vor Verlangen.

„Aaargh!“ Ihre Fangzähne sprangen hervor, und der Hunger traf sie wie ein schmerzhafter Schlag in die Eingeweide. „Verdammt!“

Roman tätschelte ihr den Hintern. „Besorgen wir dir erst was zu trinken.“

Sie kletterte aus dem Bett und rannte in den kleinen Küchenbereich ihrer Suite, wo sie zwei Flaschen synthetisches Blut aus dem Kühlschrank zog. „Ich weiß echt, wie man die Stimmung verdirbt.“ Sie zuckte zusammen. Wenn ihre Fangzähne hervorstanden, klang ihre Stimme lispelnd und feucht, wie Sylvester der Kater.

Sie stopfte die Flaschen in die Mikrowelle und murmelte: „Sollte ich meine Fangzähne nicht langsam unter Kontrolle haben?“ Manchmal hatte sie das Gefühl, im Anfängerkurs für das Vampirdasein durchzufallen.

Roman kam zu ihr in die Küche und stellte zwei Gläser auf den Tisch. „Ich finde dich niedlich mit deinen Fangzähnen.“

„Ich kann sie nicht kontrollieren. Sobald ich aufgeregt bin, springen sie heraus.“

„Ich habe ein ähnliches Problem.“ Schief grinsend sah er auf seine Erektion hinab.

Sie musterte ihn abschätzend. „Das ist ein ziemlich großes Problem, aber ich weiß zum Glück genau, wie man es lösen kann.“

„Tust du das?“ Er küsste sie auf die Stirn.

„Oh ja.“ Sie war gerade dabei, das Problem in die Hand zu nehmen, als ein weiterer Hungerkrampf sie heimsuchte. „Aaargh.“ Sie rieb sich den Bauch.

„Tut mir leid. Ich hätte dich nicht von deiner Mahlzeit abhalten dürfen.“ Er nahm eine warme Flasche aus der Mikrowelle und goss den Inhalt in eines der Gläser. „Hier.“ Er steckte einen Strohhalm hinein und reichte es ihr.

Es war peinlich, einen Strohhalm zu brauchen, aber es fiel ihr schwer, mit hervorstehenden Fangzähnen aus einem Glas zu trinken. Wenigstens gewöhnte sie sich langsam an den Geschmack. Roman behauptete, dass er ihr mit der Zeit gefallen würde. Sie wartete noch immer darauf. Nach ein paar Schlucken ließen die Hungerkrämpfe in ihrem Magen nach, und ihre Zähne zogen sich wieder zurück.

„Besser?", fragte Roman, während er sich selbst ein Glas einschenkte.

Sie nickte, immer noch an ihrem Strohhalm saugend.

An der Tür klopfte es hämmernd. „Mom! Dad!"

Sie wirbelte zur Tür herum, und ihr Herz machte einen Sprung. „Constantine?"

„Was ist los?", rief Roman. Er war bereits an die Kommode gerast und zog sich in Vampirgeschwindigkeit seine Unterwäsche an.

„Siehst du, Grandma?", flüsterte Constantine, auch wenn Shanna es immer noch hören konnte. „Ich wusste, dass sie wach sind."

„Ja", antwortete Darlene auf der anderen Seite der Tür, „aber du musst ihnen auch Zeit geben, um zu frühstücken und sich anzuziehen."

„Ich brauche sie jetzt!", beharrte Tino.

„Ich will meine Mommy", wimmerte Sofia.

„Wir sind gleich da!" Shanna raste ins Badezimmer und zog sich danach ein altes T-Shirt und ein Paar Jogginghosen an. Roman hatte sich fertig angezogen und stopfte seine Füße in seine Schuhe, während er sein Glas Blut herunterkippte.

Er raste an die Tür, schloss auf und riss sie auf. „Was ist los?" Er kniete sich vor Tino und Sofia hin und betrachtete sie von oben bis unten. „Habt ihr euch wehgetan?"

„Es geht ihnen gut", versicherte Darlene ihnen. „Aber sie sind aufgebracht."

„Warum?" Shannas Herz zog sich beim Anblick von Tinos tränennassen Wangen und dem verlorenen Ausdruck in den Augen ihrer Tochter zusammen. „Was ist passiert?"

Tinos Kinn bebte. „Er ist weg. Schon wieder."

„Wer?", fragte Roman.

„Howard", schniefte Tino. „Er war so sauer. Ich glaube, er kommt nie mehr wieder." „Was?" Shanna sah ihre Mutter nach einer Erklärung suchend an.

„Ich bin mir nicht sicher, was passiert ist, aber vor ein paar Stunden hat Howard wortwörtlich gebrüllt. Jeder im Gebäude hat es gehört." Darlene zuckte zusammen. „Das heißt, die, die wach waren. Wir haben alle nachgesehen, was los ist, aber er hat uns nur angeknurrt. Dann hat er seine Wagenschlüssel genommen und ist zur Tür hinausgerannt."

„Es war gruselig", flüsterte Sofia und kam dichter an ihre Mutter heran.

„Süße." Shanna nahm sie in die Arme. „Ist schon gut."

Roman hob seinen Sohn hoch und ging mit ihm zur Treppe. „Keine Sorge, Tino. Wir finden schon heraus, was passiert ist."

„Phil weiß vielleicht etwas", sagte Darlene, als sie schon die Treppe emporstiegen. „Er ist vor ungefähr zwanzig Minuten angekommen."

„Ich dachte, er wäre bei Romatech."

„War er." Darlene blieb auf dem Absatz stehen. „Er hat gesagt, Howard hat ihn vom Flughafen in Albany aus angerufen und ihn gebeten, herzukommen und seinen Platz zu übernehmen."

„Heißt das, Howard kommt nie mehr wieder?", fragte Tino.

„Sicher können wir uns nicht sein", antwortete Shanna.

Sie erreichten das Erdgeschoss und entdeckten dort eine kleine Gruppe, die sich um den Eingang des Sicherheitsbüros versammelt hatte, größtenteils Schüler, die Werwölfe und Wer-Panther waren, aber auch ein paar sterbliche Lehrer.

Toni begrüßte sie. „Ich bin gerade erst gekommen. Ich war unten bei Ian. Er kommt, sobald er sich angezogen hat."

Shanna nickte. „Lasst uns mit dem normalen Stundenplan weitermachen."

Während Toni gemeinsam mit den Lehrern die Schüler zur Cafeteria brachte, betrat Shanna mit ihrer Familie das Sicherheitsbüro.

Phil ging hinter dem Schreibtisch auf und ab, die Miene düster vor Wut.

Irgendetwas Schreckliches musste vorgefallen sein, und Shanna war sich nicht sicher, ob ihre Kinder es hören sollten. Shanna reichte Sofia an ihre Mutter weiter. „Ich glaube, die Kinder sollten jetzt zu Abend essen."

Sofia runzelte die Stirn. „Wir haben schon gegessen."

„Ich will nicht weg." Tino wand sich aus den Armen seines Vaters und kletterte auf den Stuhl, der dem Schreibtisch gegenüber stand.

Phil ballte die Hände zu Fäusten, eindeutig, um seine Wut unter Kontrolle zu bekommen. „Ich muss zu Howard. Ich kann nicht hierbleiben und nichts tun."

„Was ist passiert?", fragte Roman. „Gibt es ein Sicherheitsproblem?"

Phil atmete tief durch. „Hier ist alles unter Kontrolle. Und bei Romatech auch. Austin ist gerade aus Osteuropa zurück, er hat dort das Sicherheitsbüro übernommen. Heute Nacht kannst du beruhigt zur Arbeit gehen."

„Das ist gut", antwortete Roman. „Und was ist jetzt mit Howard?"

Phil beugte sich über die Tastatur, um ein paar Knöpfe zu drücken. „Als ich angekommen bin, war dieses Fenster auf dem Bildschirm offen. Seht es euch an." Er trat aus dem Weg.

Shanna und Roman kamen um den Schreibtisch herum, damit sie lesen konnten was auf dem Bildschirm stand. Als sie den Onlineartikel überflog, lief Shanna ein kalter Schauer über den Rücken.

„Oh mein Gott", hauchte sie.

Roman fluchte leise.

Tino setzte sich auf. „Was ist los?"

Sie musste schwer schlucken. „Jemand … ist von uns gegangen.“ Das war so mild ausgedrückt, wie sie konnte.

„Ich nehme an, Howard hat diesen Mann gekannt?“, fragte Roman.

„Ja.“ Phil ging wieder umher, immer im Zimmer herum, wie ein wütendes Tier im Käfig. „Ich habe Harry kennengelernt, als wir in Alaska waren. Er war Howards bester Freund.“

„Oh nein.“ Shanna tat das Herz für Howard weh. „Kein Wunder, dass er so außer sich war.“

„Er hat seinen besten Freund verloren?“, fragte Darlene, die noch immer Sofia auf dem Arm hielt.

Shanna nickte. Sie wollte vor den Kindern nicht weiter ins Detail gehen. „Du kannst es dir durchlesen.“ Sie tauschte mit ihrer Mutter die Plätze und nahm ihr Sofia ab.

„Ist er nach Alaska gegangen?“, fragte Tino. „Warum hat er nicht gewartet, bis ein Vampir ihn teleportieren kann?“

„Es dauert noch Stunden, ehe in Alaska die Sonne untergeht“, erklärte Phil. „Ich bin mir sicher, er wollte nicht warten. Ich wüsste aber zu schätzen, wenn mich heute Nacht ein Vampir hinbringen könnte. Ich möchte gerne den Gedenkgottesdienst besuchen.“

Roman nickte. „Das können wir machen.“

Shannas Brust zog sich wieder zusammen. Ein Gedenkgottesdienst. Keine Beerdigung. Nach einer Autobombe gab es wahrscheinlich nicht mehr viel zu beerdigen.

„Ach herrje“, flüsterte Darlene, während sie sich den Artikel durchlas. „Das ist ja schrecklich. Wer würde so etwas tun?“

Phil atmete scharf ein. „Ich weiß, wer es getan hat. Harry war Reporter für eine lokale Zeitung, und letzte Woche hat er damit angefangen, die Wahrheit über Rhett Bleddyn aufzudecken.“

Roman kniff die Augen zusammen. „Der Werwolf? Der Phineas gebissen hat?“

„Ja“, knurrte Phil. „Als Howard mich angerufen hat, war er fuchsteufelswild. Er weiß, dass Rhett hinter dem Bombenanschlag steckt. Und mehr noch, er vermutet, dass die Bleddyns seinen Vater ermordet haben. Harrys Vater ebenfalls. Harry hat darüber Nachforschungen angestellt, kurz bevor es ihn in Stücke gerissen hat."

Shanna zuckte zusammen. Das wurde langsam zu gewalttätig für ihre Kinder. „Phil …"

„Ich glaube, Rhett hat auch Howards Freundin umgebracht", knurrte Phil. „Ich hoffe, er bringt dieses Dreckschwein um. Wenn er es nicht tut, mache ich es."

„Du willst jemanden umbringen?", fragte Tino mit weit aufgerissenen Augen.

„Phil." Shanna warf ihm einen eindringlichen Blick zu. So hoch, wie die Gefühle im Augenblick kochten, fiel es ihr leicht, Gedanken zu lesen. Phil war furchtbar wütend. Roman aufgebracht. Darlene entsetzt. Sofia hatte Angst. Und auch wenn Tino schockiert war, fand er es auch cool, das Drama der Erwachsenen so hautnah mitzubekommen. Shanna wünschte sich wie so oft, er hätte es nicht so eilig mit dem Erwachsenwerden.

Sie streichelte ihrer Tochter den Rücken. „Das muss dir alles keine Angst machen. Du weißt ja, wie groß und stark Howard ist. Ihm wird es schon gut gehen."

Sofia sah sie hoffnungsvoll an. „Wirklich?"

„Natürlich." Shanna zwang sich zu einem Lächeln. „Howard wirft so schnell nichts um."

„Genau!" Tino nickte. „Er hat ein ganzes Rudel Wildschweine mit riesigen Hauern verdroschen!"

„Was?" Diese Geschichte hatte Shanna noch nicht gehört.

„Oh, das hätte ich fast vergessen." Phil nahm einen Umschlag vom Schreibtisch. „Howard hat dir eine Nachricht hinterlassen."

Shanna setzte ihre Tochter auf den Stuhl neben Tino und öffnete dann den Brief.

„Was steht drin?", fragte Tino.

Shanna überflog den Brief schnell. Er war ruhig geschrieben, Howard musste ihn verfasst haben, ehe er von dem Mord an seinem besten Freund erfahren hatte. Er bat Shanna, sich am Abend mit Elsa zu treffen und mit ihr über die Küche zu sprechen. Und er brauchte ihre Hilfe dabei, Elsa davon zu überzeugen, dass er ein ungefährlicher und verlässlicher Typ war. Elsa wusste, dass er ein Wer-Bär war, und hatte jetzt anscheinend Schwierigkeiten damit, ihm zu vertrauen. „Ich muss heute Abend noch zum Gutshaus, um mit Elsa zu sprechen."

Tino horchte auf. „Kann ich mit? Ich mag Elsa!"

Shanna faltete den Brief zusammen. „Hast du sie im Fernsehen gesehen?"

„Nein. Ich habe sie getroffen, als …" Tino biss sich auf die Unterlippe.

Shanna empfing einige alarmierende Bilder aus dem Kopf ihres Sohnes. „Du liebe Güte. Was hast du angestellt?"

Tino zuckte zusammen. „Nichts."

„Tino." Roman sah ihn streng an.

Er rutschte auf seinem Stuhl hin und her. „Alles wäre gut gewesen, wenn nicht die Wildschweine aufgetaucht wären."

Roman hob eine Augenbraue. „Wir gehen alle gemeinsam zum Gutshaus, und auf dem Weg dorthin erzählst du uns, was passiert ist."

Tino ließ die Schultern hängen. „Okay."

Roman führte die Kinder aus der Tür. „Kommt mit. Wir holen schon mal den Van aus der Garage." Er sah sich nach Phil um. „Ian sollte bald kommen. Er findet jemanden, der dich nach Alaska bringen kann. Wenn Howard etwas braucht, lass es uns einfach wissen."

„Ja", stimmte Shanna zu. „Bitte sag Howard, wie sehr uns sein Verlust leidtut, und wie gern wir ihn haben."

„Oh ja", rief Tino vom Flur aus, „sag ihm, er soll bald nach Hause kommen!"

„Mache ich." Phil nickte. „Ich habe noch ein paar Stunden,

ehe ich aufbrechen kann. Bis dahin bin ich bei Vanda." Er eilte auf der Suche nach seiner Vampirfrau davon.

„Ich komme gleich nach", rief Shanna ihrem Mann hinterher, der ihre Kinder zur Tür brachte.

„Kann ich mich anschließen?", fragte Darlene. „Ich würde mir gerne ansehen, was sie mit dem Gutshaus anstellen."

„Natürlich", willigte Shanna ein. „Warte hier. Ich bin gleich wieder da." In Vampirgeschwindigkeit sauste sie in ihr Schlafzimmer zurück, zog sich schnell Jogginghose und T-Shirt aus und tauschte sie gegen eine engere Stoffhose mit passendem Top und Blazer. Sie bürstete sich die Haare, zog sich hübsche Sandalen an und sauste dann wieder nach oben. „Besser?"

„Ja." Ihre Mutter betrachtete sie von oben bis unten. „Willst du jemanden beeindrucken?"

„Irgendwie schon." Shanna schlenderte mit ihrer Mutter den Korridor hinab. „Howard hat mich gebeten, Elsa davon zu überzeugen, dass er ein guter Kerl ist, und ich dachte, das kauft man mir eher ab, wenn ich einigermaßen vorzeigbar aussehe. Er tut mir so leid. Das scheint mir das Einzige, was ich im Augenblick für ihn tun kann."

Darlene nickte. „Dann macht er Elsa den Hof?"

„Er versucht es zumindest. Armer Howard. Er hat Elsa verraten, dass er ein Wer-Bär ist, und sie hat deswegen ernsthafte Zweifel."

Darlene zuckte zusammen. „Es muss schwierig sein, herauszufinden, dass der eigene Freund ein Grizzlybär ist."

„Ich weiß. Das erinnert mich daran, wie ich durchgedreht bin, als ich erfahren habe, dass Roman ein Vampir ist. Ich habe mich so zu ihm hingezogen gefühlt, aber gleichzeitig hatte ich auch Angst, dass er mich angreifen würde."

„Fühlst du dich eigentlich langsam besser wegen deiner Situation?"

Shanna seufzte. „Neulich Nacht, als ich mit den Kindern ‚Arielle' geguckt habe, ist mir etwas aufgefallen. Tino hat es aufgeregt, dass Arielle ihre Stimme und ihren Fischschwanz aufgegeben hat, um mit ihrem Prinzen zusammen zu sein. Ich habe so etwas gesagt wie, irgendeinen Preis muss man immer bezahlen, und da kam mir die Erleuchtung. Wenn ich in der Welt meines Mannes leben will, muss ich bereit sein, den Preis dafür zu zahlen."

Darlene nickte. „Die Frage ist also nur: Bist du bereit?"

Shanna schnaubte. „Das muss ich sein. Jetzt bleibt mir keine andere Wahl mehr."

„Aber ich habe gehört, dass es eine Wahl gibt. Toni hat mir von einer Frau namens Darcy erzählt, die ein Vampir gewesen ist und dann wieder zur Sterblichen wurde."

Shanna nickte. „Diese Prozedur ist mir bekannt. Roman hat sie durchgeführt."

„Hast du darüber nachgedacht ..."

„Nein. Ich meine, ja, ich habe darüber nachgedacht, aber nein, ich werde es nicht tun. Es besteht ein fünfundzwanzigprozentiges Todesrisiko, *endgültiger* Tod, und ich werde es nicht riskieren, dass meine Kinder mich für immer verlieren. Jetzt haben sie mich wenigstens nur die Hälfte der Zeit verloren."

Darlene musterte sie stirnrunzelnd. „Liebst du sie nur noch halb so sehr?"

„Nein, natürlich nicht!"

„Dann sag nicht, dass sie dich verloren hätten."

Shanna musste fest schlucken. „Du hast recht. Ich vermisse es nur, sie bei Tag zu sehen."

„Was, wenn ihr die Kinder die ganze Nacht wach sein ließet und sie tagsüber schlafen würden?", schlug Darlene vor. „Dann hättet ihr mehr Zeit mit ihnen."

Shanna schüttelte den Kopf. „Ich werde sie nicht zu einem Leben in Dunkelheit zwingen. Sie bleiben jetzt schon bis Mitternacht auf. So wachen sie gegen Mittag ohne uns auf, aber Roman und ich sind uns einig – sie brauchen Sonnenschein, um gesund und glücklich groß zu werden."

„Das stimmt wahrscheinlich. Mir macht meine Zeit mit ihnen jedenfalls immer große Freude. Caitlyns Babys sind auch ganz wunderbar." Sie lächelte. „Ich bin natürlich überhaupt nicht voreingenommen."

Shanna warf ihrer Mutter einen neugierigen Blick von der Seite zu, als sie sich der Eingangstür näherten. „Ich bin immer noch erstaunt, wie schnell du dich an alles gewöhnt hast."

Darlene zuckte mit den Schultern. „Es hat keinen Sinn, die Realität zu verleugnen, wenn sie direkt vor einem ist."

„Ja, aber ..." Shanna war sich nicht sicher, ob sie darüber reden sollte. „Ich verstehe nicht, warum Dad gedacht hat, er müsste deinen Verstand kontrollieren, damit du mit dem Stress umgehen kannst. Du kommst sehr gut alleine mit allem zurecht."

Darlene schnaubte. „Kontrollieren ist hier das Stichwort. Sean ist ein Kontrollfreak. Er wollte, dass ich mit allem auf *seine* Weise umgehe."

„Ruft er dich immer noch jeden Abend an?"

„So präzise wie ein Uhrwerk."

„Du ... legst immer noch auf?"

Darlene zuckte mit den Schultern. „In letzter Zeit habe ich ihn eine Weile reden lassen, ehe ich aufgelegt habe. Es bereitet mir eine perverse Freude, zu hören, wie er sich in seinem Elend suhlt."

„Hat er sich jemals entschuldigt?", fragte Shanna.

„Oft. Aber jedes Mal ruiniert er es, indem er behauptet, es sei nur zu meinem eigenen Besten gewesen."

Shanna stöhnte.

„Seit letzter Woche allerdings nimmt er die ganze Schuld auf sich. Er gibt zu, dass er falsch gehandelt hat, und fleht mich an, ihm zu vergeben."

„Was sagst du dann zu ihm?"

Darlene seufzte. „Zuerst war ich so wütend auf ihn, dass ich ihm einfach nur wehtun wollte. Aber jetzt versuche ich, einfach nicht mehr daran zu denken. Denn wenn ich es tue, tut es mir nur furchtbar weh. Das sind achtzehn Jahre, an die ich mich kaum erinnern kann. Es ist, als hätte er mir all diese Zeit gestohlen, die ich nie mehr zurückbekommen kann.“

„Mom.“ Shanna umarmte sie. „Es tut mir so leid.“

„Er will, dass ich mich verwandeln lasse“, sagte Darlene leise.

„Was?“ Shanna lehnte sich zurück, vollkommen überrumpelt, was nicht oft vorkam.

„Sean will, dass ich mich ihm als Vampir anschließe. Er sagt, ich könnte Jahrhunderte leben, und das würde die Zeit gutmachen, die er mir gestohlen hat.“

„Du meine Güte“, hauchte Shanna. Es war schockierend genug gewesen, als Roman ihren Vater in einen Vampir verwandelt hatte, um ihm das Leben zu retten. Aber ihre Mutter? Als Vampir?

Darlene lächelte sie traurig an. „Ich habe Nein gesagt. So albern das klingen mag, aber mir gefällt mein Leben so, wie es jetzt ist. Ich sehe Tino und Sofia jeden Tag. Und ich verbringe viel Zeit mit Caitlyn und ihren Zwillingen. Ich will die Tage mit meinen Enkelkindern nicht aufgeben. Ich nehme an, Sean hat Angst, die nächsten paar Jahrhunderte allein verbringen zu müssen, aber das ist sein Problem, nicht meines.“

„Bist du sicher? Hier sind jede Menge Sterbliche, die während des Tages auf die Kinder aufpassen könnten …“

„Ich bin mir sicher.“ Darlene streichelte ihr den Arm. „Ich bin jetzt sehr glücklich. Außerdem bezweifle ich, dass ich auch nur fünf Minuten in Seans Anwesenheit verbringen könnte, ohne ihm einen Pflock durchs Herz treiben zu wollen. Ein paar Jahrhunderte würde ich niemals durchhalten.“

Shanna umarmte sie wieder. „Du bist so stark. Dad hat dich immer unterschätzt.“ Sie hörte, wie draußen ein Auto bremste. „Sie sind da. Machen wir uns auf den Weg.“

Darlene trat lächelnd auf die Veranda hinaus. „Was für ein Anblick. Ein Vampir-Ehemann in einem Van voll mit Kindern.“

Shanna wurde warm ums Herz. Sie war so gesegnet. Sie hatte einen wundervollen Mann, zwei liebenswerte Kinder und zwei Elternteile, die noch am Leben waren, oder zumindest halb, was ihren Vater anging. Sie hatte einen Bruder und ihre Schwester, Caitlyn, und deren Familie. Und dann war da ihre große erweiterte Familie – Gestaltwandler, Vampire und Sterbliche, wie ihre gute Freundin Radinka. Sie war umgeben von Menschen, die sie liebte.

Armer Howard. Er hatte seinen Vater verloren, seine Freundin und seinen besten Freund. „Howard tut mir so schrecklich leid."

Darlene nickte, und ihre Augen wurden feucht. „Ich werde sein Brüllen nie wieder vergessen. So viel Schmerz. Ich dachte, ihm bricht das Herz."

„Wir müssen ihm helfen", flüsterte Shanna. Sie atmete tief durch, um ihre Entschlossenheit noch zu stärken. Irgendwie würde sie Elsa Bjornberg davon überzeugen, dass Howard der perfekte Mann für sie war. Auch wenn er sich manchmal in einen Bären verwandelte.

20. KAPITEL

„Was für eine schöne Familie“, flüsterte Tante Greta auf der Veranda Elsa zu.

„Ja.“ Elsa lächelte, als sie zusah, wie Tino und seine kleine Schwester auf der Auffahrt herumtollten. Die Flutlichter waren angeschaltet, und die beiden Kinder taten so, als stünden sie im Scheinwerferlicht; Tino sang und Sofia tanzte.

Sie sah zu den stolzen Eltern und der Großmutter, die in der Nähe standen und ihnen lächelnd zusahen. Es fühlte sich gut an, zu wissen, dass eine so nette Familie in das Haus einziehen würde.

Tante Greta hatte sich sofort mit der Großmutter angefreundet, als Darlene ihr Strickwerk bewundert hatte. Anscheinend strickte Darlene ebenfalls und wusste, wo man in der Gegend die beste Wolle kaufen konnte.

Elsa war neugieriger auf Roman gewesen, den genialen Wissenschaftler. Offensichtlich war er ein vernarrter Ehemann und Vater, aber etwas an ihm war … anders. Sie konnte es nicht richtig benennen. Er hatte sich sehr für die Umbaumaßnahmen im Keller interessiert, hatte aber, wie jeder kluge Ehemann, was die Küche anging, die Entscheidungen ganz seiner Frau überlassen.

Elsa drehte sich um, um abzuschließen. Alastair und Oskar waren vor ein paar Minuten aufgebrochen, um mit den B-Boys in Cranville etwas essen zu gehen.

„Entschuldigung.“ Shanna schloss sich ihr auf der Veranda an. „Ehe wir wieder aufbrechen, könnten wir beide uns unter vier Augen unterhalten?“

„Sicher.“ Elsa öffnete die Tür. „Wollen wir reingehen?“

„Ja, danke.“ Shanna betrat das Haus und schritt durch die Eingangshalle in die Küche.

„Es dauert nur ein paar Minuten“, versicherte Elsa ihrer Tante. Sie wusste, dass Greta schnell nach Cranville zurückkehren wollte, um mit Großtante Ula zu Abend zu essen.

„Ist schon gut", versicherte Greta ihr. „Ich muss herausfinden, wo ich neue Wolle kaufen kann." Sie ging auf Darlene zu.

Elsa folgte Shanna in die Küche und schaltete dort die batteriebetriebene Lampe ein, die sie aufgestellt hatte, damit sie sich die Muster ansehen konnten. „Haben Sie noch Fragen, was das Haus angeht?"

„Nein, ich finde, Sie leisten ausgezeichnete Arbeit." Shanna ging in der Küche auf und ab.

Elsa fand, dass sie nervös wirkte. Oder aufgebracht. „Stimmt etwas nicht?"

„Ein paar Dinge." Shanna blieb vor ihr stehen. „Ich muss mich bei Ihnen entschuldigen. Tino hat uns von dem Vorfall mit den Wildschweinen erzählt. Er hätte nie einfach so alleine herkommen dürfen. Er … er hat Ihr Leben in Gefahr gebracht. Es tut mir so leid …"

„Er hat mir das Leben gerettet", unterbrach Elsa sie. „Ich bin ihm sehr dankbar."

„Ich weiß zu schätzen, wie verständnisvoll Sie sind, aber er ist ein schreckliches Risiko eingegangen. Ohne unsere Erlaubnis soll er sich nicht teleportieren. Und Sie dabei auch noch mitzunehmen …" Shanna zuckte zusammen. „Das muss für Sie sehr … befremdlich gewesen sein."

„Um es milde auszudrücken." Elsa wurde von ihrer Neugierde überwältigt, und sie fragte sich, wie viel sie von Shanna erfahren konnte. „Sie haben uns davor gewarnt, der Schule zu nahe zu kommen. Das war nicht, weil es dort jugendliche Straftäter gibt, sondern, weil die Kinder dort so etwas Besonderes sind wie Tino, nicht?"

„Ja." Shanna nickte. „Wir versuchen, ihnen ein normales Leben zu ermöglichen und sie vor allen zu beschützen, die sie erforschen oder ausnutzen wollen. Ich hoffe, wir können darauf vertrauen, dass Sie unser Geheimnis hüten."

„Ja, natürlich. Ich verrate niemandem ein Wort."

Shanna seufzte erleichtert auf. „Danke. Das war unsere größte Sorge dabei, das Haus von Ihrer Show renovieren zu lassen. Wir könnten es uns nie verzeihen, die Kinder in Gefahr gebracht zu haben."

„Sind die anderen Kinder wie Tino?"

„Nicht alle, aber bald haben wir mehr Hybride wie Tino und Sofia."

Hybride? „Sie laufen elektrisch?"

Shanna musste lachen. „Ich weiß nicht, woher sie ihre Energie nehmen. Roman denkt, die beiden saugen sie aus den Erwachsenen. Was das angeht, sind sie wahrscheinlich wie ganz normale Kinder."

„Kann schon sein." Das gefiel Elsa so an Tino. Ihm waren die Superkräfte nicht zu Kopf gestiegen. Er verhielt sich immer noch so wie ein ganz normaler kleiner Junge.

Shanna ging wieder auf und ab. „Es gibt noch etwas, über das wir reden müssen. Howard musste nach Alaska. Er wird eine Weile nicht herkommen können."

„Oh." Eine Welle der Enttäuschung schlug über Elsa zusammen. Sie würde ihn vermissen. In Gedanken rief sie sich zur Vernunft auf. Was dachte sie sich dabei? Sie hatte gerade am Nachmittag beschlossen, ihn nie wiederzusehen. Das sollten gute Nachrichten sein. Jetzt, wo er fort war, musste sie sich nicht damit quälen, ihn zurückzuweisen. Trotzdem vermisste sie ihn jetzt schon. Ein Teil von ihr wollte ihn zurück, und dieser Teil wurde rasch immer stärker.

Shanna blieb vor der Spüle stehen und sah aus dem Fenster. „Heute ist etwas Schreckliches passiert. Ich wollte nicht vor den Kindern darüber reden."

Elsa überlief ein kalter Schauer. „Howard ist etwas passiert?"

„Sein bester Freund ist … gestorben."

Elsa stockte der Atem. War das der Freund, von dem er noch am Nachmittag so voller Wärme gesprochen hatte? „Sie meinen Harry?"

Shanna drehte sich zu ihr um. „Sie wissen von Harry?"

„Howard hat gesagt, er sei sein bester Freund."

Shanna verzog das Gesicht. „Harry ist heute Morgen bei einem Bombenanschlag auf sein Auto ums Leben gekommen."

Elsa keuchte auf.

„Ich weiß. Es ist schrecklich."

Elsa presste sich eine Hand auf die Brust. „Harry ist … ermordet worden?"

„Ja, der arme Mann." Shanna seufzte. „Howard hat schon so viele Menschen verloren, die er geliebt hat."

Elsa zuckte innerlich zusammen. Gerade am Nachmittag hatte Howard ihr seine Liebe gestanden. Es wäre grausam, ihn ausgerechnet jetzt zurückzuweisen und ihm noch mehr Leid zuzufügen. Aber wie konnte sie bei ihm bleiben? Sie wusste nicht, was sie tun sollte, aber sie hasste es, daran zu denken, wie sehr er leiden musste. „Warum sollte jemand seinen besten Freund umbringen?"

Shanna schüttelte den Kopf. „Ich kenne die Details nicht, aber anscheinend gibt es in Alaska einen sehr bösen Menschen, der Harry und Howard hasst."

Und Howard war zurück nach Alaska gegangen? Elsa raste das Herz. War Howard in Gefahr?

„Es tut mir leid." Shanna klopfte ihr auf die Schulter. „Ich fürchte, ich mache alles falsch. Ich wollte Sie beruhigen, stattdessen jage ich Ihnen nur Angst ein."

„Ich komme schon zurecht. Ich muss mich nur erst an all das übernatürliche Zeug gewöhnen." Nicht nur musste sie damit zurechtkommen, dass Howard ein Berserker war, sie spürte auch, wie sie sich selbst in eine Hüterin verwandelte, die mit den Tieren kommunizieren konnte.

„Machen Sie sich Sorgen, weil Howard ein Wer-Bär ist?", fragte Shanna.

„Ich würde sagen, das liefert den einen oder anderen Grund zur Sorge, finden Sie nicht?"

Shanna sah sie mitfühlend an. „Ich bin mir sicher, Sie sind am Anfang schockiert gewesen. Aber die Gestaltwandler sind normalen Menschen sehr ähnlich. Es gibt gute und böse. Howard ist definitiv einer von den guten. Sehen Sie es so. Wenn man Sie angreift, wollten Sie dann nicht jemanden wie Howard auf Ihrer Seite haben?“

„Ja, schon.“ Aber hatte er das Biest immer unter Kontrolle? Er war immerhin der Nachkomme von Berserkern, die berühmt waren für ihren Mangel an Selbstkontrolle.

„Er ist seit Jahren tagsüber unser Leibwächter“, fuhr Shanna fort. „Er gehört zur Familie. Meine Kinder vergöttern ihn. Er ist so lieb, sanft und schüchtern ...“

„Schüchtern?“

„Ja. Ich fand immer, er ist ein bisschen ...“ Shannas Augen fingen an zu leuchten. „Soll das heißen, bei Ihnen ist er nicht schüchtern?“

„Nicht ... so richtig.“ Elsas Wangen wurden wärmer, als sie sich daran erinnerte, wie er sie am Nachmittag gegen den Baum gedrückt, sie dann geküsst und ihr das Hemd aufgeknöpft hatte – sie schob den Gedanken beiseite, ehe ihr Gesicht in Flammen aufging.

„Wow.“ Shanna riss die Augen auf.

Elsa hatte das merkwürdige Gefühl, dass Shanna ein ähnliches Szenario vor sich sah.

„Das ist ja wundervoll!“ Shanna klatschte in die Hände. „Ich hatte Angst, er wäre zu befangen. Wussten Sie, dass er seit Monaten für Sie geschwärmt hat, aber alle DVDs von Ihrer Sendung unter seinem Bett versteckt waren? Wenn ich es nicht arrangiert hätte, dass Sie hierherkommen, hätte er jahrelang so weitergemacht. Sie insgeheim angehimmelt, aber vor Schüchternheit niemandem davon erzählt.“

„Sie haben die Sendung nur deswegen hierher eingeladen, damit Howard mich kennenlernen kann?“

Shanna zuckte zusammen. „Das Haus musste auch wirklich

renoviert werden. Aber ja, mein Hauptgrund war, Sie mit Howard zu verkuppeln."

„Sie finden es vollkommen akzeptabel, mich mit einem Wer-Bären zu verkuppeln?"

„Howard ist ein toller Kerl!"

„Er ist ein Grizzlybär!"

„Er ist ein süßer Honigbär", beharrte Shanna. „Ich vertraue ihm meine Kinder an. Wir vertrauen ihm die ganze Schule an. Einen loyaleren und vertrauenswürdigeren Mann als ihn findet man nirgends."

Elsa seufzte. „Er bleibt trotzdem ein Grizzly. Es ist nicht so einfach, das zu akzeptieren."

„Ich verstehe, wie schwer das ist. Ich hatte am Anfang auch Angst, mich in meinen Mann zu verlieben."

Elsa keuchte auf. „Roman ist ein Wer-Bär?" Sie hatte ja gewusst, dass etwas an ihm ungewöhnlich war.

„Nein, er ist … etwas anderes. Sie sollten meine Schwester Caitlyn kennenlernen. Sie ist verheiratet mit einem Wer-Panther namens …"

„Was?"

„Carlos. Er ist ein Wer-Panther aus Brasilien. Die beiden haben ein Paar schrecklich niedliche Zwillinge."

„Sie hat eine … Katze geheiratet?"

„Einen Wer-Panther", stellte Shanna klar, als wäre das etwas ganz Alltägliches. „Sie sind furchtbar glücklich. Und ich weiß, dass Sie mit Howard ebenso glücklich werden könnten, wenn Sie ihm nur bitte eine Chance geben würden."

„So einfach ist das nicht." Als wäre es eine ganz simple Sache, mit einem Wer-Bären zusammen zu sein. „Howard ist das, was man in meiner Familie einen Berserker nennt, und es gibt einen Fluch, der seit Jahrhunderten auf uns lastet. Laut diesem Fluch könnte Howard … er …" Sie brachte die Worte einfach nicht heraus.

Shanna berührte sie an der Schulter. „Sie haben Angst, dass er Ihnen wehtut. Dass er die Kontrolle verliert und …"

Elsa nickte.

Shanna drückte ihr die Schulter. „Es gab eine Zeit, da habe ich auch angenommen, Roman könnte die Kontrolle verlieren und mich angreifen. Aber ich liebe ihn, und ich bin mit einer wunderbaren Ehe gesegnet und mit zwei prächtigen Kindern. Roman liebt mich, und er würde mir nie etwas tun."

Elsa stiegen Tränen in die Augen. „Sie meinen, ich kann Howard vertrauen."

„Ich weiß es einfach. Er ist ein lieber, süßer Mann, der Ihnen nie etwas zuleide tun könnte."

Elsa nickte. Tief in ihrem Inneren hatte sie immer gespürt, dass sie ihm vertrauen konnte. Und in ihrem Herzen wollte sie ihn lieben. Sie wollte seine Liebe festhalten und sie nie mehr loslassen.

„Ich weiß, es ist schwer", flüsterte Shanna. „Aber in der Liebe muss man manchmal einen Vertrauensvorschuss geben."

Eine Träne lief Elsa die Wange hinab. „Er hat gesagt, er liebt mich."

„Dann können Sie ihm das glauben. Sie können ihm vertrauen."

Elsa nickte. „Ich versuche es." Wenn Howard aus Alaska zurückkam, wollte sie sich weiter mit ihm treffen. Auch wenn er ein Wer-Bär war. Auch wenn es bedeutete, dass sie sich noch heftiger in ihn verliebte.

Howard ging in seinem Hotelzimmer auf und ab, als könnte er der Realität entfliehen, wenn er nur immer in Bewegung blieb. In den letzten Stunden, in denen er auf Flughäfen und in Flugzeugen festgesessen hatte, hatte er geglaubt, verrückt werden zu müssen. Seine Gedanken rasten und hatten ihm hundert verschiedene Szenarien ausgemalt, bis er eines gefunden hatte, das ihn für den Augenblick daran hinderte, den Verstand zu verlieren.

Harry war ein kluger Mensch. Er musste von der Bombe gewusst haben. Und er hatte sie hochgehen lassen, um seinen eigenen Tod vorzutäuschen, damit er mit ihrer Mission im Geheimen weitermachen konnte. Jeden Augenblick würde er sich mit Howard in Verbindung setzen. Sie würden sich treffen und Bier trinken, wie früher, und darüber lachen, wie sie Rhett zum Narren gehalten hatten.

Aber Harry hatte nicht angerufen.

Und Howard war der Narr. Diese ganzen verdammten Strategien, die er für so schlau gehalten hatte: Er hatte seinen besten Freund damit umgebracht.

Er ballte die Hände zu Fäusten. Der Bär in ihm wollte das Hotelzimmer in Stücke schlagen. Sein Körper schimmerte und verlangte, sich zu verwandeln. Zum ersten Mal begriff er die Macht des Berserkerblutes, das ihm in den Adern floss. Wie einfach es wäre, und wie verlockend, einfach durchzudrehen und alles zu zerstören, was in seiner Nähe stand.

Seine Hände verwandelten sich in Bärenpranken mit langen, tödlichen Klauen. Was machte er hier? Warum blieb er in Anchorage, um an Harrys Gedenkgottesdienst teilzunehmen, obwohl er eigentlich zu Rhetts Haus fahren und jeden Werwolf umbringen sollte, der ihm in die Finger kam.

Als sein Handy klingelte, brachte das schrille Geräusch ihn wieder zu Sinnen. Er war kein Berserker, der mordlüstern herumtobte. Davor hatte Elsa am meisten Angst. Er durfte ihr nicht recht geben. Er brachte sich zurück unter Kontrolle und ließ seine Hände wieder menschliche Gestalt annehmen.

In der Zwischenzeit hatte das Telefon aufgehört zu klingeln, also sah er nach, welchen Anruf er verpasst hatte. Dragon Nest Academy. Er warf das Telefon auf eines der Betten und ging weiter auf und ab.

Nachdem er in Anchorage angekommen war, war sein erstes Ziel die Redaktion der *Northern Lights Sound Bites* gewesen. Harrys Freunde dort waren am Boden zerstört. Sie wollten am folgenden Nachmittag eine öffentliche Gedenkfeier für Harry abhalten. Howard vermutete, dass daraus ein Medienzirkus werden würde. Der Besitzer der kleinen Klatschzeitung würde Harrys Tod benutzen, um seine Auflage zu steigern.

Eine kleine Gruppe wollte von den Bear Claw Islands anreisen, um an der Gedenkfeier teilzunehmen und eine kleine Holzkiste in Empfang zu nehmen, in dem sich eingeäschert das befand, was man für Harrys Überreste hielt. Howard hatte ihnen Zimmer in dem Hotel reserviert, in dem er selbst übernachtete. Und er hatte in der Schule angerufen, um sicherzugehen, dass Phil angekommen war, um seine Pflichten für ihn zu übernehmen.

Ian MacPhie, der Vampir, der nachts für die Sicherheit zuständig war, hatte seinen Anruf angenommen, und als er angefangen hatte, sein Beileid auszudrücken, hatte Howard aufgelegt. Er hatte kein Mitleid verdient. Er hatte eine ordentliche Tracht Prügel verdient, weil er Harry in seinen dämlichen Racheplan mit hineingezogen hatte. Er hatte Rhett in den Wahnsinn treiben wollen. Stattdessen hatte er ihn zum Mord getrieben.

„Idiot", beschimpfte er sich selbst. Er war nach Alaska gerast, als würde ein schnelles Ankommen irgendetwas an den Fakten ändern und Harry wieder zum Leben erwecken.

Sein Handy klingelte wieder. Die Dragon Nest Academy. „Was?", knurrte er ins Telefon.

„Jetzt ist es dunkel bei dir, aye?", fragte Ian.

„Ich will kein verdammtes Mitleid!" Howard hörte seine Stimme widerhallen. Sie hatten ihn auf den Lautsprecher geschaltet. „Verdammt noch mal, ich will keine Gesellschaft." Er setzte an, den Knopf zu drücken, um den Anruf zu beenden.

„Howard!", rief Shannas Stimme. „Nicht auflegen!"

„Wagt es nicht, hierher …" Er stöhnte, als zwei Gestalten bei ihm auftauchten. Dougal und Phil.

Dann tauchte Ian auf, mit einem Beutel und zwei Reisetaschen in Händen. „In Ordnung, jetzt kannst du auflegen."

Howard grunzte und steckte sein Telefon ein. „Verschwindet. Ich habe euch nicht hergebeten."

„Ich kannte Harry", knurrte Phil zurück. „Ich nehme an der Gedenkfeier teil."

„Ich würde auch gerne hin", sagte Dougal schnell.

„Die ist am Nachmittag", grollte Howard.

Dougal seufzte. „Na gut." Er sah sich im Hotelzimmer um. „Gibt es einen sicheren Ort, an dem ich in den Todesschlaf fallen kann?"

Howard schnaubte. „In der Badewanne, aber das Zimmermädchen wird durchdrehen und einen Krankenwagen rufen."

„Dann teleportiere ich mich in den Keller deines Großvaters", sagte Dougal. „Und Ian nehme ich mit."

Stöhnend raufte Howard sich die Haare. „Ihr müsst wirklich nicht hierbleiben."

„Doch, müssen wir", sagte Ian. „Wir sind Teil deiner Familie. Sei bloß froh, dass nicht die ganze Schule mitgekommen ist. Sie wollten alle." Er ließ die Taschen auf den Boden fallen. „Wir haben dir was zum Anziehen eingepackt."

„Ich bin deinen Kleiderschrank durchgegangen und habe einen Anzug gefunden", fügte Phil hinzu.

Howard musste schlucken. Sie waren viel zu nett zu ihm, das hatte er nicht verdient.

Ian öffnete den Beutel. „Ich habe Blier für Dougal und mich mitgebracht."

„Ich nehme eins." Dougal griff nach einer Flasche.

„Und da ist auch ein Sechserpack drinnen für dich und Phil." Ian stellte das normale Bier auf die Kommode, und Phil machte sich eine Dose auf.

„Und Shanna hat noch das für dich eingepackt." Ian reichte Howard eine Schachtel aus der Bäckerei in Cranville. „Die haben sie noch schnell nach ihrem Treffen mit Elsa besorgt. Shanna lässt ausrichten, dass es gut gelaufen ist."

Bedeutete das, Elsa hatte sich entschieden, ihn nicht zurückzuweisen? Das hätte ihn aufheitern sollen, aber Howard fühlte sich nur merkwürdig taub. Er spähte in die Schachtel. Frische Donuts und Kirschstreusel. Er stellte die Schachtel auf die Kommode.

„Hier." Phil reichte ihm ein Bier. „Wann fängt die Gedenkfeier an?"

Howard nahm einen Schluck. „Um eins."

„Es tut uns wirklich leid …", fing Dougal an.

„Ich will das nicht hören!" Howard knallte sein Bier auf die Kommode und ging mit langen Schritten auf die andere Seite des Zimmers. „Ich hätte ihn nie in meinen dämlichen Plan mit hineinziehen dürfen …"

„Schwachsinn", murmelte Phil.

Howard wirbelte zu ihm herum. „Ich sage dir, es war meine Schuld."

„Und ich sage: Schwachsinn", grollte Phil.

Howard grollte zurück.

„Och, ihr kleinen Biesterlein", sagte Ian und machte dabei eine Flasche Blier auf. „Macht euch mal locker."

„Locker?", brüllte Howard. „Harry ist wegen mir gestorben!"

„Nimm dich nicht so wichtig", zischte Phil. „Harry hat genau das getan, was er tun wollte. Ich war im Diner mit dabei, als wir Mittag gegessen haben. Du wollest, dass alles im Geheimen abläuft, oder nicht?"

Howard zuckte mit den Schultern. „Und?"

„Harry war es, der darauf bestanden hat, es in seiner Zeitung an die Öffentlichkeit zu bringen", beharrte Phil. „Und du hast ihm gesagt, er soll es anonym machen, aber er hat angefangen, seinen Namen unter die Artikel zu setzen. Er wollte Rhett wissen lassen, dass er es war. Das war seine Entscheidung, nicht deine."

„Aye", stimmte Dougal zu. „Das kannst du dir nicht vorwerfen, Howard."

„Wie ich das verstanden habe, hatte Harry ebenfalls einen guten Grund, Rhett zu hassen“, fügte Ian hinzu. „Hat er nicht auch seinen Vater verloren?“

Howard raufte sich die Haare. Die Jungs versuchten, ihn von seiner Schuld zu entlasten, aber er konnte sich nicht so einfach vom Haken lassen. Harry war es, der in Alaska geblieben war, während Howard sich an einem sicheren Ort verkrochen hatte. Er hatte gedacht, mit seinem Verschwinden würde er seine Familie schützen, aber er hatte es nur geschafft, Harry zum Hauptziel von Rhetts Rache zu machen.

„Harry hat nachgeforscht, wie eure Väter wirklich gestorben sind, nicht?“, fragte Phil. „Er war der Meinung, Rhetts Vater hätte sie umgebracht?“

„Sieht ganz so aus.“ Howard erzählte ihnen, was Harry herausgefunden hatte.

„Dann dauert die Fehde zwischen euren Familien schon eine lange Zeit an“, folgerte Ian.

„Anscheinend.“ Howard trank von seinem Bier. „Ich bin erst vier gewesen, als mein Vater gestorben ist, also kenne ich keine Details. Es könnte ganz einfach so gewesen sein, dass Rhett das Land wollte, das meinem und Harrys Vater gehört hat.“

Phil nickte. „Für einen Rudelführer wie Bleddyn bedeutet mehr Land ein größeres Rudel, was wiederum größere Macht bedeutet.“

Howard setzte sich an den Fuß des Bettes. „Hier prallen zwei verschiedene Kulturen aufeinander. Werwölfe wollen immer ihr Rudel vergrößern, während Wer-Bären einfach nur allein sein wollen. Leider schlagen uns die Wölfe meistens, weil sie in der Überzahl sind.“

Dougal setzte sich auf das andere Bett neben Phil. „Das ist mehr als nur ein Zusammenprallen von Kulturen. Der Hass zwischen dir und Rhett ist etwas Persönliches.“

„Natürlich hasse ich ihn!“ Howard sprang auf und ging wieder auf und ab. „Er hat gerade meinen besten Freund umgebracht.“

„Und deine Freundin", fügte Phil hinzu.

Howard schnaubte. Neugierige Blödmänner.

„Rhett hat deine Freundin umgebracht?" Ian setzte sich in den Schreibtischstuhl. „Wann war das?"

Howard ging stumm auf und ab.

Phil trank von seinem Blier. „Na gut, es muss passiert sein, ehe man ihn verbannt hat, was bedeutet, es war, ehe er aufs College gegangen ist."

„Ah, die erste große Liebe", seufzte Dougal. „Arme Kleine. Wie hieß sie? War sie ein Wer-Bär wie du?"

„Sie war unschuldig", knurrte Howard. „Eine unschuldige Sterbliche, die mir vertraut hat. Sie ist gestorben, weil Rhett mich hasst."

„Warum hasst er dich so sehr?", hakte Dougal nach.

Howard setzte sich wieder aufs Bett, beugte sich vor und stützte sich mit den Ellenbogen auf die Knie. Wie viele Menschen mussten noch wegen ihm sterben? Erst Carly. Jetzt Harry. War seine Liebe ein Todesurteil? War es nicht genau das, was Elsa fürchtete?

Howard atmete tief durch. „Es hat alles an der High School angefangen."

21. KAPITEL

Rhett war Quarterback für unser High School-Team in Anchorage", fing Howard an. „Da sein Vater Rudelführer in Alaska war, hatte Rhett die Unterstützung Hunderter seiner Werwolf-Anhänger im ganzen Bundesstaat hinter sich. Diejenigen, die in den Medien gearbeitet haben, haben ihn zum Star gemacht. Werwolf-Jungen, die für andere Footballteams gespielt haben, haben Rhetts Team gewinnen lassen. Ihre Loyalität gegenüber dem Sohn ihres Rudelführers war größer als jede Loyalität gegenüber einer sterblichen Schule. Werwolf-Lehrer gaben ihm perfekte Noten. Er konnte nichts falsch machen. Er war der Goldjunge des Bundesstaates, bestimmt dazu, etwas Großes zu werden."

Phil nickte. „Wir haben bis nach Wyoming von ihm gehört. Gerüchtehalber ist er dazu erzogen worden, sich später zum Gouverneur oder Senator wählen zu lassen, um dann irgendwann Präsident zu werden."

„Was ist schiefgelaufen?", fragte Ian.

„Ich." Howard nahm sein Bier und trank einen Schluck. „Harry und ich waren Defensive Linemen für das Footballteam in Port Mishenka."

Phil kicherte. „Die Port Mishenka Murmeltiere."

Howard sah ihn mit gehobener Augenbraue an. „Ich bin auf der Suche nach Streit, wenn du mir den Gefallen tun willst."

„Genug, ihr beiden", murmelte Dougal. „Zurück zur Geschichte."

Howard trank noch mehr von seinem Bier. „Wir waren im letzten Schuljahr, das Spiel fand vor der Saison nur zum Spaß statt. Alle haben erwartet, dass das große Team aus Anchorage unser kleineres Team aus dem Nirgendwo plattmacht. Wir wussten, dass man uns als Sündenbock ausgewählt hatte, um Rhett besser dastehen zu lassen. Die Medien waren vor Ort, bereit, ihm die Füße zu küssen."

Dougal beugte sich vor. „Was ist dann passiert?"

„Harry und ich wussten, dass seine Offensive Linemen alle Werwölfe waren, bereit zu sterben, um ihn zu schützen. Und ihnen war natürlich klar, dass Harry und ich Wer-Bären waren. Wir waren die einzigen Gestaltwandler in unserem Team. Alle anderen waren Sterbliche, die keine Ahnung hatten, warum das Spiel auf einmal so gewalttätig wurde. Harry griff so viele Linemen wie möglich an, um sie zu beschäftigen, damit ich nach vorne durchmarschieren konnte. So habe ich Rhett zehnmal geschlagen."

Phil lachte in sich hinein. „Das hätte ich gerne gesehen."

„Die Werwölfe in den Medien haben mich als gewalttätigen Psychopathen abgestempelt, aber die sterblichen Medien, denen die Bleddyns egal waren, haben mich zum Helden gemacht." Howard seufzte. „Ich habe mehr Aufmerksamkeit bekommen als Rhett."

„Rhetts Vater hat ihn dafür wahrscheinlich furchtbar verdroschen", murmelte Phil.

Howard nickte. „Die Medien wollten uns unbedingt noch einmal gegeneinander antreten sehen, also wurde am Ende der Saison ein All-Star-Spiel ausgetragen. Ich wurde für eine Mannschaft ausgewählt. Rhett wurde zum Quarterback der anderen Seite bestimmt. Es wurde im ganzen Bundesstaat im Fernsehen übertragen."

„Hast du ihn wieder umgehauen?", fragte Ian.

„Zwölf Mal. Ich wurde zum besten Spieler ernannt und habe einen Pokal bekommen. Anschließend wurden mir mehrere Stipendien angeboten. Ich wurde für den Bundesstaat zum Helden."

„Und diese Ehre hätte eigentlich an Rhett gehen sollen", sagte Dougal.

„Genau." Howard zuckte mit den Schultern. „Damals habe ich mir über die Konsequenzen keine Gedanken gemacht. Ich war zu aufgeregt wegen der Zukunft. Meine Kosten für das College waren gedeckt. Ich war mit einem sterblichen Mädchen aus der High School zusammen und wollte sie heiraten. Ihr Name war Carly."

„Wusste sie, dass du ein Wer-Bär bist?", fragte Dougal.

Howard nickte. „Sie kam damit zurecht. Sie hat viel Zeit mit mir auf Paw Island verbracht, und die Wer-Bär-Gemeinschaft dort hat ihr gefallen. Ich wollte ihr bei unserem Abschlussball einen Antrag machen, deswegen bin ich nach Anchorage gefahren, um einen Verlobungsring zu kaufen. Während ich weg war, gab es einen Vollmond, und Rhett und einige seiner Werwolf-Kumpane haben Jagd auf Carly gemacht."

„Sie haben sie angegriffen?", fragte Ian.

„Sie haben sie umzingelt." Howard atmete tief durch. „Ich nehme an, es war Rhett, der sie gebissen hat. Mehr als das mussten sie nicht tun. Ein einfacher Biss, und sie war für immer für mich verloren."

„Weil sie zum Werwolf wurde, statt zum Wer-Bären", vermutete Dougal.

Howard nickte. „Als ich zurückgekommen bin, habe ich nicht mehr viel von ihr gesehen. Sie war krank und hat viel von der Schule verpasst. Ihre Eltern dachten, sie wäre von einem wilden Hund gebissen worden, also haben sie ihr Spritzen geben lassen. Ich habe nicht gewusst ..."

Er seufzte. Wenn er es nur gewusst hätte, er hätte sie darauf vorbereiten können. Sie könnte noch am Leben sein. Sie wäre ein Werwolf, aber sie wäre am Leben. „Der Abschlussball hat beim nächsten Vollmond in der Sporthalle unserer Schule stattgefunden. Ich war gerade bereit, ihr einen Antrag zu machen, als ihr Körper zu verschwimmen begann. Sie wusste nicht, was mit ihr geschah. Sie ist kreischend aus der Schule gerannt."

„Arme Kleine", murmelte Ian.

„Ich bin ihr nach draußen gefolgt", fuhr Howard fort. „Mir war klar, dass sie sich verwandelt, aber ich wusste nicht, warum. Dann habe ich Rhett und seine Kumpel gesehen, die draußen auf sie gewartet haben. Rhett hat gelacht und gesagt, dass sie seine Hündin wird."

„Dieser Bastard", murmelte Dougal.

„Die arme Carly hatte solche Angst. Sie hat sich verwandelt und ist den Berg hinaufgerannt. Rhett und seine Kumpel haben sich ebenfalls verwandelt und sind ihr gefolgt." Howard verzog das Gesicht. „Ich wusste, dass sie als Braut für mich verloren war, aber ich konnte trotzdem nicht zulassen, dass sie von Rhett und seinen Freunden missbraucht wird. Also bin ich den Berg hinaufgerannt, um sie aufzuhalten."

„Dorthin, wo wir dich vor ein paar Nächten gefunden haben?", fragte Dougal.

„Ja. Ich habe sie auf der Klippe gefunden, umzingelt von zähnefletschenden und knurrenden Werwölfen. Ich habe gesagt, sie solle bleiben, wo sie ist, und dass ich ihr helfe. Ich habe mich verwandelt und angefangen, mich durch die Wölfe durchzukämpfen." Howard rieb sich die Stirn. „Zwei von Rhetts Anhängern haben mich angegriffen, und ich habe sie von der Klippe geschleudert. Die anderen Anhänger sind weggerannt. Rhett hat vor Wut geheult. Er hat Carly von der Klippe gestoßen, und als ich vorgerannt bin, um sie zu retten, hat er mich angegriffen. Wir haben eine Weile gekämpft, ehe es mir gelungen ist, ihn von der Klippe zu stürzen."

„Und deswegen hast du gedacht, du hättest ihn umgebracht?", fragte Ian.

Howard nickte. „Die drei Werwölfe, inklusive Rhett, hatten sich zurück in Menschengestalt verwandelt, also dachte ich, sie wären tot. Carly hatte sich ebenfalls zurückverwandelt. Also habe ich auch wieder meine menschliche Gestalt angenommen, bin zur Polizei gegangen und habe ihren Mord angezeigt. Ihre Familie dachte, ich hätte sie umgebracht, weil ich als Letzter mit ihr gesehen worden war. In jener Nacht hat man mich verhaftet."

„Hast du der Polizei nichts von Rhett und seiner Bande erzählt?", fragte Dougal.

„Doch, ich habe gesagt, dass sie Carly von der Klippe geworfen hätten, aber als die Polizei in den Bergen nachgesehen hat, waren die Werwölfe nicht mehr da. Ich habe gedacht, Rhetts Anhänger hätten aufgeräumt, kurz nachdem ich verschwunden war."

„Aber Rhett war noch am Leben, dieses Dreckschwein", murmelte Phil.

Howard grunzte zustimmend. „Man hat mich wegen Mangel an Beweisen nie vor Gericht gestellt, aber ich bin verbannt worden, damit Rhetts Vater den Wer-Bären nicht den Krieg erklärt. Ich war jahrelang weg, also wusste ich nicht, dass Rhett überlebt hatte."

„In Wyoming haben wir gehört, dass er tot sei", sagte Phil. „Sein Vater muss ihn versteckt gehalten haben, damit du schuldig wirkst."

„Und damit meine Leute weiter Angst vor seiner Rache haben", fügte Howard hinzu. „Harry war der erste Wer-Bär, der sie seit zwanzig Jahren herausgefordert hat."

Ian trank seine Flasche Blier leer und stellte sie heftig auf dem Schreibtisch ab. „Rhett muss sterben."

Howard konnte ihm nicht genug zustimmen. Wenn seine Freunde nicht aufgetaucht wären, hätte er vielleicht seinen Berserkerinstinkten nachgegeben und Jagd auf Rhett gemacht. „Ich will, dass er leidet."

Phil nickte. „Wie ich es sehe, stört ihn nichts mehr als öffentliche Bloßstellung. Harry hat ihn bloßgestellt und ist so für ihn zum ärgsten Feind geworden."

„Und ich habe ihn in der Schule bloßgestellt", sagte Howard. „Er war zu feige, um mich direkt anzugreifen. Er hat Carly als Spielfigur benutzt, um mich zu verletzen."

„Spielfigur." Ian stand auf und kramte in seinem Sporran, seiner Kilt-Tasche. „Das erinnert mich an etwas. Tino wollte, dass ich dir das hier mitbringe. Ich weiß nicht warum, aber er hat darauf bestanden." Er reichte Howard ein Bündel Servietten.

Howard wickelte die Servietten auseinander und fand darin eine Schachfigur. Den weißen Springer, der Ritter auf dem Pferd. *Harry.*

„Merkwürdiges Geschenk", murmelte Phil.

Howard musste schlucken. Tino musste die Figur aus dem Schachset in seinem Büro genommen haben. Der Marmor fühlte sich glatt und kalt zwischen seinen Fingern an. *Harry, was habe ich getan? Wie konnte ich dich einfach so verlieren?*

Er schloss seine Faust um die Figur. „Tino hat mich einmal gefragt, ob es möglich ist, das Spiel zu gewinnen, ohne irgendwelche Figuren zu verlieren."

„Du hast Nein gesagt?", fragte Dougal.

Howard nickte langsam. Wie ein Trottel hatte er geprahlt, dass ein Spieler seine Verluste wie ein Mann ertragen und weitermachen musste. Seine Augen wurden feucht, und er blinzelte. Tino erinnerte ihn an seinen eigenen Rat. *Ich werde weitermachen, Harry. Ich werde dich rächen.*

Jede Träne, die Harrys Mutter stumm vergoss, war wie ein Messerstich in sein Herz. Howard saß steif auf der hölzernen Kirchenbank, die verkrampften Hände auf den Knien abgelegt, während der Chefredakteur von *Northern Lights Sound Bites* auf dem Podium stand und von Harrys Tapferkeit sprach und von seiner Beharrlichkeit, wenn es darum ging, eine gute Story ausfindig zu machen.

Mehrere von Harrys Journalistenfreunden hatten schon bei der Gedenkfeier gesprochen, und sie alle hatten dabei mit den Tränen gekämpft. Howard wollte keine Schwäche zeigen, also versuchte er, sich anstatt der Trauer mehr auf seine Wut zu konzentrieren und auf seinen Durst nach Rache.

Dass er Harrys Freunde vor dieser Feier noch nie kennengelernt hatte, erinnerte ihn schmerzlich daran, wie lange er verbannt gewesen war. Zwanzig Jahre fort von daheim, und das alles wegen einer Lüge, denn Rhett war immer noch am

Leben. Trotzdem war die Verbannung leichter zu ertragen gewesen als die Schuld, die er nach Carlys Tod empfunden hatte.

Jetzt kam noch mehr Schuld dazu. *Harry.* Howard schob den Gedanken zur Seite. Die Schuld würde ihn lähmen, ihn schwächen, und er musste stark sein, um Harry zu rächen.

Er wendete seine Gedanken wieder dem Feind zu, Rhett. Anscheinend hatte der alte Bleddyn auch seinen Sohn bestraft, denn Rhett war gezwungen gewesen, im Geheimen zu leben, seine Existenz war nur ein paar hochrangigen Werwölfen bekannt. Erst als der alte Rudelführer vor einem Jahr gestorben war, war Rhett wieder in die Öffentlichkeit getreten und hatte dafür gesorgt, dass in den Medien bekannt wurde, wie reich und mächtig er war. Dass Rhett Geld aus den Geschäften seines Vaters veruntreut hatte, war wahrscheinlich seine Art, die Grausamkeit seines Vaters zurückzuzahlen. Wie der Vater, so der Sohn, dachte Howard. Der verdorbenen Familie Bleddyn musste ein Ende gemacht werden.

Der Pastor sprach zum Abschluss noch ein Gebet, und dann reihten die Trauernden sich auf, um an der kleinen Holzschachtel vorbeizugehen, die mit Blumen umwunden auf einem Tisch stand. Howard stand hinter seinem Großvater, seinen Cousins Jesse und Jimmy, und Phil.

Der Chefredakteur, Mr. West, blieb bei Harrys Mutter stehen, um ihr sein Beileid auszusprechen, und Lichter blitzten auf, als mehrere Reporter davon Fotos schossen.

„Schweine", murmelte Howard.

Phil drehte sich zu ihm um. „Wir könnten dafür sorgen, dass ihre Kameras aus Versehen …" Plötzlich erstarrte er und riss die Augen auf.

Howard sah sich um. „Ach du Schande!"

Die Frau hinter ihm zischte ihn an, aber er hörte nichts mehr. Es rauschte ihm in den Ohren, als glühend roter Hass von ihm Besitz ergriff.

Rhett Bleddyn und zwei seiner Anhänger hatten gerade die kleine Kirche betreten.

Phil packte Howard am Arm, aber Howard schüttelte ihn ab und ging streifbeinig auf Rhett zu. Der Werwolf erstarrte erstaunt, setzte dann aber eine verächtliche Miene auf.

„Howard“, zischte Phil, der ihm nachgegangen war, „nicht hier. Zu viele Kameras.“

„Was ist los?“, fragte Jimmy, als er und Jesse sich ihnen anschlossen.

„Warum sind diese miefenden Werwölfe hier?“, flüsterte Jesse und fügte dann schnell hinzu: „Nichts für ungut, Bro.“

„Das ist Rhett Bleddyn“, murmelte Phil.

„Wow“, hauchte Jimmy.

Howard baute sich vor Rhett und seinen Anhängern auf. „Raus. Bevor ich euch in Einzelteilen rauswerfe.“

Rhett sah ihn unbeeindruckt an. „Ich dachte, man hätte dich permanent aus Alaska verbannt.“

„Ich konnte nur so lange verbannt bleiben, wie du tot geblieben bist“, sagte Howard. „Es war rundherum eine große Enttäuschung.“

Rhett schnaubte. „Und sieh mal an, wer dir zur Seite steht. Phil Jones, Verräter an seiner eigenen Art. Warum nur überrascht mich das nicht?“

„Du Bastard“, knurrte Phil. „Du hattest vor, meine gesamte Familie umzubringen.“

Rhett warf einen amüsierten Blick auf die Journalisten, die sich ihnen vorsichtig mit ihren Videokameras näherten. „Mach doch, greif mich an. Das hätte ich nur zu gerne auf Video.“

„Verschwinde“, knurrte Howard.

„Das werde ich“, entgegnete Rhett grinsend. „Ich wollte nur sehen, wer hier alles auftaucht. Ich wusste, dass Harry nicht der Drahtzieher hinter dieser kleinen Schmierenkampagne sein konnte. Er war nie der Hellste, wisst ihr.“

Howard packte Rhett an der Krawatte und riss ihn nach vorn. Lichter blitzten, als Fotos davon gemacht wurden. Rhetts Anhänger stürzten sich auf Howard, aber Phil riss den einen von ihm weg, während Jimmy und Jesse den anderen festhielten.

„Du irrst dich“, zischte Howard in Rhetts Gesicht. „Wir wollen deinen Ruf nicht beschmieren. Wir wollen dich vernichten.“

„Ja“, setzte Jimmy nach. „Zwei deiner Häuser haben wir schon, Arschloch.“

„Und wir haben Beweise dafür, dass du Geld unterschlägst …“, fing Jesse an.

„Er ist ein Mörder!“, rief Rhett den Journalisten zu. „Howard Barr ist vor zwanzig Jahren verhaftet worden, weil er seine Freundin umgebracht hat, und jetzt bedroht er mich!“

Howard drehte an Rhetts Krawatte, bis er im Gesicht rot anlief. Mehr Lichter blitzten auf. „Du wirst sterben dafür, dass du Harry umgebracht hast.“

Ein Keuchen hallte durch die Kirche.

Howard ließ Rhett mit einem Stoß los, der ihn in den Türrahmen zurückstolpern ließ. Seine Cousins und Phil schoben die zwei Anhänger hinterher.

Rhett richtete seine Krawatte. „Du hast keinerlei Beweise. Ich könnte dich wegen Verleumdung verklagen.“

„Versuch es“, sagte Howard. „Wir haben Beweise für deine Veruntreu…“

„Sie haben alle gesehen, wie er mich angegriffen hat!“, rief Rhett den Journalisten zu. Er musterte Jimmy und Jesse und flüsterte Howard dann zu: „Wie viele Freunde bist du noch bereit zu verlieren?“

Knurrend trat Howard einen Schritt vor.

Phil packte ihn am Arm. „Nicht jetzt.“

Rhett und seine Anhänger eilten zu ihrem Wagen.

„Wow“, flüsterte Jimmy. „Das war echt cool, Mann, total heftig.“

„Genau“, stimmte Jesse zu, „wie im Film.“

Howard stöhnte auf. Seinen Cousins war nicht klar, dass sie gerade zu Rhetts neuer Zielscheibe geworden waren.

„Sie sind in Gefahr?" Tante Judys Stimme wurde immer lauter. „Meine Jungen sind in Gefahr?"

„Beruhige dich", murmelte Onkel James.

„Ich werde mich nicht beruhigen!" Tante Judy funkelte Howard wütend an. „Du kommst von Harrys Beerdigung zurück und sagst mir, meine Jungs könnten die nächsten sein?"

„Ich übernehme die volle Verantwortung für ihre Sicherheit", versicherte Howard ihr.

Sechs Stunden waren seit dem Gedenkgottesdienst vergangen, und in dieser Zeit hatte er die Fähre von Anchorage nach Port Mishenka genommen, gemeinsam mit seinen Cousins, seinem Großvater, Phil und Harrys Mutter. Dann waren sie alle auf die kleinere Fähre nach Paw Island umgestiegen.

Die ganze Reise lang hatte Harrys Mutter kein Wort gesprochen. Er hatte angeboten, sie zu ihrem Haus zu bringen, aber sie hatte abgelehnt.

Die Schachtel mit Harrys Asche an die Brust gedrückt, hatte sie Howard wütend angesehen. „Er hätte sich nie mit dir und deiner dummen Suche nach Rache einlassen dürfen. Ich habe ihm gesagt, dass du nur Schwierigkeiten machst! Du bist nicht besser als dein Vater! Wegen ihm habe ich meinen Mann verloren. Jetzt habe ich weder einen Mann noch einen Sohn!"

„Mrs. Yutu, ich wollte nie …"

„Deine Familie ist verflucht!", unterbrach sie ihn. „Ich bereue es, dass Harry dich je gekannt hat." Sie marschierte davon und ließ Howard stehen.

Reue. Das gefürchtete Wort hallte in seinem Kopf.

„Das ist nur die Trauer, die aus ihr spricht", flüsterte Phil. „Lass dich davon nicht runterziehen."

Howard schnaubte. Harrys Mutter litt, aber sie hatte recht. Ihr Sohn wäre noch am Leben, wenn er sich nicht auf Howards Plan eingelassen hätte.

„Walter." Er drehte sich zu seinem Großvater um. „Nimmst du Phil mit nach Hause? Ich komme bald nach."

„Sicher." Walter bedeutete Phil, ihm zu folgen. „Willst du ein Bier?"

„Oh", rief Howard seinem Großvater nach. „In deinem Keller liegen übrigens zwei Vampire."

Walter schnaubte. „Das sagst du mir jetzt. Weiß deine Mutter davon?"

„Ja, ich habe sie angerufen." Howard hatte nicht gewollt, dass seine Mutter einen furchtbaren Schreck bekam, wenn sie nach unten ging, um ihre Wäsche zu erledigen, und dort zwei Vampire in ihrem Todesschlaf vorfand.

Gerade war er bei seinen Cousins zu Hause, ein Stück die Straße hinab, und versuchte, Tante Judy und Onkel James die aktuelle Situation zu erklären.

„Ich dachte, du wärest so etwas wie ein Sicherheitsexperte", sagte James. „Wie konntest du zulassen, dass unseren Jungs so etwas passiert?"

„Niemand hat erwartet, dass Rhett Bleddyn bei der Gedenkfeier auftauchen würde", erklärte Howard.

„Genau", stimmte Jesse zu. „Ich meine, der Typ hat Harry umgebracht. Der hat Eier aus Stahl, da einfach aufzukreuzen."

„Deine Ausdrucksweise", knurrte Tante Judy ihren Sohn an, ehe sie sich wieder an Howard wendete. „Wir hätten nie zulassen dürfen, dass unsere Jungen sich mit dir einlassen."

„Wir wollten es tun", beharrte Jimmy.

„Genau", stimmte Jesse zu. „Wir haben es satt, dass unsere Leute sich hier auf den winzigen Inseln verkriechen, weil sie Angst vor ein paar stinkenden Wölfen haben. Wir müssen uns wehren."

„Rhett muss für seine Verbrechen bezahlen", sagte Howard. „Er hat Carly und Harry umgebracht, und sein Vater hat meinen Vater getötet. Onkel James, willst du nicht, dass die Bleddyns ihre Strafe bekommen, weil sie deinen Bruder umgebracht haben?"

„Natürlich." James sah seine Söhne besorgt an. „Ich war stolz darauf, dass meine Jungen dir geholfen haben, aber jetzt …"

„Es war von Anfang an ein Fehler", grollte Judy. „Jetzt müssen meine Jungen sich verstecken? Wir können es uns nicht leisten, sie fortzuschicken."

„Das habe ich schon alles abgeklärt", versicherte Howard ihr. „Sie können die Privatschule besuchen, an der ich arbeite."

„Schule?" Jesse verzog das Gesicht. „Alter, wir haben letzten Frühling den Abschluss gemacht."

„Genau, und jetzt ist Sommer", fügte Jimmy hinzu.

„Ihr müsst keine Kurse besuchen", sagte Howard. „Jedenfalls keine akademischen. Ich erwarte, dass ihr euch in Kampfkunst und Fechten ausbilden lasst, damit ihr euch verteidigen könnt."

„Du meinst Schwerter und Karate und so was?" Jesses Augen fingen an zu leuchten.

„Cool", sagte Jimmy.

„Die Schule wird euch gefallen", fuhr Howard fort. „Es gibt einen Swimmingpool und eine Bowlingbahn im Keller, in der Nähe sind Pferdeställe und jede Menge Berge zum Wandern. Stellt es euch wie einen Gratis-Sommerurlaub vor."

„Cool", wiederholte Jimmy.

„Astrein", fügte Jesse hinzu.

Judy schniefte. „Es fühlt sich an, als würden sie verbannt werden! Wie lange werden sie fortbleiben müssen? Zwanzig Jahre, so wie du?"

Howard zuckte zusammen. „Nein."

„Wo ist diese Schule?", fragte James. „Können wir sie da besuchen?"

„Nur, wenn ihr euch von einem meiner Vampirfreunde teleportieren lasst", antwortete Howard. „Wir müssen den genauen Standort der Schule geheim halten, und schon ein Flugticket könnte eine Spur hinterlassen." Er stöhnte innerlich auf. Er hätte nicht von Albany aus nach Anchorage fliegen sollen. Aber zu der Zeit hatte er einfach nicht klar denken können. Und er hatte diese Entwicklungen nicht vorausgesehen.

„Jungs, ihr geht packen“, sagte James zu ihnen, und sie verzogen sich schnell in ihre Zimmer.

Judy sah ihnen mit Tränen in den Augen nach. „Wir hätten nie zulassen dürfen, dass sie bei so etwas mitmachen.“ Sie drehte sich zu Howard um. „Was wird Rhett jetzt tun? Wird er versuchen, sie umzubringen? Wird er unsere Insel von seinen Anhängern angreifen lassen? Sind wir alle wegen dir in Gefahr?“

„Judy, beruhige dich“, sagte James müde.

Ihre Augen blitzten wütend auf. „Stell dich nie zwischen eine Bärenmutter und ihre Jungen. Ich wünschte, sie wären Howard nie begegnet!“ Sie stürmte in ihr Schlafzimmer und schlug die Tür hinter sich zu.

James seufzte. „Ich schicke die Jungs zu Walter rüber, wenn sie mit dem Packen fertig sind.“

„Danke.“ Howard schüttelte seinem Onkel die Hand und ging dann die Straße hinunter zum Haus seines Großvaters. *Reue.* Harrys Mutter wünschte sich, ihr Sohn wäre ihm nie begegnet. Tante Judy wünschte sich, ihre Söhne wären ihm nie begegnet.

Waren alle seine Beziehungen dazu verdammt, in Reue zu enden? Er wusste, dass Elsa dabei war, sich in ihn zu verlieben, aber sie versuchte dennoch, ihn von sich zu weisen. Bereute sie es, sich zu einem Berserker hingezogen zu fühlen? Bereute sie es, ihre Tanten angelogen zu haben, ihre einzige verbliebene Familie? Bereute sie es, sich in einen Mann verliebt zu haben, dem sie nicht vertrauen konnte? War es falsch von ihm, sie immer wieder zu sich zurückzulocken?

Nachdem er mit seinem Großvater und Phil ein paar Biere getrunken hatte, fühlte er sich noch schlechter. Walter verhielt sich merkwürdig ruhig. Wahrscheinlich bedauerte er es, dass alle drei seiner Enkelsöhne untertauchen mussten.

„Falls Rhett die Insel angreift …“, fing Howard an.

„Keine Sorge deswegen“, knurrte Walter. „Wenn er Krieg mit uns will, kann er ihn haben.“

Howard seufzte. Wie viele Menschen brachte er in Gefahr? *Reue.*

Jimmy und Jesse kamen mit gepackten Reisetaschen an. Nachdem die Sonne untergegangen war, kamen Ian und Dougal nach oben, an ihren Blierflaschen nippend. Howard erklärte ihnen die Situation, und sie teleportierten Jimmy und Jesse nach Dragon Nest. In wenigen Minuten wollten sie zurückkehren, um Howard und Phil mitzunehmen.

„Du musst wieder weg?“ Howards Mutter sah ihn traurig an.

Reue. „Ich bringe die Jungs zurück, sobald es sicher ist.“

Seine Mutter seufzte. „Ich weiß, dass du anderen kein Leid zufügen willst.“ Sie umarmte ihn und ging dann zurück in die Küche.

„Ist nicht deine Schuld, Howard“, knurrte Walter. „Das ist der verdammte Fluch.“ Er setzte sich in seinen Lehnstuhl und öffnete eine Dose Bier.

Was für eine traurige Familie, dachte Howard. Seine Mutter war nie über seine zwanzig Jahre dauernde Verbannung hinweggekommen. Auch sein Großvater litt.

Und so viele andere hatten gelitten. Carly war terrorisiert und ermordet worden, und sie hatte eine trauernde Familie zurückgelassen. Harry war ermordet worden, und auch seine Mutter trauerte. Jimmy und Jesse waren gezwungen unterzutauchen und hinterließen verstörte Eltern.

Kein Wunder, dass Walter an einen Fluch glaubte. Selbst Harrys Mutter hatte gesagt, seine Familie sei verflucht. Jeder, der ihn liebte, bereute es irgendwann. Falls sie lange genug lebten.

Ihm wurde das Herz schwer. Elsas Instinkt, ihn zurückzuweisen, war von Anfang an richtig gewesen. Nur so konnte sie sicher bleiben. Wenn er versuchte, bei ihr zu bleiben, würde sie es nur bereuen. Sie sollte nicht mit einem Mann leben müssen, dem sie nicht vertrauen konnte.

Wenn er sie liebte, musste er sie gehen lassen.

22. KAPITEL

Am nächsten Morgen schlurfte Howard in das Sicherheitsbüro der Dragon Nest Academy. Als er letzte Nacht zurückgekommen war, hatten ihn alle strahlend lächelnd begrüßt, als könnten sie seine Trauer durch ihre Fröhlichkeit auslöschen. Seine Cousins waren von allen willkommen geheißen worden, und dann hatten Ian und Toni ihnen alles gezeigt, ehe sie die beiden in einem der Schlafsäle im Jungenflügel abgesetzt hatten. Shanna hatte ihm angeboten, dass er sich ein paar Tage freinehmen konnte, aber er hatte abgelehnt.

Jetzt starrte er aus dem Fenster auf die Auffahrt und das Gelände, das bis zur Hauptstraße reichte. Die Sonne war längst aufgegangen, also musste Elsa schon im Gutshaus hart an der Arbeit sein. Eine ihrer Tanten befand sich wahrscheinlich vor dem Haus, um sie zu bewachen, auch wenn das nicht länger nötig war. Für sie ging keine Gefahr mehr von ihm aus. Sie konnte ein langes und glückliches Leben in Freiheit leben, weil der Berserker von nebenan vorhatte, sie in Ruhe zu lassen.

„Hey, Howard! Hey, Alter!“, riefen zwei Stimmen hinter ihm.

Er drehte sich um und sah, wie seine Cousins in sein Büro geschlendert kamen.

„Nicht schlecht.“ Jimmy machte es sich auf dem Stuhl gegenüber von seinem Schreibtisch bequem.

„Wow, Überwachungsmonitore. Cool!“ Jesse setzte sich auf die Schreibtischkante. „Aber du brauchst mehr Stühle hier drinnen, Alter.“

„Das ist nichts gegen das wahre Problem hier“, grummelte Jimmy.

„Welches Problem?“, fragte Howard. „Stimmt etwas nicht mit eurem Zimmer?“

„Oh, das Zimmer ist gut“, antwortete Jesse. „Das Essen ist auch gut. Wenn einem der Gestank nichts ausmacht.“

Howard setzte sich in seinen Stuhl. „Das Essen stinkt?“

„Nicht das Essen“, berichtigte Jimmy ihn, „sondern die Gesellschaft. Hier ist es voll von Werwölfen!“

„Genau!“ Jesse sah ihn empört an. „Du hättest uns warnen müssen, dass wir in eine Werwolf-Höhle kommen.“

„Die Kinder sind nicht alle Werwölfe.“ Howard lehnte sich zurück. „Es gibt auch ein paar Wer-Panther.“

„Ja, die haben wir kennengelernt“ Jimmy winkte ab. „Scheinen in Ordnung zu sein.“

„Das älteste Katzenmädchen ist echt hübsch“, sagte Jesse. „Aber immer wenn ich sie angeguckt habe, hat mich der älteste Katzenjunge angefaucht.“

Howard seufzte. „Sie haben auch Namen – Teresa und Emiliano.“

„Ist doch egal“, knurrte Jimmy. „Es geht darum, dass es hier voller stinkender männlicher Werwölfe ist.“

„Sind sie unfreundlich zu euch gewesen?“, fragte Howard.

Jesse zuckte mit den Schultern. „Eigentlich nicht. Wir haben sie ignoriert.“

„Sie sind das, was wir verlorene Jungs nennen“, erklärte Howard. „Sie haben Führerqualitäten gezeigt und das Potenzial, zum Alpha zu werden, was sie zu einer Bedrohung für die Rudelführer in ihrem Revier gemacht hat. Man hat sie auf Lebenszeit verbannt. Kein Zuhause, keine Familie, sie können nirgendwohin.“

„Du liebe Zeit.“ Jimmy verzog das Gesicht.

„Echt ätzend“, murmelte Jesse.

Howard nickte. „Sie stammen aus Montana, Wyoming und Idaho. Sie sind nicht wie Bleddyns Werwölfe in Alaska, die dazu erzogen wurden, uns zu hassen. Sie sind eher so wie Phil. Phil mögt ihr, oder nicht?“

Jesse zuckte mit den Schultern. „Ja, er ist schon okay.“

„Er ist cool“, pflichtete Jimmy bei.

„Dann versucht ihr, mit den Wolf-Jungs zurechtzukommen?“, fragte Howard.

Die Zwillinge nickten.

Jimmy rutschte auf seinem Stuhl hin und her. „Es gibt immer noch ein Problem hier."

„Genau", stimmte Jesse zu. „Es gibt keine Mädchen. Ich meine, ein paar ältere Frauen habe ich gesehen, aber ich schwöre dir, die haben alle einen Braten im Ofen."

Jimmy nickte. „Irgendwie dachten wir uns, das bedeutet, sie sind vergeben."

Howard schnaubte. „Brillant geschlussfolgert."

„Gibt es in der Nähe eine Stadt?", fragte Jimmy.

Jesse seufzte. „Hat doch keinen Sinn, Bro. Selbst wenn wir hier im Ort Mädchen finden würden, die mit uns ausgehen wollen, wir haben kein Geld."

Howard stöhnte innerlich auf. Würde er die nächsten Monate damit verbringen müssen, sich die nicht enden wollende Saga der überlaufenden Pubertätshormone seiner Cousins anzuhören? Er musste sie beschäftigen. Harte, körperliche Arbeit wäre am besten.

Ihm kam eine Idee, und er beugte sich vor. „Habt ihr Jungs schon mal auf dem Bau gearbeitet?"

„Sicher", antwortete Jimmy. „Das war so ziemlich die einzige Arbeit, die wir in Port Mishenka bekommen konnten."

„Die Straße hinunter wird gerade ein Haus renoviert. Ich frage nach, ob sie noch Hilfe gebrauchen können." Howard würde Alastair später deswegen anrufen. Wenn die Zwillinge dort arbeiteten, konnten sie ihn über das Projekt auf dem Laufenden halten. Dann musste er nicht riskieren, Elsa zu begegnen.

„Cool", sagte Jimmy. „Wir können uns Geld fürs College verdienen."

„Die Renovierung wird von der Fernsehshow *‚International Home Wreckers‘* durchgeführt. Vielleicht habt ihr davon gehört?" Als seine Cousins ihn nur verständnislos anstarrten, fuhr Howard fort: „Das wird auf der Home and Garden Renovation Station gebracht."

Jesse kratzte sich am Kopf. „Ist das so ein Sender für alte Leute?"

Howard seufzte. „Es ist eine Fernsehsendung, und wenn ihr dort arbeitet …"

„Kommen wir ins Fernsehen?" Jesse sprang auf.

Jimmy stand ebenfalls auf. „Das ist so cool!" Er schlug bei seinem Bruder ein.

„Die Sendung wird erst in ungefähr sechs Monaten ausgestrahlt", warnte Howard die Jungen. „Sie müssen zuerst ihren Job zu Ende bringen." Und er musste dafür sorgen, dass Rhett keine Bedrohung mehr war.

„Hi!", rief eine junge Stimme von der Tür her.

„Tino." Howard winkte ihn herein. „Hast du meine Cousins schon kennengelernt?"

Tino kam näher und musterte sie eingehend. „Seid ihr auch Wer-Bären?"

„Jepp", antwortete Jimmy.

„Ich wette, ihr seid nicht so groß wie Howard." Tino kletterte auf einen der Stühle. „Keiner ist so groß wie Howard."

Jesse nickte. „Da liegst du richtig, Kleiner."

Tino grinste. „Ich bin froh, dass ihr hier seid. Meine Mom sagt, Howard ist echt traurig und braucht deshalb alle seine Freunde."

Stöhnend rieb Howard sich die Stirn.

„Rate mal, Kleiner?", sagte Jimmy, der offensichtlich versuchte, das Thema zu wechseln. „Mein Bruder und ich helfen bei den Bauarbeiten am Ende der Straße und kommen ins Fernsehen!"

„Das steht noch nicht fest", warnte Howard ihn. „Ich muss es immer noch mit Alastair besprechen."

„Oh, dann könnt ihr mit Elsa arbeiten!", rief Tino.

„Elsa?", fragte Jesse, und seine Augen leuchteten auf. „Ist sie hübsch?"

Howard verkniff sich das plötzliche Bedürfnis zu knurren.

„Das ist Howards Traumfrau“, erklärte Tino.

„Ach, echt?“ Jimmy grinste Howard an.

Jesse kicherte. „Oh, unser Howie kommt ganz gut rum.“

Howard erstickte den plötzlichen Drang, ein paar Köpfe abzureißen.

„Howard.“ Tino sah sich im Büro um. „Wo sind die Donuts? Ich wollte einen Donut.“

„Du hast Donuts?“ Jimmy sah sich im Raum um.

„Heute habe ich keine besorgt“, knurrte Howard.

„Was?“ Tino stand der Mund offen. „Bist du krank?“

„Oh mein Gott, Howie“ Jimmy sah ihn mit gespieltem Entsetzen an. „Wie willst du das überleben?“

„Habt ihr nichts zu tun?“, knurrte Howard. „Verschwindet, damit ich meine Arbeit machen kann.“

„Ja, ja, wir gehen ja schon.“ Jimmy schlenderte auf die Tür zu.

„Er wäre nicht so ein Brummbär, wenn er seine Donuts gegessen hätte“, fügte Jesse hinzu, während sie das Büro verließen.

Tino kletterte von seinem Stuhl. „Hast du mein Geschenk bekommen?“

„Ja.“ Howard griff in seine Hosentasche und zog die Schachfigur aus weißem Marmor heraus. Er öffnete die Hand, um sie Tino zu zeigen. Harry, der weiße Eisbär, der weiße Springer.

„Tut mir leid, dass du ihn verloren hast“, flüsterte Tino.

„Mir auch.“ Howard schloss seine Hand um die Figur.

„Ich hoffe, morgen hast du wieder Donuts.“ Tino tapste aus dem Zimmer.

Das Gutshaus war gerammelt voll mit Menschen. Elsa hatte mit der Arbeit an der neuen Kücheninsel aufgehört, weil die Elektriker und die Klempner gekommen waren, um neue Leitungen zu verlegen. Madge und ihre Kamera-Crew waren ebenfalls da und filmten. Sobald die Wasser- und Elektrizitätsleitungen verlegt waren, würden die B-Boys damit weitermachen, die neue Decke im Erdgeschoss einzuziehen.

Sie war in der Waschküche und sah sich an, wo man die Wand entfernt hatte, um neue Anschlüsse für eine Waschmaschine zu legen, als Alastair hineinkam und auf dem frisch reparierten Boden stehen blieb.

„Ich habe gerade zwei weitere Arbeiter eingestellt." Er balancierte auf den Fußballen, um den Boden zu prüfen. „Howard sagt, die beiden haben Erfahrung."

Ihr Herz machte bei der Erwähnung seines Namens einen Sprung. „Howard ist wieder da?"

„Ja. Die Jungs sind seine Cousins. Anscheinend hat er sie aus Alaska mitgebracht."

„Verstehe." Ein enttäuschtes Stechen machte sich spürbar. Howard hatte sich mit Alastair in Verbindung gesetzt, aber nicht mit ihr?

„Die Jungs sind Jimmy und Jesse Barr. Morgen früh fangen sie an." Alastair schlenderte aus dem Raum. „Ich hoffe, Howard fängt wieder an, uns Donuts zu bringen."

Jimmy und Jesse *Barr*? Elsa gab sich innerlich eine Ohrfeige. Warum war ihr nicht aufgefallen, was für ein deutlicher Hinweis Howards Nachname war? Aber sie konnte sich nicht daran erinnern, dass er seinen Namen je erwähnt hätte. Diese zwei Cousins waren wahrscheinlich auch Wer-Bären. Und Berserker.

Großartig. Jetzt befanden sich drei Berserker in der Nähe, die den Fluch erfüllen konnten. Sie schob den Gedanken beiseite. Sie würde sich nicht von diesem dämlichen Fluch vorschreiben lassen, wie sie zu leben hatte. Er hatte nur Macht über sie, wenn sie daran glaubte und ihn fürchtete.

Howard empfand ebenso. Warum hatte er also nicht angerufen? Hatte sie bei all dem Lärm im Haus den Anruf vielleicht verpasst? Sie zog ihr Handy aus der Jeanstasche. Keine entgangenen Anrufe. Keine Nachrichten. Sie wählte seine Nummer, aber es klingelte und klingelte nur. War er beschäftigt? Sie hinterließ ihm eine Nachricht auf der Mailbox.

„Howard, ich habe gehört, du bist wieder da. Die Sache mit Harry tut mir so leid. Ruf an, wenn es sich ergibt. Bis dann."

Sie schaltete den Vibrationsalarm ein, damit sie es fühlen konnte, wenn er ihren Anruf erwiderte.

Eine Stunde später hatte er immer noch nicht angerufen. War er wirklich so beschäftigt? Oder vielleicht war er nach Harrys Tod zu deprimiert. Sollte sie ihm ihr Beileid ausdrücken oder ihm Zeit geben?

Eine weitere Stunde verging. Ein unheilvolles Gefühl machte sich in ihr breit. Das sah Howard nicht ähnlich. Er war immer so entschlossen gewesen, ihr den Hof zu machen.

Nach einer weiteren Stunde drohte das unheilvolle Gefühl in Panik umzuschlagen. Jetzt, wo sie fürchtete, ihn zu verlieren, wurde ihr klar, wie sehr sie ihn wollte.

Sie rief noch einmal an. Es klingelte und klingelte.

„Hi, Elsa", antwortete er endlich.

Ihr Herz machte den üblichen Purzelbaum, als sie den Klang seiner tiefen, sexy Stimme hörte. „Howard, ich habe mir Sorgen um dich gemacht. Ist alles in Ordnung?"

„Ja." Eine Pause folgte. „Ich habe … nachgedacht."

Das unheilvolle Gefühl in ihrem Bauch kam mit voller Kraft zurück. „Du trauerst. Du solltest gerade keine …"

„Ich will nicht, dass du Angst vor mir haben musst. Das ist nicht fair dir gegenüber. Und ich habe dich in eine unangenehme Position gebracht, in der du deine Tanten anlügen musstest."

Ihr drehte sich der Magen um. „Howard, nicht …"

„Ich kann nicht zulassen, dass du dich in mich verliebst."

Zu spät! wollte sie schreien.

„Nicht, solange ich weiß, dass du es am Ende bereuen würdest", fuhr er schnell fort. „Du hast mehrmals versucht, mich zurückzuweisen. Deine Instinkte waren richtig."

„Was soll das heißen? Hattest du doch vor, mich anzugreifen?"

„Nein, natürlich nicht. Ich könnte dir niemals wehtun."

„Du tust mir gerade weh!"

Es folgte ein Augenblick des Schweigens, ehe er fortfuhr. „Es tut mir leid, Elsa. Ich bin mir sicher, wenn du darüber nachdenkst, wird dir klar, dass es zum Besten ist. Du kannst ein erfülltes und glückliches Leben führen, ohne fürchten zu müssen, dass der Fluch sich bewahrheitet."

„Der blöde Fluch ist mir egal!"

„Es ist am besten so. Tut mir wirklich leid." Er legte auf.

Sie starrte das Telefon an. War das wirklich gerade passiert? Er hatte mit ihr Schluss gemacht? Am Telefon? Ihr Herz hämmerte so sehr, dass es ihr in den Ohren hallte.

Das durfte doch nicht wahr sein! Der Mann, der ihr ohne Unterlass den Hof gemacht hatte, verließ sie auf einmal?

Es musste die Trauer sein. Mit zitternden Händen steckte sie ihr Handy zurück in die Hosentasche. Das sah Howard nicht ähnlich. Der Howard, den sie kannte, war immer lustig und am Lächeln. Aber sein fröhliches Äußeres verbarg nur, wie stark und entschlossen er war. Er gab niemals auf.

Sie ging an den anderen Arbeitern vorbei, ohne sie auch nur zu hören, bis sie auf der Veranda hinter dem Haus stand. Ihr Blick wanderte zu der Stelle, an der sie zweimal mit Howard gepicknickt hatte. Und dort hinten war die Stelle, an der er ihr gesagt hatte, dass er sie liebte.

„Das ist alles falsch", flüsterte sie. Es war alles verkehrt herum. Seit sie sich zum ersten Mal begegnet waren, hatte er Jagd auf sie gemacht, während sie sich nicht sicher gewesen war, ob sie gefangen werden wollte. Und jetzt, wo er es geschafft hatte, war er sich auf einmal nicht mehr sicher? Nein, mehr noch. Er hatte sie einfach zurückgewiesen.

Wie konnte er das tun? Er hatte genau dort drüben gestanden und ihr gesagt, dass er sie liebte.

„Verflixt." Sie zog das Telefon aus ihrer Tasche und schickte ihm eine Nachricht. *Was zur Hölle ist passiert?* tippte sie, löschte es dann aber wieder. Zu wütend. Er trauerte immer noch. Sie sollte ihm gegenüber etwas nachsichtiger sein.

Ich dachte, du willst mir an die Wäsche? Nein, das klang, als wäre ihre Beziehung nur rein körperlich. Es war viel mehr als das. Ihre Seelen gehörten zusammen. Sie hatte sich zu ihm hingezogen gefühlt, seit sie sich das erste Mal begegnet waren. Genau wie ihre Tante Ula gesagt hatte. Sie beide, Hüterin und Berserker, waren zusammengefesselt in einem Tanz, der seit Jahrhunderten andauerte. Es lag an ihnen, diesem Tanz ein glückliches Ende zu geben statt eines tragischen. Howard hatte sich dieser Herausforderung immer gewachsen gefühlt. Bis jetzt.

Wie konnte er es wagen, die Anziehung zwischen ihnen einfach so abzutun? Sie war seit ihrer Ankunft so weit gekommen. Sie hatte sich daran gewöhnt, Hüterin des Waldes zu sein. Sie hatte gelernt zu akzeptieren, dass er ein Wer-Bär war. Sie war endlich an dem Punkt angekommen, an dem sie bereit war, ihm zu vertrauen. Wie konnte er es wagen, den ganzen Fortschritt, den sie gemacht hatte, nicht zu akzeptieren?

Sie schrieb noch eine Nachricht. *Ich weiß, was du gerade durchmachst, aber stoß mich nicht weg, um deinen Schmerz zu lindern. Ich hätte nie gedacht, dass du so ein FEIGLING bist!!*

Sie zuckte zusammen und löschte auch das. Sie sollte sich ihre Wut nicht anmerken lassen. Aber verflixt noch mal, sie *war* wütend!

Sie versuchte es ein viertes Mal. *Gib mich nicht auf. Du hast bewiesen, dass du meiner würdig bist, und ich vertraue dir.*

Sollte sie ihm sagen, dass sie ihn liebte? Nein, das wollte sie lieber persönlich tun. Sie las die Nachricht noch einmal, atmete tief durch und drückte dann auf Senden.

Sie wartete, aber es kam keine Antwort. In Gedanken ging sie rasend noch einmal das durch, was er am Telefon gesagt hatte. Er glaubte, sie würde es bereuen, mit ihm zusammen zu sein.

Nein, sie würde es bereuen, den Rest ihres Lebens ohne ihn zu verbringen.

Sie musste ihn zurückbekommen. Glücklicherweise hatte sie eine Verbündete. Sie schickte Shanna Draganesti eine lange Nachricht. Wenn alles nach Plan verlief, würde Howard am nächsten Nachmittag zum Gutshaus kommen.

Howard sah von seinem Bürofenster aus zu, wie die Sonne unterging. Ian würde bald ankommen, um ihn abzulösen. Und die Zwillinge sollten bald von ihrem Ausflug nach Cranville zurück sein. Er hatte ihnen seinen Wagen geliehen und ihnen genug Geld gegeben, um sich in dem Baumarkt Werkzeuge und Werkzeuggürtel zu besorgen.

Er sah auf seinem Computer nach der Uhrzeit. Sie waren schon über eine Stunde weg. Die Stadt lag nur ein Stück die Hauptstraße hinab. Sie konnten sich nicht verlaufen haben. Wahrscheinlich trieben sie sich auf der Suche nach Mädchen in der kleinen Stadt herum. Oder sie verplemperten den Rest des Geldes im Diner.

Den Nachmittag hatte er damit verbracht, Beweise dafür zusammenzutragen, dass Rhett Geld aus den Geschäften seines verstorbenen Vaters veruntreut hatte. Als der Bericht fertig war, schickte er ihn per E-Mail an den Chefredakteur von *Northern Lights Sound Bites*. Dann rief er den Herausgeber an und bat ihn, dass die Zeitung ihre Enthüllungsstory über Rhett Bleddyn fortsetzte.

Mr. West hatte sich einverstanden erklärt. Er machte sich Sorgen um weitere Vergeltungsschläge von Rhett, aber er glaubte, sie abwenden zu können, indem er selbst einen Artikel verfasste, der aussagte, dass die Polizei Rhett sofort verhaften sollte, falls jemandem in seiner Redaktion etwas zustieß. Mit dieser Versicherung im Rücken brannte der Redakteur darauf, gegen den Erzfeind in die Schlacht zu ziehen, der seinen Spitzenreporter Harry umgebracht hatte. Howard versprach, ihm alle Munition zu senden, die er hatte.

Er nahm sein Telefon zur Hand und las zum hundertsten Mal die Nachricht, die Elsa ihm geschickt hatte. *Gib mich nicht auf. Du hast bewiesen, dass du meiner würdig bist, und ich vertraue dir.*

Machte er einen riesigen Fehler? Warf er das Beste weg, was ihm je passiert war? Er rieb sich die Stirn. Es bestand kein Zweifel daran, dass er sie liebte. Und er wollte sie. Er verzehrte sich schmerzlich nach ihr.

Aber wie konnte er mit sich selbst leben, wenn ihr etwas zustieß? Es hatte Jahre gedauert, bis er über Carlys Tod hinweggekommen war.

„Howard." Shanna kam, ein Glas synthetisches Blut in der Hand, eilig zu ihm herein. Sie hatte sich offensichtlich hastig angezogen, so wie ihr T-Shirt und ihre Jogginghose aussahen. „Tino hat gesagt, du hättest aufgehört, Donuts zu essen."

Er schnaubte. „Das ist ja wohl nicht das Ende der Welt."

„Wahrscheinlich ist jetzt keine so gute Zeit für dich, einen Zuckerentzug durchzumachen."

„Ich komme zurecht." Er ging zur Tür. „Du solltest fertig frühstücken."

Sie nippte an ihrem Glas. „Ich habe eine Nachricht von ... Alastair bekommen."

Howard stutzte, als er das Zögern in ihrer Stimme bemerkte. Hatte sie etwas vor?

Sie reckte das Kinn. „Er möchte, dass du morgen Nachmittag um zwei beim Gutshaus bist, um dich interviewen zu lassen."

„Ich habe zu viel zu tun."

„Du musst!" Shanna riss entsetzt die Augen auf. „Das Kamerateam ist in der Stadt, und die nächsten zwei Wochen kommen sie nicht wieder."

Er zögerte.

„Du hast versprochen, mich zu vertreten", setzte sie nach.

Er nickte. „In Ordnung. Ich werde da sein." Er witterte eine Falle.

Sie strahlte. „Großartig!" Den Rest ihres Glasinhaltes hinunterkippend eilte sie wieder den Korridor hinab.

Er seufzte. Es bestand kein Zweifel daran, dass Elsa am Gutshaus sein würde. Und sie würde darauf bestehen, mit ihm zu reden.

Eindeutig eine Falle. Er sollte ihr aus dem Weg gehen, auch wenn es einen Teil von ihm gab, der nur zu gern eingefangen werden wollte.

23. KAPITEL

Groß, lange Beine, breite Schultern, dichtes braunes Haar und funkelnd blaue Augen. Kein Zweifel, dachte Elsa, diese zwei Jungs waren definitiv Howards Cousins. Ein Stich durchfuhr ihre Brust. Sie durfte Howard nicht verlieren.

Am nächsten Morgen hatten sich alle Mitarbeiter im Wohnzimmer des Gutshauses versammelt. Tante Ula parkte draußen in der Auffahrt. Tante Greta wollte sie am Nachmittag ablösen.

Alastair stellte allen Howards Cousins vor. „Danke, dass ihr die Donuts mitgebracht habt."

„Kein Problem", sagte einer der Zwillinge. Elsa glaubte, es könnte Jesse gewesen sein, aber sie war sich nicht sicher, welcher von beiden welcher war.

„Seid ihr zwei bereit, ein paar Wände einzureißen?", fragte Alastair.

Die Jungs lächelten. „Klar doch."

Elsa nahm an, dass die zwei auch ein ganzes Haus abreißen konnten, wenn sie sich in Wer-Bären verwandelt hatten.

„Gut. Ihr helft heute bei den B-Boys aus", wies Alastair sie an. „Sie reißen oben Wände ein, um ein paar der Zimmer zu vergrößern. Elsa, dir gebe ich den Grundriss, damit du sie beaufsichtigen kannst."

„Okay." Sie merkte, dass die Zwillinge sie angrinsten. Hatte Howard ihnen von ihr erzählt? Wenn, wäre das ein gutes Zeichen.

„Oskar, du sorgst dafür, dass die elektrischen Leitungen im Keller und im Erdgeschoss fertig werden", fuhr Alastair fort. „Bist du fertig damit, den Keller einzuteilen?"

„Jawohl", antwortete Oskar. „Die Wände für das Schlafzimmer und den Lagerraum stehen."

„Ausgezeichnet." Alastair ging auf Elsa zu und reichte ihr die Grundrisspläne. „Lasst uns ein paar Fortschritte machen, ehe heute Mittag Madge mit ihrer Kamera-Crew ankommt. Jimmy und Jesse, stellt ihr die übrigen Donuts noch in die Küche?“

Und damit gingen sie alle auseinander, um sich an die Arbeit zu machen. Die Elektriker und Klempner konzentrierten sich auf den Keller und das Erdgeschoss. Elsa folgte den B-Boys die Treppe hinauf. Die Zwillinge eilten mit den letzten zwei Donut-Schachteln in die Küche.

Auf der letzten Stufe spürte sie plötzlich, wie ihr jemand von hinten auf die Schulter tippte. Sofort durchfuhr ihr Geburtsmal glühend heißer Schmerz. Sie stolperte den Treppenabsatz hinauf, und als sie sich umdrehte, entdeckte sie Howards Cousins hinter sich.

„Es tut mir leid“, sagte einer der Zwillinge mit vor Sorge weit aufgerissenen Augen. „Ich hätte nicht gedacht, dass ich Sie so fest angetippt habe.“

„Genau“, sagte der andere Zwilling, „manchmal können wir unsere eigene Kraft nicht einschätzen.“

„Howard würde uns wahrscheinlich umbringen, wenn wir Ihnen wehtäten“, fügte der erste hinzu.

„Mir geht es gut“, versicherte Elsa ihnen. „Ich habe nur das Gleichgewicht verloren.“ Dann hatten diese beiden also die gleiche Wirkung auf ihr Geburtsmal wie Howard. Eigentlich nicht überraschend, da sie aus der gleichen Berserkerfamilie stammten. Aber zu ihnen fühlte sie sich nicht sofort hingezogen, wie es bei Howard der Fall gewesen war.

Noch ein gutes Zeichen, fand sie. Es bedeutete, dass sie sich zu Howard nicht deswegen hingezogen fühlte, weil er ein Berserker war, sondern weil er Howard war. Hünenhafter, hinreißender, herrlicher Howard.

„Wir wollten uns nur vorstellen“, sagte derjenige, der ihr auf die Schulter gefasst hatte. „Ich bin Jimmy.“

„Und ich bin Jesse.“

Sie lächelte und hoffte, Jesse würde nicht auffallen, dass sie es vermied, ihm die Hand zu geben. Seine Berührung würde wahrscheinlich ebenso heftig brennen wie die von Jimmy. „Freut mich wirklich sehr, euch kennenzulernen."

Die B-Boys versammelten sich um sie herum, um sich vorzustellen, und falteten dann Elsas Pläne auf, um sie sich anzusehen.

Jimmy grinste sie an. „Wir haben gehört, Sie seien Howards Traumfrau."

Ihr Herz machte einen hoffnungsvollen Sprung. „Hat Howard das gesagt?"

„Nein, das war der kleine Junge", sagte Jesse. „Howard hat uns nur angeknurrt."

„Er ist nicht er selbst", flüsterte Jimmy.

Elsa nickte, und ihr Herz nahm wieder seinen ursprünglichen Zustand aus Schmerz und Verzweiflung ein. „Buff, kannst du mit den anderen schon anfangen? Wir kommen gleich nach." Als die B-Boys mit den Plänen davongeschlendert waren, drehte sie sich wieder zu den Zwillingen um. „Ich wollte in Ruhe mit euch reden."

„Astrein." Jesse sah seinen Bruder aufgeregt an. „Klingt nach Verschwörung."

„Cool", flüsterte Jimmy und drehte sich dann zu Elsa um. „Es geht um Howard, oder?"

„Ja. Er soll heute um zwei herkommen, um ein Interview aufzuzeichnen."

„Klar, hat er erwähnt", sagte Jesse. „Er weiß aber, was läuft. Er hat es eine Falle genannt."

„Das Interview ist echt", versicherte sie ihnen. „Madge filmt wirklich heute hier."

„Und Sie sind auch hier, um Howard zu sehen?", fragte Jimmy.

„Er geht wahrscheinlich davon aus, dass ich hier bin", fuhr Elsa fort. „Aber ich werde es nicht sein. Ich hoffe, er ist darüber enttäuscht genug, dass er merkt, wie sehr er mich sehen will."

„Oh, gerissen", sagte Jesse. „Gefällt mir."

Elsa seufzte. Es bestand große Gefahr, dass ihr ganzer Plan nach hinten losgehen und Howard erleichtert darüber sein könnte, sie nicht zu sehen. Aber wenn der Plan funktionierte, lockte sie Howard damit erfolgreich zurück in die Rolle des Verfolgers. „Macht es euch etwas aus, mir zu helfen?"

„Was können wir tun?", fragte Jimmy.

„Wenn Howard fragt, wo ich bin, sagt ihr ihm, dass ich mich im Fluss abkühle. Er weiß schon, wo."

„Sie ziehen ihn wie einen Fisch an Land?" Jimmy grinste. „Cool."

Jesse nickte. „Astrein."

Wo zur Hölle war sie? Howard hatte sich geduscht und rasiert und ein paar von seinen besten Kleidungsstücken angezogen, ehe er in Elsas Falle getappt war. Verdammt, hier war er, das willige Opfer, und sie tauchte nicht einmal auf?

Er verbarg seinen Ärger hinter einem gezwungenen Lächeln, während er mit Madge freundlich vor der Kamera plauderte. Im Laufe des Interviews war sie mit ihm durch den Keller gegangen, wo die Elektriker und Klempner hart arbeiteten. Aber keine Elsa.

Madge hatte ihn im Erdgeschoss herumgeführt und war sogar mit ihm in die Küche gegangen, um zu zeigen, welche Fortschritte Elsa mit den Schränken gemacht hatte. Sie war nicht da.

Sie war auch nicht im oberen Stockwerk. Das alles ergab keinen Sinn. Irgendwo hier musste sie doch sein. Ihre Tante Greta parkte draußen in der Auffahrt. Er hatte sie entdeckt, als er seinen schwarzen SUV hinter dem sportlichen Cabrio geparkt hatte, das seine Cousins sich von Ian ausgeliehen hatten.

Wo zur Hölle war also Elsa?

Auch egal, redete er sich ein. Es war besser, sie nicht wiederzusehen.

Es wird nie wieder eine andere Frau wie Elsa geben, du Trottel.

Das Interview war vorbei, und er lächelte Madge angestrengt an, während sie ihm dankte.

Er zögerte, als er dabei zusah, wie Madge und ihre Crew die Treppe hinab und aus der Tür gingen. Sollte er ebenfalls gehen? Das Interview war schließlich vorbei.

„Hey, Alter.“ Jesse kam zusammen mit seinem Bruder auf ihn zugeschlendert. „Du warst gut.“

„Genau“, stimmte Jimmy zu. „Echt lässig.“

Howard zuckte mit den Schultern. „Ich habe viele Interviews gegeben, als ich noch Football gespielt habe.“

„Cool.“ Jimmy sah ihn neugierig an.

„Astrein.“ Jesse verschränkte die Arme und beobachtete ihn ebenfalls.

Was wollten die beiden? „Arbeitet ihr hart?“, fragte Howard.

Sie nickten beide.

„Ihr habt allen Donuts mitgebracht, wie ich euch gebeten habe?“

Sie nickten wieder.

Howard fuhr sich mit der Hand durch die Haare. „Das erscheint mir nur so … merkwürdig.“

„Was?“, fragte Jimmy.

„Elsas Tante ist draußen, um sie zu bewachen, aber sie ist nicht hier.“

„Hmm.“ Jesse sah seinen Bruder an. „Hat sie nicht irgendetwas zu uns gesagt, wo sie hinwill?“

„Ach ja.“ Jimmy kratzte sich am Kopf. „Wo war das noch?“

Die Zwillinge sahen sich amüsiert an.

Howard knirschte mit den Zähnen. „Wo ist sie?“

„Na gut, wenn du darauf bestehst.“ Jesses Mundwinkel zuckten. „Sie hat etwas davon gesagt, dass sie sich im Fluss abkühlen will.“

Sofort hatte Howard die Vision vor Augen, wie Elsa am tiefen Ende der Wasserstelle herumplanschte.

Jimmy seufzte tief. „Zu schade, dass du sie verpasst hast."

„Genau. Ich fürchte, du musst wieder an die Arbeit." Jesse klopfte Howard auf den Rücken. „Pech aber auch, alter Junge."

Howard ballte die Hände zu Fäusten. Das also war die wirkliche Falle. Elsa alleine am Fluss. „Wir sehen uns später." Er marschierte, das Kichern seiner Cousins ignorierend, die Treppe hinab.

Sie waren also eingeweiht. Shanna auch. Glaubten alle, er wäre so einfach zu manipulieren?

Er würde es ihnen zeigen. Er würde zurück nach Dragon Nest fahren und weiterarbeiten. Und Elsa konnte von ihm aus den ganzen verfluchten Nachmittag im Fluss herumplanschen und auf ihn warten.

Er erreichte die letzte Stufe. Es war eine verlockende Falle, das musste er zugeben, aber er würde nicht darauf hereinfallen. *Im Fluss abkühlen, ja sicher.*

Nackt baden? Er hielt an der Eingangstür inne. Wartete sie nackt auf ihn? Glaubte sie, er wäre so einfach zu ködern? *Verflucht noch mal.*

Er wirbelte herum und ging mit großen Schritten zur Hintertür. Seine Cousins jubelten auf dem Treppenabsatz im ersten Stock und lachten dann, als er ihnen den Mittelfinger zeigte.

Er würde Elsa zeigen, dass man mit ihm nicht spielte.

Elsa ging am Flussufer unruhig auf und ab. Konnte sie das schaffen? Sie hatte sich noch nie als Verführerin versucht. Sie riss Wände ein. Sie baute Schränke. Sie schwang Hämmer. Sogar Vorschlaghämmer. Was sie nicht tat, war, große, schöne Männer zu verführen.

Das Problem hatte sich wahrscheinlich erledigt. Wenn Howard sie wirklich zurückweisen wollte, würde er gar nicht erst kommen.

Auf dem Weg zum Fluss hatte sie ein ganzes Gefolge an Hirschen, Waschbären, Füchsen und Eichhörnchen angesammelt.

Was, wenn Howard wirklich kam? Sie wollte keine Show für die Tiere des Waldes darbieten.

Sie hob die Hände. „Geht in Frieden."

Langsam zogen sie sich in den Wald zurück, bis auf ein Eichhörnchen, das an einer leckeren Eichel knabberte, die es gefunden hatte.

„Hey, du", rief sie dem Eichhörnchen zu, „wenn der Wer-Bär auf dem Weg hierher ist, lässt du es mich bitte wissen?"

Das Eichhorn legte den Kopf zur Seite und sah sie neugierig an. Sie war sich nicht sicher, ob ihre Bitte angekommen war.

Seufzend beschloss sie, die Dinge in die eigene Hand zu nehmen. Sie drehte sich die Haare auf und steckte sie am Hinterkopf mit einer Plastikklammer fest. Dann zog sie sich die Arbeiterstiefel aus und stellte sie neben den großen Felsen, den sie sich als Ablagefläche für ihre Kleidung ausgesucht hatte. Sie zog sich auch die Socken aus und steckte sie in die Stiefel.

Die kleinen Steine am Grund des Flusses fühlten sich glatt und kühl an ihren Fußsohlen an. Sie zog sich das T-Shirt aus und legte es zusammengefaltet auf den Felsen. Als Vorbereitung auf den heutigen Verführungsversuch hatte sie sich ihre beste Unterwäsche angezogen – einen BH aus roter Spitze und das dazu passende Höschen.

Sie öffnete den Reißverschluss ihrer Jeans. Eine Bewegung in der Nähe lenkte sie ab. Es war das Eichhörnchen. Es sprang über mehrere Steine bis auf ihren Felsen.

Er kommt. Sie hörte es ganz deutlich in ihrem Kopf.

Auf ihren Armen bildete sich eine Gänsehaut. Sie wusste nicht, was sie mehr aufregte – das Eichhörnchen verstanden zu haben, oder dass Howard bereitwillig in ihre Falle tappte.

Das Eichhörnchen sprang davon, von einem Stein zum anderen, ehe es im Wald verschwand.

Howard war auf dem Weg.

War das alles ein Fehler? Sex als Lockmittel zu benutzen, um ihn zurückzugewinnen? In der Liebe und im Krieg ist alles erlaubt, sagte sie zu sich. Sie wollte ihm zeigen, dass sie ihn liebte und ihm vertraute. Wie sollte sie ihm dieses Vertrauen besser beweisen als damit, sich selbst völlig verletzlich zu machen?

Sie zog sich die Jeans aus. War er in der Nähe und sah zu? Sie faltete die Hose zusammen und legte sie auf den Felsen. Dann öffnete sie die Haken ihres BHs. Hörte sie da ein scharfes Einatmen? Ihre Brustwarzen reagierten, indem sie hart wurden, und sie ließ den BH auf ihren Kleiderstapel fallen. Ehe sie es sich anders überlegen konnte, zog sie auch den Slip aus und legte ihn auf den BH.

Hinter ihr knirschte der Kies. *Howard.* Sie rannte in das Wasserloch, zuckte aber kurz zusammen, als sie merkte, wie kalt es war. Als das Wasser ihre Brüste bedeckte, drehte sie sich um.

Howard stand am Rand des Waldes und starrte sie aus intensiv blauen Augen eindringlich an.

Sie musste schlucken. Er sah eher wütend aus als erregt. „Hi. Hättest du Lust, mit mir zu … schwimmen?" Ihr Gesicht wurde rot vor Hitze. Das musste furchtbar geklungen haben. Was für eine tolle Verführerin sie doch abgab.

Er verzog wütend das Gesicht, wirbelte dann herum und stapfte in den Wald davon.

Ihr klappte die Kinnlade herunter. War ihr Plan nach hinten losgegangen?

Hinter einem Gebüsch wurden hektische Geräusche laut. War das Howard? Oder etwas anderes? Sie zuckte zusammen und tauchte bis zum Kinn unter. Es wäre typisch für sie, wenn jetzt ein paar Jäger vorbeikommen würden.

Das Gebüsch raschelte, und dann stieg ein riesiger Grizzlybär auf seine Hinterbeine und brüllte.

Sie keuchte auf. Howard? Oh Gott, sie hoffte so sehr, dass es Howard war.

Der Bär kam direkt auf sie zu.

„Howard!" Sie zog sich weiter ins Wasser zurück, aber er kam immer weiter auf sie zu.

Er platschte in den Fluss.

Wenn das Howard war, warum machte er ihr dann solche Angst? Sie wich zurück, bis ihr Rücken an die Granitwand gepresst war, wo der Fluss seine Biegung begann. Das Wasser reichte ihr jetzt bis über den Kopf, und sie strampelte mit den Füßen, bis sie unter Wasser einen Felsen fand, auf dem sie stehen konnte.

Der Bär stellte sich auf die Hinterbeine und fing an zu schimmern. Er wurde grau, ehe er endlich wieder menschliche Gestalt annahm.

Howard sah sie ernst an. „Glaub nicht, dass du mit mir spielen kannst, Elsa."

Sie spritzte ihn nass. „Du gemeiner Fiesling! Erst weist du mich zurück, brichst mir das Herz und jetzt willst du mir so viel Angst machen, dass ich einen Herzinfarkt bekomme!"

„Hast du Angst?" Er trat auf sie zu. Das Wasser reichte ihm dabei gerade bis über die Hüfte. „Ich könnte mich in einer Sekunde zurückverwandeln und dich zerfleischen. Ist es nicht das, wovor du dich fürchtest?"

„Du kannst mich mal!" Sie spritzte ihm Wasser ins Gesicht. „Ich habe keine Angst! Ich bin stinksauer!"

„Ich auch!"

„Warum? Du bist derjenige, der mich zurückgewiesen hat." Heiße Tränen brannten ihr in den Augen. „Ich schaffe es endlich, den Mut zu finden, dir zu vertrauen und dich zu lieben, und du machst Schluss!"

„Was?"

„Du machst Schluss!"

Er trat näher auf sie zu. „Du liebst mich? Du vertraust mir?"

„Ich hasse dich." Sie verschränkte die Arme vor der Brust.

„Lügnerin." Er stürzte sich auf sie und packte sie um die Taille.

Sie versuchte, ihn an den Schultern von sich zu schieben. „Wie konntest du mich zurückweisen?"

„Ich war verrückt." Er zog sie zurück in flachere Gewässer. „Ich hätte wissen müssen, dass ich dich nie mehr gehen lassen kann."

„Du hast mir das Herz gebrochen."

„Ich setze es wieder zusammen." Er zog sie so dicht an sich, dass ihre Brüste sich gegen seine nackte Brust schmiegten.

Sie keuchte auf.

„Besser?" Er küsste sie auf die Wange, dann auf die Schläfe und die Stirn. „Ich habe nie aufgehört, dich zu lieben. Ich habe mich nach dir verzehrt."

„Oh, Howard." Sie schlang die Arme um seinen Hals. „Ich liebe dich auch. Ich will dich nie wieder verlieren."

„Wirst du nicht." Er verschloss ihren Mund mit seinem und küsste sie hungrig.

Sie konnte ihm nicht nah genug kommen, schloss die Arme fester um seinen Hals und schlang die Beine um seine Hüfte. Er beschrieb eine Spur aus Küssen ihren Hals hinab, während er die Hände zu ihrem Po gleiten ließ.

„Elsa." Er hob sie hoch, sodass sie an seiner Brust entlangglitt.

Sie keuchte auf, als ihre Mitte seine Haut berührte, und presste sich fester an ihn. Er hob sie noch höher, bis er eine Brustwarze in den Mund nehmen konnte. Mit jedem Zupfen an ihrer Knospe wurde sie erregter und verzweifelter.

Sie wand sich unter seine Berührungen. „Howard. Bitte."

Er ließ sie sinken und flüsterte ihr ins Ohr: „Gehörst du mir, Elsa?"

„Ja."

Er ließ die Hand zwischen ihre Schenkel gleiten. Die Beine um ihn geschlungen war sie für seine Berührung weit geöffnet. Sie stöhnte auf, als er sie mit den Fingern erforschte.

„Wirst du für mich beben und schreien?", flüsterte er, den Mund an ihrem Ohr.

Sie spürte, wie sie immer feuchter wurde. „Ja."

Er rieb ihre Klit und zupfte dann behutsam daran. Sie schrie auf.

„Öffnest du dich für mich? Lässt du mich ein?"

„Oh ja!" Sie keuchte, als er mit einem Finger in sie eindrang. Dann mit zweien. Sie klammerte sich an ihn.

„So heiß und feucht." Er küsste sie hart, während er sie streichelte.

Sie unterbrach den Kuss und rang nach Atem, als die Spannung zwischen ihnen sich immer weiter aufbaute. Er stieß schneller und härter in sie, während sein Daumen weiter ihre Klit streichelte.

„Howard." Sie grub die Finger in seine Schultern. Er war so gut. Gnadenlos. Einen herrlichen Augenblick lang balancierte sie an der Grenze zum Höhepunkt, dann explodierte sie. Ihr Schrei hallte in den Wäldern um sie herum wider.

Sie rang nach Luft, als noch einige köstliche Nachbeben ihren Körper erschütterten. „Oh, Howard." Sie umarmte ihn fest.

Er vergrub die Nase an ihrem Hals. „Du gerissenes Luder. Du hast mich verführt."

Schnaubend gab sie ihm einen Klaps auf die Schulter. *„Du* hast *mich* verführt, das weißt du genau."

„Ich? Ich habe noch nicht einmal richtig angefangen." Er ließ sie ein wenig hinunterrutschen, bis ihre Mitte an der Spitze seiner Erektion ruhte.

Sie keuchte auf, als sie spürte, wie groß er war. Und das war nur die Spitze. „Howard. Du bist so ein Tier."

Er lächelte.

Sie küsste ihn auf die Stirn. „Ich liebe dich."

„Ich liebe dich auch."

Strahlend legte sie den Kopf zurück, um in den blauen Himmel hinaufzusehen. Der Tag hätte nicht perfekter sein können.

Sie erstarrte.

„Was?" Er sah sich um. „Werden wir von ein paar perversen Waschbären beobachtet?"

Sie deutete an der Granitwand hinauf, wo der Fluss die Biegung machte. An ihrer Kante saß eine Reihe großer Vögel. Braune Falken und schwarze Krähen. Mehr als zwanzig von ihnen.

Sie löste ihre Beine von ihm, damit sie im Fluss stehen konnte. *Gefahr.* Sie hörte es durch den ganzen Wald hallen. Die Waldtiere warnten sie. *Gefahr! Lauf!*

Sie machte einen Schritt zurück. „Wir müssen hier weg."

„Ist schon gut." Howard streckte die Hand nach ihr aus. „Das sind nur Vögel."

Die Hälfte der Vögel hob ab und flog in Richtung des Gutshauses.

Sie schüttelte den Kopf. „Das sind mehr als Vögel. Das sind Spione für die Hüterin des Himmels."

„Deine Tante?"

Elsa beeilte sich, zu ihrer Kleidung zu kommen, um sich anzuziehen. „Beeil dich. Ehe sie mit ihrem Gewehr kommt!"

24. KAPITEL

Wo hast du geparkt?", fragte Elsa. Sie hatten sich beide schnell angezogen und hasteten jetzt durch den Wald zum Gutshaus.

„In der Auffahrt", antwortete Howard.

Sie zuckte zusammen. Es wäre besser gewesen, er hätte an der Hauptstraße geparkt und die Abkürzung durch den Wald genommen. Das hatte er immer getan, um ihre Picknicks geheim zu halten. „Du hast neben meiner Tante geparkt?"

„Ich habe nichts zu verbergen." Er sah sich um. „Uns folgen auf beiden Seiten Hirsche."

„Ich weiß. Sie machen sich Sorgen um mich. Ich kann sie hören."

„Sie reden mit dir? Haben sie dich vor den Vögeln gewarnt?"

„Ja." Sie sprang über einen umgefallenen Baumstamm. Sie sagten immer noch *Gefahr. Lauf.* Sie sah sich um. Howard war stehen geblieben und starrte sie an. „Was ist los?"

„Vor zwei Wochen hattest du noch Angst vor den Tieren. Und sieh dich jetzt an. Du bist … verbunden mit ihnen."

Sie lächelte ihn schief an. „Es sind schon merkwürdigere Dinge passiert. Ich habe mich auch in einen Wer-Bären verliebt."

„Du bist unglaublich." Er trat näher an sie heran und nahm ihre Hand. „Tut mir leid, dass ich dir wehgetan habe."

„Du hast selbst auch gelitten. Die Sache mit Harry tut mir so leid."

Er nickte. „Ich bin … ertrunken in Reue. Ich wollte nicht, dass du auch etwas bereust …"

„Werde ich nicht." Sie zog an seiner Hand. „Gehen wir."

Sie eilten zur Rückseite des Hauses. Der Lärm kreischender Elektrosägen und schlagender Hämmer drang aus dem Gebäude.

Gut, dachte Elsa. Dann waren die Arbeiter zu beschäftigt, um zu bemerken, wie sie draußen herumschlichen. Sie führte Howard nach rechts. „Okay. Der Plan lautet wie folgt: Du nimmst die Abkürzung durch den Wald. Ich lasse deinen SUV von einem deiner Cousins an die Hauptstraße bringen, um dich dort aufzusammeln. Okay? Gibt mir deine Autoschlüssel."

„Nein. Ich verstecke mich nicht vor deiner Tante." Er ging mit festen Schritten um das Haus herum nach vorn.

„Du musst aber!" Elsa rannte hinter ihm her. „Sie hat ein Gewehr!"

„Dann stell dich nicht zu dicht neben mich."

„Bist du wahnsinnig?"

„Vielleicht." Er warf ihr einen schiefen Blick zu. „Zeit, ein Mitglied der zukünftigen Schwiegerfamilie kennenzulernen." Er ging um die Ecke und mit großen Schritten auf die Auffahrt zu.

„Was?" Sie folgte ihm. „Sollte das jetzt so was wie ein Antrag sein?"

„Du bist meine Gefährtin. Ich lasse dich nicht wieder gehen."

Sie blieb schnaubend stehen. „Das ist ja wohl das Unromantischste – wenigstens fragen könntest du, du riesiger …" Sie keuchte, als Greta ihr Gewehr durchlud.

„Sofort stehen bleiben!" Ihre Tante richtete den Lauf des Gewehrs auf Howard.

Er hob die Hände.

„Greta, hör auf!" Elsa stellte sich neben ihn und schüttelte stirnrunzelnd den Kopf über sie.

„Weg von ihm", verlangte Greta. „Meine Vögel erkennen ein Raubtier, wenn sie eines sehen. Das ist der Berserker, nicht wahr?"

„Er ist nicht gefährlich", beharrte Elsa.

„Ich kann für mich selbst sprechen", murmelte er. „Wie geht es Ihnen? Ich bin Howard Barr."

„Barr?" Greta ließ ihre Waffe sinken und kniff die Augen zusammen. „Sie sind ein Bären-Berserker?"

„Ein Nachkomme von ihnen. Meine Familie stammt aus Alaska, weit entfernt von dem alten nordischen Fluch. Ich habe nicht die Absicht, Elsa in irgendeiner Weise wehzutun."

Greta schnaubte. „Wir könnten niemals einem Berserker vertrauen."

„Ich liebe Elsa", fuhr Howard fort. „Und es wäre mir eine große Ehre, wenn sie sich einverstanden erklären würde, meine Frau zu werden."

Elsas Herz machte einen Sprung. „Oh." Sie drehte sich zu ihm um. „Howard."

Er warf ihr einen schiefen Blick zu. „War das romantisch genug?"

„Weg von ihm!", rief Greta. „Du kannst ihm nicht vertrauen."

Elsa keuchte entsetzt, als Greta das Gewehr wieder hob. „Nein!" Sie sprang vor Howard.

„Elsa!" Er packte sie um die Taille und zog sie zur Seite.

„Nein!" Sie vergrub ihre Hacken im Kies der Auffahrt und rutschte, als sie darum kämpfte, vor ihm zu bleiben.

„Verflucht noch mal." Er hob sie hoch und stellte sie zur Seite. „Ich lasse nicht zu, dass du verletzt wirst."

Sie klammerte sich an seinen Arm. „Merkst du das nicht, Greta? Er versucht, mich zu beschützen."

Tante Greta ließ das Gewehr sinken. „Du armes Kind. Er hat dich vollkommen eingewickelt."

„Er würde mir nie wehtun", beharrte Elsa. „Er ist ein lieber und wunderbarer Mann."

„Er ist ein Tier", murmelte Greta. Sie funkelte Howard wütend an und zeigte dann mit dem Kopf ruckartig auf die anderen Autos. „Los, verschwinde. Ehe ich es mir anders überlege und dir ein Loch in die Brust jage."

Howard ging langsam zu seinem SUV. „Mir ist klar, dass es schwer für Sie werden wird, mich zu akzeptieren, aber …"

„Verschwinde!", rief Greta.

„Wie Sie wünschen. Bis zum nächsten Mal.“ Er nickte Elsa zu. „Wir sehen uns später.“

„Natürlich.“ Sie sah zu, wie er in den SUV stieg und den Motor anließ. „Danke, dass du ihn nicht erschossen hast, Greta. Ich weiß, dass du ihn mögen wirst, wenn du ihn erst kennengelernt hast.“

Sie schnaubte verächtlich. „Ich will ihn gar nicht kennenlernen. Ich habe ihn nur gehen lassen, weil du im Weg warst. Ich hatte Angst, auf dich zu schießen.“

„Ach, komm schon.“ Elsa winkte Howard, als er langsam an ihnen vorbeifuhr. „Konntest du nicht sehen, wie nett er ist? Er hat versucht, mich zu beschützen.“

„Er wird dich verraten.“ Greta schloss die Augen. „Ich muss ihn umbringen, ehe er dich umbringen kann.“

Elsa keuchte auf. „Sag das nicht …“ Sie sah auf, als der Himmel sich plötzlich schwarz färbte. Hunderte von Vögeln kreisten über ihnen. Dutzende schwarzer Krähen sammelten sich auf dem Dach des Gutshauses. Es war eine Armee, die ihren Befehl erwartete.

Sie bekam eine Gänsehaut. „Greta. Bitte, tu das nicht.“

„Du hast nicht zugelassen, dass ich ihn erschieße.“ Sie hob die Hände gen Himmel. „Ich habe noch eine andere Möglichkeit.“

„Nein!“ Elsa sah entsetzt zu, wie eine dichte Welle aus Vögeln sich über den Himmel ergoss und in Richtung der Hauptstraße bewegte. „Ruf sie zurück!“

Greta ignorierte sie, die Vögel nicht aus den Augen lassend.

Elsa sah sich um und entdeckte, dass im Cabrio neben ihr die Schlüssel steckten. Sie sprang hinein und ließ den Motor an.

„Nein!“, rief Greta.

„Ich fahre zu ihm, also ruf sie zurück!“, brüllte Elsa sie an und trat dann so fest aufs Gas, dass Kies hochstob, als sie die Auffahrt hinabraste.

Sie bog auf die Hauptstraße ein und raste Howard hinterher.

Es dauerte nicht lange, bis sie ihn eingeholt hatte. Er fuhr nur noch im Schritttempo, weil sein SUV bereits von Vögeln übersät war. Das Krähen und Kreischen war ohrenbetäubend. Riesige Falken stürzten sich auf sein Fahrzeug hinab und prallten auf das Dach auf, so als wollten sie ein Loch hineinreißen. Schwarze Krähen krachten gegen die Fenster und versuchten, sich mit ihren Schnäbeln hindurchzubohren.

Sie drückte fest auf die Hupe, aber das laute Geräusch schien die Vögel überhaupt nicht zu stören. Howards SUV kam ganz zum Stehen. Vielleicht konnte er sie sehen, auch wenn sie sich nicht sicher war, ob er durch seine Fenster noch irgendetwas sehen konnte.

Sie blieb am Straßenrand stehen und suchte das Innere des Wagens nach etwas ab, das sie als Waffe benutzen konnte. Eine leere Glasflasche auf dem Boden. Blier? Was sollte das sein?

Besser als nichts. Sie stieg aus.

„Husch! Geht weg!“ Sie schwenkte die Flasche, aber die Vögel rührten sich nicht vom Fleck. Sie wollte nicht ihre einzige Waffe wegwerfen, also zog sie sich einen Arbeitsstiefel aus und warf stattdessen den.

Er traf dumpf auf den SUV, trieb etwa ein Dutzend Vögel auseinander und verletzte ein paar, die auf die Straße hinabstürzten.

Sie zog den anderen Stiefel aus. Ein dunkler Schatten fiel über sie, und sie hob den Blick. Auch über ihr kreisten Vögel.

Oh nein. Sie war vollkommen schutzlos. Sie stürzten sich auf sie hinab. Elsa brüllte und warf ihren Stiefel nach ihnen.

Hufe klapperten auf der Straße, als eine Herde Hirsche auf sie zugaloppiert kam. Sie schwenkte die Flasche wie wild über sich, und es gelang ihr, wenigstens ein paar von den angreifenden Vögeln zu treffen. Die Hirsche kreisten sie ein, bis sie sich ducken und von ihnen abschirmen lassen konnte. Sie zuckte zusammen, als auf die armen Tiere eingehackt wurde. Einer der Hirsche trat gegen ihre Flasche, die an den Straßenrand rollte.

„Elsa!“, rief Howard.

Sie keuchte auf, als sie ihn auf sich zurennen sah. Er hatte die Arme gehoben, um seinen Kopf zu schützen, aber die Vögel bombardierten ihn und rissen ihm die nackte Haut von den Unterarmen. „Howard, bleib im Wagen!“

Hinter ihnen quietschten Bremsen. Greta war ihnen gefolgt. Sie kletterte aus ihrem Wagen. „Elsa! Komm mit mir.“

„Ruf deine Vögel zurück“, rief sie als Antwort.

„Dir werden sie nichts tun.“ Greta kam auf sie zu. „Komm einfach mit mir.“

Die Vögel ließen von Elsa und den Hirschen ab und erhoben sich wieder in den Himmel.

Sie richtete sich auf. Die Hirsche kamen dichter zu ihr, bis ihre Flanken sich an ihren Körper pressten. *Danke, dass ihr mich beschützt habt.* Ihr zog sich das Herz zusammen, als sie ihre blutigen Rücken sah.

„Ihr Armen.“ Sie fuhr einem der Hirsche mit der Hand über den Rücken und keuchte dann auf, als ein warmer Strom von ihrem Geburtsmal ihren Arm hinabschoss. Die Wärme sammelte sich in ihrer Hand, bis ihre Handfläche glühte. Als sie damit über die Wunden des Hirsches strich, fingen sie an zu heilen.

Sie drehte sich auf der Stelle und berührte schnell alle Hirsche.

„Elsa, beeil dich!“, rief Greta. „Komm mit mir!“

Sie sah hoch. Die Vögel flogen jetzt direkt auf Howard zu. „Nein!“ Sie rannte zu ihm, die Hirsche dicht auf ihren Fersen.

„Elsa!“, rief Greta. „Komm mit mir, und ich halte sie auf.“

Howard packte sie an den Schultern. „Geh mit ihr, dann bist du in Sicherheit.“

„Ich will nicht …“ Sie zögerte. Konnte sie so am besten ihre Tante aufhalten und Howard beschützen? „Okay.“ Sie zog sich zurück, ging langsam auf ihre Tante zu.

Laut kreischend wendeten die Vögel sich vom SUV ab und entschwanden gen Himmel.

Sie sah sich nach Howard um. „Alles in Ordnung?"

Er nickte, obwohl ihm Blut die Oberarme hinunterlief und aus einer Wunde an seiner Stirn tropfte.

Sie sah zu, wie er sich zum SUV schleppte und erschöpft hineinkletterte. Er wirkte so verzweifelt. Glaubte er, er hätte sie verloren?

„Komm mit!" Greta ging zu ihrem Wagen.

Elsa sah erst Howards SUV an, dann den Wagen ihrer Tante.

Die Hirsche sahen sie erwartungsvoll an. *Geh!*

Wohin? fragte Elsa sie.

Wohin dein Herz dich führt.

Sie rannte zum SUV und riss die Beifahrertür auf. „Fahr los!" Sie sprang hinein und schloss die Tür.

Howard riss die Augen auf. „Bist du sicher?"

„Ja. Los!"

Er trat aufs Gas.

Sie schnallte sich an. „Folgt sie uns?"

Er sah in den Rückspiegel. „Nein. Deine Kumpel spielen die Defensive Linemen."

„Was?" Sie drehte sich um, damit sie aus dem Heckfenster sehen konnte. Die Hirsche hatten eine Reihe über die Straße gebildet.

„Du hast sie geheilt." Howard sah sie an. „Ich habe es gesehen."

Sie drehte ihre Handfläche nach oben, um sie sich anzusehen. „Ich wusste nicht, dass ich das kann. Es fühlte sich so merkwürdig an."

„Du nimmst deine Gabe sehr schnell an."

Sie zuckte zusammen, als sie sah, wie ihm das Blut die Unterarme hinablief. „Vielleicht kann ich dir helfen." Sie berührte die Wunde, aber nichts geschah. „Oh, das tut mir leid." Anscheinend funktionierte es nur bei Waldtieren, und Howard war gerade in menschlicher Gestalt.

„Mach dir keine Sorgen deswegen. Ich heile, sobald ich mich

verwandeln kann. Ich würde es jetzt tun, aber der Bär ist ein lausiger Autofahrer."

„Du lässt ihn fahren?"

„Nur am Sonntag."

Sie schnaubte. Humorvoller Howard. Es war gut, ihn wiederzuhaben. Sie zog ein paar Taschentücher aus einem Spender auf dem Armaturenbrett und tupfte ihm den Arm ab. „Das mit meiner Tante tut mir leid."

„Mir auch. Sie hat versucht, mich umzubringen."

„Sie kennt dich nicht."

Er fuhr eine Weile schweigend weiter.

Elsa biss sich auf die Lippe. „Bitte sag, dass du nicht schon wieder Zweifel hast."

Er seufzte. „Ich will nicht, dass du dich zwischen deiner Familie und mir entscheiden musst. Du würdest es bereuen, sie zu verlieren, und ich wäre der Grund für deine Reue."

„Ich werde sie schon nicht verlieren. Und dich will ich auch nicht verlieren."

Er hielt an, wo die Hauptstraße an einer Kreuzung endete. „Wenn ich hier links abbiege, kommen wir zurück nach Cranville. Ich könnte dich an deinem Hotel absetzen. Und dir weiter den Hof machen."

Sie nickte. „Das könnten wir machen."

Er drehte sich in seinem Sitz zu ihr um. „Wenn ich rechts abbiege, nehme ich dich mit zu meiner Hütte in den Bergen."

„Du hast eine Hütte?"

„Ich würde dich dort lieben."

Sie musste schlucken.

„Und dann bist du mein. Meine Gefährtin."

Ihr Puls beschleunigte sich. „Was genau soll das heißen? Erwartest du von mir, dass ich ein … ein Bär werde?"

„Nur wenn du es auch willst." Er trommelte mit den Fingern auf das Lenkrad. „Ich bin nicht sicher, ob das geht, weil du die Hüterin des Waldes bist. Ich kann die Zukunft nicht voraussagen, außer, dass ich dich immer lieben und beschützen und verehren werde, solange ich lebe."

Sie schmolz dahin. „Das ist eine Tatsache?"

„Ja." Seine Augen leuchteten intensiv blau. „Und daran ändert sich nichts, egal ob du dich für links oder rechts entscheidest. Ich werde dich immer lieben."

Sie berührte sein Gesicht. Lieber, süßer Howard. „Nach rechts."

25. KAPITEL

Howard wurde vor Vorfreude bereits hart. Er würde sie im Schlafzimmer nehmen, in der Küche und im Wald. Und das nur heute. Morgen – ihm wurde klar, dass er einige Anrufe erledigen musste, ehe er das Netz verlor. Der Empfang in der Hütte war nicht der beste. Normalerweise nahm er ein Satellitentelefon mit, aber jetzt hatte er nichts anderes als sein normales Handy dabei.

Er rief Jimmy an. „Du musst Ians Wagen abholen. Er steht an der Hauptstraße."

„Wie ist er da hingekommen?", fragte Jimmy.

„Lange Geschichte." Er sah Elsa an. Dass sie sich selbst so in Gefahr gebracht hatte, konnte er immer noch nicht glauben. Er hatte fast einen Herzinfarkt bekommen, als er sie auf der Straße hinter sich entdeckt hatte, wie sie dastand und versuchte, die Vögel zu verscheuchen. Er war sofort aus seinem SUV gesprungen, um sie zu beschützen, aber die Hirsche waren ihm zuvorgekommen.

Sie hörte nie auf, ihn zu erstaunen. Sie hatte um ihn gekämpft. Hatte die Hirsche geheilt. Und sie hatte sich entschlossen, seine Gefährtin zu werden. Damit musste dieser verdammte Fluch doch außer Kraft gesetzt sein. Sie hatten ihn gebrochen. Und in fünfzehn Minuten würde er sie endlich ausziehen.

Er rutschte auf dem Fahrersitz hin und her. Seine Hose wurde ungemütlich eng. „Ich fahre ein paar Tage zu meiner Hütte rauf", sagte er zu Jimmy. „Sag das bitte Ian und Shanna. Es wird ihnen nichts ausmachen. Sie wollten sowieso, dass ich mir freinehme."

„Okay." Jimmy teilte seinem Bruder die Neuigkeiten mit, und die beiden fingen an zu kichern. „Du bist nicht allein, oder?"

Er knirschte mit den Zähnen. „Sag Alastair, dass Elsa sich auch ein paar Tage freinimmt."

Sie hob die Augenbrauen. „Ein paar Tage?“

„Bis später.“ Er legte auf, als seine Cousins anfingen, merkwürdig bellende Geräusche von sich zu geben. „Verrückte Kinder.“ Er legte sein Handy auf das Armaturenbrett.

„Ich mag sie“, sagte Elsa. „Ich nehme an, sie verwandeln sich auch in Bären, so wie du?“

„Ja.“ Seine Gedanken rasten. Hatte er genug Vorräte in der Hütte? Er hoffte, es würde reichen, um durchzukommen. Er wollte jetzt nicht anhalten und einkaufen. In vierzehn Minuten würde er Elsa ausziehen.

Gott sei Dank hatte er am Morgen alle geschäftlichen Dinge erledigt. Er hatte den Rest seiner Beweise an den Chefredakteur von *Northern Lights Sound Bites* weitergeleitet. Mr. West hatte seine E-Mail beantwortet und verkündet, dass der Krieg gegen Rhett Bleddyn begonnen hatte. Der erste Artikel über Rhetts Veruntreuung war bereits in der Morgenausgabe erschienen. Die Mainstream-Medien spekulierten, dass er bald verhaftet werden würde.

Er geht unter, Harry. Du wirst gerächt.

Howard bog auf den Kiesweg ein, der im Zickzack den Berg hinaufführte. Noch dreizehn Minuten.

„Ich bin vorhin mit einem deiner Cousins zusammengestoßen, und er hat mein Geburtsmal zum Brennen gebracht“, sagte Elsa. „Ich nehme an, das geschieht bei jedem Berserker, wenn ich ihn das erste Mal berühre.“

„Wegen denen musst du dir keine Gedanken machen“, versicherte er ihr. „Sie sind vollkommen harmlos.“

„Das habe ich mir schon gedacht. Sie sind echt niedlich.“

Er unterdrückte das Bedürfnis zu knurren.

Ihre Mundwinkel zuckten. „Aber keiner ist so schön und sexy wie du.“

„Das will ich meinen.“ Er klammerte sich fester an das Lenkrad. Noch zwölf Minuten. Zum Teufel damit. Er trat aufs Gas.

Nach acht Minuten kam er quietschend vor der Hütte zum

Stehen. „Los geht's." Er sprang hinaus und rannte die Stufen zur Hintertür hoch.

„Es ist wirklich hübsch hier." Elsa kam langsam näher, während sie sich umsah. „Friedlich und rustikal. Schöne Bäume."

„Das hier ist die Rückseite." Er schloss die Tür auf. „Der Ausblick von der Veranda vorn ist noch besser."

„Oh. Das würde ich mir gerne ansehen." Sie erklomm die Stufen, um sich ihm anzuschließen.

„Später." Er hob sie hoch und trug sie über die Schwelle.

Sie grinste. „Du behandelst mich wie eine Braut."

Er schloss die Tür mit einem Tritt und schritt durch den Küchenbereich in den vorderen Teil der Hütte.

„Wie schön offen es hier gestaltet ist. Führst du mich rum?"

„Später." Er bog ins Schlafzimmer ein und legte sie auf dem Bett ab.

„Howard." Sie setzte sich auf. „Du hast vergessen, dass du dich verwandeln musst, um deine Wunden zu heilen."

„Später." Er zog sich die Schuhe aus.

„Aber deine Arme sind ganz blutig."

„Oh." Das fand sie vielleicht nicht so anziehend. Er zog sich das Polohemd über den Kopf und benutzte es, um sich das Blut abzuwischen.

Sie zuckte zusammen. „Du verschmierst es nur. Gibt es ein Badezimmer, wo ich deine Wunden reinigen kann?"

„Es gibt eine Dusche." Das könnte funktionieren. Er nahm sie an der Hand und führte sie ins Bad nebenan.

„Sehr schön." Sie sah sich um, während er sich die Socken auszog. „Hübsche Fliesen." Sie nahm ein Handtuch von der Stange.

Als sie es im Waschbecken nass gemacht hatte, hatte er sich bereits Hose und Boxershorts ausgezogen.

Sie drehte sich mit dem nassen Handtuch zu ihm um. „Okay, lass mich sehen …" Ihr klappte der Unterkiefer herunter.

Er nutzte ihre Überraschung aus, indem er ihre Jeans öffnete und sie gemeinsam mit dem Slip herabzog. „Zieh sie ganz aus."

„Was?" Ihr Blick war noch immer auf seine Erektion gerichtet.

Er stellte das Wasser in der Dusche an, damit es Zeit hatte, sich zu erwärmen. „Wir wollen doch duschen, oder nicht?"

„Ich dachte, ich soll deine Wunden säubern."

„Kannst du ja. Unter der Dusche." Er nahm ihr das nasse Handtuch ab und warf es auf die Ablage. Dann zog er ihr das T-Shirt über den Kopf und öffnete ihren BH. „Los geht's."

Er überprüfte das Wasser mit der Hand und betrat dann die geflieste Kabine, deren Tür er für sie offen stehen ließ. Schnell wusch er sich das Blut von Armen und Stirn.

„Wo bewahrst du die Waschlappen auf?" Sie spähte zu ihm hinein.

Er zog sie in die Kabine und schloss die Tür.

„Aargh!" Die Brause traf sie direkt ins Gesicht.

Er stellte sie vor die geflieste Wand, strich ihr das nasse Haar aus dem Gesicht und küsste sie.

Stöhnend schlang sie die Arme um seinen Hals und erwiderte seinen Kuss.

Er verschlang ihren Mund, während er mit den Händen ihren nassen, schlüpfrigen Körper hinabglitt.

„Ich will dich", flüsterte er und knabberte dabei an ihren Lippen. „Ich kann nicht warten."

Ihr Atem ging schwer. „Mir ist aufgefallen, dass du bereit bist."

„Und du?" Er fasste zwischen ihre Beine und liebkoste sie dort.

Sie erbebte.

Er streichelte sie und rieb die Nase an ihrem Ohr. „Ich liebe es, wenn du bereit für mich bist. Ich kann es riechen, und es macht mich ganz wild."

Stöhnend drängte sie sich seiner Liebkosung entgegen. „Howard."

Er packte ihren Hintern und hob sie hoch. „Leg deine Beine um mich."

Sie gehorchte. „Funktioniert das?" Sie schlang wieder die Arme um seinen Hals. „So habe ich es noch nie – ah!"

Er versenkte sich tief in ihr und erstarrte. Lieber Himmel, sie war so eng und süß.

Sie starrte ihn blinzelnd an. „Scheint zu funktionieren."

Er umfasste ihren Hintern fester. „Lange werde ich es, glaube ich, nicht aushalten."

„Vollkommen verständlich. Immerhin ist es …" Sie wimmerte, als er sich fast vollständig aus ihr hinauszog. „… unser erstes … ah!"

Er stieß wieder in sie.

„Oh, Howard. Du bist so …" Sie keuchte, als er erneut in sie eindrang. „So …"

Sie gab das Sprechen auf, als er anfing, tiefer und fester in sie hineinzustoßen. Ihre Finger gruben sich in seine Schultern und ihre Fersen in seinen Rücken. Mit jedem Stoß rieben sich ihre Körper aneinander.

Ihr stockte der Atem, als er sie fest an sich zog, und sie schrie auf. Ihr Körper fing an zu beben, ihre Muskeln zogen sich zusammen, und er stieß mit einem Schrei erneut tief in sie und ergoss sich in ihr.

Mein. Er hielt sie fest in seinen Armen. Der Bär in ihm schnurrte wie ein Kätzchen. *Meine Gefährtin.*

Als Elsa am nächsten Morgen erwachte, spürte sie, wie sich Howards riesiger Körper an ihren Rücken schmiegte und wie er sanft ihre Brustwarzen mit den Fingern umspielte. Sie lächelte in sich hinein und schloss die Augen. Der Mann war unersättlich.

Nach der Dusche hatte er sie mit ins Bett genommen mit der

Behauptung, er müsse sich seine Gefährtin ganz genau ansehen. Er hatte sie auf den Bauch gedreht und dann ihre Zehen gezählt und sie gekostet. Er hatte die ganze Länge ihrer Beine entlanggeknabbert und ihre Kniekehlen gekitzelt. Er hatte ihren Po gestreichelt und einen Pfad ihre Wirbelsäule hinaufgeleckt. Und er hatte ihr viele Male erzählt, wie schön sie wäre. Dann hatte er sie auf den Rücken gerollt, um ihre Vorderseite zu erforschen. Als sich Feuchtigkeit zwischen ihren Beinen sammelte, hatte er leise geknurrt.

Er war mit zwei Fingern in sie eingedrungen und hatte dann von ihr gekostet.

Allein die Erinnerung daran ließ sie wieder feucht werden.

Hinter ihr knurrte Howard leise. „Ich liebe deinen Duft." Er fuhr mit der Hand zwischen ihre Beine.

Sie liebte, was er mit ihr anstellte. Nachdem sie Sex im Bett gehabt hatten, waren sie in die Küche gegangen, um etwas zu essen zu finden, und dort hatten sie Sex auf dem Tisch gehabt. Als die Nacht hereingebrochen war, hatten sie eine Decke mit nach draußen genommen, um sich unter dem Sternenzelt zu lieben. Das hatte allerdings nicht geklappt, weil zu viele Tiere gekommen waren, um sie zu beobachten. Also waren sie zurück ins Bett gegangen.

Sie streckte die Beine aus. Ein wenig Muskelkater hatte sie, freute sich aber trotzdem auf den nächsten Tag mit ihm. Sie rollte sich auf den Rücken. „Guten Morgen."

„Guten Morgen", raunte er. „Du riechst so gut. Ich könnte dich zum Frühstück verspeisen."

Sie erbebte vor Verlangen und Erwartung.

Er warf die Decke zurück und knabberte an ihren Schenkeln, bis sie ihre Beine weit für ihn öffnete und sich ihm völlig offenbarte. Sie krallte sich ins Bettlaken und starb fast vor Vorfreude.

Bei der ersten Berührung seiner Zunge durchfuhr sie ein köstlicher Schauer.

„Entspann dich“, hauchte er zärtlich gegen ihre Hitze. „Wir haben den ganzen Tag Zeit.“

Sie entspannte sich nicht. Innerhalb von fünf Minuten wand sie sich keuchend unter ihm. Er streichelte sie, neckte sie, kitzelte sie und saugte an ihr. Schreiend erreichte sie ihren Höhepunkt.

Sie kam noch einmal, als er in sie eindrang. Der Mann war unersättlich. Und es war ansteckend.

Dreißig Minuten später standen sie unter der Dusche und seiften sich gegenseitig ein.

Sie rieb die Seife über seinen breiten Rücken und seine Schultern. „Wir haben die Fluch-Geschichten unserer Familien noch gar nicht miteinander verglichen.“

Er zuckte mit den Schultern. „Die sind doch gleich, oder? Drei Schwestern, drei Hüterinnen. Die Hüterin des Waldes hat die Berserker geschaffen, um irgendein Dorf in Norwegen zu beschützen.“

„Wölfe und Bären.“ Sie fuhr mit eingeseiften Händen seine Arme hinab und dann wieder hinauf zu seinen Schultern. „Aber sie haben die Kontrolle verloren und angefangen, die Dorfbewohner anzugreifen.“

„Und dann hat die Hüterin sie verraten“, knurrte er.

„Wie bitte? Die Berserker haben sie verraten.“

Er drehte sich zu ihr um. „Sie hat den Dorfbewohnern gesagt, wo sie das geheime Lager der Berserker im Wald finden können. Die Berserker waren unvorbereitet, und ein paar von ihnen wurden ermordet, ehe sie sich wehren konnten.“

„Davon habe ich noch nie gehört.“

„Sie hat sogar den Wer-Bären hintergangen, mit dem sie geschlafen hat.“

„Was? Sie hatte eine Affäre mit einem von ihnen?“

Howard hob eine Augenbraue. „Gibt es in deiner Familie nur die jugendfreie Variante?“

Sie schnaubte. „Warum überrascht es mich nicht, dass in deiner Version Sex vorkommt?“

„Unsere ist offensichtlich die bessere."

Sie schüttelte den Kopf. „Ich weiß nur, dass die Hüterin die Berserker erschaffen hat und dann von ihnen hintergangen wurde."

„Nachdem sie von ihr hintergangen wurden."

„Ich finde, was sie getan haben, ist schlimmer. Sie haben sie immerhin umgebracht."

Er zuckte mit den Schultern. „Sie war eine Verräterin."

Sie kniff die Augen zusammen. „Willst du damit sagen, sie hätte es verdient?"

Er fuhr sich mit der Hand durch die nassen Haare. „Bekomme ich dann Ärger?"

Ihre Mundwinkel zuckten. „Nein. Wir müssen aufhören, die Sache so persönlich zu nehmen. Ich würde mir gerne vorstellen, dass wir den Fluch bezwungen haben."

„Einverstanden." Er lehnte sich unter die Brause, um sich abzuduschen.

„Es gibt also noch andere Gestaltwandler, die keine Berserker sind? Panther zum Beispiel?"

„Ja. Und ich habe auch schon Tiger und Delfine kennengelernt."

„Delfine?" Sie presste eine Hand gegen ihre Brust. „Wow. Ich frage mich, ob meine Großtante Ula welche von ihnen kennt."

„Das wirst du sie fragen müssen." Er gab etwas Duschgel auf seine Hand massierte ihr damit den Rücken.

Sie stöhnte. „Das fühlt sich so gut an."

Er ließ seine Hände nach vorne gleiten, damit er sich um ihre Brüste kümmern konnte.

„Ist Shanna eigentlich auch eine Gestaltwandlerin?"

Er verharrte einen Augenblick reglos.

Sie drehte sich zu ihm um. „Stimmt etwas nicht?"

„Ich bin ihr Wächter. Sie vertrauen darauf, dass ich ihre Geheimnisse hüte."

Sie biss sich auf die Unterlippe. Es kam ihr nicht richtig vor, dass er Geheimnisse vor ihr hatte. „Was ist mit Tino? Shanna hat gesagt, er ist ein Hybrid."

Howard nickte. „Zur Hälfte ist er menschlich. Die menschliche Seite ist von Shanna."

„Oh. Dann ist sie ein ganz normaler Mensch?"

„Jetzt nicht mehr." Er stupste Elsa unter den Brausekopf, um sie abzuwaschen.

„Was ist sie dann?" Elsa schaltete das Wasser aus und nahm sich ein Handtuch. „Sie kann sich teleportieren. Sie kommt nur nachts aus dem Haus. Verwandelt sie sich in eine nachtaktive Kreatur?"

Howard zuckte kurz zusammen, ehe er sich selbst abtrocknete.

„Wollte Shanna nicht selbst, dass wir zusammenkommen? Wenn ich in eurer Welt leben soll, dann sollte ich auch wissen, was los ist."

Stirnrunzelnd schlang Howard sich das Handtuch um die Hüfte. „Kein schlechtes Argument."

„Also, erzähl es mir." Sie zog sich einen Frotteebademantel an und verknotete den Gürtel. „Was genau ist Tino?"

„Halb Mensch, halb ..." Howard atmete tief durch. „Vampir."

Elsa blinzelte. „Was?"

„Vampir. Tinos Vater, Roman, ist ein Vampir. Shanna auch, aber sie war es bei Tinos Geburt noch nicht. Vampirfrauen können keine Kinder austragen, weil sie die Hälfte der Zeit tot sind. Sie könnten eine Leihmutter benutzen, nehme ich an ..."

„Was?" Elsa schüttelte den Kopf. „Shanna kann kein Vampir sein. So etwas gibt es nicht."

Howard zuckte mit den Schultern. „Berserker und Hüterinnen gibt es. Warum nicht auch Vampire?"

„Weil sie ... tot sind."

„Untot", berichtigte er sie.

„Als ergäbe das irgendeinen Sinn." Elsa erinnerte sich daran, wie spitz Shannas Eckzähne waren. „Shanna ist wirklich ein Vampir?"

„Ja. Sie war sterblich, als sie sich in Roman verliebt hat, und sie haben zwei Kinder bekommen. Aber dann hat sie aus Versehen einen Todesengel berührt und lag im Sterben, also musste Roman sie verwandeln ..."

„Einen Todesengel?", fragte Elsa.

„Ja. Marielle. Sie ist mit einem Vampir namens Connor verheiratet. Jetzt ist sie kein richtiger Engel mehr."

„Okay." Elsa fuhr sich mit der Hand durch die feuchten Haare. Vampire? Todesengel? Vielleicht hätte sie lieber nicht fragen sollen. „Wie ernähren sie sich? Beißen sie einfach irgendwelche Leute?"

„Nein. Sie trinken synthetisches Blut von Romatech Industries. Das ist Romans Firma. Er hat synthetisches Blut erfunden."

Sie verzog das Gesicht. „Dann trinken sie also jede Nacht Blut."

Howard nickte. „Jeden Tag die gleiche Mahlzeit haben sie aber schnell über, deswegen hat Roman die Vampire Fusion Cuisine erfunden. Zum Beispiel Blier, das ist halb Blut, halb Bier."

Sie erinnerte sich an die leere Blierflasche im Cabrio. Vampirfutter. „Das ist zu merkwürdig."

„Komm mit." Howard begleitete sie in die Küche. „Du wirst dich besser fühlen, wenn du etwas gegessen hast."

Sie schenkte ihnen beiden Orangensaft ein, den sie am Abend zuvor aus gefrorenem Konzentrat aufgegossen hatten, das sie noch im Gefrierschrank gefunden hatten.

Howard wühlte in der Speisekammer. „Hier sind ein paar Müsliriegel. Und ein paar Weizencracker."

„Gibt es auch Marmelade oder Erdnussbutter?" Sie trank ihren Saft aus und biss in einen Cracker. Es war schlichte Nahrung, aber es war Nahrung. Sie schauderte bei dem Gedanken daran, von Blut aus Flaschen leben zu müssen.

„A-ha!“ Howards Augen leuchteten auf, als er einen Plastikbehälter aus der Speisekammer zog. Er sah wie ein Bär aus und es war Honig darin.

Sie lachte. „Natürlich magst du Honig.“

Er sah den Bären an, dann sie, dann wieder den Bären. „Mmmh.“

Sie wich zurück. „Das wagst du nicht.“

Er kam lächelnd auf sie zu.

Sie verzog das Gesicht. „Aber das ist bestimmt klebrig.“

„Ich lecke dich auch wieder sauber. Versprochen.“

Quietschend rannte sie ins Schlafzimmer.

„Oh, Süße“, rief er, als er ihr hinterherrannte.

Eine Stunde später musste sie zugeben, dass er sein Versprechen gehalten hatte. Sie war vollkommen sauber geleckt.

Am Abend hatten sie beide Bademäntel an und aßen aufgewärmte Dosensuppe am Küchentisch, als neben dem Kamin ein verschwommener Umriss auftauchte, der bald darauf feste Gestalt annahm.

Elsa keuchte entsetzt auf.

Howard erhob sich. „Stimmt etwas nicht?“

Der Fremde stellte einen Karton von einer Bäckerei auf den Couchtisch. „Die sind von Shanna, mit besten Grüßen.“ Er nickte Elsa zu. „Freut mich ungemein, Herzchen. Ich bin Ian MacPhie.“

Elsa rutschte näher an Howard heran. „Er ist ein ... ein ...?“

„Vampir“, endete Howard für sie.

„In einem Kilt?“

Howard lächelte. „Ein paar von denen laufen so rum.“

„Aye.“ Ian ging auf sie zu. „Ich wollte nicht stören, aber unsere Anrufe sind nicht durchgekommen. Phil hat mir erzählt, dass ein gewisser Mr. West aus Anchorage schon den ganzen Tag E-Mails an die Schule schreibt, weil er versucht, dich zu erreichen. Ich dachte, das solltest du wissen.“

„Okay." Howard nickte. „Morgen früh fahren wir zurück."

„In Ordnung." Ian schüttelte Howard die Hand und verneigte den Kopf vor Elsa. „Wenn ich das sagen darf, Mädchen, du hast mit Howard hier einen ausgezeichneten Mann gefunden."

„Danke." Sie konnte es nicht fassen, dass sie sich mit einem Vampir unterhielt. Der einen Kilt trug.

„Schönen Abend noch." Er verschwand.

„Wow." Elsa setzte sich an den Tisch.

Howard brachte die Kuchenschachtel mit. „Da liegt noch eine Nachricht von Shanna drauf. ‚Mit besten Wünschen'."

Elsa nickte. Die konnten sie brauchen, wenn sie morgen in die wirkliche Welt zurückkehrten. „Wer ist Mr. West?"

„Harrys Chef bei der Zeitung, für die er gearbeitet hat, *Northern Lights Sound Bites*. Er hilft mir, jenen Bastard zu bekriegen, der Harry umgebracht hat."

„Du weißt, wer ihn umgebracht hat?"

Howard nickte. „Ein böser Werwolf namens Rhett Bleddyn. Er hasst mich schon seit Jahren."

Ein kalter Schauer überlief sie. „Warum?"

Howard zuckte mit den Schultern und nahm einen Donut aus der Schachtel. „Das ist eine lange Geschichte. Harry hat geglaubt, dass Rhetts Vater unsere Väter umgebracht hat. Er hat Informationen dazu gesammelt, als Rhett ihm das Leben genommen hat." Er biss in den Donut. „Aber wir werden Harry rächen. Ich werde Rhett vernichten."

Sie musste hart schlucken. Diese neue Welt der Vampire und Gestaltwandler war ziemlich brutal. Dann schüttelte sie sich. Auch die wirkliche Welt war brutal.

„Willst du einen Donut?" Howard schob ihr die Schachtel hin. „Die sind ganz frisch."

Sie betrachtete die Nachricht von Shanna. *Mit besten Wüschen.* Mit einem unwohlen Gefühl wurde ihr klar, dass wohl keiner ihrer Wünsche sich erfüllen würde.

Sie wünschte sich, dass ihre Tanten Howard nicht umbringen wollten. Sie wünschte sich, dass der böse Werwolf Howard nicht hasste. Sie wünschte sich, er würde keinen Krieg gegen den Werwolf führen. Es hatte bereits zu viele Opfer gegeben – ihre Väter und Harry.

Wer würde der Nächste sein?

26. KAPITEL

Möchtest du, dass ich mit reinkomme und mit deinen Tanten rede?", fragte Howard.

„Du liebe Güte, nein." Elsa legte sich beim Gähnen die Hand vor den Mund. Sie war zu müde, um ihren Morgen mit einer Schießerei auf dem Motel-Parkplatz zu beginnen. „Setz mich einfach ab."

„Ich könnte am Nachmittag zum Gutshaus kommen", bot er an.

„Ich glaube nicht, dass ich heute zur Arbeit gehen werde." Sie lächelte ihn neckend an. „Die letzten zwei Nächte habe ich nicht viel geschlafen."

„Ich weiß. Du bist unersättlich."

„Ich?" Sie gab ihm einen Klaps auf die Schulter.

Er grinste. „Bis später." Er beugte sich herüber, um sie zu küssen.

„Bis dann." Sie stieg aus dem SUV und lief über den Parkplatz des Motels. Tante Gretas Wagen parkte noch in der Nähe, ihre Tanten waren also hoffentlich noch in ihrem Zimmer. Sie hatte ihren Schlüssel nicht, weil sie vor zwei Tagen ihre Handtasche im Gutshaus stehen gelassen hatte.

Sie klopfte an der Tür ihrer Tanten. „Tante Greta! Ula!"

Die Tür ging auf.

„Oh mein Gott! Du bist noch am Leben!" Greta nahm sie fest in ihre Arme.

„Gott sei Dank!", rief Ula auf Schwedisch und umarmte sie ebenfalls.

„Es geht mir gut", versicherte Elsa ihnen.

Greta liefen Tränen das Gesicht hinab. „Ich dachte, ich würde dich nie mehr wiedersehen. Ich dachte, ich hätte versagt."

„Nein, nein." Elsa vergaß allen Ärger, den sie wegen des heimtückischen Vogelangriffs ihrer Tante empfunden hatte. Offensichtlich hatte Greta geglaubt, sie kämpfte um Elsas Leben. „Ich war nie in Gefahr. Howard ist ein wunderbarer Mann.“

Ula schüttelte den Kopf, und in ihren Augen glänzten Tränen. „Als Greta mir gesagt hat, dass du mit dem Berserker davongerannt bist, dachte ich, wir hätten dich verloren.“

„Howard würde mir nie etwas antun.“

Greta wischte sich das Gesicht ab. „Ich bin zur Polizei gegangen, aber die haben gesagt, sie können nichts machen, weil du freiwillig mit ihm gegangen bist.“

Ula umarmte sie wieder. „Mein armes Kind. Ich hatte solche Angst um dich.“

Elsa streichelte ihr den Rücken. „Es ist alles gut.“

„Er hat dir nicht wehgetan?“ Greta musterte sie von oben bis unten.

„Natürlich nicht. Er liebt mich.“

Ula runzelte die Stirn. „Der Berserker, der die erste Hüterin umgebracht hat, hat sie auch geliebt. Dann hat er sie hintergangen.“

Elsa zuckte zusammen. Dann hatte es die unglückseligen Liebenden also in der Version ihrer Tante auch gegeben.

„Er will dich einlullen“, erklärte Greta ihr. „Will, dass du an ihn glaubst, ehe er dich hintergeht.“

„So ist Howard nicht.“

Greta sah sie mitfühlend an. „Ich fürchte, das ist er. Während du fort warst, haben wir einen Reporter aus Alaska getroffen, der sich hier in der Stadt aufhält. Er hat uns etwas gezeigt … na ja, am besten siehst du selbst.“

Greta nahm den Schlüssel zu Elsas Zimmer von ihrer Kommode. „Hier entlang.“ Sie ging nach nebenan und schloss Elsas Tür auf.

Elsa war erleichtert, ihre Handtasche auf dem Bett zu sehen. „Du hast meine Handtasche vom Gutshaus zurückgebracht. Danke.“

Ula hockte sich auf das zweite Bett, während Greta sich an den Schreibtisch setzte und Elsas Laptop hochfuhr.

Elsa ließ sich aufs Bett fallen und schloss die Augen. Es war gut, dass sie mit Howard davongelaufen war. Ihre Tanten würden merken, dass man ihm vertrauen konnte, weil er sie unversehrt zurückgebracht hatte.

„Hier ist er", sagte Greta. „Das ist der Zeitungsartikel, von dem der Reporter uns erzählt hat. Aus der *Port Mishenka Post*."

Port Mishenka? War Howard nicht dort zur Schule gegangen? Elsa gähnte. „Was steht drin?"

„Das ist ein Bericht über ein Mädchen, das vor zwanzig Jahren ermordet wurde", sagte Greta, als sie den Schreibtischstuhl räumte. „Du solltest ihn lesen."

Stöhnend setzte Elsa sich auf den Stuhl. Eine junge High School-Schülerin, Carly Evans, war am Fuß der Bergklippen gefunden worden, die auf Port Mishenka hinabsahen. Die letzte Person, die sie lebend gesehen hatte, war ihr fester Freund, Howard Barr.

Elsa stockte der Atem. Howard hatte seine erste Freundin verloren? Sie las noch mehr und bekam dabei eine Gänsehaut. Man hatte Howard wegen Mordverdachts festgenommen.

Die nächsten zwei Absätze beinhalteten Zitate von Carlys Eltern. Sie glaubten beide, dass Howard ihre Tochter umgebracht hatte. „Man hat ja gesehen, wie gewalttätig er auf dem Footballfeld ist", verkündete Mr. Evans. „Er ist ein gefährlicher Psychopath. Er ist verrückt geworden und hat unsere Tochter umgebracht!"

Elsa lehnte sich zurück. Ihr Herz klopfte wild. Das konnte nicht wahr sein. Die Eltern hatten nur verzweifelt jemandem die Schuld geben wollen. Sie las den Artikel zu Ende. Man hatte Howard aus Mangel an Beweisen gehen lassen, aber die Bewohner von Port Mishenka waren überzeugt von seiner Schuld.

„Er ist ein Berserker", sagte Greta kopfschüttelnd. „Das ist wie eine Krankheit. Er kommt einem normal vor, aber dann dreht er durch."

„Du darfst ihn nie wiedersehen", sagte Ula.

Elsa verließ die Seite mit dem Artikel. „Da muss ein Irrtum vorliegen."

„Ich weiß, das ist schwer zu glauben." Greta sah sie traurig an. „Ich habe ein Lesezeichen für den Bericht gesetzt, falls du ihn noch einmal lesen willst."

Elsa schüttelte den Kopf. „Ich will das nicht sehen." Sie ließ sich aufs Bett fallen und bedeckte ihr Gesicht mit den Händen. *Ich will nicht darüber nachdenken.*

„Du bist müde." Elsa zog die Vorhänge zu. „Ruh dich aus. Ula passt auf dich auf."

„*Just det.*" Ula schaltete alle Lichter aus. „Wenn du geschlafen hast, fühlst du dich besser."

Elsa schlüpfte unter die Tagesdecke. Sie würde es einfach nicht glauben. Es musste eine Erklärung geben. Howard würde niemals einer Frau etwas zuleide tun. Er würde sie nie hintergehen. Er liebte sie. Und sie hatte so viele schöne Erinnerungen daran, wie er sie geliebt hatte.

Ein schöner Mann kam in der Nacht zu ihr. Groß und kräftig bedeckte er ihren Körper mit seinem. Seine großen Hände fuhren über ihre Haut und brachten sie zum Brennen. Sie wollte ihn. Sie rief nach ihm. Sie brannte für ihn.

Seine Hände waren magisch. Wie sie ihre langen Beine hinabfuhren. Wie er ihre Brüste massierte. Ihren Hals streichelte. Seine Finger fest darumschloss.

Sie erwürgte.

Sie wehrte sich, aber er war zu stark. Zu mächtig.

Sein Gesicht, halb in den Schatten verborgen, verzog sich vor Wut. Verwandelte sich. Er brüllte wie ein Tier.

Sie sah entsetzt zu ihm hoch. Im Flackern der Feuerstelle konnte sie die Umrisse seines Kopfes erkennen.

Ein Bär.

Sie schlug nach ihm. Zerkratzte ihm das Gesicht. Nein, nicht ihr Geliebter!

Worte schlüpften ihr aus dem Mund und hallten dann in ihren Gedanken wider.

„Ich verfluche dich und deine Art bis ans Ende aller Tage!“

Elsa setzte sich keuchend auf.

„Alles in Ordnung?“ Ula zog die Vorhänge auf, um das Nachmittagslicht hereinzulassen. „Hattest du wieder den bösen Traum?“

Elsa flüsterte die Worte, die ihr im Kopf widerhallten. Sie kannte die Sprache nicht, wusste aber irgendwie trotzdem, was sie bedeuteten. *Ich verfluche dich und deine Art bis ans Ende aller Tage!*

„Was?“ Ula trat näher. „Was hast du gesagt?“

Sie wiederholte den Satz. „Das habe ich im Traum gesagt.“

„Ach du jemine.“ Ula hockte sich auf das zweite Bett. „Das ist eine alte nordische Sprache.“

Elsa lehnte sich gegen das Kopfteil. „Woher kann ich Altnordisch?“

Ula kniff die Augen zusammen. „Es muss ein uralter Traum sein. Eine Erinnerung, die seit Generationen weitergegeben wird.“

Elsa keuchte auf. Die ganze Zeit hatte sie gedacht, ihr Traum war eine Warnung, die ihr die Zukunft zeigte. Aber er war das Gegenteil. Eine Warnung aus der Vergangenheit. Sie erinnerte sich an den Mord an ihrer Ahnin, der ersten Hüterin des Waldes.

Und sie erinnerte sich an den Mörder. Howards Vorfahren, einen der ersten Wer-Bären, der auf Erden gewandelt war. Der Geliebte der Hüterin.

Sie schloss die Augen. *Howard ist kein Mörder. Er ist ein lieber, sanfter Mann.*

Was war dann mit seiner ersten Freundin in Alaska geschehen?

Howard ging in der Dragon Nest Academy direkt in sein Sicherheitsbüro, um nach seinen Nachrichten zu sehen. Er hatte kaum angefangen, seine E-Mails zu lesen, als seine Cousins die Tür einen Spalt öffneten und hineinspähten.

„Er ist wieder da", flüsterte Jimmy laut seinem Bruder zu.

„Ohne seine Freundin?", fragte Jesse.

Jimmy kicherte. „Sie hat ihn wahrscheinlich an den Rand seiner Kräfte gebracht."

„Kann ich euch helfen?", fragte Howard trocken.

„Wir wollten nur nach dir sehen." Jimmy kam hineingeschlendert.

„Genau. Wir wollten sichergehen, dass du noch am Leben bist." Jesse und sein Zwilling sahen sich bedeutungsvoll an. „Wir haben gehört, dieses Viagra-Zeug kann einen umbringen."

Jimmy prustete und schlug sich auf den Schenkel.

Howard stöhnte innerlich. „Ich nehme kein Viagra."

„Vielleicht solltest du." Jimmy grinste. „Du bist schon voll alt."

„Genau", stimmte Jesse zu. „Du hast nur zwei Tage durchgehalten, Alter."

„Müsst ihr beide nicht arbeiten?", fragte Howard.

„Ja, schon." Jimmy machte es sich auf dem Stuhl bequem. „Wir fahren gleich los."

„Heute noch?", murmelte Howard.

„Rate mal?" Jesse hockte sich auf die Schreibtischkante. „Nachdem ihr zu eurem Liebesnest abgehauen seid, haben sie mich fürs Fernsehen interviewt."

„Mich auch!", fügte Jimmy hinzu. „Madge hat gesagt, wir seien niedlich."

„Gratuliere." Howard rechnete sich aus, dass es noch gut sechs Monate dauern würde, bis das Interview ausgestrahlt wurde. Wenn alles nach Plan verlief, war Rhett dann längst vernichtet und keine Bedrohung für seine Cousins mehr.

„Unsere Freunde zu Hause sind so was von neidisch", sagte Jesse.

Howard richtete sich auf. „Ihr habt euren Freunden davon

erzählt? Habt ihr vergessen, warum ihr hier seid? Ihr sollt euch hier versteckt halten. Ihr könnt niemandem sagen, wo ihr euch befindet."

„Entspann dich mal, Alter", sagte Jimmy zu ihm. „Wir wissen nicht, wo wir sind. Man hat uns hierher teleportiert, erinnerst du dich?"

„Das ist keine große Sache", sagte Jesse. „Wir unterhalten uns nur auf Facebook mit unseren Freunden."

„Und Twitter", fügte Jimmy hinzu. „Gestern haben wir ein paar Fotos gepostet."

Howard zuckte zusammen. „Habt ihr den Namen der Sendung dabei erwähnt?"

„Ja, sicher", sagte Jesse. „Sie müssen doch wissen, welche Sendung sie sich ansehen sollen."

Howard stöhnte auf. „Jeder, der nur ein Minimum an detektivischen Fähigkeiten hat, kann herausfinden, wo die Sendung gerade gedreht wird."

Jimmy kratzte sich am Kopf. „Du meinst, wir haben es versaut?"

„Löscht sofort alle Postings", befahl Howard. „Wie lange stehen sie schon online?"

Jesse zuckte mit den Schultern. „Wir haben mit dem Tweeten und Posten am ersten Tag des Jobs angefangen."

Verflucht. Howard fuhr sich mit der Hand durch die Haare. „Eigentlich müsstet ihr kündigen. Es ist jetzt vielleicht am Gutshaus nicht mehr sicher für euch."

„Alter!" Jimmy sprang auf. „Uns wird schon nichts passieren."

„Genau", stimmte Jesse zu. „Da wimmelt es von Typen mit Sägen und Bolzenschussgeräten. Uns kommt da niemand zu nahe."

Howard atmete tief durch. „Na schön. Aber passt auf euch auf. Wenn irgendwelche Fremden nach euch suchen oder Fragen stellen, ruft ihr mich sofort an."

„Aye, aye, Captain.“ Jesse salutierte.

„Meinst du wirklich, Rhett und seine Anhänger kommen ganz hier raus, um sich an uns zu rächen?“, fragte Jimmy.

„Wir versuchen, ihn zu vernichten“, antwortete Howard. „Das ist Krieg, und er wird zurückschlagen. Erinnert euch, was er Harry angetan hat.“

Die Zwillinge wurden blass.

„Wir passen auf.“ Jimmy ging zur Tür.

„Morgen ist Sonntag“, sagte Jesse. „Am Sonntag arbeitet niemand, da bleiben wir hier.“

Howard sah ihnen nach und fragte sich, ob er zu nachlässig war. Wenn es schlimmer wurde, würde er Montag doch verlangen, dass sie kündigten. Verdammt, selbst die Schule konnte jetzt in Gefahr sein. Er würde Angus um weitere Wachen bitten.

Er wendete sich wieder seinem Computer zu, um seine E-Mails zu Ende zu lesen. Mr. West hatte am Tag zuvor mehrere Nachrichten geschickt, eine davon mit einem Link, von dem er wollte, dass Howard ihn las.

Es war ein Artikel in einer Mainstream-Zeitung, bei der viele Werwolf-Reporter beschäftigt waren, die Rhett und die Gemeinschaft der Lykaner in Schutz nahmen.

Die Überschrift lautete „Verrückter attackiert Bleddyn“. Darunter befand sich ein großes Foto in Farbe, aufgenommen bei Harrys Gedenkfeier, das Howard dabei zeigte, wie er Rhett an der Krawatte packte.

Howard zuckte zusammen. Anscheinend war er der Verrückte. Der Artikel berichtete, dass Rhett Bleddyn eine Gedenkfeier besucht hatte, um seinen Respekt zu zollen, und dabei von einem Verrückten angegriffen worden war. Der Verrückte war identifiziert worden als Howard Barr, ehemals unter Mordverdacht festgenommen.

Er schnaubte. Rhett schlug also zurück und benutzte seine Reporter, um Howard wie den Feind wirken zu lassen.

Er verließ die Seite mit dem Artikel und las die letzte E-Mail von Mr. West. Die Aktionäre von Rhetts Firmen waren am Durchdrehen und verlangten, dass man wegen Veruntreuung Ermittlungen gegen ihn anstellte. Die Polizei hatte ihn noch nicht finden können. Rhett war untergetaucht.

Howard nickte. In Alaska konnte man sich gut verstecken. Besonders wenn man ein Werwolf mit Hunderten von Anhängern war, die alle geschworen hatten, einen zu beschützen.

Eine neue E-Mail von Mr. West tauchte auf. Ein Link zu einem Artikel, der am Morgen veröffentlicht worden war. „Rhett Bleddyn vermisst". Darin stand, dass Rhett seit zwei Tagen nicht auffindbar war und die Behörden einen Howard Barr dazu befragen wollten, der Rhett bei einer Gedenkfeier angegriffen hatte.

„Ach du …", murmelte Howard. Wollte Rhett wieder so tun, als wäre er tot, und alle glauben lassen, dass Howard ihn umgebracht hatte?

Er rief seinen Großvater an. Walter hatte vielleicht in der Gerüchteküche der Gestaltwandler etwas gehört, etwas, das es niemals in die Zeitung geschafft hätte.

„Wie geht es den Jungs?", fragte Walter. „Deine Tante Judy piesackt mich jeden Tag damit. Sie will wissen, wie es ihnen geht."

„Den Zwillingen geht es gut", antwortete Howard. „Hast du etwas von Rhett gehört?"

Walter schnaubte. „Du hast es geschafft. Du hast den Bastard zerstört. Ich habe gehört, seine Anhänger hätten rebelliert und ihn als Rudelführer rausgeschmissen."

Eine Siegeswelle stieg in Howard hoch. „Wir haben ihn vernichtet!"

Walter lachte in sich hinein. „Jepp. Auf der Insel wurde ziemlich gefeiert, kann ich dir versichern. Wir müssen uns keine Gedanken mehr machen, dass Rhett seine Anhänger schickt, um uns anzugreifen."

Howard lächelte. „Das ist gut."

„Jepp. Deine Tante Judy besteht jetzt natürlich darauf, dass ihre Jungs sofort nach Hause kommen. Ich habe versucht, ihr zu erklären, dass sie bei dir nicht in Gefahr sind, aber sie wollte nicht hören. Du weißt ja, wie sie ist."

„Ja." Howard zögerte. „Was den Fluch angeht; ich dachte, du solltest wissen, dass die Geschichte wahr ist."

„Natürlich ist sie wahr", schnaubte Walter. „Dachtest du, ich lüge dich die ganzen Jahre lang an?"

„Ich bin der Hüterin des Waldes begegnet."

„Du meine Güte! Ist das dein Ernst?"

„Ich liebe sie."

„Was?" Walter hörte sich schockiert an. „Wann ist das passiert?"

„In den letzten paar Wochen."

„Mensch, Junge. Du lässt nichts anbrennen."

Howard grinste. „Ich wollte dich nur wissen lassen, dass ich vorhabe, sie zu heiraten. Das sollte den Fluch brechen, meinst du nicht?"

„Na ja …" Walter hielt inne. „Ich würde mir Sorgen machen, dass der Fluch sich wiederholt."

„Ich werde ihr nicht wehtun."

„Das meine ich nicht. Die erste Hüterin hat uns verraten."

„Elsa würde mich nie hintergehen", beharrte Howard. „Sie liebt mich."

„Na ja …" Walter zögerte wieder. „Ich meine nur, du solltest auf dich aufpassen. Du hast immer noch einen Feind da draußen. Rhett muss vor Wut fast blind sein."

„Ich weiß."

„Er hat die meisten seiner Anhänger und einen Großteil seiner Macht verloren", fuhr Walter fort. „Dafür wird er dir die Schuld geben."

Howard musste schlucken. Er war so sehr davon eingenommen gewesen, Harrys Tod zu rächen, dass er nicht an die Konsequenzen gedacht hatte. Jetzt würde Rhett selbst auf Rache aus sein. „Ich habe gehört, er ist untergetaucht.“

Walter seufzte. „Es ist noch schlimmer. Gerüchtehalber hat Rhett den Bundesstaat verlassen. Pass auf dich auf, Junge.“

Elsa beendete gerade das Abendessen mit ihren Tanten im Diner, als ihr Telefon ihr mit einem Klingeln mitteilte, dass sie eine Textnachricht erhalten hatte.

„Ist er das?“, grollte Greta.

„Er ist ein guter Mann“, beharrte Elsa, auch wenn sie wusste, dass ihre Tanten ihr nicht glaubten. Sie las die Nachricht.

Lass mich wissen, wenn Fremde in die Stadt kommen und Fragen über mich oder meine Cousins stellen. Lass niemanden wissen, dass du mit mir zu tun hast. Das macht dich zur Zielscheibe.

Was? Sie las die Nachricht noch einmal. Zielscheibe für was? Eine Zielscheibe wie Harry? Sie schluckte und ließ ihr Telefon in ihre Handtasche fallen.

„Ist alles in Ordnung?“ Ula saß ihr am Tisch gegenüber und aß gerade die letzten Bissen von einem Stück Apfelkuchen. „Du siehst etwas blass aus.“

„Ich hoffe nur, sie ist nicht schwanger“, murmelte Greta.

Elsa erstarrte. Blass war sie jetzt jedenfalls nicht mehr. Ihre Wangen brannten, während sie über die Möglichkeit nachdachte. Sie nahm die Pille, hatte sie aber in der Hütte nicht dabeigehabt und deswegen einen Tag ausgesetzt.

Wer-Bär-Babys? Instinktiv legte sie die Hand auf den Bauch.

„Ach, na hallo!“ Ein Mann blieb an ihrem Tisch stehen und lächelte Greta an. „So trifft man sich wieder.“

„Mr. Pelton.“ Greta lächelte ihn an und beugte sich dann zu Elsa. „Das ist der Reporter, von dem ich dir erzählt habe. Aus Alaska.“

„Und Sie müssen Miss Bjornberg sein, die Nichte, von der mir Greta erzählt hat." Mr. Pelton sah sie mitleidig an. „Es tut mir leid, Ihnen schlechte Nachrichten zu überbringen, aber ich fürchte, sich in Howard Barrs Gegenwart aufzuhalten ist gefährlich."

„Das sagen wir ihr schon die ganze Zeit", sagte Greta.

Elsa zuckte zusammen. „Er hat nichts falsch gemacht."

„Verstehe." Der Reporter zog einen Stift und einen Schreibblock aus seiner Aktentasche. „Dann können Sie mir vielleicht sagen, wo ich ihn erreichen kann? Ich würde ihn gern interviewen und seine Seite der Geschichte erfahren. Das wäre nur fair, finden Sie nicht?"

Howards Nachricht ging Elsa noch einmal durch den Kopf. „Ich weiß nicht, wo er wohnt."

„Was?" Greta sah sie ungläubig an.

Elsa reckte das Kinn. „Wir treffen uns da, wo ich arbeite."

Der Reporter sah in seinen Aufzeichnungen nach. „Das ist das Gutshaus am Ende der Straße, das gerade renoviert wird?"

Elsas Herz raste. Was hatte dieser Reporter vor?

„Ja, das ist es", antwortete Greta.

Elsa stieß ihre Tante mit dem Fuß an.

Greta beugte sich zu ihr und flüsterte: „Er versucht nur, dir zu helfen."

Stirnrunzelnd ließ Mr. Pelton seinen Schreibblock in seine Tasche fallen und zog einige Blätter Papier heraus. „Wie ich sehe, sind Sie noch nicht ganz überzeugt." Er legte die Blätter auf den Tisch. „Das hier ist eine Kopie aus der Zeitung von gestern, und die hier ist aus der Morgenausgabe."

Elsa sah die große Überschrift „Verrückter attackiert Bleddyn" und das Foto von Howard, der einen Mann an der Krawatte packte. Der Mann musste Rhett Bleddyn sein, der furchtbare Werwolf, der Howard hasste. Sie betrachtete das Foto genauer. Rhett hatte schulterlanges schwarzes Haar und dunkle

Augen. Sein Mund war zu einem fiesen Grinsen verzogen. Der Artikel klang, als wäre er der Unschuldige, und Howard ein verrückter Krimineller.

Im zweiten Artikel stand, dass Rhett vermisst wurde und die Behörden Howard verdächtigten. Sie erinnerte sich, was er in der Hütte gesagt hatte. *Ich werde Rhett vernichten.*

„Sie können mir also immer noch nicht sagen, wo Howard Barr ist?“, fragte der Reporter.

Elsa musste schlucken. „Nein.“

Ihre Tanten schüttelten den Kopf über sie.

Mr. Pelton sah sie finster an. „Ein Detective des Anchorage Police Department kommt morgen früh her, um Ermittlungen wegen Mr. Barr anzustellen. Ich würde Ihnen raten, mit ihm zu kooperieren.“

Elsa lief ein kalter Schauer über den Rücken.

„Oh, das wird sie“, versicherte Greta dem Reporter.

„Hier ist meine Karte, falls Sie Ihre Meinung ändern.“ Mr. Pelton reichte Elsa eine Visitenkarte.

Als sie die Karte nahm, berührte sie seine Hand mit ihrer. Sofort schoss Hitze aus ihrem Geburtsmal. Keuchend ließ sie die Karte auf den Tisch fallen.

Der Reporter kniff die Augen zusammen.

Gezwungen lächelnd griff sie nach der Karte. „Tut mir leid. Ich hätte wohl lieber auf die Chili Cheese Fries verzichten sollen.“

Er nickte. „Einen schönen Abend noch.“ Damit ging er zum Ausgang davon.

Ein Berserker. Elsa sah ihm nach. Sie würde alles darauf wetten, dass er kein Bär war wie Howard und seine Cousins. Nein, Mr. Pelton war wahrscheinlich ein Werwolf. Genau wie Rhett Bleddyn.

Sie sah auf Rhetts Foto in der Zeitung hinab. Der Artikel war eindeutig zu seinen Gunsten geschrieben. Gehörte die Zeitung den Werwölfen? Arbeitete Mr. Pelton für Rhett Bleddyn?

Sie wartete, bis sie allein in ihrem Hotelzimmer war, ehe sie Howard schrieb.

Ein Reporter aus Alaska, Mr. Pelton, sucht nach dir. Und morgen früh kommt ein Detective von der Polizei in Anchorage. Mr. Pelton ist ein Berserker.

Howard schrieb zurück.

Halt dich fern von ihnen. Wahrscheinlich arbeiten sie für Rhett.

Sie duschte und setzte sich dann aufs Bett, um die Artikel noch einmal zu lesen. Anscheinend hatte man das Foto bei der Gedenkfeier für Harry aufgenommen. Und da Rhett es gewesen war, der Harry umgebracht hatte, konnte sie Howard nicht vorwerfen, ihn angegriffen zu haben. Der Artikel erwähnte ebenfalls, dass man Howard vor zwanzig Jahren verhaftet hatte, weil er verdächtig war, ein Mädchen umgebracht zu haben.

Sie warf die Papiere auf den Nachttisch. Was war die Wahrheit dahinter? Sie wollte es wirklich wissen, aber wie konnte sie Howard in einer SMS fragen, ob er seine Freundin aus High School-Zeiten umgebracht hatte? Sosehr sie es auch versuchte, ihr fiel keine nette Art ein, ihn zu fragen.

Wenn sie sich das nächste Mal sahen, wollte sie ihm die Kopien zeigen. Dann konnte er es ihr erklären.

Nachdem sie sich damit in Gedanken beruhigt hatte, schaltete sie das Licht aus. Tante Ula schlief bereits im zweiten Bett. Tante Greta hatte das Zimmer nebenan. Wahrscheinlich polierte sie gerade ihre Waffen.

Elsa kuschelte sich unter die Decken und rieb sich ihr Geburtsmal. Sie würde dem Detective aus Anchorage die Hand schütteln müssen. Wenn ihr Verdacht sich bestätigte, brachte er dabei ihr Geburtsmal zum Brennen.

Sie warf sich fast die ganze Nacht lang rastlos von einer Seite auf die andere und schlief erst in den frühen Morgenstunden vollständig ein.

Ein schöner Mann kam in der Nacht zu ihr. Groß und kräftig bedeckte er ihren Körper mit seinem. Seine großen Hände fuhren über ihre Haut und brachten sie zum Brennen. Sie wollte ihn. Sie rief nach ihm. Sie brannte für ihn.

Seine Hände waren magisch. Wie sie ihre langen Beine hinabfuhren. Wie er ihre Brüste massierte. Ihren Hals streichelte. Seine Finger fest darumschloss.

Sie erwürgte.

Sie wehrte sich, aber er war zu stark. Zu mächtig.

Sein Gesicht, halb in den Schatten verborgen, verzog sich vor Wut. Verwandelte sich. Er brüllte wie ein Tier.

Sie sah entsetzt zu ihm hoch. Im Flackern der Feuerstelle konnte sie die Umrisse seines Kopfes erkennen.

Ein Bär.

Sie schlug nach ihm. Zerkratzte ihm das Gesicht. Nein, nicht ihr Geliebter!

Worte schlüpften ihr aus dem Mund und hallten dann in ihren Gedanken wider.

„Ich verfluche dich und deine Art bis ans Ende aller Tage!“

Sie drückte gegen seine Schultern, und das Fell rutschte unter ihren Händen weg. Die Bärenhaut fiel ab und deckte ihren Angreifer im Feuerschein auf. Nicht ihr Geliebter.

Der Berserker, der ihren Geliebten hasste.

Der Wolf.

Elsa setzte sich keuchend auf.

„Alles in Ordnung?“ Ula schaltete das Licht an.

„Die Hüterin ist nicht von einem Bären umgebracht worden!“ Elsa sprang aus dem Bett. „Es war ein Wolf!“

„Ein Wolf?“

„Ja.“ Elsa begann, im Zimmer auf und ab zu gehen. „Ich

glaube, es sind immer die Wölfe gewesen. Die Hüterin hat einen der Bären-Berserker geliebt, und die Wölfe haben ihn deswegen gehasst. Sie haben sie umgebracht und sie dabei in dem Glauben gelassen, dass es ihr Geliebter gewesen ist, damit sie die Bären für alle Zeit verflucht."

„Dann meinst du, dein Howard ist unschuldig?", fragte Ula.

„Ja! Ich glaube, Mr. Pelton ist ein Wolf-Berserker. Er hat mein Geburtsmal zum Brennen gebracht."

Ula stand auf. „Das müssen wir Greta sagen." Sie eilte ins Badezimmer und zog sich an, während Elsa an Howard schrieb.

Du bist in Gefahr! Die Wölfe sind dir auf der Spur!

Als Ula aus dem Badezimmer kam, rannte Elsa hinein. Keine fünf Minuten später waren sie beide angezogen und zum Aufbruch bereit. Sie rannten nach draußen, und Ula hämmerte an Gretas Tür.

Greta öffnete sie einen Spalt. „Es ist schrecklich früh. Ihr solltet verschwinden."

„Ich weiß, wer die erste Hüterin umgebracht hat", erklärte Elsa ihr. „Es war kein Bär. Es war ein Wolf!"

Greta wurde blass. Sie bildete mit den Lippen das Wort *Geht!* Dann plötzlich zog etwas sie ruckartig zurück. Mr. Pelton presste ihr ein Messer an den Hals.

Die Tür öffnete sich noch weiter, gehalten von einem fremden Mann, der eine Pistole auf Elsa richtete. Ihr Herz machte einen Satz. Neben ihr keuchte Ula auf.

„Sie haben vollkommen recht, Miss Bjornberg." Ein Mann stand vom Bett auf.

Sie erkannte ihn von dem Foto. Rhett Bleddyn.

„Es wird kein Bär sein, der sie umbringt. Sondern ein Wolf." Sein Mund verzog sich zu einem heimtückischen Grinsen. „Ich."

27. KAPITEL

Kommen Sie herein, Miss Bjornberg", sagte Rhett. „Rocky ist Polizeibeamter und kann ausgezeichnet schießen."

Rocky richtete seine Pistole auf Greta. „Reinkommen, sonst erschieße ich sie."

Elsa und Ula traten langsam ein.

Rocky reichte seine Pistole an Rhett weiter, schloss dann die Tür und nahm Handschellen von der Kommode.

„Lass ihre Hände vorn", befahl Rhett. „Miss Bjornberg soll in der Lage sein, ihr Handy zu bedienen."

Rocky legte erst Ula die Handschellen an, dann Elsa. Sie biss die Zähne zusammen, als seine Berührung ihr Geburtsmal zum Brennen brachte. Er war eindeutig ein Berserker. Er ließ ihre Handtasche neben Rhett auf den Boden fallen.

„Es tut mir leid, Elli", flüsterte Greta.

„Ruhe." Mr. Pelton riss sie zurück und grinste Elsa dann spöttisch an. „Deine Tante hat den Fehler gemacht, zu glauben, dass ich mir Gedanken um deine Sicherheit mache."

Rocky legte auch Greta Handschellen an.

Rhett funkelte sie düster an. „Sie ist überhaupt nicht hilfreich gewesen. Wir haben sie schon vor einer Stunde gebeten, Sie beide hier herüberzurufen, aber sie hat sich geweigert. Auch nachdem wir sie ein bisschen geschlagen haben."

Elsa zuckte zusammen. Arme Greta.

„Fahr zur Hölle", zischte Greta.

„Sehen Sie, wie unfreundlich sie ist. Ich hoffe doch sehr, dass Sie sich als hilfsbereiter erweisen werden." Rhett richtete die Pistole auf Tante Ula. „Ihre Tanten sind Ihnen doch wichtig, oder nicht?"

Elsa reckte ihr Kinn. „Lassen Sie die beiden gehen, dann kooperiere ich."

Rhett lachte in sich hinein. „Temperamentvoll, was? Ich

hoffe, Sie wehren sich ein bisschen mehr als Howards erste Freundin. Die war so ein Feigling."

Elsa schluckte hart. „Sie haben seine Freundin umgebracht?"

„Die dumme Schlampe ist von einer Klippe gefallen. Naja, ich mag sie ein wenig geschubst haben, aber sie hätte ja gar nicht erst dort hinauflaufen müssen." Er schnaubte angeekelt. „Wir wollten nur ein wenig Spaß mit ihr haben. Sie hat alles kaputt gemacht."

Er reichte die Pistole an den Polizisten zurück. „Hier, Rocky. Erschieß die Alte, falls Miss Bjornberg uns Ärger machen sollte."

„Ist klar, Boss." Rocky richtete die Pistole auf Ula.

Ula schloss die Augen und murmelte ein Gebet.

„Pelton, ruf unsere Fahrer. Wir nehmen beide SUVs."

„Ja, Sir." Pelton murmelte etwas in sein Handy.

Fahrer? Elsa stöhnte innerlich auf. Wie viele Wölfe gab es? Wenn es zwei SUVs gab, musste es zwei Fahrer geben. Fünf Werwölfe insgesamt.

Rhett nahm Elsas Handtasche vom Boden und zog ihr Handy heraus. „Ich möchte, dass Sie Howard anrufen und ihm sagen, er soll sich mit Ihnen am Gutshaus treffen." Er drückte ihr das Telefon in die gefesselten Hände. „Rufen Sie an, oder Sie sehen zu, wie Ihre Tanten sterben."

Elsa nickte und ignorierte das Brennen ihres Geburtsmals. Sie musste ihre Tanten beschützen. Mit zitternden Fingern gab sie Howards Nummer ein. Rhett trat näher, um sie zu belauschen.

„Elsa, wie geht es dir?"

Sie atmete tief durch. „Hey, Howard. Wie wäre es, wenn wir uns am Gutshaus treffen? Wir könnten picknicken."

„Jetzt? Es ist noch so früh."

„Meine Tanten wollen dich kennenlernen. Es tut ihnen wirklich leid, dass sie dich falsch eingeschätzt haben."

„Sie … sie haben jetzt nichts mehr an mir auszusetzen?"

Elsa sah Greta an. „Ja, sie wissen jetzt, dass du einer von den Guten bist."

Greta nickte, und Rhett schnaubte.

„Dann kommst du also?“, fragte Elsa. „Jetzt sofort?“

„Gib mir ungefähr zehn Minuten. Ich packe uns noch etwas zu essen ein.“

„Okay!“, rief Elsa fröhlich. „Dann bis bald, Howie! Küsschen!“ Sie legte auf.

Rhett riss ihr das Telefon aus den Händen. „Okay, Jungs, Zeit für die Bärenjagd.“

Howie? Küsschen? Howard starrte sein Telefon an. Selbst nachdem sie sich zwei Tage lang in der Hütte geliebt hatten, hatte Elsa ihn kein einziges Mal Howie genannt. Und irgendwie passte „Küsschen“ als Abschiedsgruß überhaupt nicht zu ihr.

Er las ihre letzte SMS, die sie vor zehn Minuten geschickt hatte.

Du bist in Gefahr! Die Wölfe sind dir auf der Spur!

Er witterte eine Falle.

Und Elsa lockte ihn hinein. Er schüttelte den Kopf. Sie würde ihn niemals hintergehen. Man zwang sie dazu. Der Detective aus Anchorage und dieser Reporter, Mr. Pelton, mussten sie und ihre Tanten gefangen genommen haben.

Und sie wollten, dass er zum Gutshaus kam.

Ein letzter Entscheidungskampf. Und das konnte nur eines bedeuten. Rhett Bleddyn war gekommen, um Rache zu nehmen.

Howard stellte den schweren Picknickkorb auf der Veranda vor dem Gutshaus ab. Unter einer Lage aus Käse und Crackern befanden sich eine geladene Pistole und eine Auswahl Messer. Er hatte sich ein weiteres Messer unter der Jeans ans Bein gebunden und trug eine Pistole, die mit silbernen Kugeln geladen war, in einem Schulterhalfter unter seiner Jacke.

Er hatte seinen SUV in der Auffahrt geparkt, nachdem er Phil,

Carlos und seine Cousins an der Hauptstraße abgesetzt hatte. Sie würden zu Fuß zum Haus kommen und sich für einen Überraschungsangriff in Position bringen. Als Alpha-Wolf konnte Phil sich jederzeit verwandeln. Carlos konnte sich nach Belieben in einen Wer-Panther verwandeln, und seine Cousins waren als Wer-Bären ebenfalls dazu in der Lage. Die Vampire würden es bedauern, die ganze Action verpasst zu haben, aber sie waren im Augenblick alle tot.

Alles in Howard spannte sich an, als er sah, wie zwei schwarze SUVs sich näherten. Rhett war immer im Rudel unterwegs. Die Scheiben waren verdunkelt, Howard konnte sich also nicht sicher sein, wie viele Männer Rhett dabeihatte. Wahrscheinlich waren auch Elsa und ihre Tanten dabei. Elsa zu bedrohen war die einfachste Weise, Howard zu unterwerfen. Und ihre Tanten zu bedrohen hielt Elsa im Zaum.

Howard trat auf die Auffahrt und hob eine Hand zum Gruß, als die zwei Fahrzeuge anhielten. Es mochte wie eine freundliche Geste aussehen, aber er wollte einfach so nahe es ging an die SUVs herankommen.

Als die Fahrer ihre Türen öffneten, stürzte er sich vor und schlug dem ersten Fahrer die Tür ins Gesicht. Der Mann stolperte, als Howard die Tür wieder öffnete. Er packte den Fahrer und schleuderte ihn in den Wald. Seine Cousins schleppten ihn davon, um ihn zu fesseln. In der Zwischenzeit überwältigten Carlos und Phil den anderen Fahrer. Zwei weniger. Und keiner von ihnen hatte sich bisher verwandeln müssen.

„Halt!" Rhett sprang aus der Beifahrertür und zog Elsa hinter sich her. Er hielt ihr ein Messer an die Kehle. „Wenn noch mehr von meinen Männern angegriffen werden, bringen wir die Frauen um."

Zwei weitere Männer kamen aus den SUVs und schleppten Elsas Tanten hinter sich her. Die Frauen waren alle in Handschellen. Einer der Männer legte Ula ein weiteres Paar Handschellen an und machte sie damit an der Hintertür des ersten SUV fest.

Howard sah Elsa in die Augen und versuchte, ihr mit seinem Blick zu versichern, dass alles in Ordnung kommen würde. Sie sah in den Himmel hinauf und dann zu ihm zurück. Ein schneller Blick nach oben erklärte ihm, was Elsa ihm sagen wollte. Eine Reihe Vögel versammelte sich auf dem Dach des Gutshauses. Greta benutzte ihre Gabe. Zweifellos würde auch Elsa ihre benutzen.

„Rocky", rief Rhett dem Mann zu, der Ula in Handschellen gelegt hatte. „Durchsuch Howard nach Waffen."

Rocky näherte sich ihm langsam und blieb kurz stehen, als Howard ihn wütend ansah.

„Du solltest mit uns kooperieren", knurrte Rhett. „Sonst lasse ich Greta von Pelton die Kehle durchschneiden."

Der andere Mann, Pelton, presste die Spitze seines Messers gegen Gretas Hals, bis sich ein Tropfen Blut gebildet hatte.

„Schon gut." Howard hob die Hände.

Rocky nahm Howard die Pistole ab und das Messer, das er sich ans Bein gebunden hatte.

„Ich bin es, den ihr wollt", sagte Howard. „Lasst die Frauen gehen."

Rhett schnaubte. „Auf keinen Fall. Ich will dich leiden sehen, wenn wir sie foltern."

„Nur Feiglinge gehen auf Frauen los. Du hasst mich, Rhett?" Howard breitete die Arme aus. „Komm und gib es mir. Im Duell. Mann gegen Mann."

Rhett knurrte.

„Ich bin unbewaffnet. Das ist deine Gelegenheit, über mich herzufallen. Hast du das nicht immer gewollt?"

„Du Bastard", zischte Rhett. „Du warst schon mein ganzes Leben nichts als eine Plage! Ich sollte dich in Stücke reißen."

„Versuch es." Howard lockte ihn mit den Fingern. „Mach schon, du Feigling."

Rhett schnaubte verächtlich. „Glaubst du, darauf falle ich rein? Du willst nur, dass ich deine Freundin gehen lasse. Du hast eine Todesangst, dass ich sie umbringe, nicht? Du bist fast gestorben, als ich Carly umgebracht habe, so sehr hast du gelitten."

Howard ballte die Fäuste.

„Ich habe übrigens zugesehen, wie der Wagen in die Luft geflogen ist", spottete Rhett. „Habe gesehen, wie dein Freund Harry in Flammen aufgegangen ist."

Howard presste die Kiefer aufeinander. Der Bär in ihm knurrte und drängte ihn, endlich anzugreifen.

„Harry hatte recht, weißt du. Eure Väter sind tatsächlich ermordet worden. Sie haben sich geweigert, ihr Land an meinen Vater zu verkaufen, also hat er sie umgebracht."

Der Bär in ihm tobte und verlangte, zum Berserker werden zu dürfen.

„Mach doch, versuch, mich anzugreifen", spornte Rhett ihn an. „Ich schlitze ihr die Kehle auf, ehe du mich erreichen kannst."

„Lass sie gehen." Howard entdeckte eine große Herde Hirsche im Wald, der die Auffahrt säumte. Große Hirsche mit mächtigen Geweihen. Sie senkten die Köpfe, zum Angriff bereit.

„Vielleicht sollte ich sie beißen, wie ich es mit Carly gemacht habe." Rhett fletschte die Zähne und fauchte Elsa ins Ohr. „Und wenn sie sich in einen Wolf verwandelt, mache ich sie zu meiner willigen Hündin."

Elsas Augen blitzten wütend auf.

„Lass sie los!" Howard zog sich die Jacke aus und warf sie auf den Boden. „Ich bin es, den du hasst. Kämpf mit mir."

„Werde ich. Nachdem du gelitten hast." Rhetts Kopf verwandelte sich in den eines Wolfes, und er sperrte seinen Kiefer auf, um Elsa zu beißen.

Hinter ihm griffen die Hirsche an.

Rhett schrie auf, als ihre Geweihe sich ihm in den Rücken bohrten. Sein Messer fiel auf die Auffahrt, und Elsa befreite sich von ihm und rannte zu ihrer Tante Ula.

Ein Schwarm Vögel stürzte sich auf Pelton, der kreischte und Greta losließ.

Die Hirsche stiegen auf die Hinterläufe und hieben mit ihren Hufen nach Rhett. Knurrend verwandelte er sich, und die Wunden an seinem Rücken heilten. Er stürzte sich auf Elsa, doch ehe er sie erreichen konnte, hatte Howard sich verwandelt und war auf ihn gesprungen.

Bär und Wolf rollten ineinander verkeilt über die Auffahrt, und Rhett ließ seinen Kiefer nicht stillstehen. Es gelang ihm, ein paarmal zuzubeißen, was Howard Schmerzen bereitete, aber keine Sorgen. Als Wer-Bär war er immun gegen den Lykaner-Virus. Er hieb mit den Krallen nach Rhetts Torso und dann noch einmal nach seinem Hals. Rhett versuchte sich zu befreien, aber Howard hielt ihn fest.

„Halt!", rief Pelton.

Howard sah zur Seite und erstarrte. Pelton, das Gesicht mit Blut beschmiert, war es gelungen, Greta bewusstlos zu schlagen und damit der Vogelattacke ein Ende zu machen. Er und Rocky hielten Greta und Ula fest, Messer an ihre Kehlen gedrückt.

Ein scharfer Schmerz durchzuckte Howards Arm, als Rhett seine Zähne in sein Fleisch schlug. Howard sprang zurück, und Rhett rappelte sich auf und nahm wieder Menschengestalt an.

Phil und Carlos griffen Pelton und Rocky von hinten an, und Howard, noch immer in Bärengestalt, preschte auf die Frauen zu.

„Pass auf!", rief Elsa.

Howard ging in die Knie, als Rhett ihm auf den Rücken sprang und ihm ein Messer zwischen die Rippen rammte. Vor Schmerz und Wut brüllend warf er Rhett zu Boden. Rhett wedelte wie wild mit seinem Messer herum und stach Howard, wo immer er konnte.

Mit einem Hieb seiner Pranke hatte Howard ihn entwaffnet, dann riss er ihm mit einem weiteren Hieb die Brust auf. Dieses Dreckschwein musste sterben. Sterben, weil er Harry umgebracht hatte. Noch ein Hieb. Sterben, weil er Carly umgebracht hatte.

Howard hieb nach ihm, bis er dem Schwindel nachgeben musste und sich zur Seite fallen ließ. Er verlor zu viel Blut aus seiner Stichwunde und all den Schnitten und Bissen. Wenn er sich nicht verwandelte, ehe er das Bewusstsein verlor, konnte er verbluten.

Er verwandelte sich in Menschengestalt zurück und setzte sich langsam auf. Rhett war tot. Er sah sich um, um sicherzugehen, dass es Elsa gut ging. Sie stand neben ihren Tanten. Carlos war in Panthergestalt und saß neben Rockys leblosem Körper. Phil hatte sich verwandelt und um Pelton gekümmert. Die Vögel waren davongeflogen, aber die Hirsche blieben am Straßenrand und beobachteten Elsa.

Die Zwillinge, noch immer in Menschengestalt, wühlten in den zerfetzten Überresten von Rockys Kleidung, bis sie die Schlüssel für die Handschellen gefunden hatten.

„Sie sind frei." Jimmy schloss die Handschellen der Frauen auf. „Gehen Sie in Frieden."

Jesse holte zusätzliche Kleidung aus Howards SUV.

Howard zog sich an und bemerkte, dass alle seine Wunden verheilt waren, auch wenn er sich noch etwas mitgenommen fühlte. Das Blut würde bleiben, bis er sich waschen konnte.

Elsa trat auf ihn zu. „Alles in Ordnung?"

„Nicht." Greta zog sie zurück. „Er ist immer noch ein Berserker. Du hast gesehen, wie wild er war."

„Er hat uns beschützt", sagte Elsa scharf. „Er würde uns nie etwas antun."

Howard schwoll das Herz an. Sie vertraute ihm immer noch. Obwohl er gezwungen gewesen war, vor ihren Augen zu töten.

Sie rannte zu ihm. „Danke, Howard."

Er nahm ihre Hand in seine. „Hüterin des Waldes. Ich werde dich beschützen, solange ich lebe."

Als sie lächelte, standen ihr dabei Tränen in den Augen. „Berserker, ich werde dich lieben, solange ich lebe." Sie berührte sein Gesicht. „Ganz ohne Reue."

EPILOG

Fünf Tage später, am Freitagabend, fuhr Elsa mit Greta und Ula zur Dragon Nest Academy, um an einer kleinen Feier teilzunehmen, die Shanna geplant hatte.

„Du meine Güte!“ Greta spähte aus dem Fenster, als sie vorne parkten. „Was für ein riesiges Anwesen!“

„Das ist eine Schule für besondere Kinder“, erklärte Greta.

„Du meinst Berserker?“, fragte Ula, während sie ebenfalls das eindrucksvolle Gebäude bestaunte.

„Hier gibt es lauter verschiedene Kinder und Erwachsene“, sagte Elsa. „Soweit ich sagen kann, sind sie wie eine große glückliche Familie.“

Howard trat aus der Eingangstür und kam die Stufen herunter, um sie zu begrüßen. Er sah in Anzug und Krawatte einfach umwerfend aus. Ula küsste ihn auf die Wange, und er grinste.

Greta schüttelte ihm die Hand. „Hier sind Sie also der Leiter der Sicherheitsabteilung?“

„Ja, Ma'am. Ich führe Sie gerne später etwas herum. Aber zuerst müssen wir auf die Party. Sie hat schon angefangen.“ Er reichte jeder Tante einen Arm und führte sie am Gebäude entlang.

Elsa ging neben ihnen her und amüsierte sich darüber, wie sehr er sich bei ihren Tanten einschmeichelte.

Er sah sie an und zwinkerte ihr zu. „Die Party findet in der Sporthalle statt. Das ist der größte Raum, den wir hier haben.“

„Ich dachte, das soll nur eine kleine Feier werden“, sagte Elsa.

Er schnaubte. „Wenn hier gefeiert wird, tauchen alle auf.“

„Und ein paar von denen sind Vampire?“, fragte Greta.

„Jawohl, Ma'am. Aber sie sind sehr freundlich.“

Elsa biss sich auf die Unterlippe, um nicht zu grinsen. Sie und Howard hatten entschieden, dass es am besten war, ihren Tanten zu erzählen, in was für eine Welt sie einheiratete. Die Frauen hatten es gut weggesteckt, wahrscheinlich, weil sie selbst nicht ganz normal waren.

Sie keuchte auf, als sie die Sporthalle betraten. Eine riesige Menschenmenge wimmelte dort herum, redete und lachte. Bunte Luftballons schwebten oben an der Decke. Sie stutzte. Doch, das war Tino, der dort oben in der Luft schwebte und lachend nach den Ballons haschte.

An einer Wand war auf der ganzen Länge ein Buffettisch aufgebaut. Man hatte runde Tische aufgestellt, sodass in der Mitte Platz zum Tanzen blieb, und am Ende der Halle hatte man eine Bühne errichtet. Eine Band wärmte sich dort gerade auf.

„Es gibt Livemusik?“ Elsa hob die Stimme, um über die Geräuschkulisse hinweg gehört zu werden.

Howard nickte. „Das sind die High Voltage Vamps. Sie spielen bei allen Partys.“

Eine Welle von Ausrufen ging durch den Saal, als bekannt wurde, dass die Ehrengäste angekommen waren. Man stellte sich in einer Reihe auf, um Elsa und ihre Tanten zu begrüßen.

Howard stellte ihnen ein Paar nach dem anderen vor. Phil und Vanda. Austin und Darcy. Emma und Angus. Die Reihe nahm kein Ende.

„Ich werde mir diese ganzen Leute nie merken können“, flüsterte Elsa.

„Das wirst du mit der Zeit schon“, versicherte ihr Howard.

„Willkommen!“ Shannas Mutter, Darlene, kam eilig auf sie zu und umarmte Elsa. „Ich freue mich so für euch. Eine Hochzeit!“ Sie drehte sich zu Greta und Ula um. „Sind Sie nicht furchtbar aufgeregt?“

Ula nickte. *„Just det.* Howard ist ein guter Fang.“

Greta lächelte. „Ich bin nur froh, dass Elsa jetzt in Sicherheit ist.“

Darlene nickte. „Und Sie müssen sie nicht mehr jeden Tag bewachen. Ach, dann könnten wir doch einkaufen gehen!“

„Wolle?“ Gretas Augen leuchteten auf.

„Natürlich.“ Darlene schnappte sich Greta, und die beiden verschwanden, um über Strickmuster zu reden.

„Hi!“ Tino kam auf sie zugehüpft, einen Keks in der Hand.

Elsa umarmte ihn. „Ich habe dich an der Decke schweben gesehen.“

Er lachte und sah Ula an. „Willst du wissen, wo die Kekse sind?“ Er nahm sie an der Hand und führte sie zum Buffet.

Weitere Paare kamen, um sich Elsa vorzustellen. Toni und Ian. Robby und Olivia. Phineas und Brynley. Connor und Marielle.

Else beugte sich dicht zu Howard. „Ist jede Frau hier gerade schwanger?“

„Jepp.“ Er grinste sie tückisch an. „Sag einfach, wenn du so weit bist.“

Sie schnaubte. Als könnte sie eine Bande Bärenjunge gebrauchen. Aber wenn sie so niedlich wie Jimmy und Jesse wurden, dann wäre es nicht so schlimm. Überhaupt nicht schlimm. Sie sah Howard an, der sie mit funkelnden blauen Augen musterte. „Ich könnte mich überzeugen lassen.“

Er grinste. „Ich kann sehr überzeugend sein.“

Sie schlug ihm gegen die Schulter.

Noch mehr Leute kamen bei ihnen vorbei. Sie war schockiert, die Tochter des Präsidenten kennenzulernen, und noch schockierter, dass Abigail mit einem Vampir verheiratet war.

Endlich konnte Elsa sich mit ihren Tanten an einen Tisch setzen. Darlene gesellte sich mit ihren Enkelkindern, Tino und Sofia, zu ihnen. Howard brachte ihnen allen schwer beladene Teller vom Buffet.

„Das Essen hier ist so gut!“, rief Greta, als sie in ein Krabbenküchlein biss. „Das Diner in der Stadt haben wir langsam wirklich satt.“

„Sie sollten hier einziehen!“, rief Darlene. „Ich bin mir sicher, wir können ein Zimmer für Sie finden.“

Greta presste sich eine Hand auf die Brust. „Das würde Ihnen nichts ausmachen?"

„Natürlich nicht." Darlene winkte nachlässig ab. „Elsa, Sie sollten auch hier wohnen."

„Richtig", stimmte Howard zu. „Ich habe schon ein Zimmer für sie."

Elsa schnaubte, und die anderen Frauen lachten.

„Wir sollten sie lieber schnell verheiraten", sagte Ula.

„Die Hochzeit könnte hier stattfinden", schlug Darlene vor.

Greta lächelte. „Das klingt wunderbar."

„Ich bleibe bis zur Hochzeit", sagte Ula. „Aber dann muss ich wieder auf meine Insel zurück." Sie wendete sich an Elsa und Howard. „Ihr müsst mich oft besuchen kommen."

„Liebend gern." Elsa drückte ihrer Großtante die Hand.

Ein Kellner kam vorbei und servierte allen Erwachsenen an ihrem Tisch ein Glas Champagner. Sofia und Tino bekamen Traubensaft.

Elsa bemerkte, dass selbst die Untoten Champagnerflöten bekamen. „Was trinken die Vampire?"

„Das nennt sich Bubbly Blood", erklärte Howard. „Halb Blut, halb Champagner, für die besonderen Vampirmomente." Er grinste. „Und das ist einer davon."

„Darf ich um Aufmerksamkeit bitten?", sprach Roman in das Mikrofon auf dem Podest, und es wurde still im Saal. „Danke, dass ihr gekommen seid. Heute heißen wir einige neue Mitglieder in unserer Familie willkommen – Elsa, Greta und Ula." Er hob sein Glas. „Willkommen."

Alle jubelten und tranken.

Elsa sah sich mit Tränen in den Augen um. Ihr ganzes Leben lang hatte sie kaum Familie gehabt, und jetzt würde sie Teil einer riesengroßen werden.

„Meine Glückwünsche an Howard und seine bezaubernde Verlobte, Elsa", fuhr Roman fort, und auch darauf tranken alle.

„Ich habe einen Toast." Ein junger männlicher Vampir stand

auf. „Auf Howard und Elsa, weil sie diesen elenden Hundesohn Rhett besiegt haben!“

Alle jubelten und tranken noch etwas.

„Das ist Phineas“, erklärte Howard. „Rhett hat ihn gebissen, und jetzt ist er zum Teil Werwolf.“

„Oh, wie traurig“, murmelte Elsa.

Howard lächelte. „Eigentlich nicht. Er ist mit einem Werwolf-Mädchen verheiratet, also ist alles gut ausgegangen.“

Shanna gesellte sich zu ihrem Mann auf das Podest, und er reichte ihr das Mikrofon. „Ich wollte auch ein paar Worte sagen. Wie ein paar von euch wissen, ist es mir etwas schwer gefallen, mich an das Dasein als Untote zu gewöhnen. Aber nachdem ich gesehen habe, wie schwer es Howard und Elsa hatten, zusammenzukommen, wurde mir klar, wie gesegnet wir alle sind, einander gefunden zu haben. Ich könnte nicht glücklicher sein.“

Die Menge jubelte ihr zu, und auf Shannas Wangen glänzten rosige Tränen. Ihr Mann gab ihr einen Kuss auf die Wange.

„Ich habe auch noch gute Neuigkeiten“, fuhr Shanna fort. „Es hat mir fast das Herz gebrochen, unser Haus verkaufen zu müssen, aber … Wir verkaufen es an Austin und Darcy!“

Alle fingen an zu klatschen. Austin und Darcy strahlten und winkten Shanna zu.

„Austin fängt als neuer Leiter der Sicherheitsabteilung bei Romatech an“, erklärte Shanna. „Und Darcy arbeitet beim Digital Vampire Network in Brooklyn. Nächste Woche ziehen sie in das Haus ein, zusammen mit ihrem kleinen Sohn, und ein weiteres Baby ist auf dem Weg. Und ja, Tino, sie haben dich schon zum Spielen eingeladen.“

„Hurra!“ Tino schwebte hoch in die Luft, und alle lachten.

Shanna lächelte Elsa und Howard an. „Ihr müsst zugeben, ich habe als Kupplerin hervorragende Arbeit geleistet.“

Elsa beugte sich dicht zu Howard und flüsterte: „Hattest du wirklich DVDs von mir unter deinem Bett versteckt?“

Er nickte.

„Und hattest du vor, mich für immer nur im Geheimen anzuhimmeln?“

Er lächelte und griff nach ihrer Hand. „Ich hatte mich bereits mit deinem Sender in Verbindung gesetzt, um herauszufinden, wo du als Nächstes arbeiten würdest. Mir war nur nicht klar, dass es gleich um die Ecke sein würde.“

Sie drückte ihm die Hand. „Ich bin so froh, dass du mich ausfindig machen wolltest.“

„Und schließlich möchte ich dem glücklichen Paar gratulieren.“ Shanna hob ihr Glas in Richtung von Howard und Elsa. „Auf ein langes und glückliches gemeinsames Leben.“

Alle hoben noch ein letztes Mal die Gläser. Elsa schloss sich ihnen an, auch wenn ihr plötzlich das Herz schwer geworden war. Hier war das einzige Problem, das sie in ihrer Zukunft sehen konnte. Howard würde mehrere Hundert Jahre leben, sie selbst nicht.

„Just det, ein langes und glückliches Leben.“ Ula sah sie an und fing an zu lächeln.

„Das stimmt“, sagte Greta. „Jetzt, wo du nicht mehr in Gefahr bist, kannst du so lange leben wie die anderen Hüterinnen.“

Elsa blinzelte verwirrt. „Was soll das heißen?“

Greta nippte an ihrem Champagner. „Deine Mutter war meine jüngere Schwester, aber ich habe dir nie gesagt, dass sie dreißig Jahre jünger als ich war.“

Ula winkte ab. „Du bist noch immer sehr jung, Greta.“

Elsa drehte sich zu ihrer Großtante um. „Wie alt bist du?“

„Vierhundertzweiundachtzig. Oder -dreiundachtzig?“ Ula zuckte mit den Schultern. „Ich verliere den Überblick.“

Elsa blieb der Mund offen stehen.

Howard beugte sich zu ihren Tanten. „Wollen Sie sagen, dass Elsa Hunderte von Jahren leben könnte?“

Greta nickte. „Das gehört dazu, wenn man Hüterin ist.“

„Du meine Güte.“ Elsa presste sich die Hand auf die Brust. „Das habt ihr mir nie erzählt.“

Ula zuckte mit den Schultern. „Wir waren uns nicht sicher, ob du überhaupt lange leben würdest. Wegen des Fluches."

„Aber der Fluch ist ja jetzt gebrochen", fügte Greta hinzu. „Du kannst ein langes und glückliches Leben führen."

Elsa sah Howard an. „Wir können jahrhundertelang zusammen sein."

Seine Mundwinkel zuckten. „Dann sollte ich dich wohl lieber gut behandeln."

„Sieht ganz so aus."

Er beugte sich dicht zu ihr. „Wie wäre es mit einer Führung? Ich könnte dir mein Zimmer zeigen."

Sie lachte. „Du Tier."

„Du machst mich wild."

Sie sah sich in der Turnhalle um. Alle anderen waren mit Feiern beschäftigt. „Gehen wir."

– ENDE –

Band-Nr. 65118
9,99 € (D)
ISBN: 978-3-95649-293-8
eBook: 978-3-95649-536-6
304 Seiten

Gena Showalter
Atlantis:
Das Juwel der Macht

Agent Grayson James hat einen Auftrag: das Juwel von Atlantis finden und dafür sorgen, dass es nicht in die falschen Hände gerät – selbst wenn das bedeutet, es zu zerstören. Doch nachdem er die schöne Jewel vor einer Horde Dämonen gerettet hat, scheint seine Mission auf einmal unmöglich. Denn sie ist das Juwel, das jeder in Atlantis beherrschen will. Und er ist der Halbgöttin längst verfallen. Statt sie zu töten, nimmt er es mit Dämonen, Drachen und Vampiren auf – und mit einer Prophezeiung, die sie beide zerstören könnte.